アフガン、たった一人の生還

LONE SURVIVOR Marcus Luttrell with Patrick Robinson

マーカス・ラトレル
パトリック・ロビンソン
訳◆高月園子

亜紀書房

アフガン、たった一人の生還

Lone Survivor

この本はマーフィー、アクス、ダニー、クリステンセン、シェーン、
ジェイムズ、セニョール、ジェフ、ジャックス、テイラー、マックに捧げる。
これらはアフガニスタンの高地でおれを助けようとして命を落とした
アルファー小隊とエコー小隊の11名である。
彼らと共に我が国を守る任務に就けたことを名誉に思う。
深い愛着と胸が張り裂けるような深甚な悲しみなしに
彼らを思い出すことはない。

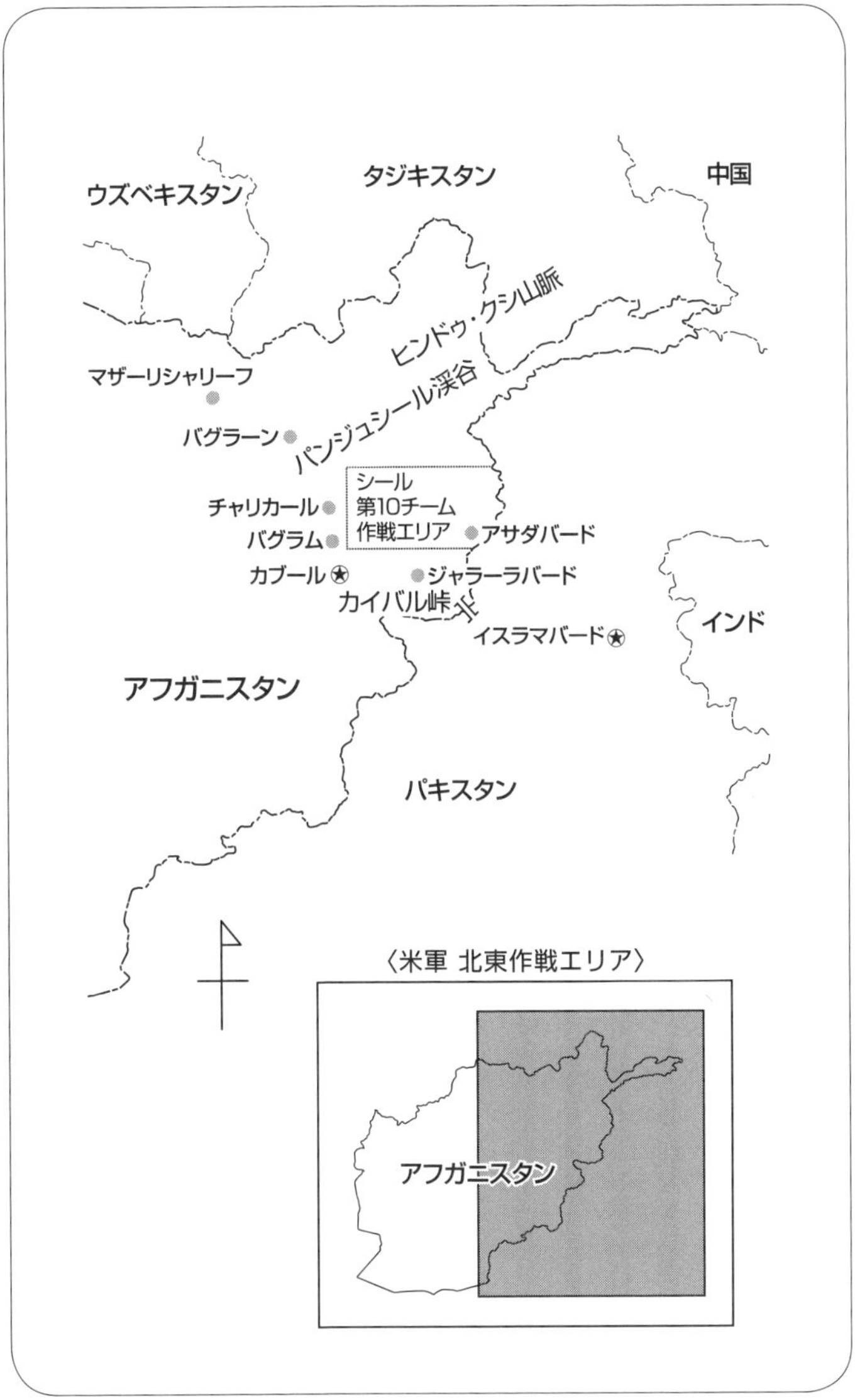
ウズベキスタン
タジキスタン
中国
ヒンドゥ・クシ山脈
マザーリシャリーフ
パンジュシール渓谷
バグラーン
シール
第10チーム
作戦エリア
チャリカール
バグラム
アサダバード
カブール
ジャラーラバード
カイバル峠
イスラマバード
インド
アフガニスタン
パキスタン
北
〈米軍 北東作戦エリア〉
アフガニスタン

目次

本文の＊の表記は訳者の注をあらわす。

謝辞

共著者のパトリック・ロビンソン氏に心より感謝を捧げたい。彼のシール（ＳＥＡＬ）部隊に対する賞賛と尊敬は、その著書の多くから読み取れる。仲間たちの勇敢な行為と限りない勇気をなんとしてでも世の中に伝えるという、私が心の中で立てた厳粛な誓いを、彼は理解してくれた。しかもパトリックは私の願いをはるかに超えて実現させてくれた。彼がいなければ、とても本書を上梓することはできなかっただろう。

私はまた第一六〇ヘリコプター中隊に、そして、この話を語る許可を与えてくれた海軍特殊戦コマンド（＊ＳＰＥＣＷＡＲＣＯＭ：Special Warfare Command）の上級司令官たち、とりわけジョー・マグワイヤ大将と海軍法務総監のジョー・キング大佐に、そして出版に際して海軍管理組織のネットワークを通して力を貸してくれたバーバラ・フォード大佐に感謝を捧げたい。

シール第五チームでの私の指揮官であるリコ・レンウェイ中佐とピート・ナシェック最先任上級兵曹長は本を書くという長期におよぶプロセスの間、私が自由裁量時間を申請するたびに理解を示してくれた。彼らの先任兵曹として、私は単に彼らの協力に対してだけでなく、あの山での仲間たちの戦いを公にすべきだという揺るぎない思いに対しても感謝している。

さらに元シール隊員で、ご存知のとおり、ＢＵＤ／Ｓ（＊シール基礎水中破壊訓練）クラス２２８

の訓練模様を描いた素晴らしい『エリート戦士（The Warrior Elite）』の著者でもあるディック・カウチ大佐にも感謝を表明したい。私ももちろんその場にいたわけで、彼の本にはところどころに登場しているが、本書を書くに当たって、カウチ大佐による正確な時間、日付、訓練の進行、脱落者の比率などの几帳面な記録を参照させていただいた。私もメモは取っていたが、彼のそれにはとても及ばなかった。

また、友人たちや家族、特に両親のデイヴィッドとホリー・ラトレルにはあまりに多くのことについて感謝しなくてはならないのだが、とりわけ、二〇〇五年初夏の、私が戦闘中に行方不明になっていた間に農場で起きた尋常ではない出来事について、正確かつ詳細に語ってくれたことに対し感謝している。

最後に、マーフィの指揮下の尾根の戦いから数時間もしないうちに農場に駆け込んできて、「弟は生きている」と断言し、人々を励まし続けた、シールの同僚で私の双子の兄でもあるモーガン。親友のマシュー・アクセルソン（＊アクス）の死に完全に打ちのめされ、今も悲しみのあまり、その話ができないでいるにもかかわらず、おれを助け、原稿の訂正や推敲を手伝ってくれた彼……これまでもずっとそうだったように、そして、これからも永遠に支えであってほしいと願っている。

いつも言っているように、アニキ、「子宮から墓場まで！」だよ。そして、それは誰にも変えることはできないことなんだ。

マーカス・ラトレル

プロローグ

いつかは少しは楽になるのだろうか？　家から家へ、高速道路から高速道路へ、州から州へと訪ね歩く。それぞれはそう離れているわけではない。そして、またおれはやって来た。今回は大西洋の長い海岸線のサウスショアにある小さな町だ。ニューヨーク州ロングアイランドの風に吹きさらされたその町で、レンタカーのＳＵＶ（＊スポーツ汎用車）のハンドルを握り、例によって目抜き通りを走り、店やガソリンスタンドを通り過ぎる。冬が近づいている。空はプラチナ色。低く垂れこめた黒々とした雲の下で、白波がうねるように押し寄せている。なんてぴったりの天気なんだろう。なぜなら、今回のは今までのどれよりもつらいものになるだろうから。はるかに大変だろうから。

目印にしていた地元の郵便局が見つかったので、建物の後ろに車を寄せて駐車した。全員が車から出て冷たい一一月の一日の中に降り立つと、秋の葉の残りが足元で渦巻いた。誰も――同行してきた五人の男たちの誰一人として――先を行きたがる者はいなくて、おれたちは休憩中の郵便配達夫の一群さながらに、しばしその場に突っ立った。

行き先はわかっている。目的の家はその通りのほんの数百メートル先にある。そしてある意味、おれはもう、そこに行ったことがある――南カリフォルニアで、北カリフォルニアで、ネバダで。これからの数日間にもワシントンやヴァージニアビーチを訪れなければならない。そして、あまりにも多くのことが完全に同じなのだ。

見慣れた破滅的な悲しみ、若者の命が一番輝ける時期に突然奪われて湧き上がってくるある種の痛み。どの家にも共通する虚ろな感覚。同じ抑えきれない涙。強くあろうとする強い人々の寂寥感。破壊されてぼろぼろになった人生。慰める言葉もなく、痛ましい。

あんなに多くの葬儀の後に何週間何カ月と経ったというのに、あたかもおれがやって来るまでは誰も真実を知らなかったかのように、今回もまたおれは恐ろしい知らせの運搬人なのだ。そしておれにとってロングアイランドのパチョーグでのこの小さな会合は、今までで最悪のものになる。

しっかりしなければと思った。しかし、おれはふたたび心の中で、あの恐ろしい叫び声を聞いた——まるで有罪判決のように、夜毎におれの孤独な夢の中に強引に侵入してきては目を覚まさせるあの悲鳴。生き残った者の終わることのない罪業。

「助けてくれ、マーカス！　頼むから助けてくれ！」

それは見知らぬ異国の山中で聞いた死に物狂いの嘆願だった。それは地球上で最も寂しい場所にある険しい峡谷に響きわたる絶叫だった。それは瀕死の重傷を負った生き物の、ほとんど意味をなさない泣き声だった。そしてそれにおれは応えることができない。しかも、忘れることもできない。なぜなら、その声の主はおれが今までに出会った中で最も立派な人間の一人であり、しかも、偶然にもおれの親友だったからだ。

どの訪問もつらかった。ダンの妹と妻は互いに支え合っていた。エリックの父親は海軍大将だが、一人で慟哭していた。ジェームズのフィアンセと父親。アクスの妻と家族ぐるみの友人たち。ラスベガスではシェーンの母親が完全に打ちのめされていた。どれもが耐え難かった。でも、今回はそんなもんじゃない。

ついにおれは風に吹かれて舞う葉っぱの間を、先頭切って寒い見知らぬ通りに足を踏み出し、しばらく芝生の刈られていない狭い庭のついた小さな家に案内した。表の窓には今なお電飾星条旗が灯っていた。それは愛国者の明かりであり、あたかも彼がまだそこにいるかのように挑戦的に光を放っていた。マイキーが見たら喜んだだろう。

おれたちはみな、しばし立ち止まっていたが、やがて数段の階段を上ってドアをノックした。出てきた女性はかわいらしかった――黒っぽいロングヘアーで、すでに目を涙でいっぱいにしていた。彼の母親だ。

生きた彼を最後に見たのがおれだということを、彼女は知っていた。あまりにも深い悲しみを湛えたまなざしでじっと見上げられ、あわや体が真二つに引き裂かれそうになったとき、彼女は静かに言った。「来てくださって、ありがとう」と。

なんとか返事をした。「私がここにこうして立っているのは、息子さんのおかげです」

全員で家の中に入ると、すぐさま目に飛び込んできたのは玄関ホール用のテーブルだった。その上には大きな額入りの写真があり、中の男はちょっと笑っておれをまっすぐに見つめていた。ほら、またあそこにマイキーが、……そのとき、彼の母親の声がした。「あの子は苦しまなかったのでしょう？　お願い、苦しまなかったと言ってください」

その質問に答える前に、ジャケットの袖で目を拭わなければならなかった。が、おれは確かに答えた。「ええ、モーリン。苦しみはしませんでした。即死でした」

おれは彼女が言ってくれと頼んだことを言ったのだ。こういった応答の仕方は、たった一人《ローン・》生き残った者《サバイバー》にとって必要不可欠な知恵のようなものだ。

おれは彼女の息子の不屈の勇気や、強い意志や、鉄のように揺るがぬ自制心について語ろうとした。やはり思っていたとおり、彼女は息子の死をまったく受け入れていなかった。少なくともおれの口から聞くまでは。つまり、おれは決定的に悪い知らせを最終的に運んでくる人間なのだ。

次の一時間、理性的に語り合おうと努力した。しかし、とても無理だった。言おうと思えば言えることはいくらでもあったが、同時にけっして口にできないことも山のようにあった。そしてそれは、同行してくれた三人の同僚にニューヨーク市の消防士と警察官を加えた応援部隊からどんなに多くの支えをもらおうとも、少しも楽になるものではなかった。

けれども、これはやり終えねばならない旅なのだ。どんなにつらくてもやり抜くことをおれは自分自身に誓っていた。なぜなら、遺族の一人ひとりにとってそれがどんなに大きな意味をもつことであるかを知っていたからだ。実際にその場にいた人間と個人的な苦しみを分かち合うことの大切さ。家から家へ、悲しみから悲しみへと旅は続く。

おれはこれを自分の宣誓義務だと見なしている。だからといって、つらさに変わりはない。別れ際にモーリンは一人ひとりを抱き締めた。おれは親友の写真に向かってきちんと会釈し、ふたたびあの悲しい小さな私道を歩いて通りに出た。

今夜だって少しも楽になるわけではない。なぜなら、ニューヨーク市のダウンタウンのアパートにマイキーのフィアンセのヘザーを訪ねる予定だからだ。なんてむごいんだ。二人は今ごろ結婚しているはずだった。そして明日はさらにもう二人の亡くなった友の墓を訪問するため、アーリントン国立墓地に行かねばならない。

それはアメリカ合衆国を横断する、長くて憂鬱で高くつく旅だ。費用はおれが所属している組織により支払われている。おれがそうであるように、いや、誰もがそうであるように、組織の上の人間たちもその旅の必要性を理解している。熱心でひたむきな被雇用者を抱える多くの大企業同様、組織の理念――文書化された理念規約でもいいのだが――を見ればこの組織についても多くのことがわかる。

もう何年もおれは自分の人生の礎《いしずえ》を、以下のような規定に置いてきた。

「非常時には国の召集に応えるのをいとわない特別な類の戦士がいる。成功することに並ならぬ欲求をもつ平凡な男だ。逆境により鍛え上げられ、自国と自国民に仕えるため、そして彼らの暮らしを守るため、米国最精鋭の特殊部隊とともに立つ。私はその男だ」

おれの名はマーカス。マーカス・ラトレル。米国海軍SEAL《シール》部隊SDV（＊シール輸送潜水艦）第一チーム・アルファ小隊の班長だ。他のシール隊員と同じく、銃器や爆発物の取り扱い、ならびに徒手格闘の訓練を受けている。狙撃兵であり、プラトゥーン（＊小隊）の衛生兵でもある。しかし、何よりもまずおれはアメリカ人だ。呼集がかかれば、国のため、仲間のために飛び出して戦う。必要なら己の命さえいとわない。

それはシール部隊に訓練されたからではない。おれがそうしたいからなのだ。おれは愛国者であり、テキサスの一つ星《ローン・スター》（＊テキサス州の州旗に一つ星があしらわれている。同州をローン・スターとも言う）

を右腕に、そしてテキサスの州旗を胸につけて戦う。敗北は考えられない。

　マイキーは二〇〇五年の夏にアフガニスタン北東部の高山地帯で、おれと肩を並べて戦いながら死んだ。彼はおれが知る限り最も優秀な士官で、敵前で途方もない、ほとんど信じられないほどの勇気を示せる、強靭な精神をもつ戦士だった。

　その意見に間違いなく賛同してくれるであろう二人の人間はおれの仲間で、彼らもまたそこで戦い、命を落とした。それはダニーとアクス。二人のアメリカン・ヒーローである。戦場での勇気が美徳と見なされる戦闘部隊に高く屹立する二人の偉大な戦士。彼らの命は、以下のような、シールの理念の中心部分の証明である。

「私はけっしてやめない。苦境を耐え抜き、それを糧にする。私の国が私に、敵より肉体的に強靭で、精神的により強くあることを求める。倒されたなら、毎回起き上がる。仲間を守り、使命を完遂するため、最後の一オンスまで力を出し切る。私はけっして戦いから逃げない」

　すでに言ったように、おれの名前はマーカスだ。おれはこの本を三人の仲間――マイキー、ダニー、アクスのために書いている。もしおれが書かなければ、この三人のアメリカ人が砲火の中で示した不撓不屈の勇気は、誰にも理解されずじまいになる。そうなれば、それこそが今回の悲劇の中でも最大の悲劇となる。

1　空飛ぶ倉庫でアフガニスタンへ

シール同士の別れの挨拶はたいていぶっきらぼうだ。背中をばんと叩いたり、友情をこめて荒々しくハグしたり。みんな考えていることは同じだが、口に出す者はいない――「やれやれ、またかよ。またもや戦争だ。紛争地域だ。おれたち相手に一か八かの賭けを挑んでくる頭の悪い敵ども……やつら、正気じゃないぜ」

これはシールらしい以心伝心の無敵の感覚であり、米軍エリート戦士の無言の暗号でもある。図体がでかく俊敏、かつ高度に訓練された男たちで、完全武装しているが素手の闘いにも熟達し、誰にも気づかれず敵に忍び寄ることができる。戦略のエキスパートであり、ライフルのプロで、マシンガンの名手でもあり、必要となればナイフでの闘いにも長けている。大まかに言えば、おれたちはこの地球上に高性能爆薬や照準の合った弾丸で解決できない問題などほとんどないと信じている。

おれたちは海で、空で、陸で、軍事行動をとる。それが部隊の名の由来だ。米ネイビー・シールズ

――海（ＳＥａ）、空（Ａｉｒ）、陸（Ｌａｎｄ）。つまり、おれたちはオールマイティなのだ。ところで、今から行く先には完全に陸しかない。海ははるかに遠い。世界で最も寂しい場所の一つであり、ときに最も無法な地帯でもある標高一万フィートの、樹木すら生えない月面のように荒涼とした山岳地帯――アフガニスタン。

「あばよ、マーカス」「幸運を祈るぜ、マイキー」「のんびりやれ、マット」「じゃあな、みんな」まるで昨日のことのように思い出す。誰かが兵舎のドアを開けると、全長二マイルのキング・ファハド・コーズウェイ（＊海上盛土道路）でサウジアラビアと結ばれた、その不思議な砂漠の王国バーレーンの生暖かくて暗い夜の中に、室内の明かりがこぼれ出た。

通常の砂漠用迷彩服とオークリー社製野戦用ブーツという軽量の戦闘服に身を包んだおれたち六人が、暖かい微風の中に足を踏み出す。それは二〇〇五年の三月で、まだ夏のような地獄の暑さにはなっていなかった。とはいえアメリカ人にとっては、おれのようなテキサスの人間にとってすら、春とは思えぬ暖かさだ。バーレーンは北緯二六度に位置している。バグダッドから四〇〇マイル以上も南。暑いはずだ。

おれたちの部隊は島の北東端にある首都マナマの南側に配置されていた。ということは、バーレーンから離着陸しようとすれば、毎回、市の真ん中を通り抜けて、ムハラク島にある米空軍基地まで移送されなければならない。それは別にかまわないのだが、だからといって、けっして楽しいわけではなかった。

市内を通過するおそらく五マイルほどのその短い道程に、相手のほうも敵意をもっているのがわかった。米軍が周りにいることにつくづく辟易しているかのように、彼らはむっつりとした顔をしていた。実際、マナマには〈ブラックフラッグ・エリア〉として知られる地区があり、そこでは「アメリカ人を歓迎しない」意思を表明して、商人や店主や一般市民が家の外に黒旗を掲げている。

それはヒットラー時代のドイツにあった〈ユダヤ禁止〉の看板ほど敵意に満ちたものではないのだろう。しかし、アラブ世界全般にアメリカ人に対する憎しみの底流があり、タリバンやアルカイーダのイスラム過激派狂信者たちに共鳴する人々が多くいることに、おれたちは気づいていた。ブラックフラッグは効果があった。おれたちはその地区にはけっして近づかなかったから。

おれたちは、首長の名にちなんで名付けられたもう一つのコーズウェイ〈シェイク・ハマド〉を通って、無防備な車両で市を走り抜けなければならなかった。バーレーンの人々は本当にコーズウェイが好きだ。イラン湾のサウジ西岸沖に低く点在するバーレーン群島には本島よりはるかに小さい島々がもう三二もあるので、彼らはこの先ももっとコーズウェイを造るだろう。

ともかくマナマを走り抜けて、バーレーン国際空港の南側に米軍基地が広がるムハラク島に到達した。そこで待っていたのは巨大な〈C130ハーキュリーズ〉ターボプロップ輸送機だった。それは成層圏で最もやかましい音を立てる航空機の一つで、重量貨物の運搬用に特別に設計された、音の反響する、鋼鉄製の大きな洞穴だ。おれたちのような感受性の強い、繊細で詩的なしろものではない。

そこに必要な装備を搭載し、格納した。重火器（マシンガン）、M4小銃、シグザウエル九ミリ拳銃、戦闘用ナイフ、弾帯、手榴弾、医療器具、通信機器などだ。仲間の二人は機内に太い網のハンモックを吊った。残りの連中はやはり網状の座席に身を沈めた。ビジネスクラスとは程遠い。しかし、フロッグ（＊潜水夫）は身軽には旅をしないから、快適さは求めない。それがフロッグマン、すなわち、おれたち潜水工作隊員だ。

旅客輸送手段としては呆れるほど原始的な空飛ぶ倉庫に閉じ込められたおれたちは、陽気な不平やうめき声をたっぷり漏らした。しかし、もしこの六人が地獄さながらの戦場に突っ込まれ、ずぶ濡れで凍るほど寒く、負傷して、追いつめられ、敵の数に圧倒され、絶体絶命の戦いを繰り広げていたとしたら、不満の声はただの一言も聞こえてこないだろう。それがおれたちの仲間意識のあり方だ。血の中に叩き込まれたと言っていい、まさにアメリカ特有の仲間意識だ。堅牢で、壊すことなどできない。それは共通の愛国主義と、共通の勇気と、互いに対する信頼の上に築かれている。世界を見渡しても、こんな戦闘部隊は他に類がない。

全員がシートベルトをしていることを乗務員がチェックするなり、例の雷のようなボーイングのエンジン音が轟いた。まったくもって、その音の凄まじさといったら、信じられないほどだ。まるでギアボックスの中にでも座っているかのようだ。機体はガタガタ揺れながら轟音とともに滑走路を驀進し、アラビア半島本土から吹きつける砂漠の風の中にもろに突っ込む形で南西方向に離陸した。機内に他の乗客はいない。ただ乗務員と後部のおれたちだけが、合衆国政府と我が最高司令官ジョージ・W・ブッシュ大統領に代わって神の仕事を成し遂げるために飛び立った。ある意味、いつだっておれたちだけなのだ。

機体はバーレーン湾上空を傾いて飛行し、針路を東に取るために大きな長い左旋回をした。湾を突っ切って直接北東を目指すほうが圧倒的に速かっただろう。だが、それはイラン・イスラム共和国のあやしげな南部高原地帯の上を飛んで行くことになるので、ありえない。

したがって機は南を航行し、ラブ・アル・カーリもしくは〝空虚の地〟と呼ばれるサウジアラビアの灼熱砂漠の北側に位置する、友好的なアラブ首長国連邦の海岸沿いの砂漠のはるか上空を飛んだ。機の後方には憎しみに煮えたぎるイラクの大釜と、そのそばにおれの前回の任務地だったクウェートがある。真下には、近い将来、世界の天然ガスの中心地となるカタール、石油にじゃぶじゃぶ浸かった首長国アブダビ、近代的な摩天楼が煌《きらめ》くドバイ、そして東方はるか彼方に岩だらけの海岸線が見えるオマーンなど、比較的友好的で良識あるいくつかの砂漠の王国がある。

中東で最初に石油が発見された地バーレーンを去ることを、特に名残惜しむ者はいない。バーレーンにはそれなりに歴史もあるし、おれたちはよく市場で地元の商人相手にいちいち値切って楽しんだ。だが、そこで一度たりとも心が安らいだことはなく、むしろ今、暗い空に向かって上昇していくにつれ、あの湾岸の北の岬で味わったすべての不愉快さを置き去りにして、真新しい使命、それもわかりやすい使命に乗り出していくような、新鮮な感覚を覚えた。

バグダッドではしばしば敵は目に見えない存在であり、こちらからわざわざ出向いて捜し出さなければならないこともあった。しかも相手が見つかったとしても、それが何者なのかがまずわからなかった。アルカイーダなのかタリバンなのか、シーア派なのかスンニ派なのか、イラク人なのか、それとも他の国の人間なのか、サダム擁護の自由戦士なのか、それともおれたちの神とは違う種類の神、すなわち罪なき一般市民を殺すことを容認し、十戒をタッチラインの外に蹴り出してアウトにする神のために戦う暴徒なのか。

彼らは神出鬼没で、危険きわまりなく、何と言ったらいいか、こちらの頭を完全に混乱させてくれた。ある意味、大型輸送機ハーキュリーズで方向変換しながら、組織的に自国を引き裂いている国を後にして、おれたちを引き裂くことに命を賭ける山の蛮族がうじゃうじゃいる国へと向かっていた。アフガニスタン。ヒンドゥー・クシ巨大山系の西端に位置するアフガニスタン北東部は、まさしくタリバンがアルカイーダのメンバーを庇護し、ウサマ・ビンラディンの熱狂的な支持者たちが九・一一のニューヨーク世界貿易センターへの攻撃を企てている間も、彼らをかくまっていた山岳地帯なのだ。

そこはまたビンラディンの戦士たちが訓練基地とした場所でもある。端的に言えば、アルカイーダは〝基地〟を意味し、タリバンはサウジアラビア人の狂信者ビンラディンの金と引き換えに、彼らにすべてを可能にしてやった。そしてまさに今、やつら――タリバンの残党とわずかに生き残ったアルカイーダの部族戦士たち――は巻き返しを計り、新しい訓練用キャンプと軍事基地を設け、最終的には民主的に選出された政府を倒して自分たちの政府を樹立しようと、険しい山道に歩を進めている。

彼らはずばり九・一一を計画した者たちではないかもしれない。でも、犯人たちの手下であり、後継者であり、追随者であることは間違いない。彼らは二〇〇一年の忌まわしい火曜の朝に、ビッグアップルで世界貿易センタービルのノースタワーとサウスタワーを崩壊させた犯人たちと同族だ。そしておれたちの来たるべき任務は、いかなる手段をもってしても彼らの活動をそこで、あの山の中で、阻止することにある。

これまでのところ、山の蛮族は小競り合いにおいて、我が軍を打ちのめしていた。それが、多かれ少なかれ軍の上層部がおれたちを送り込む理由だ。事態が手に負えなくなったときには、たいていおれたちが狩り出される。そのために海軍は年月をかけてカリフォルニア州コロナドとバージニア州バージニアビーチでシールを訓練するのだ。とりわけ「アンクル・サムのベルベットの手袋」（＊米国民の外面的な優しさ）が海軍特殊戦コマンド（特殊作戦軍）の鉄拳に道を譲る今のような時期には。

かくして、おれたちは今ここにいる。受けた使命は戦略上、秘密かもしれない。しかしあるポイントだけは、少なくともアラビア砂漠のはるか上空で轟音を立てるハーキュリーズの機内にいる六人のシールにとっては一点の曇りもなく明白だ。世界貿易センターテロへの報復のときが来たのだ。おれたちは犯人を捜し出す。実際にやったやつが無理ならその仲間、すなわち、今もおれたちの死を望み、ふたたび同じことを試みるかもしれない悪党どもでもいい。同じことだ、そうじゃないか？

自分たちの目的はわかっている。また、行き先も知っている。それはヒンドゥー・クシ山系の高峰だ。まさしくビンラディン自身がまだいるかもしれず、彼の弟子の新しいグループが今もって隠れているあの山々。あの山のどこか。

目的の単純明快さはおれたちを奮い立たせた。三、四歳の子供までがおれたちを憎むよう吹き込まれていたバグダッドの、危険をはらんだ埃っぽい裏通りよ、さようなら。向かうアフガニスタンには古来の戦場が待ち受けている。相手は敵として不足はない。がちんこ勝負でも、したたかさの勝負でも、武器対武器の勝負でも。

これには、おそらく普通の兵士たちなら少々ひるんでしまうかもしれない。だが、シールは違う。それどころか、絶対的な確信をもって言えるのだが、そのとき六人全員が先の展開に武者震いし、任務を堂々と遂行することを楽しみにし、最終的な成功を確信し、自分たちの受けた訓練や経験や判断力に自信満々だった。なぜなら、おれたちは無敵なんだ。そう教えられてきたし、そう信じていた。

米海軍シール部隊の公式規範の最後の二つのパラグラフに、はっきりそう書かれている。

「私たちは軍事訓練をし、勝つために戦う。私は自らの使命と祖国の設けた目標を達成するために、持てる戦闘能力のすべてを発揮する準備ができている。任務の遂行は必要とあらば迅速かつ暴力的にもなるが、あくまでも支持する信条に則るものである。

勇敢な男たちは戦って死に、私が守るべき誇り高き伝統と恐るべき評判を築いた。最悪の状況では先輩たちの遺産が私の意志を堅固にし、無言のうちにすべての行為を導いてくれる。私はしくじらない」

おれたちは少しでもアフガニスタンの兵士らしく見えるよう、顎鬚を伸ばした。群衆の中で目立たないことは非常に重要だ。とはいえ、もし混雑した空港にシールを三人紛れ込ませたとしても、おれには彼らの姿勢や、発散する自信や、醸し出される鍛錬の度や、その歩き方を見ただけで、彼らを識別できる。他の人にもわかると言っているのではない。ただ、おれにはわかるのだ。

バーレーンから同乗しているメンバーは、シール部隊の水準からしても、かなりバラエティに富んでいる。まず、マシュー・ジーン・アクセルソン二等兵曹。カリフォルニア出身のまだ三〇歳にもならない下士官だが、結婚していて、妻のシンディ、両親のコーデルとドナ、兄のジェフをとても大切にしている。

彼のことはいつもアクスと呼んでいて、よく知っている。おれの双子の兄モーガンの親友なのだ。テキサスにある我が家にも来たことがあるし、おれとはSDV第一チーム・アルファ小隊で長期にわたる仲間だ。彼とモーガンはシールの水泳訓練の相棒《スイム・バディ》であり、狙撃訓練所でもずっといっしょだった。

アクスは静かな男で、身の丈六フィート四インチ、目は真っ青で髪はカーリー。頭が切れ、〈トリビア・パースート〉（＊雑学知識を競うボードゲーム）では右に出る者がいない。知識が豊富なので、彼と話すのは楽しい。彼の出す答えはハーバート大教授の学識をも出し抜くだろう。地名、国名、その人口に、主な産業など。

チームの一員としての彼は常にプロフェッショナルだ。ただの一度として彼が動揺したところなど見たことがないし、常時その行動には抜かりがない。他の人間には難しくて頭が混乱してしまうことが、彼にとってはちょろいのだ。戦闘では最上級の運動神経を発揮し、敏捷で、バイオレントで、必要となれば残忍にすらなる。これは彼の家族がまったく知らない一面だ。家族が知っているのは、文句なしの第一級ゴルファーで、面白いことと冷えたビールが好きな、おだやかで陽気な海軍兵士の彼だけだ。

彼ほどいい人間にはめったに出会えない。実に驚異的な男だ。

次におれの親友、マイケル・パトリック・マーフィ大尉。やはり三〇前で、ペンシルベニア州立大学の優等卒業生でホッケー選手。何校かのロー・スクールから入学を許可されたが、そこで大きく舵を切って、海軍に入隊した。マイキーは根っからの本の虫だ。お気に入りはテルモピュライでのスパルタ軍の不死身の抗戦を描いた、スティーブン・プレスフィールドの『炎の門』だ。

　マイキーはヨルダン、カタール、さらにはアフリカの角（＊アフリカ最東北端の尖っている部分）にあるジブチに駐留し、中東を広く経験している。彼とおれはシールでのキャリアを同時にスタートした上に、おそらく二人とも生意気な発言が多かったので、同じ任地に配置されたのだろう。また、おれたちはどちらもほんの少しでもプレッシャーがあると眠れなかった。ユーモアのセンスとともに不眠症も二人で分かち合った。よくいっしょに夜中までうろついたし、正直言って、あんなにおれを笑わせた男は他にいない。

　おれはいつも彼の汚らしさをからかった。ときに何週間も毎日二人で哨戒に出ることがあったが、そんなときにはシャワーを浴びる暇もなければ、また数時間後には脇まで沼に浸かることがわかっていれば、浴びる意味もない。おれたちの、つまり下士官の班長とシール将校の典型的な会話を紹介しよう。

「マイキー、お前、まじで糞みたいにプンプン臭うぜ。まったくもって、どうしてシャワーを浴びないんだ？」

「ただちに、マーカス。でも、明日、思い出させてくれ、な？」

「了解、サー！」

　彼は身内やごく親しい人たちにプレゼントをするとき、特大のギフトショップ、別名〈ＵＳハイウエイ・システム〉を利用する。一度など、彼の素晴らしく美しい恋人ヘザーの誕生祝いに、プレゼント用の包装をして、セーフティ・コーン（＊円錐型標識）を贈った。クリスマスには夜間にセーフティ・コーンのてっぺんに取り付ける赤い点滅式ライトを、もちろんプレゼント用の包装をして贈った。おれは誕生日のプレゼントに一時停止の標識をもらったこともあった。

それに彼の旅行用バッグと言ったら！　ばかでかい、中ががらんどうの特大ホッケー用ダッフルバッグで、彼がひいきにしているニューヨーク・レンジャースでも使っていそうな代物だ。それは一個の手荷物としては、海軍全体で一番重い。でも、それにはレンジャースのロゴが誇らしげに付いているわけではない。上の部分にただ一言、「さわるな」とあるだけだ。

マイキーが生意気なコメントを発せられない状況など存在しない。一度、命取りになりかねない重大な事故に巻き込まれたことがあったが、そのとき、何が起きたのか仲間の一人に説明を求められた。「おいおい」と、ニューヨーク出身の大尉はその話題には飽き飽きしたといわんばかり。「お前はいつも昔のことを蒸し返す。忘れちまえ」

事故が起きたのはたったの二日前だった。

彼はまた、おれが出会った中で最高の士官でもある。天性のリーダーで、誰に対してもけっして威張り散らしたりすることのない実に素晴らしいシールだ。何かを命令するにも、「プリーズ」の一言を忘れることはない。いつも「これ、してもらえないかな？」という頼み方をし、けっして「あれをしろ」「これをしろ」とは言わない。しかも、相手がたとえ高級将校であっても、士官であろうが下士官であろうが、自分の部下を叱りつけることは許さない。

彼は断じて自分で責任を取る。非難は常に自らが受け止める。叱責されるべきことが起きたなら、進んで自ら非を認める。だが、間違っても彼を素通りして彼の部下に大目玉を食らわすなんてことはしてはならない。なぜなら、彼はいらつかせると手強い敵になりかねないからだ。そして、まさしくそういったことは、彼をいらつかせるのだ。

彼は水中能力に優れ、パワフルな泳ぎ手である。しかし少し遅い。そしてそれは本当に彼の唯一の弱点だ。彼とともに二マイルの遠泳訓練をしていたときのこと。やっとのことで浜辺にたどり着くと、彼の姿がない。見渡すとはるか四〇〇ヤードほど沖合でバシャバシャやっている。大変だ、溺れてやがる——真っ先に浮かんだのは、そんな考えだった。

ふたたび氷のような冷たい海に飛び込み、救助に向かった。おれは陸上では特に速いランナーではないが、水中ではスピードがあってあっさり彼に到達した。おれとしたことが……わかっていたはずなのに。

「離れろ、マーカス!」彼は叫んだ。「おれは戦術空軍(TAC)で一番パワフルなエンジンを搭載したレーシングカーだ。手を出すな、マーカス、危ない。お前が相手にしているのはレーシングカーだぞ」

さすが、マイク・マーフィ。もしそのエピソードを名を伏せておれたちの小隊の全メンバーに話して、誰のセリフか当ててみろと言ったなら、一人残らずマイキーだと言い当てるだろう。

ボーイングの情景に戻って、今、おれの向かいに座っているのは、ダニエル・リチャード・ヒーリー上級兵曹長だ。彼もまた畏怖の念を呼び起こすシール隊員で、身長六フィート三インチ、三七歳、妻ノーミンダとの間に七人の子供がいる。ニューハンプシャー出身、一九九〇年に入隊し、その後シール部隊に加わり、ロシア語を学んでおおむね流暢な域に達している。

ダンとおれは同じSDV第一チームに三年間所属している。彼は他のほとんどのメンバーより少し年上なので、みんなを「おれのキッズ」と呼んでいる――自分の子供だけじゃ足りないとでもいうのだろうか。そして全員を同じ熱烈さで愛してくれている。両方とも大家族だ。妻と子供たち、兄弟姉妹に両親、それに輪をかけて大きな、バーレーン島に駐留した仲間という家族。ダンは部下をかばうという点ではマイキーよりさらに一枚上をいく。彼がいるところで、あえておれたちを怒鳴ろうとする人間はいない。

彼は情報を収集し、地図や海図や写真やあらゆる偵察報告をチェックし、すべての任務において水も漏らさぬ綿密な事前調査を行うことで仲間を徹底的に守る。同時に彼は将来予測される任務にも目を光らせ、彼の〝キッズ〟が常に前線で働けるよう気を配る。そここそがおれたちの訓練が生きる場であり、おれたちが行きたい場所だからだ。

いろんな意味で、ダンは誰に対しても厳しい。おれも彼とは意見が合わないことがある。彼は自分のやり方がベストであり、たいていは唯一の方法であるとの絶対的確信をもっている。しかし、常にその心は温かい。ダン・ヒーリーは驚異的なシールであり、上官たる者かくあるべしという手本のような人物であり、チームの戦略家で、仕事を知り尽くしている鉄人だ。おれはこの大男のダンと、ほぼ毎日、顔を突き合わせて話をしている。

おれたちのどこか上のほうでハンモックに揺られながらヘッドホンでロックンロールを聴いているのは、ネバダ州ラスベガス出身の二二歳、サーファーでスケートボーダーのシェーン・パットン二等兵曹、おれの子分だ。おれは第一通信士で、彼はそのナンバー・ツー。マイク・マーフィのうんと若いバージョンさながら生意気な発言の名人で、当然だが、ずば抜けて優秀な潜水工作員だ。

彼はあまりに個性的なので、その趣味に共感するのは容易でない。一度など、通信センターに足を踏み入れると、彼がインターネットで豹皮のコートを注文していた。

「そんなもの、いったい、なんで欲しいんだ？」と、おれ。

「すんごくクールなんだよ、これ」。彼はそう言って、おれにそれ以上何も言わせなかった。

金髪でちょっと小生意気にニヤッとする大柄でたくましいシェーンはまた、すこぶる頭がいい。彼には何も言う必要がない。いつでも何をすべきかを知っている。最初のうち、それにおれは少々いらついた。わかるだろう？ うんと下のやつに何かしてほしいと言ったとする。ところが、もうやつはすでにやっている。それも毎回とくる。マシュー・アクセルソンに負けないくらい頭の切れる――ということは、最上級を意味するのだが――アシスタントを抱えているという事実に慣れるまでには、少し時間がかかった。

シェーンは他のサーファーたちにたがわず、とてつもなくのんびりしている。仲間たちはたぶんそんな態度を「めちゃめちゃクール」といった感じの言葉で表現するのだろう。だが、通信士となると、その特質は千金に値する。たとえば銃撃戦のさなかに彼が司令本部で通信業務に当たっているとすると、兵士たちは超が付くほど冷静でゆったりとしたシール通信士――いや、〝通信野郎〟と言ったほうがいい――と話すことになる。野郎というのはシェーンにとっての万能語だ。彼からすれば、おれすら野郎だ。実際、彼はブッシュ大統領にすら、その最高の栄誉となる呼び名を授与する。サーファーの授ける金メッキが施された名誉勲章だ。彼は大統領のことをこう言っていた――彼は根っからの野郎だぜ。

シェーンの父親もまたシールで、めったに口にこそ出さないが、シェーンの秘めたる野望は、父ジェームズ・J・パットンのようになることなのだ。シェーンは父親がかつて所属していた海軍空挺部隊隊員になりたがっていた。シール入隊資格試験に合格し、SDV第一チームに配属される前に、ジョージア州フォート・ベニングで基礎的な空挺訓練を終了していた。しかし、五カ月後、おれたちとともにアフガニスタン行きのフライトに加わった。

その短い一生で、彼が成し遂げたことはすべて目覚ましい。高校時代にはエースピッチャーで、かつ最優秀フィールダーだった。ギターが得意で、〈トゥルー・ストーリー〉という名のバンドを組んでいたが、その真価のほどはちょっと怪しい。彼はまた卓越したカメラマンで、機械に強く、修理や改造が得意だった。自分の手だけで古いフォルクスワーゲン・ビートルを二台修復し、改造した。彼はさらにもう一台を手に入れたそうで、「そいつは究極の改造ビートルになるんだぜ、野郎。今はそのことで頭がいっぱいだ」と言っていた。

またシェーンは基地にいる誰よりもコンピューターに強かった。何時間もコンピューターの前で過ごし、〈マイ・スペース〉というサイトでいつも友達と交信していた――「おい、野郎、どんな調子かい?」とかなんとか。

グループの六人目のメンバーはジェームズ・スール。二八歳、シカゴ生まれの南フロリダ育ちだ。彼はおれたちとアフガニスタンに発つ前にSDV第一チームに三年いた。そしてその間に彼は基地で一番の人気者になった。彼にはきょうだいは姉が一人いるだけだが、いとこは三〇〇人くらいいるらしく、その一人ひとりを守ると誓っている。

ジェームズは仲良しのシェーン同様、異常なほどタフなシールで、彼もまた二等兵曹だ。シェーンと同じくフォート・ベニングで空挺訓練を終了してからアルファ小隊に加わった。

彼はかつて獣医に、それも犬のスペシャリストになることを夢見ていた。しかし、ジェームズはシールになるべくして生まれてきたのであり、世界最精鋭の戦闘集団の一員であることを、そして肉体的精神的忍耐の限界に挑む自らの能力を、非常に誇りに思っている。

シェーンのように彼もまた高校時代にはスポーツのスターで、水泳とテニスの両チームで目覚ましい活躍をした。学業の面でも常に英才クラスや上級クラスにいた。おれたちの小隊では、ジェームズの頭脳の優秀さと戦闘時における頼もしさは、アクスやシェーンと並び称されている。彼のことを一言でも悪く言う人間に出会ったことがない。


オマーン湾に到達するのには三時間かかった。イラン湾の巨大なドックから出入りした、石油や天然ガスを積んだ世界中のタンカーが通る大高速海路からしっかり距離を取って、ホルモズ海峡の南をかすめていく。イラン海軍はバンダル・アバスにある主要基地と、そこからさらに海岸沿いに南下したところにある。昨今ますます活発な動きを見せる潜水艦基地をベースに軍事活動を行っている。

別にやたらと攻撃したがるイラン人のミサイル管理者が、おれたちに向かって高速赤外線追尾ミサイルを発射するかもしれないなどと想像しているわけではない。しかし、民間、軍用を問わず米国の航空機にほんの少しでも攻撃を加えるそぶりを見せたら、厳しい制裁を加えると表明している非常に強靭な男がホワイトハウスにいるとはいえ、やはりこの近辺では用心するに越したことはないのだ。

ここ中東に駐留しない限り、たとえバーレーンのような一般的に親米と見なされている国々にあってもけっして遠ざかってくれない恐怖、いや、脅威ともいえる感覚を、真に理解するのは不可能だ。

前述のオマーン海岸の岩でごつごつした部分は、深い峡谷のあるムサンダム半島の突端周辺だ。このホルムズ海峡に突出した最北の岩棚は、イランのバンダル・アバス基地に最も近い外国のポイントだ。その地点から南に延びる海岸線ははるかに平坦で、古代のアル・ハジャール山地からなだらかに下ってきている。機は赤道近くの、マスカットの北にあたるその辺りから、長い海洋横断を始めた。

そして海岸線を突っ切って外海に出て行くと、それは少なくともおれにとっては、アラビア半島と、クウェート、イラク、シリア、イランなどペルシャ湾北端に位置する煮えたぎるイスラム諸国への、真のグッドバイを意味した。それらの国々は過去数年間、おれの生活と思考を支配してきた。なかんずくイラクがそうだった。

第五チームに加わるために最初にイラクに到着したのは二〇〇三年四月一四日で、他の一二人のシールとともにクウェートを発ち、ちょうどこのC130のような航空機で、バグダッドから一五分のところにある米空軍基地に降り立った。それは本格的に戦争が始まる前の、米軍がサダムを捕らえるためにバグダッドへの無差別爆撃を開始した一週間後だった。英国軍はバスラを制圧したばかりだった。

到着したその日に、米海軍はサダムの故郷であるチクリットを制圧し、数時間後にペンタゴンは主な戦闘は終了したと発表した。しかしそういったことは、反対派の残党を捜し出し、必要とあればそれらを根絶やしにし、次に大量破壊兵器（ＷＭＤ）を見つけるというおれたちの任務にはいっさい関係がなかった。

ブッシュ大統領がサダム・フセインとバース党の陥落を宣言した日に、おれは一日だけバグダッドにいたのだが、同じ日に同僚たちはパレスチナ解放戦線の指導者で一九八五年、地中海でイタリアのクルーズ船アキレ・ラウロ号を攻撃したアブ・アバスを拘束した。

四八時間後の四月一七日、さらに米軍はサダムの異父弟で悪名高いバルザン・イブラヒム・アル＝ティクリティを捕らえた。それはおれが即座に取り組まされた業務だった。おれはそのとき、トミー・フランクス大将の指揮を仰ぐ一四万六千人の米軍および連合軍の一員だったのだ。おれにとっては初めての接近戦で、そここそが仕事のやり方を学んだ場所だった。

そして、米軍がオサマ・ビンラディンの追随者たちの不死鳥のような復活に初めてうすうす感づいたのもそのころだった。確かに彼らがまだ存在していることも、アフガニスタンで米軍に完膚なきまでに叩き潰されたのちもまだ再編成しようとしているという事実もおれたちは知っていた。しかし間もなく、ヨルダン人の殺人鬼アブ・ムサブ・アル＝ザルカウイ（すでに死亡）が率いる〈カイーダ〉という名の、考えうるあらゆる機会に破壊行為を行おうとするテロリスト集団についての噂をイラクで耳にし始めた。

おれたちの市内での任務は、そのときたまたま行方不明になった誰か、もしくは何かの集中的な捜索により、しばしば中断された。イラク到着第一日目にも、おれたち四人は消息不明になったＦ18スーパー・ホーネット戦闘爆撃機とその米軍パイロットの捜索に、イラクのどこかの広大な湖水地方に送られた。この事件についてはおそらく記憶している人も多いだろう。おれたちがMH47チヌーク・ヘリで湖面上に降下していくと、突然、航空機の尾部が水面から突き出ているのが見えた。直後に湖畔に打ち上げられたパイロットの死体が見つかった。

大きな悲しみを覚えたのを記憶しているが、まだ始まったばかりだ。イラクに到着して二四時間も経っていなかった。第五チームに配属されたおれたちは、〝通勤客〟の異名を頂戴し、特別危険な状況に召集される予備軍だ。主要な任務は、信じられないほど高性能なレンズを駆使して紛争地帯や危険な地域の撮影を行う特殊な監視や偵察である。

そういった任務はすべて暗夜に乗じて、警戒しつつ、ターゲットに目を据えたまま何時間も辛抱強く待ったうえで、ほとんど敵陣の内部から電子化された写真を本部に送信するという形で遂行される。たいていは四人のシールからなる、きわめて小さなユニットで動く。援護はない。こういった近接偵察はすべての任務の中でも最も危険なものだ。孤独で、しばしば退屈で、見つかれば命取りである。ときに、特に大物のテロリストリーダーの場合には、敵陣に突入して相手を生きたまま力ずくで拿捕する場合もある。残虐で非情である。一般的に言って、シール部隊は世界一優秀な偵察隊を育成している。

いわゆる「イラクの誇り高き自由戦士たち」についての記事を読むたびに、おれは笑ってしまう。彼らに誇りなどない。彼らは自分の母親すら五〇ドルで売るだろう。ある家に突入し、一味の首領と目される男を捕らえ、通りに引っ張り出すとする。すると開口一番、やつは言う。「人違いだ。お前たちの目当ての男は通りの先のあの家にいる」。もしくは「金をくれたら、知りたいことを教えてやるぜ」

彼らはそう言うに違いないし、実際にそう言った。そうして彼らから得た情報はしばしばこの上なく貴重だった。サダムの息子たちの排除やサダム自身の逮捕など、大規模な戦果のほとんどが諜報活動の賜物だ。誰かが、それも内部の誰かが仲間を売ったのだ。ちょうど売られた人間自身も何百人もの仲間を売ったように。金のためなら何でもする連中が、誇り高いって？　彼らはその言葉の意味すら知らないだろう。

しかし、そのレベルの情報はしばしば大変な努力の末に入手される。まずハンビー（多目的高機動車）で市の最も危険なエリアに猛スピードで突入して通りを走り抜ける。必要とあればヘリからロープで降下する。次に闇を突いて用心しながら街区から街区へと進攻していく。誰かが窓から、ビルから、通りの反対側のどこかから、もしくはタワーからでも撃ってくるのに備える。実際、そんなことは何度も起きた。ときにはこちらも反撃に出ることがあったが、そんなときは敵がこちらに加えた攻撃をはるかに上回る大きな打撃を与えてやった。

そして目的の家に到着すると、大型ハンマーとフーレイと呼ばれるドアを蝶番から引きはがす一種のバールのような工具を使って突入するか、もしくは鍵の周りに爆薬を巻きつけて爆破し、ドアを内側にぶっ飛ばす。いつでも確実に内側に向かって爆破するよう工作するのは、ドアの後ろに誰かがＡＫ47カラシニコフ銃を手にして待ち構えているかもしれないからだ。至近距離から時速一〇〇マイルで飛んで来るドアをもろに受けて、助かるのは難しい。

ときたま、ドアの後ろにいる敵の強さがよくわからないときは特殊音響閃光手榴弾を数個投げ入れる。それは爆発もしないし、壁や何かを破壊するわけでもないが、耳をつんざく大音響を立て続けに発し、焼けつくように強烈な白い閃光を放つ。敵はまごつくどころではない。

そうしておいて先頭の者に続いてみんなで建物の中に突入するのだが、それは住民にとっては常に大ショックとなる。たとえ特殊閃光音響手榴弾を使わなくても、彼らは即座に目覚め、そのとたんに、機関銃を水平に構え、大声で動くなと叫ぶ覆面をした大男たちの一団に直面することになる。こういった市中の家の大半は二階建てだが、イラク人は一階のリビングルームに全員で固まって寝る傾向がある。

二階からおれたちに向かって発砲しようとする者がいるかもしれず、そんなことになったら、まずいことこの上なしだ。その問題の解決には、普通、手榴弾で相手を直撃する方法が取られる。残酷に聞こえるかもしれないが、チームメイトの安全はひとえに手榴弾を持った仲間の手腕にかかっている。なぜなら、二階にいる男もまた手榴弾を持っている可能性があり、いち早くその危険を取り除かねばならないからだ――チームメイトのために。シール部隊では常に仲間の安全が最優先だ。例外はない。

下の部屋ではすでにイラク人たちが降参モードになっているが、おれたちは一味の首謀者を見つけなくてはならない。爆弾作りの道具や米兵を狙う武器にアクセスでき、爆発物の隠し場所を知っている男だ。通常、首謀者を見つけるのはそれほど難しくない。その場で何らかの明かりを手に入れ、男を窓際まで引っ張っていき、外にいるデータを手にした仲間に男の顔を写真と照合させる。

自分の部隊でもたびたび写真を撮っていたので、照合はスムーズにいった。こういったプロセスが進行している間に、チームは建物全体を確保するが、それは大まかに言って、この突然の逮捕劇の標的となったイラク人がいかなる種類の武器にもけっして手が届かないよう一〇〇パーセント確認することにある。

そこで登場するのが、おれたちが〈A〉と呼ぶ男たちで、彼らは尋問を仕事にしていればそうなるのも無理ないが、非常にプロフェッショナルで、冷酷で、職務に対し断固とした態度で臨む。彼らは何よりもまず情報提供者の情報の質を問題にする。それは何十人ものアメリカ人の命を救うことになる貴重なデータかもしれないのだ。家の外では三、四人のシールが広範囲にパトロールし、必然的に集まってくる群集を押し戻す。いったん騒ぎが収まれば、次にAのガイダンスに従っておれたちも首謀者を尋問し、彼がテロ活動の拠点としているアジトの場所を吐かせるのだ。

住所を手に入れることもある。他の首謀者たちの名前を入手することもある。また弾薬集積所について教えてくれることもあるが、これにはたいてい金が必要だ。もし逮捕した男がどうしようもなく頑固な場合は、手錠をかけて基地に送り返し、さらにプロフェッショナルな尋問を受けさせる。

すでにサダム・フセインの政府は倒れ、彼の部隊は降参し、国は暫定的に米英両国の管理下に置かれているにもかかわらず、今なおサダム・フセインのために闘争を続けている男たちの居所を突き止め排除するのに必要な情報を入手するには、そんな手段が取られていたのだ。それは正規の戦争が終結した直後の危険な時期だった。

屋上から射撃され、車に爆弾が仕掛けられていないかを警戒し、夜毎に野生動物よろしく通りや村を動き回りながら、おれたちはテロリストのように戦う術を学んだ。テロリストに勝つにはそれしかない。彼らのように戦わない限り、間違いなく彼らに殺される。だからこそおれたちは長年の訓練で体に叩き込まれたシールの確立した手順に従って、荒々しく敵地に乗り込み、家やビルディングを強襲し、ドアをぶっ飛ばし、建物に突入したのだ。

つまるところ、敵にはこちらを絶対的に恐れさせ、こちらが圧倒的優位にあることを理解させなければならない。あの最前線でおれたちはそれを学んだ。そして、それこそがおそらくイラクに何カ月もいたにもかかわらず、シールからは一人も犠牲者が出なかった理由である。テキストブックどおりに戦ったのだ。

少なくとも大きなミスはなかった。もっともイラクでの最初の週に、川沿いのパトロール中にイラク人反乱軍の弾薬庫を発見し、対岸から散発的な銃撃を受けたときに、おれたちが小さな……その……判断ミスを犯したことは認めよう。

将校の中には、そういう場合には単に弾薬庫を確保して、爆発物を没収すればいいと考える人もいるだろう。シールは幾分違った反応をし、たいていはもっと手っ取り早い解決法を求める。「おい、おい、……こいつには消えてもらわなくちゃな」に近い。もっとも、それも大まかに言えば、ガイドラインに沿っていないくもないのだ。おれたちは自分たちの爆弾をその建物に仕掛け、あとはEOD（爆発物処理）隊員に任せた。彼はおれたちを現場からかなり遠ざけて配置したが、何人かはそれでもまだ近すぎるのではないかと思っていた。

「大丈夫だ。そこでいい」。彼は自信たっぷりだった。

蓋を開けてみると、かの爆弾や手榴弾やその他の爆発物の山は、まるで核爆弾のように爆発した。

最初のうちはただ埃が舞い、小さなコンクリートのかけらが飛び交っただけだった。だが、爆発は次第に規模を増し、建物のコンクリート片が雨霰《あめあられ》となっておれたちの上に降り注ぎ始めた。

　男たちはトラックの中へ、トラックの下へ、どこであろうが落下物を避けられるところに飛び込んだ。チグリス川に飛び込んだやつもいた！　硬い泥壁の塊や岩が落ちてきて、トラックにぶつかる音が聞こえた。あそこで死傷者が出なかったのは奇跡だ。

　ついに静かになったので、おれはかすり傷一つ負うことなく、這い出た。ちょうどEODのマエストロがおれの横に立っていた。「お見事」。おれは言った。「大成功だった、よな？」と。そこにマイク・マーフィがいればよかったのに、と思った。彼ならもっとうまいことが言えただろう。

　おれたちはバグダッド郊外で三カ月近く任務に就いた。市内の通りをくまなく捜索し、どこに隠れていようが造反者たちを暴き出した。街角に忍び寄り、見慣れぬ暗い異国の交差点を包囲して夜中に銃撃戦を行うには、あらゆる種類のスキルが必要だった。

　厄介なことに、ときに正常に見えるものが危険を孕んでいた。正面だけきちんと残っていて、裏側全体が米軍部隊による爆撃で吹き飛ばされた建物もあった。

　おれたちはしばしば一見まともな通りにいるように見えて、実は瓦礫の山の中にいた。それは反乱者たちだけでなく、自分たちのかつてのリーダーのために今なお戦うスンニ派テロリストにとっても理想的な隠れ場所を提供していた。

　ちょうどそんなある晩、おれは九死に一生を得る経験をした。チームメイトの掩護射撃のためにライフルを構えて歩道に上がったときだ。鮮やかに覚えている。まさしく爆弾の真上に、それを足でまたぐ形で立っていたのだが、おれはまったく気づかなかった。

仲間の一人が「マーカス！　離れろ！」と叫びながら突進してきて全力で体当たりしたので、二人して道路の真ん中に転がった。先に立ち上がった彼は、文字どおりおれを引きずってその場を離れた。一瞬ののちに、ＥＯＤ隊員がその爆弾を爆発させた。キッチンで作られたようなただの小さな簡易爆弾だったので、幸運にもおれたちはすでに安全圏にいた。とはいえ、逃げるのが遅れたら、死んでいたか、最低でも大事な部分に甚大な被害を被っていただろう。

これもまた、シールの三叉鉾のバッジを着けるには、どれほど驚異的に鋭敏でなければならないかを証明する一例である。訓練中に繰り返し言われたのは、けっして油断してはならない、また、敵のテロリストたちがいかに予測不可能で狡猾そのものか、したがってこちらはいかに絶えず完全に警戒した状態になければならないか、またどんなにチームメイトに常時気を配る必要があるかだった。任務に就く前夜には毎回、曹長がこんなことを言った。「さあ、諸君。気合いを入れろ。いよいよ本番だ。気を抜くな。集中しろ。それが生き延びるコツだ」

闇の中を突き進み、地面をジグザグに横断し、何事もけっして同じ方法で二度は行わないでいるうちに、おれは第五チームと行動を共にしている自分自身について多くを知った。すべてを同じ方法でやるのは軍のやり方だ。おれたちは彼らよりはるかに小規模な部隊なので、違った方法をとる。たとえ主要都市における作戦であってもおれたちは二〇人以上のグループで動くことはけっしてないし、偵察隊に至ってはたった四人の部隊だ。

影の中を敵の目が届かない死角を利用しながら静かにこっそり動くとき、五感は一〇倍にまで研ぎ澄まされる。ある人はおれたちのことを〝影の戦士〟と描写した。それは正しい。それこそおれたちだ。そして、おれたちには常に明確なターゲットがいる。たいていは一人の男、問題を引き起こしている張本人、テロリストのリーダーもしくはブレーンだ。

そしてついにターゲットに追いついたときにどうするかは細かく定められている。まず、相手に銃を捨てさせ、地面に尻をつかせる。たいていの敵がこれはさほど抗議もせずに行う。言うことを聞かなければ、ただちに手を出して地面につかせる。その間、ほんの一瞬でも、おれたちが敵に背を見せることはない。彼らには数分の一秒の自由裁量の間も与えない。そんなことをしたら、敵はライフルをつかみ、至近距離からこちらの背中をぶっ放すだろう。チャンスがあれば、おれたちの喉すら掻き切りかねない。誰もテロリストのようには何かを憎めない。こういった男たちに実際に遭遇しない限り、「憎しみ」という語のもつ意味を真に理解することは不可能だ。

おれたちは中途半端な訓練しか受けていないテロリストたちに世界中でお目にかかった。彼らには種類を問わず致死兵器を扱う資格がないが、中でも彼らの使うロシア製カラシニコフがいい例だ。まず、あの銃自体が不正確な代物なのだが、それがヒステリックな人間——彼らの大半がそうだ——の手に渡ると、弾は至るところにばらまかれる。こういった連中が米兵を狙うと、たいていは何を標的にするでもなく街角からがむしゃらに発砲し、たまたま通りがかったイラク人の市民を三人ばかり殺す羽目になる。彼らの狙いである米兵に弾が当たるとしたら、ただの偶然でしかない。

二〇〇三年五月、ブッシュ大統領は戦争の軍事活動段階は終了したと宣言した。その四日後には、サダム・フセインとその息子が中央銀行から一〇億米ドルを現金で強奪していたことが判明した。ちょうどそのころ、まだ大量殺戮兵器の捜索も行われていたのだが、おれたちはサダム所有の大規模な隠匿場所があるとされる、巨大なブハイラト・アス・タルタル湖での任務を命じられた。

それはチクリットの南の、チグリス川とユーフラテス川に挟まれた植物の生い茂る平原にある、全長約五〇マイル、幅は場所により三〇マイルにも達する大きな湖だ。片方の先端には大規模なダムがあり、おれたちが配置されたのはヒットという場所のすぐ南だった。その名はいかにもぴったりだった。そこでおれたちは約一週間、潜水服を着て、その湖の深く透き通った水の中を徹底的に捜索した。作業はゾディアックス（＊小型のラバーボート）から行われたが、結局、自転車のタイヤと古いはしご以外には何も出てこなかった。

さらに数週間が経つうちに、気温はうなぎ上りに上昇し、ときには華氏一一五度にもなった。おれたちは夜を徹して任務をこなしていた。その間、戦況が落ち着きつつあると思えた日々もあったが、六月四日にはアルジャジーラ・テレビからサダムのものだとする録音テープの声が流れ、抵抗軍に加わって死ぬまでアメリカの占領に対し戦えと煽った。

おれたちはそれを、何というか、ばかばかしいと思った。なぜなら、アメリカはどこも占領する気などないからだ。おれたちはただ、歴史に名を残す大悪人から解放したばかりのこの国の一般市民が、頭のいかれた連中の爆破の犠牲になり、全滅するのを防ごうとしているだけなのだ。

しかし、おれたちがどう考えているかなど関係なかったようだ。まさにその翌日、アメリカにより訓練された新しいイラク警察学級の卒業式で大きな爆破事件があった。新しく誕生した七人の警官が犠牲となり、七〇人が負傷した。それを是とする人間を理解できるのは神だけだ。

おれたちは鍵となる反乱者を見つけては力ずく、もしくは買収により情報を引き出すという活動を続けた。しかし、すでに彼らが新しく組み入れた手下の数は無限の様相を呈していた。何人突き止めようとも、さらに多くの者たちがいた。そして、自らを〈イラクのアルカイーダ〉と称する邪悪な集団の台頭について初めて耳にしたのもこのころだった。それは、特におれたちアメリカ人の破壊と殺戮に血道をあげる、公然のテロリスト集団だった。

しかしながら、七月二二日、父親のサダムと少なくとも同程度に邪悪だった二人の息子、ウダイとクサイがついにモスルにある邸宅で捕らえられると、こういった動きは士気の点で大きな打撃を被った。機密扱いであるこの作戦に関しては、米軍特殊部隊による建物全体の破壊により二人とも死亡したということ以外、おれは口外することを許されていない。二人の死は、もっぱら自由のための戦いに誇りを抱いていた、彼らの献身的な忠臣数人の裏切りにより実現した。すべては金のため。ちょうど同じ男たちが、のちにアブ・ムサブ・アル＝ザルカウィを裏切ったときのように。

米軍のあらゆる努力にもかかわらず、自爆テロはやまなかった。敵を殺すことは天国への門を開く――三本のトランペットが鳴り響き、橋を渡るとアラーの腕に迎え入れられ、永遠の幸福が約束される――という過激派のアヤトラ（イスラム教指導者）の教えに洗脳されたイラク人の若者たちだ。

こうして、彼らはふたたび自爆テロ作戦に戻った。八月二六日、一人の米兵が命を落とした。それにより、米兵の犠牲者数は、戦闘時よりも戦争後のほうが多くなった。八月二九日にはナジャフのシーア派モスクの外で車に仕掛けられた大きな爆弾が爆発し、人々に崇められ、おおいに愛されていたシーア派指導者ムハンマド・バキル・アル＝ハキム師を含む八〇人が死亡した。

おれたちの目には、事態は急速に手に負えなくなりつつあるように見えた。おれたちが何をしようが、何人こういった狂信者を捕らえようが、どれだけ火薬や爆弾や武器を除去しようが、次々と見つかった。そして喜んでトランペットへの近道を選び、橋を渡って、質の高い幸福に自らを接続しようとする若者があとを絶たなかった。

八月末になると、いまだ見つからない大量破壊兵器の問題はますます差し迫ったものとなった。ハンス・ブリックス国連武器査察団長が退いた今、その監視は米軍が行っている。おれたちの見解では、サダム・フセインが生物兵器や化学兵器を持っていたかどうかについては、答えはすでに出ていた。むろん、彼は持っていた。ハラブジャで使ったじゃないか。そうだろう？

察するに、アメリカの一般大衆の心にあるのは、彼が核兵器すなわち原子爆弾を持っていたかどうかという問題だったと思う。しかし、もちろんそれは最も重要な問題ではなかった。真に重要なのは、彼が核兵器開発プログラムを持っていたかどうかだった。

持っていたなら、それはすなわち兵器級ウラン（＊核分裂を起こすウラン２３５の濃度が九〇％以上）の製造を目指していたことになる。この濃縮作業は遠心分離機を使って、ちょうどサラダスピナーを使ってレタスから水分を飛ばすように、天然ウランから質量の大きなウラン２３８（核分裂を起こさない）の中性子を外側にはじき出す方法で行われる。これは非常に大掛かりなプロセスで、完成にはほぼ七年の年月を要するが、その間に施設がまったく支障なく稼動すれば、最後にウランの縁を切り離し、分子の重いウラン２３５の大きな塊を得ることができる。それを二分割し、これをロケットや爆弾のようなスチール製の密閉されたスペースの中で爆薬により激突させれば、広島で起きたことの再現となる。

それこそが問題なのだ。サダムはウラン２３５を得るための遠心分離を行っていたか？　もしそうならば、そもそもそのウランをどこから入手したか？　そして、そのプログラムはどこで行われていたか？　思い出してほしい。この地球上に、原子爆弾を作る以外にウラン２３５が必要となる理由はないのだ。

サダムがそのようなプログラムを持っているとアメリカの情報機関は信じていた。ドイツより大きく、テキサスとほぼ同じ面積を有するこの広大な国のどこかに、世界で最も危険な物質を作るための遠心分離機があると。

それがおれたちに与えられた情報のすべてだった。何を探せばいいかはわかっていたし、もし見つけたなら確実にそれだとわかっただろう。サダムは精密に調整された原子爆弾にしろ、核ミサイルにしろ、実際に完成品を手にしていたのだろうか？　たぶん、答えはノーだ。誰も持っているとは思っていなかった。しかし、ドナルド・ラムズフェルド前国防長官がかつて述べたように、「きみはどうしたい？　彼が実際にそれらを手にするまで放っておくのか？」

遠心分離機を二台はゆうに積めるくらい巨大な政府軍トラック四台が、車列を作ってイラクの高速道路を進んでいく衛星写真を見たＣＩＡが、決定的な証拠を発見したと信じたことを覚えている人もいるだろう。サダムが持っているのは、簡単には見つからない上に、砂漠の中に簡単に埋めたり隠したりもでき、さらには国境を越えてシリアやヨルダンにすら運び出すことも可能な、可動式の遠心分離プログラムであるというのが一般的に信じられていたセオリーだった。

実を言えば、おれたちはくだんのトラックが固まって砂漠に隠されているのを発見した。しかし、車両の内部は手荒に略奪されていた。何一つ残っていなかった。そこに何が積まれていたにせよ、誰かが大急ぎで取り除いたように見えた。

さらにおれはバグダッド北部でアルカイーダの訓練キャンプも見た。そこもまた放棄されていたが、それはイラクの独裁者とオサマ・ビンラディンの兵士志願者たちの間に強いつながりがあるという動かぬ証拠だった。そのキャンプが軍事用の目的であったという形跡は至る所にあった。アフガニスタンにいた仲間の何人かは、それはまさにアメリカが九・一一直後に破壊したアルカイーダのキャンプのレプリカのようだと言っていた。

灼熱の砂の荒野でただ幻を追いかけていたときも多かった。海岸線での捜査がその最たるものだった。水辺のしばしば地図にも載っていない砂漠の荒野で、おれたちはよく遠くにロケットの発射台を発見した。しかし、車で近づいてみるとそれはただのデコイで、スクラップメタルと古い鉄の棒でできた巨大な模造ミサイルコンテナーが天を指していた。

信じられないほどの酷暑の中、二日間も未開の地を走り続けた後では、それは許しがたい迷惑行為だった。もし、おれたちのチームが最終的にサダムをあの隠れ場所で発見していたなら、おそらく数多くの理由で彼を撃ち殺していただろうが、中でもあの無に帰した砂漠の走行は一番の理由だっただろう（これはただの冗談だ）。

一つだけ言っておこう。あのイラクの大統領は実にずる賢い悪党で、一三の宮殿の間を巧妙に逃げ回り、逮捕を逃れ、録音テープを作り、軍の残党には米兵を殺し続けろと煽り、反乱者たちには大悪魔（おれたちアメリカ人）との戦いを続けるようけしかけていた。

かの地での任務はきつかった。しかし、おれは多くの点で、あそこが与えてくれた経験に感謝している。敵がどんなに扇動的で狡猾になれるかを、しかと学ばせてもらった。けっして敵を侮《あなど》ることなかれ。そして戦争でうまく立ち回るには、常に状況を完全に掌握しておかなければならない。油断は禁物だ。

おれは世界中の戦場で米軍が直面する、昨今ますます深刻化しつつある問題に気づいていた。おれにとっては、それはイラクで始まったのだ。アメリカのリベラル派の連中が、どういうわけかおれたちは間違っている、おれたちは残忍な殺人者で、他の国々をいじめている、政府の命を受けて国のために自らの命を危険にさらしているおれたちが、敵を撃ったから殺人罪に問われるべきだと、つぶやき始めたのだ。

戦闘についても、軍事訓練についても、前線でおれたちが直面する命にかかわる危険についても何一つ知りもしない政治家やリベラルなメディアによる米軍批判がじわじわと広がりつつあった。アフガニスタンに向かう機中、おれたち六人はそれぞれ心の中で、あのとてつもなく押しつけがましい交戦規則（ROE）を反芻していた。

それはおれたちが従うべく定められたルールで、ある政治家がワシントンDCのはずれの一委員会室で座って作成したものだ。そこは、戦場からは程遠い場所だ。狙撃手の弾丸にいつ頭をぶち抜かれるかもしれない、ほんのわずかな間違いで命を落とすかもしれない、自分が殺される前に相手を殺さなくてはならない、そんな戦場からは。

交戦規則はきわめて具体的で、「相手が撃ってきた場合、もしくは敵の正体がはっきりしていて、しかも相手の意図についての証拠がある場合しか発砲してはならない」とある。はいはい、確かにそれは立派なご意見です。しかし、それだと何日間もパトロールを続け、その間に発砲され、ロケット弾（＝ＲＰＧ）や手製爆弾をなんとかよけ、負傷し、消耗しつくして、おそらく少々恐怖にかられている兵士のグループはどうすればいいのか？

地平線の彼方から色付き布巾を頭に巻いた男の集団がＡＫ47を振り回しながらこちらに向かって突進してきたとする。そんなとき、相手が味方を殺し始めるのを待っているやつがいるだろうか？　それとも、やられる前にやろうとするだろうか？

テロリストの人権にしばしば高い優先順位が与えられるワシントンでは、そのような状況は至ってシンプルに見えるのかもしれない。そして、リベラルな政治家たちは断固として自分たちの立場を弁護するに違いない。なぜなら、これは誰もが知っていることだが、リベラル派はかつて一度も、何についても、間違っていたことがないからだ。彼らに訊いてみてほしい、いつでもいいから。

けれども、レンジャー、シール、グリーンベレー、その他何であれ、そういった米軍戦闘兵士たちの観点からすれば、交戦規則は非常に深刻なジレンマを突きつける。おれたちもそれを守らなくてはならないことは理解している。なぜならば、それはおれたちが仕えると誓った国の法のもとに定められたルールだからだ。しかし、それはおれたちにとっては危険を意味する。世界的なテロとの実戦場でのおれたちの自信の土台を揺るがす。さらに悪いのは、それはおれたちを不安にし、弱気にし、ときに及び腰にさせる。

実際の経験から言えるのだが、まさにあの交戦規則のせいで、米軍史上最も優秀だった三人のシール隊員が命を落とした。彼らのような米軍エリート戦士が少しのちに命を落とした可能性がないとは言わないが、少なくともあの時点で死ぬことはなかっただろうし、おれの考えでは間違いなく今日も生きていただろう。

いつの日か遠くない将来、米国政府がおれたちを信用してもいいと悟る日が来ると期待している。おれたちは敵について、彼らのやり方も、しばしば彼らの正体も知っている。政治家たちはおれたちを戦闘に送り出したのだから、戦闘がおれたちの仕事だ。おれたちは必要なことをする。そしてこれはおれの考えだが、政治家たちは国民の九九・九パーセントが怖がる仕事をさせるためにいったんおれたちを送り出すと決めたなら、いっさい邪魔はせず、おとなしくしているべきなのだ。

リベラル派の政治家やメディアが規定する、この現代の戦争犯罪という概念のすべてがイラクに始まり、以来、悪化の一途をたどっている。公衆の知る権利とやらに乗っかり、誰もが首を突っ込まずにはいられなくなっている。

率直に言うと、大半のシールが公衆にそんな権利はないと考える――それが、オンボロＡＫ47の先が向くままに、アメリカ人なら誰でも目に入るなり、即座に殺す血も涙もないテロリストたちの人権についてワシントンの誰かが死ぬほど心配したせいで、おれたちの命が不必要に危険にさらされることを意味するならば。

もしも――そんなことはないと思うが――公衆が自分たちには知る権利があると言い張るならば、そういう人たちは自ら戦場に赴《おもむ》いて、アメリカ人を一人残らず殺さんとの決意に燃える武装テロリストたちを相手にするがいい。

これは確信をもって言おう。おれたちが逮捕したイラクの反乱軍兵士、自由戦士、組織に属さない射撃手、その全員が釈放されるコツを知っている。アメリカ人に拷問された、むごい仕打ちを受けた、コーランを読むのを禁止された、朝食を与えられなかった、テレビを見せてくれなかった、そんなことを公言すれば脱出できるのだ。彼らはみな、アラブの放送局アルジャジーラが自分たちの声を拾い上げてくれ、それが合衆国に中継されると、リベラルなメディアがうきうきしながらおれたちを殺人犯だとか野蛮人だとか言って糾弾することを知っている。ああいったテロリスト組織はアメリカのメディアを陰で嘲笑っている。彼らはどうすればおれたちに不利になるようにメディアを利用できるかを、正確に知っている。

上記の指摘が具体的でないことは知っているが、おれはそもそも具体的に書くつもりはない。この一般論的な書き方は、交戦規則は、若い兵士たちを怯えさせ、彼らが政府によって危険な状況に置かれながらも、過剰に自己防衛をすれば殺人罪で訴えられる可能性があると信じ込まされている、それは危険でもある、という事実に気づいてもらうことを目的としている。

おれは政治的な人間ではない。シールとして自国を守り、最高司令官——共和党であろうが民主党であろうが、その時々の合衆国大統領——の願いを実現すると誓っている。おれは愛国者だ。アメリカ合衆国と生まれ故郷のテキサスのために戦う。おれはただ、この国の優秀な若者たちが、単に敵を攻撃したからといって自国から戦争犯罪で訴えられるのを恐れるがあまり米軍エリート部隊に加わるのをためらうなどという場面を見たくないだけなのだ。

そして、おれは一つ確信していることがある。もしおれがアフガニスタンの山腹を巡っていて、我が国に対する卑劣でいわれのない攻撃を計画し、九月一一日にニューヨークで二、七五二人の罪なきアメリカ市民の命を奪ったオサマ・ビンラディンと鉢合わせしたなら、平然と彼を射殺するだろう。激昂したアメリカのメディアに押され、軍はおそらくおれを拘置するどころか、地下牢にでも閉じ込めるだろう。そして、殺人罪で起訴するだろう。

言っておく。それでもおれはやつを撃つ。

2　俺たちが小さかった頃、そして、ばかでかいオールド・アリゲーター

機はオマーン湾南端のはるか上を飛行し続けた。アラビア海の四万五千フィート上空を東北東に四〇〇マイル進む。真夜中に六一度の経度線を通過。今はイラン国境のガバター港の真南、パキスタン国境が下りてきて海にぶつかる辺りに到達している。

ヒーリー上級兵曹長は小さく鼾をかいている。アクスはニューヨーク・タイムズ紙のクロスワードパズルをやっている。あれほどの大音響でロックンロールをプレイしているにもかかわらず、シェーンのヘッドホンが爆発しないのは奇跡だ。

「よう、そのくだらない音楽、そんなに大きな音で聴かないとだめなのかい?」

「クールなんだよ、……野郎よ、かっかすんな」

「なんてこった」

C130は今、ほんの少し進路を北寄りに変え、アラビア海の北岸四七〇マイルに沿った、ペルシ

ヤ湾から出入りする石油の航路を見渡せる戦略的に有利な位置にある、バルチスタンの海岸に向かった。多くの部族長たちの激しい怒りにもかかわらずバルチスタンはパキスタンに併合され、その状況は一九四七年のインドからの独立以来続いている。しかし、今もって部族長たちはこの取り決めを良しとしていない。

そして、かつて誰も、トルコ人も、タタール人も、ペルシャ人も、アラビア人も、インド人も、いやイギリス人すら、バルチスタンを完全には征服できなかったという事実はたぶん記憶しておくに値する。かの地の部族民はチンギス・ハンすら寄せつけなかったのだ。彼の戦士は一三世紀のシールだったにもかかわらず。

おれたちには、いや誰にも、米軍特殊部隊がどこかの国に入るときの正確なルートは知らされない。しかし、バルチスタン沿岸の町パスニには大きな米軍基地がある。推測するに、おれたちが夜明けよりかなり前に着陸したのは、たぶん、その付近のどこかだったのだろう。そこから、また二五〇マイル飛び続け、四つの山脈を越えてダルバンディンの近くにあるまた別の米軍基地を目指した。

着陸はしなかったが、アフガニスタンとの国境からわずか五〇マイル南に位置するダルバンディン付近の上空は安全空域だ。少なくとも、イラン、パキスタン、アフガニスタンに三方からぎゅっとはさまれた、この不思議な荒涼とした地方にしては安全だ。

バルチスタンの果てしない山脈は、数多くの逃亡中のアルカイーダ新兵や国を追われたタリバン戦士たちにとっては安全な避難所で、現在は六千人もの潜在的テロリストたちの隠れ場所となっている。だから、ヒーリー上級曹長も、おれも、仲間の男たちも、その過疎の広大な秘密の地より九マイルも上空にいたにもかかわらず背筋にぞっとするものを感じ、乗務員に〈機体はアフガニスタン空域に達していて、カブールまでの四〇〇マイルを北上中だ〉と伝えられたときには内心ほっとした。アフガニスタンの大河川の一つで、南部耕地の大部分に水を注ぐ全長七五〇マイルにもなるヘルマンド川の東に広がるレジスタン砂漠の上空あたりで、おれは眠りに落ちた。

どんな夢を見たかは覚えていないが、きっと故郷の夢だったに違いない。海外で任務に就いているときは、たいていそうだ。おれの生まれ育った家はサム・ヒューストン国有林に近い、イースト・テキサスの松林の中にある小さな農家だ。うら淋しい地方の、赤土の長い道の奥にあり、近くにはもう二、三軒の農家があるだけだが、うち一軒は我が家と隣り合わせになっていて広さはうちの四千倍くらいある。時々、そのせいでおれたちは実際よりうんと大物に見える。おれと一卵性双生児の兄モーガンはそれと似たような関係だ。

モーガンは七分ほどおれより年長で、体格はおれとおおむね同じ（身長六フィート五インチ、体重二三〇ポンド）だ。なぜか、おれはいつも家族の中では一番チビとして扱われてきた。七分の差でそんな目に遭うなんて信じられるかい？　でも、そうだった。そしてモーガンは年上としてのステイタスを頑として守り続けた。

彼もまたシールだが、おれのほうが先に入隊したので、ランクではおれより少し下だ。しかし、それでもいっしょにいるときはいつでも、彼は当然のごとくにおれを仕切る。

ともかく、テキサスにあるおれたちの実家は二、三の建物から成っていて、母屋はとうもろこし用の小さな畑と野菜用のいくつかの畑を含む広大なカントリーガーデンに囲まれた石造りの農家風平屋だ。おれたちの周りにはどちらを向こうが、見渡す限り、樫の巨木や草を食む家畜たちが点在する草原しかない。敬虔な家族にとっては心休まる場所だ。

小さいころからずっとモーガンとおれは神を信じるよう育てられてきた。別に教会に行くことを強制されたわけではなく、今日までも家族は教会に通ったことはない。実際、ある程度定期的に教会に行くのは、家族の中でおれだけだ。日曜の朝、家にいれば、車を飛ばしてなじみのカトリック教会に行く。洗礼を受けてはいないが、カトリックは自分に合っていて、その信条や教義は抵抗なく入ってくる。おれは子供のころからいつだって詩篇第二三番やその他のいくつかを最初から最後まで暗誦できた。

さらに、今は亡きヨハネ・パウロ二世ローマ教皇は世界で最も信心深い人物であり、固い信念をもったキリストの代理人であり、その指針はけっしてぶれることがなかった。手ごわい老人ヨハネ・パウロ二世。ロシア人にとっては、彼は少し強硬すぎたようだ。もし彼が聖職者にならなかったら立派なシールになれただろうと、おれはいつも思っていた。

南部の、おれたちの静かな辺境の森林地域では、生活は平穏そのものに見える。たまにほんの小さな刺激があるだけだ。たいていはヘビ。でも、親父はずっと以前にそれらの扱い方を教えてくれた。特にその地方に特有のヘビやアメリカマムシの扱い方を。それらを食べるガラガラヘビやヒガシダイヤガラガラヘビ、キングヘビもいる。また、そのあたりの湖には時折ヌママムシも見かけるが、そいつは実に御しがたい。人間を追いかけ回す。でも、おれはやつらを特別好きではないが、恐れてはいない。モーガンは一種のスポーツ代わりにやつらにいやがらせをし、警戒させるのが好きだ。

我が家から一マイルほども道路を行くと、テキサス長角牛の大群がいる。また、我が家のすぐ先にはおふくろの小さな放牧場が六つあり、そこにはおふくろの所有する馬もいれば、よそから預かっている馬もいる。

おふくろには病気の動物や弱った動物を闘志満々の状態に戻す魔法のような力があるので、人々は彼女のもとに馬を送り込んでくる。おふくろがどうやっているのかは誰にもわからない。ただ馬たちにささやきかけているだけだ。でも、餌やりに何らかの秘密がありそうで、たとえばあるタイプの病気の競走馬には、ある種の海草の混合飼料を与えている。おふくろが牧牛用の馬を競走馬に変えると神に誓って断言する飼料だ。ごめん、おふくろ。つい口が滑っちまった。ちょっとふざけただけだよ。いや、真面目な話、ホリー・ラトレルは素晴らしく優秀な飼育者だ。大袈裟でなく、弱りきってしまった馬を、健康で毛並みもつややかな競走馬に回復させる。だからおふくろに馬を預けようという人があとを絶たないのだろう。でも、おふくろが一度に世話できるのはせいぜい一〇頭程度で、毎朝五時には馬小屋に出て仕事を始めている。

おふくろは七代続くテキサス人だ。もっとも、一度だけニューヨーク市に移住したことがあった。このあたりでは、それは上海に移住するも同然だが、おふくろは今もそうだが、ブロンドの魅力的な女性だったので、スチュワーデスで身を立てようとしたのだ。でも、長くは続かなかった。あっという間にイースト・テキサスの広大な田舎に舞い戻って馬を飼育していた。おれたちみんなそうだが、おふくろもテキサスは自分の精神の一部だと感じている。おれも親父も例外ではないが、モーガンに至っては、テキサスは間違いなく彼の本質になっている。

おれたちの誰一人、この先も他の場所に住もうとはしないだろう。長年にわたってよく知り、信頼してきた人々のいるここでこそ、おれたちは真にくつろげる。精神のおおらかさ、楽観主義、友情の厚さ、真摯さでテキサス人の右に出る者はいない。これにはきっと異議を唱える人もいるだろうが、おれたちにはそう思えるのだ。他のどこにも馴染めない。馴染んでいるふりをしても仕方がない。

そのせいで、おれたちは他の人たちより早くひどいホームシックに陥ってしまうのかもしれない。でも、いつか軍の務めを終えたら、おれはここに戻って来る。そして、いつの日か、ここで死ぬつもりだ。世界のどこにいようが一日たりとも、おれたちのあの小さな農園や、家族や友達の大きな人の輪や、家の前のポーチでビールを手に、あることないこと織り交ぜて、面白おかしい体験談をしている場面を思い出さない日はない。

話のついでに、イースト・テキサスの辺境の農家の息子がどうして米海軍シール部隊班長の一等兵曹になれたのかを説明しよう。

簡単に言えば、それはおそらく才能のせいだが、とはいえ、おれに人より特に秀でた才能があるわけではない。事実、生まれつきもっているものはかなり平均的だ。体はけっこう大きいが、これは偶然の賜物だ。多くの人がおれを訓練するのには四苦八苦していたから、かなり力は強かった。そして、決意の固さは驚異的だった。だって、おれのように生まれついて特に才能がない人間は、とにかく頑張り続けるしかない。そうだろう？

おれは誰よりも頑張る。死ぬまで諦めずにやり続ける。すると気がつくと、たいていおれだけが残っている。アスリートとしても特に速いほうではないが、いわゆる鋭さはあると思う。自分がどこにいるべきかを察知することにも、先を予測することにも長けている。そのおかげで、まあまあのスポーツマンでいられたのだと思う。

ゴルフボールを渡してくれたら、驚くほど遠くまで打ってみせよう。その理由は、ゴルフがひたすら練習、練習、また練習のスポーツだからだ。粘り強さなら任せておけ。自信がある。ベン・ホーガン並みの才能があるなんてことは言わないが、かなりいいハンディでプレイできる。ベンもおれと同じくテキサス出身だ。おれたちが生まれた場所は九四マイルも離れているが、それはテキサスではサンド・ウェッジの飛距離と変わらない。ベンはもちろん歴史上のどのプロゴルファーより練習することで知られている。きっとテキサスの水の中に根気をつける何かが入っているのだろう。

おれはヒューストンで生まれたが、育ったのはオクラホマとの州境近くだった。当時、両親のデイヴィッドとホリー・ラトレルはかなりの規模の馬牧場を所有していて、その広さは一時、一、二〇〇エイカーもあった。一二五頭の馬がいたが、主にサラブレッドとクオーターだった。おふくろが育種計画を担当し、親父は競馬や売買業務を受け持っていた。

モーガンとおれは馬とともに育ち、餌やりや、水やりや、馬小屋の掃除をし、乗馬をした。週末はたいてい全員で馬運搬車に乗り込み、競馬に行った。そのころ、おれたちはただの子供で、両親はともに、特におふくろは、見事な馬乗りだった。そんなふうにしていろんなことを学んだ。たったの九歳でおれたちは農場の仕事をし、大鉈を振るってフェンスを修理した。ロフトに俵を積み上げ、小さいときから大人のように働いた。そうするよう主張したのは親父だった。何年もの間、その操業はうまくいっていた。

当時、テキサスは高度成長の絶頂期にあった。石油採掘業者やその周辺の人々が億万長者になっていたウエスト・テキサスでは、石油価格が一九七三年から一九八一年の間に八〇〇パーセントも上昇した。おれが生まれたのは一九七五年だから、そのブームが頂点に達するのはまだかなり先だったが、ラトレル家はその波にうまく乗っていたと言おう。

親父にとって五千ドルの種馬を見栄えのいい馬に育て、一歳馬になったところで四万ドルで売るのはわけないことだ。そんなことはいつもやっていた。それにおふくろはただもう馬を改良する天才で、安く買った馬に何カ月も愛情深い世話をし、上手に餌やりをして、払った金額の八倍の値のつく若い競走馬に育てていた。

しかも当時、馬の飼育はまさに時代の潮流に乗った事業だったのだ。馬はローレックスの時計や、ロールスロイスや、リアジェットや、ガルフストリーム1や、宮殿のような家や、あきれるほど豪華なボートなどと同じステイタスにあった。テキサス州の至るところでオフィス・スペースには異常な高値がつき、巨大な超高層ビルが次々と建築されていた。個人消費も記録的な高水準にあった。——「競走馬か、いいねえ。六頭ほどくれ。速いやつを六頭だ、ミスター・ラトレル。そうすりゃあ、いくつかのレースで勝てるだろう」

オイルマネーはとにかく湯水のように流れていて、それ以前にも以後にも見られないペースで金を使ったり借りたりする石油長者の自尊心をくすぐるもの、つまり何でもいいから豪奢な香りのするものを提供することで、人々は一財産を作った。

石油の探索者や生産者にならば、銀行はわけなく一億ドルの貸し付けをした。一時は合衆国全土で

四、五〇〇台ある油田掘削装置のうち、大半がテキサスにあった。資金はどうしたかって？　簡単だった。銀行は瞬き一つせず一〇〇万ドルを貸し付けていたのだから。
とにもかくにも、当時、おれはまだほんの子供だったが、家族もおれ自身もそれに続く試練のときを生き抜き、以来、おれはいろいろな関係する書物を読みあさった。そして、ある意味、あの苦い経験をしたのはよかったと思っている。それは慎重になることや、自分で稼いだ金は安全な場所に投資すべきであることを教えてくれた。

それはまた、金めぐりがいいときには運という要素についてじっくり考え、地に足のついた生活を続けるべきであるとも教えてくれた。おれはすでにかなり以前に、テキサスに金が流れ込んだときにその効果が数千倍にまで膨らんだのは、石油産業に携わっていた人々が、自分たちが手にした金が運とは関係がないと心から信じていたからなのだということを発見した。彼らは自分たちの富は、自分たちの優秀さの賜物だと思い込んでいたのだ。

誰一人、世界の石油市場が中東のイスラム教徒によりコントロールされていることには思い当たらなかった。当時起きていたことのすべてがアラブ世界に起因し、カーター大統領のエネルギー政策と、おれが五歳のときには原油価格が一バレル四〇ドルだったという事実に支えられていた。

やがて訪れた暴落は、原油禁輸措置と、アヤトラがシャー（イラン国王の尊称）から政権を奪ったイラン革命により引き起こされた。キーとなったのは地政学だった。そして、テキサスはただ、石油供給過剰の兆候が現れ、やがては一バレルの価格が最安値の九ドルまで滑り落ちていくのを、なすべもなくただたずんで見守るしかなかったのだ。

それは一九八六年の出来事で、おれは一〇歳にもなっていなかった。その間に、政府の金融検査機関から債務超過であるとの判断を下されたテキサス州ミッドランドの巨大銀行〈ファースト・ナショナル〉が破綻した。それは倒産するには大きすぎる銀行で、その連鎖反応は全国に波及した。見境のない消費と投資の時代は終焉を迎えた。宮殿を建てていた人々は損をしても売らざるをえなくなった。超豪華ボートに買い手はつかず、ロールスロイスのディーラーは倒産寸前に追い込まれた。

石油バブルの崩壊により大手の小売業が次々と倒産するのに伴い、デイヴィッドとホリー・ラトレルの馬牧場も倒産した。親父が三五万から四〇万ドルの値をつけた俊足の雄の子馬や雌馬が、突然、飼育料を下回る五千ドルになった。家族は家を含むすべてを失った。

しかし、親父は立ち直りの早い、タフで意志の強い男だ。より小規模な牧場と、おふくろとともに実践してきた試験済みの飼育法でもって反撃に出た。だが、それもまた裏目に出た。おれたち家族は祖父《じい》さんの家の居候となり、モーガンは床の上で寝る羽目になった。

ベトナムから帰ってきて以来ずっと石油化学事業に片足を突っ込んできた親父は、その仕事に戻るなりすぐさま二、三のばかでかい取引を成立させ、再起を果たした。家族は祖父さんの家を出て四階建ての豪華な家に移り、またいい時期が戻ってきたかに見えた。

しかし、間もなく、ある巨大な取引が流れてしまい、おれたちはふたたび一文無しになり、田舎のうらぶれた場所に移り住んだ。要するに、親父はオクラホマの州境で生まれたのに、その精神はテキサス人そのものだったのだ。ベトナムで海軍の射撃手だったとき、彼はライオンのように勇敢だった。それにテキサスでは、真の男は金が入ったからといって、その上に胡坐《あぐら》をかいたりしない。彼らはふたたび世に出て行ってリスクを背負い、大当たりしたら、もっと大当たりしようとする。おれの親父は男の中の男だ。

　親父が自分の所有する大小の牧場や農園につけた名前を見れば、彼について多くのことがわかる。〈ローン・スター牧場〉〈ノース・フォーク農園〉〈シューティン・スター〉。親父はいつも言っていた。「おれは切り株を狙ってはずすより、むしろ流れ星《シューティング・スター》を狙って、間違って切り株を撃ちたいね」と。

　モーガンとおれが大学生だったころにうちがどんなに貧しかったかは、とても言葉では言い表せない。学費と寮費とトラックの分割払いのために、四つのバイトを掛け持ちしていた。大学のプールで監視員をし、モーガンといっしょに建築現場での仕事や、造園や、芝刈りや、庭仕事をした。夜は夜でレッドネック（＊南部の貧しい白人労働者）のカウボーイで溢れ返った荒っぽい地元のバーで用心棒をした。それでも食費には週二〇ドル程度しか残らず、いつも飢えていた。

　あるとき、二一歳ごろだったと思うが、野球をしていたときにセカンドベースに滑り込もうとして、モーガンが脚を折った。病院に担ぎ込まれたとき、彼は医者たちにまったく金がないことを告げた。最終的に、外科医は手術代をいわば長期の貸付にして手術をすることに同意したが、麻酔医は支払いがなしでは何も投与できないと言った。

　おれの兄貴ほど強い男はいない。モーガンは最後にこう言った。「わかった。麻酔はいらない。なしでやってくれ。痛みくらい我慢する」。外科医は仰天し、モーガンに麻酔なしでその手術を受けるのは無理だと言った。だが、モーガンは一歩も譲らなかった。「ドク、こっちは無一文なんだ。脚を治してくれれば、痛みはおれがなんとかする」

そんなことは誰も、特に外科医は乗り気でなかった。でも、そのときモーガンの大学の親友のジェイソン・ミラーがやって来て、モーガンが死ぬほどの痛みに耐えているのを目の当たりにし、貯金のすべてをはたいて麻酔医に支払った。それから、やっと彼らはモーガンに手術を施した。

ちょっと先を急ぎすぎたようだ。おれたちが子供のころ、馬の管理飼育で、親父は異常なまでに厳しかった。学校のグレードも良くて当たり前、悪いグレードは絶対に許さなかった。おれが一度、「品行」でCグレードを取ると、サドルの腹帯で殴られた。親父が何よりもおれたちのためを思い、のちのちのために、息子たちを厳しく仕込もうとしてやっていたのはわかる。

しかし、彼はおれたちの生活を鉄拳で支配した。よくこんなことを言っていた。「いつの日か、おれはもうここにいなくなる。そうなったら、お前たち二人きりだ。だからこの世の中がどんなに厳しくて不公平なものであるかを理解してほしい。この先にどんな地獄が待ち受けようとも、お前たち二人には備えができた状態であってほしい」

親父にはまったく大目に見るということがなかった。不服従などもってのほかだ。無礼な振る舞いは絞首刑にも値した。自由はまったくなかった。礼儀正しさと勤勉を強要した。一文無しになったときも、それは微塵も揺らぐことがなかった。親父はやはり驚異的に強い性格の持ち主だったアルカンサスの木こりの息子で、おれたちの人生に、可能な限り小さいときから、自立のための我慢強さを持ち込んだ。

おれたちはいつも辺境の森の中にいた。イースト・テキサスの松や、赤樫や、甘いユーカリノキなどの森。親父により七歳にしてすでに二二口径ナイロン六六ライフルを買い与えられ、まっすぐ撃つことを教わっていたおれたちは、一五〇ヤード先から、動く〈ミラー・ハイ・ライフ〉の缶に命中させることができた。それって、いかにもレッドネックのやりそうなことだろう？　レッドネックの田舎で、レッドネックのガキが生活のためのスキルを学んでいたってわけだ。

親父はあそこで生き延びる術を教えてくれた。何が食べられて、何が食べられないか。避難小屋の建て方や、漁の仕方も教えてくれた。投げ縄でイノシシを捕らえて殺す方法まで習った——二、三本の長いループをイノシシの首に投げて引っ張り、イノシシがこっちに向かって突進してこないことをひたすら祈る！　おれは今でもイノシシを解体してローストする方法を覚えている。

家では、どこの農家でもそうだっただろうが、とうもろこし、じゃがいも、にんじんなどの植え方や栽培の方法を教わった。ひどく貧乏だったときはよくそういった野菜を食べて飢えをしのいだ。振り返ってみると、農家の二人の息子にとって、それは大事な訓練だった。

しかし、おそらく親父から受けた最も重要な訓練は泳ぎだった。親父自身、水泳の全米代表選手で、彼はそれを非常に誇りにしていた。彼は水中のエキスパートで、おれにも同じレベルまで仕込んだ。ほとんどすべての分野において、モーガンは生まれつきおれより優れていた。ランナーとしても、ファイターとしても、射手としても、水陸両方のナビゲーターとしても、彼は抜群の才能に恵まれている。彼はいつもらくらく試験にパスしたが、おれは勉強し、練習し、教室に最初に入って最後までいる生徒になって、とことん頑張らなければならなかった。

彼はシールの特殊訓練の終了時に、仲間たちの選出で優等卒業生になった。おれは彼がそのクラスに入る前から、彼が優等卒業生になることを知っていた。だが、そんなモーガンにもおれにかなわない種目が一つだけある。水中でのスピードや動きではおれが勝っている。彼はそれを認めはしないかもしれないが、知っている。

我が家の近くにはすごく大きな湖があり、親父はそこでおれたちをトレーニングした。長いテキサスの夏を通してずっと、おれたちはそこで泳ぎ、競泳をし、ダイビングをした。おれたちはまさに親父が望んだとおり、魚のようだった。

何カ月もかけて親父は深く潜ることを教えてくれた。まず素潜りで、それからスキューバの装備をつけて。優秀なダイバーのおれたちに、人々は金を払って、鍵やら何やら、深みに落としてしまった貴重なものを探してくれと頼んだ。むろん親父はそんなことはいとも簡単だと思っていたので、頼まれたものを見つけたときにだけ金を受け取ってもいいと条件をつけた。

その時に、たまたま通りがかったアリゲーターがおれたちをかすめて行くという経験を何度かしたが、テキサスでのおれの最高にいい友達の一人であるトレー・ベイカーがその扱い方を教えてくれた。おれも一度格闘したことがあったが、そいつがしまいにうんざりして穏やかな流れのほうへ退散してくれたときには、内心かなりほっとした。しかし、モーガンは今でもただ面白半分にアリゲーターと格闘するのが好きだ。彼はもちろん頭がおかしい。おれたちは時々、湖に古い平底ボートを出して釣りをするが、すると例の大きなオルゲーター（＊年寄りのワニ）がやって来てボートに横付けすることがある。

モーガンは素早く計算する――鼻の穴と目の間が八～九インチ。ということは、こいつの体長は八～九フィートくらいだ。モーガンはぴんと背筋を伸ばして、低い角度でゲーターの真上にダイブし、拳でやつの顎を閉じて締めつけ、それからそれをねじってひっくり返して仰向けにし、その間もずっとあの巨大な顎をぎゅっと締め続け、パニックに陥っている動物に向かって笑い続ける。

数分後にはどちらもが飽き飽きするが、するとモーガンは相手を放してやる。おれはいつもこの瞬間が一番危険だと思う。しかし、モーガンをふたたびアタックしようとしたアリゲーターにはお目にかかったことがない。やつらはただくるりと向きを変えて泳ぎ去る。ただし一度だけモーガンが判断ミスをしたことがあり、彼の手にはそのときついたアリゲーターの歯列の傷がまだ残っている。

ところで、親父は初めからおれたちをシールにしたがっていたのだと思う。そのエリート戦士たちについて、彼らが何をし、何を守っているかを、親父はいつも話し聞かせてくれた。親父の考えでは、彼らはアメリカ人の男の最良の資質――勇気、愛国心、強さ、決意の固さ、敗北を受け入れない頑固さ、頭脳、行うことすべてにおける専門的知識――の権化なのだ。子供時代を通してずっと、彼らのことを聞かされ続けた。その結果、その長い年月の間に、たぶんそれはおれたちの中に浸み込んでいったのだろう。モーガンとおれは親父の目論見どおりシールになった。

一二歳のころだったと思うが、おれは将来シールになることを疑いようがないほどはっきりと自覚した。シールについては、すでに同じ年ごろの他の子供たちよりはるかに多くのことを知っていた。訓練の過酷さや、要求される体力のレベルや、必要となる水中での最高水準のスキルについても理解していた。おれならやれると思った。親父は射撃技術の重要性についても話していたが、それにも自信があった。

シールは必要とあれば、危険な国で寝起きし、そこで生き延び、ジャングルに暮らさなければならない。おれたちはすでにそれが得意だった。一二歳にもなれば、モーガンとおれはまるで二匹の野生動物よろしく、野外をねぐらとし、釣竿や銃の扱いにも慣れ、どこでも簡単に食べ物を見つけてサバイブできた。

しかし心の底で、世界でもトップクラスの戦闘チームに入隊するにはそれ以上の何かが必要であると知っていた。それは積極的に追い求めた者のみが達成できるレベルの体力と強靭さだ。何事もただ偶然、起きたりはしない。常に努力しなければならないのだ。

イースト・テキサスのおれたちの住んでいる地域は今も昔も数多くの特殊部隊隊員を輩出している。無口で、地味な、鉄のように強い男たち。ほとんどが身内以外には知られていないヒーローだ。しかし、彼らは別に個人的な名声や栄誉のために米軍に仕えているわけではない。

それは、彼らが閲兵場で頭上に星条旗がはためくのを目にすると、その岩のように堅固な心の奥深くでかすかな震えを感じるからだ。彼らは合衆国国歌を聞くと、首の後ろの産毛が逆立つ。大統領が軍楽隊の奏でる『大統領万歳』の旋律に合わせて入場してくると、おれたちの大統領、おれたちの国、おれたちの国の世界における重要性、そしてアメリカという国がなければどんな可能性も与えられなかった多くの人々、その一つ一つのすべてに対して厳粛な気持ちになる。

特殊部隊のこういった男たちには、その人生において他のもっと楽な道を行く選択肢もあったのだ。だが、彼らは一番困難な道を選んだ。それは都合がいいときだけの愛国者には渡ることのできない狭く高い道だ。彼らは至上の愛国者のための道を、アメリカ合衆国のために自らの命を投げ出すことすら要求されかねない道を選んだ。自国に仕えたいと熱望するがあまり他のことは考えられない者だけにふさわしい道だ。

たぶんそれは名声を上げることに憑かれた今の世の中にあっては、ファッショナブルではないのだろう。だが、特殊部隊の男たちにとっては、そんなこともまたどうでもいいのだ。おそらく彼らを理解するには、彼らと知り合いになるしかない。でもたとえ知り合いになったとしても、彼らの多くが寡黙というよりはむしろ照れ屋なので、彼らに自画自賛の言葉を吐かせるのは不可能に近い。でももちろん、彼ら自身それが崇高な職業であることは意識している。この国を防衛し、この国の砦を守ると宣誓しているのだから。そして、ドラムが鳴れば、戦場に出て戦うのだから。

そして本当にドラムが鳴れば、彼らの愛する多くの人々の心臓がドキンとすることを、彼らは他の誰よりも知っている。だが、彼らにとって、職務と約束の遂行は誰の心の痛みより重要だ。かくして、高度に訓練された戦士たちは無意識のうちにライフルと弾丸をつかみ、彼らの最高司令官の要請に従うべく飛び出していく。

ダグラス・マッカーサー元帥は、かつてウエスト・ポイント陸軍士官学校の士官候補生たちにこう警告した。もし彼らがロング・グレー・ライン（＊映画『長い灰白の線』より。脈々と続く同士官学校卒業生の歴史を表す言葉）を途切れさせる最初の者たちになろうものなら、「オリーブ色の制服や、ブラウンカーキや、ブルーとグレーの迷彩服を着た何百万もの亡霊が白い十字架の墓から立ち上がり、あの『義務、名誉、祖国』という魔法の言葉を大声で浴びせるだろう」と。シールに亡霊は必要ない。その言葉はおれたちの胸に彫り込まれている。

そしてここイースト・テキサスには、なんの報酬も受け取ることなく、子供たちにシールやレンジャーやグリーンベレーになるにはどうすればいいかを教えることに喜んで自分の時間を捧げる男たちが大勢いる。そんな一人でおれたちみんながよく知っている男は、近くに住む元グリーンベレーの軍曹だ。名前はビリー・シェルトンだが、もし彼がこの本を見て、自分の名前が勇敢さをテーマとした部分に登場しているのを発見したら、気恥ずかしさに死んでしまうだろう。

ビリーにはベトナム戦争でグリーンベレーとして戦い、のちに政府のSWAT（特別機動隊）の一員として仕えた、輝かしい軍歴がある。おれがそれまでに出会った中でも、最強の男たちの一人だ。それで、一五歳の誕生日直前のある日の午後、勇気を奮い起こして彼の家を訪ね、シールになるための訓練をしてもらえないかと頼んでみた。彼はちょうどランチの最中で、まだ口をもぐもぐやりながら玄関に現れた。がっしりとした逞しい男で、筋肉の波打つ色白の肉体に、脂肪はひとかけらものっていなかった。おれの目には、素手でサイを絞め殺せそうにさえ見えた。

おずおずと用件を言った。すると彼はただおれを頭のてっぺんから爪先までじろじろ眺め、「ここで。四時、明日の午後」とだけ言った。そして目の前でドアをぴしゃりと閉めた。そのとき、おれはまだほんの子供だったが、探していた言葉は「なめんなよ、いいか？」だった。

ビリーが子供たちを特殊部隊入隊のために訓練していることは、周りに知れ渡っていた。彼が道路でおれたちグループを走らせていると、通りがかった車はクラクションを鳴らし、声援を送った。

彼はいつもそれを無視したし、おれたちには徹底して無慈悲だった。訓練メニューには重いコンクリート・ブロックを肩に担いで走ることも入っていた。おれたちがそれに耐えうるほど強いと察すると、ペースを速め、今度はゴムタイヤを引きずって走らせた。それはたった今スペースシャトルから、いや、少なくとも奥地の大きな古トラクターから落ちてきたばかりのように重かった。

ビリーが開いていたのはエクササイズのクラスではない。それはティーンエイジャーのための完全なシール訓練準備用プログラムだった。長年にわたり、彼はおれたちにジムでバーベルを挙げさせ、拷問器具を引っ張らせ、エルゴメーター付き器具に乗せ、道路をぼこぼこにさせ、体を痛めつけ、汗を流させ、筋をたがえさせた。

モーガンとおれは震え上がるほど彼を恐れていた。翌朝、彼のもとに行かなければならない夜には、よく悪夢にうなされたものだ。というのも、彼はおれたちがまだほんの子供なのにもかかわらず、情け容赦なく鍛えたからだ。彼のクラスには一二人ほどいたと思うが、全員がせいぜい一〇代半ばだった。

「お前たちを壊してやる、精神的にも肉体的にもな」。彼はおれたちに向かって怒鳴った。「壊すんだ、聞いてるか？　それからお前たちを改造して、心と体が一つになった戦士の一軍団としてよみがえらせる。おれの言ってることがわかるか？　今までに経験したことのないような痛みを味あわせてやる」

その瞬間に〈マック〉（＊大型トラック運送会社の商標）のトラックが坂を転がり落ちるときのように走ることができる元〈テキサステック〉のテールバックの、ブルドッグのような男から、クラスの半分が一目散に逃げ出した。ビリーは地元の高校の後援を得ていたので、地元出身の未来の特殊部隊隊員を育成するためならと、そこのジムを無料で使うことが許されていた。

「おれはお前たちの味方じゃない」。大声を張り上げる。「少なくともこのジムにいるときは味方じゃない。おれはお前たちを正すため、すなわち、お前たちを鍛えて、訓練して、シールやベレーやレンジャーズへの入隊に備えさすためにここにいる。おれはこれをしたからって、誰からも一ダイムももらいはしない。だからこそ、おれの時間を無駄にしないよう、お前たちは真面目にやらなければならない」

「もしお前たちのうち誰か一人でも特殊部隊で落第したら、それはお前たちが弱かったからではない。それは、おれの失敗を意味する。そんなことは絶対にあってはならないのだ。なぜなら、ここでは失敗という選択肢はないからだ。おれはお前たちを正す。全員をだ。わかったか」

彼は一二マイルのランニングに連れ出し、倒れる寸前までコンクリート・ブロックを担がせ続けた。摩擦で後頭部に血がにじんでも不思議はなかった。それに彼は一瞬たりともおれたちから目を離さず、怠慢や集中力の欠如はけっして見逃さなかった。ただもう、おれたちを極限まで絞りに絞った。それも毎回。

そうしておれは鍛えられ、基礎体力をつけた。同時にシールに求められる体力信条を学んだ。ビリーはそれを大いに誇りにしていた。自分の知識を次世代に伝えていくことを。

そしてビリーがこの大義に、サムライ戦士の養成に、そして二本のバグパイプのような肺作りに要求したのは、ただ一つ、たゆまぬ専心だった。彼は完璧に情け容赦なかったが、彼のクラスに最後まで残ったたった六人の内の二人だったモーガンとおれを心から愛してくれていた。

一度、イラク各地での勤務から帰省したとき、二週間ほどおふくろの料理でのんびり過ごした後で彼に会いに行くと、なんとジムから放り出された！

「お前はブクブクに太った情けないシールの見本だ！　そんなお前は見るに耐えない！」。彼は怒鳴った。「おれの視野から失せろ！」。ちくしょう！　おれはそこを出て階段を駆け下り、体重を八ポンド落とすまであえて戻ろうとはしなかった。このあたりではビリー・シェルトンに逆らう人間はいない。

まだ他にも必要なスキルはあった。徒手格闘についてのハイレベルの専門知識をもたずして軍事行動を行うシールはいない。ビリーはおれに一刻も早く格闘技のクラスに参加する必要があると言った。それでおれは相手をしてくれる教師を見つけた。学校時代から大学を通して、おれは例の奇妙な、神秘的ともいえるアジアの武道を学び、習得した。何か他のスポーツをする代わりに、何年間もずっとそれを続けた。そして自分に課したすべての目標を達成した。

モーガンに言わせると、実際、おれは自分で自分の強さがわかっていないから、それを使うのは極力避けるべきなんだそうだ。

いかなる基準からしても、おれはシールへの道のりで、他の人より一歩先んじたスタートを切っていた。子供時代にすでにその仕事について知らされ、親父とビリー・シェルトンという、おれを邁進させる二つの強力なエンジンもあった。小さいころから教室の外で学んだことはすべて、おれをコロナドに向わせた。少なくとも、今振り返るとそう思える。

シール部隊への志願者から大きな割合で脱落者が出るのは、誰もが知っている。おれ自身があそこに行くまでに何年にもわたってくぐり抜けてきたことを考えると、あらかじめ何の訓練もせずに志願した男たちにとってそれがどんなものだったかは、想像にあまりある。モーガンとおれはシールになるべく仕込まれてきたが、それでもけっして楽ではなかった。課業は残酷なまでにつらく、体力練成は自由主義諸国に存在するどのプログラムよりも過酷で妥協を許さない。試験は微視的で難しい。シールのチームでは、可能な限り最上級のスタンダードしか許されない。

そしておそらく何よりも最悪なのは、こちらの性格が、常時、顕微鏡的な審査の目にさらされていることだ。インストラクター、教官、上級兵曹長、将校たちは、おれたちの中に性格的な欠陥、すなわち、いつの日かチームメイトを危険にさらすことになりかねない弱さがないか、常に観察している。ほとんどどんなことにでも耐えられるが、これだけは耐えられない。

もし誰かが自分はシールのチームに属していると言ったら、それはその人物が必要なすべてのテストに合格し、軍で最も厳しい監督者たちに認められたことを意味する。だから、軽くうなずいて尊敬の念を表すことが望ましい。なぜなら、シールになるのは、ハーバードのロー・スクールに入るより難しいのだから。全然違うが、より難しい。

おれ自身は、幸運の星の下に生まれ、親父譲りの労働感でもって、なんとかまぐれで入隊できた。でも、他の隊員たちは米軍のいわば神々だ。彼らは遠い異国の戦場で、司令に従い、要求に応じ、そして何よりまったく評価されることなく自国民のために戦っている。

彼らには他のやり方はできない。なぜなら、そのやり方しか理解できないからだ。賞賛の言葉ははなから信じないし、スポットライトからも尻込みするが、最後に彼らは一つの貴重な報酬を手にする——やがて彼らの戦いの日々が終わったとき、彼らは自分たちが何者で、何を守っているのかを正確に知ることになる。それはめったに手に入るものではない。そして誰も金で買うことはできない。

さて、リゲスタン砂漠の南の荒野に差しかかっているC130機内に場面を戻すと、おれとともに旅をしている米軍の神々は、相変わらずロックを聴いているビーチ神のシェーンを除き、みんな眠っている。

機首に向かって右下に広がる暗闇のどこかに、かつて英国軍の統治下にあった時期にはかなり重要な拠点だったパキスタンの市、ケッタがある。そこには大きな幕僚養成学校があり、一九三〇年代半ばの三年間、のちにエル・アラメインの戦いで勝利者となった陸軍元帥モンゴメリー子爵（*のちに元師、子爵となる）が教鞭を執っていた。ひょっとすると、おれは小生意気な発言をすることと同じくらい、軍事関係のトリビア蒐集にはまっているんじゃないだろうか。

しかし、機体は左側、すなわち国境をはさんでアフガニスタン側を飛んでいるらしく、ヒンドゥ・クシ巨大山系の西側斜面の上空を進んでいった。最南端にある峰、つまり砂漠に一番近い峰は標高一万一千フィートだ。その後、山はますます険しさを増していくが、おれたちが目指しているのはまさにその山々だ。

はるか下方には、数週間後の二〇〇五年六月一日に、タリバンによるその年の最も残虐な攻撃の一つの舞台となった重要都市カンダハールがある。そこの主要モスクで発生したタリバンの自爆テロでは二〇名もの死者が出た。市の中心部で起きたそのテロ事件では、その三日前にオートバイに乗った二人組の男に殺害された反タリバン派の聖職者の葬儀に出席していた、カブールの治安責任者も犠牲になった。

とりわけヒーリー上級兵曹長とおれは、紛争中のその国の危険度に十分気づいていた。そして、ヒンドゥ・クシ山系の高峰を越えてぞろぞろ入って来るタリバン新兵の絶えることのない流入を阻止し、さらには審問にかけるために彼らのリーダーを捕らえるという、おれたちの来るべき任務の重要性も明確に理解していた。

バーレーンからの七時間のフライトは永遠にも感じられたが、まだカブールからは一時間かそれ以上も南に下った位置にあり、機体は危険な国境のはるか上空をのろのろと北上していた。その国境は歴史的なカイバル峠や、そのまた先の北ヒンドゥ・クシ山系の壮大な峰々や大渓谷に直接つながっている。その後、山系はタジキスタンと中国に逸れ、ついにはヒマラヤの西端へと連なっていく。

おれはガイドブックを読みながら、アガサ・クリスティの探偵のように情報を自分の中で処理し、消化していった。チャマンとジョーブは米軍の爆撃や地上部隊の攻撃を避けようとするタリバンやアルカイーダにとっての重要な入国ポイントだ。彼らのような部族民は車両で難なく標高六千フィートの山越えをし、パキスタンにアフガニスタン、イギリス、イラン、合衆国、ロシア、その他の口うるさい国々から今では脇に押しやられて恨みを募らせているバルチスタンの部族長に助けを求める。

おれたちの活動エリアはそこよりかなり北になるだろうから、フライトの最後の数時間を、おれはそのあたりのデータ収集に費やした。しかし、それが簡単ではなかった。困ったことに、小さな町すらほとんどなく、村も数えるほどしかないその辺りの山岳地帯では、ほとんど何も起きていないのだ。おかしいじゃないか。何も起きていないのに、それでいて、ある意味、世界のあらゆる悪事がここで発生している。陰謀、策略、悪事、テロ、西欧世界（特に合衆国）を攻撃する無数の計画。

新政府に攻撃を仕掛けるチャンスを虎視眈々と狙っているタリバン戦士の地下組織がいくつかある。

もう何年も誰もその姿を見ていないリーダーの周りに群れ集まるアルカイーダのグループも複数ある。タリバンはアフガニスタンの政権を奪回しようとしているし、ビンラディンの暴徒は米国市民――軍服を着ていようがいまいが――の死と破壊を欲している。いずれにせよ、全員が悪夢のようなやつらで、しかもこのところ、その活動は急速にエスカレートしている。だからこそ、おれたちが呼び寄せられたのだ。

おれたちが到着する前の数週間に広範囲にわたって暴力事件があり、広く憎まれているタリバンが勢力を盛り返してアフガニスタン新政府への脅威になるという、すべての人々の恐れが現実のものとなりつつあることが確認された。米軍とNATO軍の総勢三千人もの兵士の後押しを得てもなお、ハーミド・カルザイ大統領はカブールを一歩出れば、国を統制しあぐねていた。

数週間前の二月に、タリバンは、天候が良くなり次第、政府への攻撃を増やすとあっさり宣言した。以来、主に地元役人や親政府派の聖職者たちをターゲットに、走行中の車からの発砲と爆弾攻撃のキャンペーンを打ち上げている。南部から東部にかけては、米兵への待ち伏せ攻撃も開始した。

タリバンとは不思議な言葉だ。インサージェント（反乱軍）や、スンニや、アヤトラや、はたまたタイワン（台湾）のように、誰もがその語を耳にしたことがある。だが、実際、タリバンは何の略語なのだろう？（＊もとはアラビア語で「学生」を意味する「ターリブ」のパシュート語の複数形）おれは彼らに苦しめられたが、それは世にも恐ろしいやつらとの近接接近とでも描写できるものだった。それで、いろいろ書物に当たってみた。真相は現実とマッチしていた。彼らは残忍で、殺人好きで、狂信者で、一人残らずAK47を手にし、血に飢えている。これは信じてもらっていい。

タリバンは一九九四年以来、その名を馳せている。彼らのもともとのリーダーは村の聖職者ムッラ・ムハンマド・オマールで、一九八〇年代にソ連の占領軍と戦って右目を失った屈強の男だ。九〇年代半ばには、タリバンのアフガニスタンでの主なターゲットは、抗争中の部族軍司令官のうち、イスラム聖戦士《ムジャヒディン》を結成し、ソ連軍を国から追放した者たちだった（ムジャヒディンはソ連—共産党を追放したのち、政権を握ったが、内部分裂により国内は内乱状態に陥った）。

タリバンは自分たちが政権を握った暁には、平和と安全を復活させ、シャリーアすなわちイスラム法を施行すると公約した。ムジャヒディンの行き過ぎた行為や内紛に疲弊していたアフガニスタンの国民は、ごく初期には政治腐敗を払拭し、無法状態を改善し、商業が盛んになるよう道路を安全にするなどの成功を収めたタリバンを歓迎した。彼らの支配下になったすべての地域にこれは当てはまった。

タリバンは軍事行動を北西部のカンダハール市から始め、急速に他の地域に広げていった。一九九五年九月にはイランと境をなすヘラート州も制圧。一年後には首都のカブールを占領し、ブルハヌディン・ラバニ大統領とアフメド・シャー・マスード国防相による当時の政権を覆した。一九九八年までに、彼らは国土のほぼ九〇パーセントをその支配下に置いた。

しかしながら、ひとたび政権を握るとタリバンは本性を現した。彼らは地球上で最も独裁的な政治を行い、自分たちの強硬策に反対する者は容赦しなかった。有罪宣告を受けた殺人犯の公開処刑や、窃盗で起訴された者の手首切断などの古代イスラム刑罰法が即座に導入された。強姦犯や姦通した者を待ち受けていた処刑については、考えすら及ばない。

テレビ、音楽、スポーツ、映画館はタリバンのリーダーたちにより浮薄であると判断され、禁止された。一〇歳以上の少女は学校に行くことを禁じられ、仕事をもっていた女性は家にいるよう命令された。男性は顎髭を伸ばすことを、女性はブルカの着用を強制された。こういった宗教的な政策は、二一世紀に突入したいと切望している国でタリバンが中世を再現しようとしているとして、世界的な悪名を博することになった。人権に関する政策は言語道断で、国際社会と真っ向から対立することになった。

しかし、やがて彼らに崩壊をもたらすことになる他の問題が持ち上がった。それはアフガニスタンを本拠地とするオサマ・ビンラディンと彼のアルカイーダの活動だった。一九九八年八月、ケニヤとタンザニアで米国大使館が狂信的イスラム教徒により爆破され、二二五名以上が犠牲になった。ワシントンは即刻タリバンのリーダーに難題を突きつけた——米国政府により爆破の首謀者とされているビンラディンを国外追放するか、さもなくば、報いを受けるか。

タリバンは大量の資金を提供してくれるサウジアラビア生まれのゲストの引き渡しをにべもなく断った。ビル・クリントン大統領は南部アフガニスタンにあるビンラディンの主要訓練キャンプにミサイル攻撃を命じたが、ビンラディンを殺すには至らなかった。続く一九九九年、アメリカは国連安全保障理事会を説得し、タリバンの統治するアフガニスタンに制裁措置を加える決議をした。二年後、タリバンにビンラディンの引き渡しを強いるため、さらに厳しい制裁措置が加えられた。

無駄だった。いかなる経済措置も、アフガニスタンの国連からの除籍も、効果はなかった。タリバンは相変わらず政権を握り続け、オサマ・ビンラディンを隠匿していたが、国は政治的にも外交的にも完全に孤立していった。

それでもタリバンは揺るがなかった。彼らは国際社会での孤立を名誉であると考え、より厳しいイスラム原理主義に基づく体制をとことん推し進める決意をした。哀れ、アフガニスタンの人々は自分たちがとんでもない間違いを犯してしまったことに気づいたが、時すでに遅し、残忍で抑圧的で厳格なルールのもとに人々の一挙一動を管理し、想像を絶する悲惨な生活を押しつける顎鬚を生やした狂信者の一味に一国を手渡してしまったのだ。タリバンは人々を奴隷にするのに手一杯で、食料の必要性を忘れていたので、国は大々的な飢餓状態に陥った。その結果、一〇〇万人が難民となって国外に脱出した。

こういったことのすべてを西欧世界は把握していた――つもりだった。しかし、二〇〇一年三月に届いたニュースはあまりに衝撃的で、世界を激怒のあまり震撼させた。カブールの北西一四三マイルに位置する中央アフガニスタンの山に紀元六世紀に建立された、天にも届かんばかりの二つの歴史的遺産〈バーミヤンの石仏〉をタリバンが爆破したのだ。一つは一八〇フィート、もう一つは一二〇フィートもの高さがあった。これはガザのピラミッドを爆破するに匹敵する。

その石仏は、中国と中央アジアの市場をヨーロッパ、中東、南アジアのそれと結んでいた隊商路の古代シルクロード上に位置するバーミヤンの砂岩の崖にじかに掘り込まれていた。さらにそこはかつて数多くの僧院と数百人もの修道僧を抱えていた、紀元二世紀までさかのぼる歴史をもつ、仏教徒の崇める聖地でもあった。二つの石仏は地球上で最も大きな仏陀の立像だったのだ。

それを事もなげに破壊してしまったアフガニスタンの支配者タリバンの行為は、世界中の博物館の館長や学芸員たちに、石仏一体につき約四回ずつ脳内出血を引き起こした。タリバンは、彼らに「くそくらえ」と言ったも同然だった。そもそも、あの石仏は誰のものなんだ？　それだけでない。彼らはアフガニスタンにあるすべての仏像を、イスラム的でないとの理由で破壊しようと計画していた。「バーミヤンの石仏はシャリーア（イスラム法）に則り破壊された。全能の神アラーだけが崇拝に値する。それ以外の誰でもなく、何でもなく」ということなのか？　アラーを崇めよ、そして高性能爆薬を仕掛けよ。

石仏の爆破により、アフガニスタンの支配者をこのまま放ってはおけないという世界の見解は固まった。が、タリバンに対する荒っぽいアクションを引き起こすには、さらにもう一つの爆破が必要だった。同年九月一一日に起きたその事件こそが、タリバンとビンラディンのアルカイーダにとっては終焉の始まりだった。

マンハッタン南端部の粉塵もまだ収まらないうちに、合衆国政府はタリバンに対し、米国本土への攻撃を陰から指揮したビンラディンの引き渡しを要求した。タリバンはふたたび拒絶した。おそらく、彼らは就任間もないジョージ・W・ブッシュ大統領がビル・クリントンとはまったく違う性格の持ち主であることを知らなかったのだろう。

それから一カ月もしない一〇月七日、米軍は小規模な連合軍を率いてアフガニスタンへの空爆を開始、地球のそのあたりを地底から揺るがした。米軍情報部は北東部山岳地帯にあったアルカイーダのキャンプの位置を一つ残らず特定し、軍は近代戦においては最大級規模の空爆を行った。

まず五〇発の巡航ミサイルが米軍艦と英海軍潜水艦から発射された。同時に、二五機の艦載機と一五機の陸上爆撃機が、アフガニスタンの夜も完全に更けてから出発し、タリバンの防空と情報インフラ、さらにはカブール、ジャララバード、カンダハール、ヘラートの空港をすべて破壊した。カンダハールでは米軍の爆弾が大型のレーダー装置を吹き飛ばし、管制塔を消し去った。カンダハールはムッラ・オマールの居住地で、海軍爆撃機は彼の裏庭のど真ん中に致命的な一発を落とすことに成功した。しかし、片目の老いぼれはまんまと逃亡した。

さて、軍司令部が火の海と化したタリバンは、それでもちっぽけながら数機の航空機とヘリコプターからなる航空攻撃能力を保持していたが、米空軍はそれも決められた手順どおり、スマート爆弾で壊滅させた。

航空母艦から発進した海軍爆撃機は、タリバンの他の武器、大型車両、戦車、燃料集積所をターゲットにした。陸上ベースのB1、B2、B52などの戦略爆撃機も飛び立ち、B52は五〇〇ポンド重力投下爆弾を一ダースほど、アフガニスタン東部の、おれたちがもうすぐ到着する国境近くの山中にあったアルカイーダのテロリスト訓練キャンプにお見舞いした。

アメリカの主要目的の一つは、タリバンがロシア軍もしくはかつてのムジャヒディンから盗んで保管している少数の地対空ミサイルと、携帯式地対空ミサイルの破壊だった。それらの場所を特定するのは困難な上に、部族民により隠匿物資は移動され、山中に隠された。悲しいかな、いつの日か使うために。

夜間爆撃が開始されて一時間後、北部同盟（*国内最大の反タリバン勢力）がカブールの北二五マイルにある空軍基地からロケット弾による攻撃を開始した。彼らは市中のタリバン軍を直接狙った。空に轟く大爆発が五回あり、首都全域が停電になった。

しかしアメリカは標的からけっして目をそらさなかった。あくまでも彼らの真の目的は、大統領が〈二一世紀のパールハーバー〉と呼んだ、ツインタワーへの悪名高い攻撃を画策したアルカイーダとそのリーダーの完全なる破壊だった。それは、ビンラディンの司令本部がある山岳地帯に不気味に張り巡らされた地下トンネルや洞窟のネットワークを対象とした大規模な爆撃を意味した。

巡航ミサイルがその一帯の抵抗力を弱めてはいたが、それはほんのスタートに過ぎなかった。世界随一の超強国から繰り出される真のヘビー級パンチは巨大爆弾という形でやって来た——今は〈デイジー・カッター〉というニックネームで呼ばれているが、〈ベトナム突撃隊用貯蔵庫〉として知られるC130で輸送されるBLU82Bだ。これは重量が一万五千ポンドもある従来型の高高度爆弾で、超大型のMC130機で運ばれる必要がある。というのは、他のどんな攻撃機の爆弾架もその重みに耐えられないからだ。

こいつは実に恐ろしい代物だ。もともとはジャングルの中にヘリコプターを着陸させるために即席の空き地を作る目的で開発された爆弾だが、アフガニスタンでは山中の洞窟で対人兵器として使用された。その致死半径は巨大で、おそらく九〇〇フィートにも及ぶ。その閃光と爆音は、文字どおり、数マイル先まではっきり届く。BLU82Bは現在までに作られた爆弾の中で一番大きなものだが、言うまでもなく、死の灰は降らさない（念のため記しておくが、広島に落とされた原子爆弾はその千倍の威力があった）。

デイジー・カッターのいい点は、風速や熱の変化に左右されない極度な信頼性の高さだ。従来型の爆発技術を用いているので、作用物質と酸化剤が混合されている。はるかに小型の爆弾に使われた、一昔前のFAEシステムを使った燃料気化爆弾ではない。デイジー・カッターは長さが一二フィート近く、幅は四フィート以上もある。

ＢＬＵ82Ｂでは、固定型地上レーダーもしくは機上ナビゲーション機器を駆使した積載機による正確なポジショニングが何より重要だ。最終的なカウントダウンと投下に入る前に、機は完全に正しい位置についていなくてはならない。ナビゲーターには寸分の誤差もない弾道と風の計算が求められる。

この爆弾は爆風威力が莫大なので、六千フィート以下の高度から投下することはできない。一二、六〇〇ポンドもの低価格ＧＳＸスラリー（硝酸アンモニア、アルミニウムパウダー、ポリスチレンの混合物）を含んだ弾頭が、三八インチの導火線により、地上数フィートのところで起爆させられるので、地面にクレーターはできない。爆発のすべてが、一インチ四方につき千ポンドの超過気圧を作り出すことにより、外側に向かって起きる。それが「デイジー・カッター（地を這うように飛ぶ打球）」という呼び名のついた理由だ。

合衆国は、アルカイーダのキャンプがいくつか見つかったホワイトマウンテンズのトラボーラ付近に、この爆弾を具体的に何個投下したかは明らかにしていない。少なくとも四個、たぶん七個くらいだろう。ペンタゴンの発表によると、最初の一個はビンラディンを目撃したとの報告を受けて投下された。アルカイーダの司令官やリーダーたちが指揮を執る洞窟の内部にこの爆破がもたらした破壊的な効果は想像を絶するものがある。野原の真ん中に立っていたとしてもあの爆弾はありがたくないだろうに、洞窟の中とは！　ああ、なんとむごい。あの代物は一度に数百人の敵を撃滅させた。

合衆国は確かにタリバンを完膚なきまでに打ちのめした。北部のクンドゥーズにあった彼らの拠点を破壊し、カブール北のショマリ平原を砲撃して彼らを追い出し、四年後におれたちがC130で目指すことになるバグラム空軍基地近辺で彼らがいそうな場所にはすべて、じゅうたん爆撃を行った。

二〇〇一年の秋には、タリバンとアルカイーダのほぼ全員が米軍の攻撃から逃げるか、降伏するかしていた。しかし続く数年間に彼らは三々五々パキスタン国境の反対側に集まってきて、再編し、アフガニスタンを奪い返す逆襲に乗り出した。

どういうわけか、それらの剛直な部族民どもは単に米軍の空爆を生き延びて北部同盟の進攻から逃げ出しただけでなく、しびれをきらした合衆国が総力をあげてビンラディンやムッラ・オマールその他の主要メンバーたちを捕まえようとして軍事史の中でも最大級の捜索を行ったのに、それすらもうまくかわしてきたのだ。思うに、強敵から死に物狂いで逃げて、国境の向こうのパキスタン山岳地帯へ素早く脱出するという彼らの性癖は、人的そして物的資源を節約させた。

だが、彼らはまた、それにより時間稼ぎができた。米軍のパワーと決意を最前列席で見せつけられ、確かに多くの戦士を失いはしたが、いっぽうで彼らは真新しい世代の支持者たちを募って訓練するのに十分な時間を手に入れた。そして今、彼らは、たった四年前に権力を失い、亡命を余儀なくされ、おおむね壊滅したにもかかわらず、強力な戦闘軍としてよみがえり、米軍率いる多国籍軍に対しゲリラ作戦を仕掛けている。

おれたちが広大なバグラム米軍基地への最終着陸態勢に入ろうとしている今も、戻ってきたタリバンは支援隊員を殺害し、海外からの建設労働者を誘拐している。アフガニスタンの東部と南部の一部は、このところ大胆さを増しているタリバンの攻撃により、公式に危険地域に指定されている。彼らがふたたびビンラディンのアルカイーダと密接に手を組み、他の反乱軍や反政府派の部族司令官たちと新同盟を形成して勢力範囲を広げつつあるという証拠がある。前回も彼らは同じ方法で政権を奪取した。

ただし、今回、彼らには権力を掌握する前に一つ大きな野望がある。それは米軍の率いる多国籍軍を揺さぶり、最終的には彼らをアフガニスタンから永久に追い出すことだ。

ここで、現存する部族の中では世界で最も古いパシュトゥーン族について触れておくべきだろう。その全人口はおよそ四、二〇〇万人。うち二、八〇〇万人がパキスタンに、一、二五〇万人がアフガニスタンに住んでいる。それはアフガニスタン総人口の四二パーセントに相当する。その他では、八万八千人がイギリスに、四万四千人がアメリカ合衆国に暮らしている。

アフガニスタンでは、彼らは主に北東部の山岳地帯に暮らしているが、東部と南部にも密集して住んでいる地域がある。イスラム教を信奉し、その道徳と文化の厳格な規範に従い、二、〇〇〇年間彼らを品行方正に保ってきた〈パシュトゥーンワライ〉として知られる掟を遵守しながら暮らしている。

彼らはまた、本質的にタリバン支持者でもある。パシュトゥーン族の戦士たちがタリバン軍の根幹を成し、その家族は高山の集落でタリバン軍に避難所を与え、西側の目が届きそうもないと思われる場所に彼らをかくまい、食料を提供している。ところで、この〝西側の目〟にシールは含まれない。おれたちの目は確かに西側の目だが、それが届かないところはないからだ。おれたちはどこにでも入り込める。

なぜパシュトゥーン族とタリバンがうまくやっていけるのか、その理由は簡単にわかる。パシュトゥーン族はソ連軍に屈服するのを拒絶した部族だった。彼らはひたすら戦い続けた。一九世紀にはイギリスを相手に降伏させる寸前まで戦い、ついには彼らをパキスタンに追い返した。さらにその三〇〇年前には、インドのムガール帝国の支配者たちの中でも最も恐れられたアクバル皇帝の軍をも全滅させている。

パシュトゥーン族は自分たちの峻烈な戦いの歴史を誇りにしている。さらにバルチスタンは何世紀にもわたって厳しい激烈な戦いを繰り広げながらも一度も征服されることはなかったが、彼らの人口の半分が常にパシュトゥーン族であったことは、記憶に留めておくべきだろう。

部族存続についてのコンセプトは非常に厳格だ。数世紀前までさかのぼる驚くべき血筋が存在している。米国民になる方法でパシュトゥーン族になろうとしても無理だ。部族はグリーンカードもパスポートも発行しない。部族民かそうでないか、それだけなのだ。

言語、伝統、慣習、そして文化も一役担うが、それらが彼ら全員に鋼の棒のような威厳と自負心を与えている。彼らの集落は必ずしもタリバンが望むような紛れもない軍事拠点ではないかもしれないが、パシュトゥーン族は簡単には怖気づかない。

彼らは厳格に血縁関係により組織されている。あくまで男同士の血縁関係である。部族の血筋は父系、すなわち男の先祖から引き継がれる。彼らにとっては母親やその先祖はどうでもいいらしい。相続は厳格に男子にのみ行われ、土地の権利は直接息子たちに行く。

彼らについて多くを語る諺がある——「私は兄弟と闘い、兄弟と私は従兄弟と闘い、兄弟と従兄弟と私は世界と闘う」。それが彼らのやり方だ。堅固な編隊により、彼らは繰り返し、自分たちより進歩した軍事力をもつ侵略者を追い払ってきた。

彼らの部族規範〈パシュトゥーンワライ〉は過重な要求を突きつける。客人のもてなし、気前の良さ、そしてほんのささいな侮辱に対しても報復する義務。パシュトゥーン族として生きることはきつい――すべては同僚や親戚や同志からどのくらい尊敬されるかに左右される。そして、それは危険をはらんでいる。部族の道徳規範だけがアナーキー状態になるのを食い止めているのだ。部族民は自分や自分の家族の名誉を守るためなら、闘い、人殺しすらいとわない。

殺人が起きれば、たちまち組織は混乱に陥るが、それは死へのあだ討ちが求められる社会だからだ。犯人とその家族は永久に身の危険にさらされることになる。それは殺人に対する大きな抑止力となる。その分野に詳しいボストン大学のチャールズ・リンドホーン民俗学教授によれば、パシュトゥーン族間の殺人率は合衆国の都市部のそれよりはるかに低いそうだ。このテーマにおける同教授の教えに感謝している。

タリバンの信条はパシュトゥーン族のハンドブックそのままだ――女性は父系の子孫を残す子宮であり、部族の名誉と継続の源である。女性の安全と貞節な生き方によってのみ、血筋の純粋性は保障される。この〈パルダ〉と呼ばれる女性隔離は、女性を社会の目から隠し、家事に従事させることを目的としている。そしてそれは女性たちに高い誇りを与える。

〈パルダ〉は所属のステイタスを象徴している。女性が家を守り、息子たちからの愛情と尊敬を楽しみ、いつの日か嫁や孫の上に女家長として君臨する日を待ち望んでいる間に、夫は外に出て侵入者たちと戦うことができる。それがタリバンの女性に対する見方の基盤になっている。それはヒンドゥ・クシ山系の山中では問題ないだろうが、ヒューストンのダウンタウンで素直に受け入れられるとは思えない。

ともかく、パシュトゥーン族の地では、主によそ者が引き起こした激しい戦いが数多くあった。しかし、古き良き〈パシュトゥーンワライ〉は彼らを損なうことなく守ってきた。その気前のいいもてなしの伝統は、おそらく彼らの一番の美徳であろうが、それには〈ロクハイ・ワルカワル〉という考えが含まれている。その言葉自体は「壷を与える」という意味だ。それは、特にある部族が敵よりも弱いと予測される状況下での、個人の保護を暗示している。ある部族民がロクハイを受け取ったなら、いかなる犠牲を払ってもその人物は敵から守られなければならない。

おれにはおそらく西側からやって来る他の誰よりも、この習慣に対し永久に感謝し続ける理由がある。

機体はバグラムの巨大な米軍基地への最終着陸態勢に入った。バーレーンを発って七時間、今はもう全員が目覚めている。夜が明け、眼下にはついに今までさんざん話に聞いていた、そしてこの先数週間おれたちの軍事活動の場となる山々が見える。

高い峰々にはまだ残雪があり、朝日の中で白く輝いている。降雪線の下の急斜面は非常に険しく見える。中腹に集落を見つけるには高度がありすぎるが、それがあることはわかっているし、たぶんそんなに遠くない将来、そこに行くことになるだろう。

何百何千もの兵舎の列をいくつも過ぎたところに基地施設があり、その側面に平行してバグラムの大滑走路が走っている。地上には駐機中の航空機や多数のチヌーク型ヘリが見える。おれたちは、誰と同室にされるだろうか、なんてことは心配しなくていい。シールは常に他の人たちからは離されて同じ兵舎に一まとめに入れられるが、そうすることで極秘の任務が雑談中に漏れることを予防しているのだ。言うまでもなく、おれたちの使命はすべて極秘で、おれたちはそれについて漫然と話したりはしないが、他の部隊ではおれたちほど厳しく訓練されていないので、徹底した安全策がとられている。

ついにアフガニスタン・イスラム共和国に到着した。テキサス州と同じ広さの国土があり、周りをすべて陸地に囲まれ、山脈の花崗岩の壁に守られ、長年にわたり戦火に引き裂かれながらも、いまだに戦時下にある国。今も昔も部族司令官たちは強奪者、つまりおれたちを追い払おうとする。しかし、おれたちはべつに強奪しようとしているわけじゃない。ただふたたび血で血を洗う部族間闘争が起きるのを、そしてまた政権交代が起きて、選挙により決定された政府が独裁者に乗っ取られるのを阻止しようとしているだけなのだ。

ああ。なんという重い任務なんだろう。だが、おれたちは武者震いしていた。これこそが待ち望んでいた仕事だ。正直言うと、おれたちは一刻も早く着陸して、仕事にかかりたくて、うずうずしていた。ある意味、今回の任務はかなりシンプルだ。それは、あの悪名高い山岳路に入り込み、いつでも戦う準備の整った顔の見えない部族戦士たちが、執拗に黙々と、国境を越えてひたひたと侵入してくるのを押し留めることにある。

おれたちは彼らの実績を知っているし、彼らが山間を敏速に動き回れることも知っている。彼らは何世紀もかけて斜面を、洞窟を、潜伏場所を制覇し、それらを外部からのあらゆる敵に対する難攻不落の軍事要塞に変えた。

彼らはすでに山での野戦でシールと一戦を交えている。最初にそこに到達したのがシール部隊だったからだ。彼らが手ぐすね引いて待っているであろうことは、わかっている。だが、シールの作戦チームはみんなそうだが、自分たちは他の誰よりも優秀だと信じている。だから、タリバンよ、気をつけるのが身のためだ。

ダニー、シェーン、ジェームズ、アクス、マイキー、そしておれ。徹底的に訓練を積み、完全武装し、任務遂行のためにやって来た。タリバンとアルカイーダの軍を元の場所まで追い返し、リーダーたちを捕らえ、生かしておくには危険すぎる人物を取り除く準備は万端整っている。そして、山に秩序を回復させるのだ。

故郷の家からは八千マイルも離れているが、毎日、家族や愛する人々にeメールを送ることができる。少々娯楽は不足しているが、リュックにはDVDプレーヤーと、アレクサンドル・(大)デュマ原作のお気に入りの映画『モンテ・クリスト伯』のDVDも入っている。それは観るたびにインスピレーションを与えてくれる作品で、容赦なき世界での、圧倒的な悪のパワーに対する一人の罪なき勇敢な男による孤独な闘いには、いつも気分が高揚させられる。

まさにおれ好みだ。追い詰められ、それでも絶対に屈しない。勇気、リスク、比類なき大胆さ。間もなく、おれ自身が短時間であれエドモン・ダンテスとまったく同じ苦境に陥り、彼が気味悪い要塞島のシャトー・デイフで過ごした年月に抱いたと同じ絶望感を味わうことになろうとは、ゆめゆめ思ってもいなかった。

さらに、彼が非情な監獄の花崗岩の壁に火打石で彫ったあの忘れられない言葉が、おれに希望を与えてくれることになろうとは。それは寄る辺ない希望ではあったが、それでも希望には違いなかった。最も絶望的で危険な状況にあったあのとき、彼のあの言葉を何度も何度も、自分でも認めたくないほど何度も頭の中で繰り返した。——「神は私に正義を与えてくださる」

3　戦士の学校

基本的におれたちが米軍のエリート山岳部隊に協力するためにここに到着したことが、いかに重要な出来事であるかということを指摘するために、ここまでのちょうど二章分を費やしてしまったようだ。ふと思ったのだが、ひょっとして読者は、おれたちシール隊員がどうして自分たちは他の誰よりも圧倒的に優秀で、こんなにも傲慢でいいと感じているのか、首をかしげているのではないだろうか。

その考えを払拭するためにも、これ以上話を進める前にここで、なぜ世の中に対しておれたちがそんなふうに感じているかをきちんと説明しようと思う。それは一種の時期尚早の勝利感でもないし、単に自信があると表現するのもばかげている。それは太平洋を〝濡れている〟と言うようなものだ。

それはいわば高度な形態の自覚なのだが、思い上がりを意味しない。よく大金持ちだけが貧乏人と自分との違いを理解し、真に頭のいい人間だけが比較的頭の悪い者と自分との違いを理解すると言われる。

同様に、おれたちの乗り越えてきたことを乗り越えた者だけが、おれたちと他の者たちの違いを理解できるといえる。軍隊では、誰でも戦闘技術の頂点を極めることがどんなに大変かを理解している。そして、おれの場合、それは不吉な始まり方をした。あの日、南部の農場で、おふくろは家から出ておれの出発を見送るのを拒みながら、目にいっぱい涙をためていた。一九九九年三月七日、二三歳だった。

当時、おれが故郷の町で驚異的に強くなっていたと言っても、けっして大袈裟ではない。そういった評判は、モーガンとおれのどちらにとってもありがたくはなかった。おれたちが本当にどのくらい強いのかを確かめたがる男たちが、絶え間なく現れたからだ。推測するに親父は、おれたちのうちどちらかが落ちこぼれのプロボクサーにでも対決を迫られ、相手に重傷を負わせるか、もしくはおれたち自身が重傷を負うのも時間の問題だと考えていたようだ。だから、おれは町を出てシール部隊に入る決意をした。モーガンはその考えにおおいに賛成し、近くの町の新兵採用官ボー・ウォルシュ一等兵曹に引き合わせてくれた。彼にヒューストンにある入隊処理局に連れていかれた。そこは海軍への入隊を扱っていた。

当然のごとく、すぐさまおれはそこの人たちに新兵訓練キャンプに入る必要はないと言った。おれはそんなものに入るには、先を行き過ぎていたからだ。——イエッサー、おれは地獄の訓練をしてくれるコロナドに直行します。それこそがおれにふさわしい場所です。おれはすでに半分訓練を終えたシールです。

ところが、彼らはおれを新兵訓練キャンプに直行させた。おれは書類にサインし、数日後に初出勤する準備をした。農場を出るときには、特に出陣のセレモニーはなかったが、ボー・ウォルシュやビリー・シェルトンほか、みんなが来てくれた。前にも言ったように、お袋は泣き崩れて家に閉じこもった。彼女のベイビー（おれ）の出発を見送ることができなかったのだ。

行き先は千マイル以上も北のイリノイ州グレートレイクスにある海軍採用・訓練コマンド（RTC）だった。これは本心から言えることだが、そこでおれは人生で最も惨めな八週間を過ごすことになった。それまで雪など見たこともなかったのに、到着したとき、訓練キャンプはなんと一一年ぶりの猛吹雪に見舞われていた。それはズールー族を北極に送り込むようなものだった。

雪と風がミシガン湖の上をひゅうひゅうとうなり声を上げながら渡ってきて、シカゴの北三五マイルに位置するおれたちのいる西岸の、まさにその水辺に、荒れ狂いながら上陸する。凍えるような天候のもたらす絶対的な惨めさは想像を絶した。キャンプはめちゃめちゃばかでかい場所で、そこでは数百人の新兵たちが一般市民から米海軍兵への、あの奇跡のような変身を遂げようとしていた。それは精神と肉体両面での劇的な大変貌であり、たとえいい天候の中で行われていたとしても過酷だっただろう。それが、あの氷と雪と風の中で！　言葉もない。

それまで一度だって冬ものの衣類が必要だったことはないので、そんなものは一枚も持っていなかった。だから軍が全員に適切な衣類一式――分厚いソックス、ブーツ、紺色のズボン、シャツ、セーター、コート――を支給してくれたときには、やたらうれしかったのを覚えている。それらのたたみ方、収納方法、毎朝の二段ベッドのベッドメーキングについて教わった。続いて即刻、体力トレーニングに突入させられた。ランニング、ジムでのトレーニング、行軍、教練、そして数多くの課目別クラスがあった。

おれはどれも難なくこなしたが、特にプールでは他を圧していた。課題は五フィート以上の高みから、足から先に飛び込んで五分間浮き続け、それからどんな泳法でもいいから五〇ヤード泳ぐというものだった。そんなものは寝ながらでもできる。とりわけそこではアリゲーターやヌママムシとの遭遇を心配する必要がないのだから。

ランニングはまともな天候のもとであったなら、それほどきつくはなかっただろうが、キャンパスは凍えるほど寒く、湖から吹きつける風は身を切るようだった。ペンギンすら、あそこでは苦労しただろう。おれたちは雪の中を走り、雪の中を行進し、雪の中を授業へと向かった。

あの最初の週、おれたちがなんとか凍え死ぬのを避けようとしている間に、教官たちは、それ以来おれの座右の銘となっている三つの言葉をみんなの頭に叩き込んだ。高潔、勇気、献身――それは米海軍のモットーであり、中核をなす価値観で、即座におれたちが生きていく上での指針となった。今日の日に至るまで、おれは教官の「ここグレートトレイクスでの経験から得たものが、人間としてのお前たちを作る」という言葉を忘れないできた。彼は正しかった。そう思いたい。

二週目は〈自信養成コース〉を受けさせられた。これは軍艦の中での危機的な状況を模擬体験するよう考案されている。おれたちには鋭敏で、人に頼らず、そして何よりも、自分やチームメイトの命にかかわる重大な決断を下すことが求められる。あの言葉――チームワーク。それは海軍の生活のあらゆる面に浸透し、またそれを支配している。新人養成キャンプでは、教官たちはそれを機会あるごとに吹き込む。チームワーク。それはおれたちの人生における新しい原動力になった。

三週目、地上に設置された練習船に乗って訓練。すべてが実地訓練だ。その船のほぼすべての機構部品の名前を学んだ。加えて救急処置法や、船舶間で行う旗を使う信号伝達法（手旗信号）も。教室では長時間にわたり、海軍の慣習や礼儀、武力紛争の関連法令、船上通信、船舶や航空機の識別法、基礎的な船舶操縦術を集中的に学んだ。

こういったすべての合間には、体力トレーニングのテストや腹筋運動、柔軟体操、腕立て伏せが組み込まれていた。もちろん、おれにはすべてが簡単だったが、ただあの天気のもとでの一マイル半のランニングは北極熊のスタミナをもってしてもきつかっただろう。教官は落伍した者はもう一度やり直しだと言った。もう一度やるくらいなら北極を裸足で走ったほうがましだ。全力を尽くした。ありがたい、合格だった。

四週目におれたちは初めて武器を手にした。M一六ライフル。当然、その分野の飲み込みもおれは早かった——とりわけ実弾射撃場では。その後、海軍は一人ひとりの希望部署の決定に取り組んだ。これもまたおれには簡単だった。シール部隊。それしかないだろう？

消防訓練と船上応急被害対策のコースがそれに続いた。どうやって消火し、煙の充満した船室から逃れ、防水ドアを開け閉めし、酸素吸入装置を作動させ、消防ホースを引っ張り回すかを習った。最後の部分が最悪だった。それは〈自信養成ルーム〉と呼ばれる。クラスメートとともにその部屋に入り、ガスマスクを着ける。次に誰かが催涙ガスの錠剤を破裂させる。そこでマスクを取ってゴミ箱に入れ、自分のフルネームと社会保障番号を復唱しなければならない。

海軍の新兵は一人残らずこの訓練に耐えなければならない。そして最後に、教官が言い渡す。きみは入隊に必要な資質を備えている。したがって海軍への入隊を許可する、と。

最後の仕事は戦闘配置と呼ばれている。チームには全部で一二種類の配置箇所が与えられるが、それらはすべてその日に至る数週間のうちに言い渡されている。ここで上層部は新兵を個人として、またチームとしても等級分けするのだ。これがすべて完了すると教官により米海軍の野球帽が贈呈され、これをもって新兵は正式に水兵であると認められる。海軍の一員であること、その資格があることを証明されるのだ。

翌週、おれは真新しい礼装用軍服を着て卒業した。鏡の前を通り過ぎたとき、そこに映った人物がとても自分だとは思えなかったことを覚えている。堂々とした姿がそこにあった。新兵養成キャンプを卒業することには何かがある。たぶん、主に自負心の問題だろうが。とはいえ、これは誰でもが達成できるわけじゃない。それはかなりいい気分にさせてくれた。特におれのように、大きな功績といったら、酔っ払いのカウボーイの耳をつかんでイースト・テキサスのバーから通りに放り出すくらいのことだった男には。

卒業後はすぐにサンディエゴに飛んでコロナド・アイランドの海軍水陸両用基地を目指した。そこへは一人で、他の人間たちより二週間ほど早く行って、自由時間には制服や用具や部屋を整えたり、体の調整をしたりして過ごした。

あまりの天候の悪さに、おれたちの大半が新兵養成キャンプで少し体力を落としていた。猛吹雪や深い積雪のせいで、気軽に外に出てジョギングしたり、一走りしたりすることができなかったからだ。一九一二年に英海軍のロバート・ファルコン・スコット大佐の南極探検隊に同行した非常に勇敢な男のことを覚えているだろうか。凍傷にかかったオーツ大尉は、自分のせいでチーム全体の進行が遅れていると確信した。ある夜、彼は不滅の名言とともに猛威を振るう猛吹雪の中に這い出ていった。「ちょっと外に出てくる。しばらく戻ってこないから」

彼の遺体は見つからずじまいだった。そしておれは彼の言葉を読んだことをけっして忘れなかった。ガッツのある男だろう？　だが、グレートレイクスで外に出て行くのもちょっとそんな感じで、同じくらい勇気が要った。雄々しい大佐とは対照的に、おれたちはヒーターのそばに張りついていた。

そして今、おれたちが砂浜を走ろうとしているのは、インドクトリネーション（教化）の一週目に備えて体を作るためだ。〈インドク〉として知られるその二週間のコースで、候補生たちは伝説的なBUD／S（＊シール基礎水中破壊訓練）に備えさせられる。BUD／Sは七カ月間にもおよぶ訓練で、インドクよりはるかにきつい。どちらにしろ、まず予備訓練の持久力テストすらパスできないようでは、そいつはコロナドにいるべきでないし、コロナドのほうもそいつを欲しがらないだろう。

インドクの目的は公式海軍文書の中にこう記されている。

――有資格のシール候補生を、肉体的、精神的また環境的に、BUD／S訓練の開始に備えさせる。

一般的に言って、教官はインドクの間にはプレッシャーをかけない。候補生は来るべき火責め試練に備えてエンジンの回転数を上げるだけだ。

しかし、それでもなお、誰にとっても、士官であろうが下士官であろうが、それは大変きついものだ。シールのプログラムは艦隊からやって来た将校とおれたちのような者の間に差を設けない。全員がいっしょくたにされ、しかもインドクでまず教え込まれるのは、訓練も生活もクラス単位およびチーム単位で、ということだ。待てよ。教え込まれると言ったかな？　いやむしろ、ジャックハンマーで叩き込まれると言うべきだった。チームワーク。その言葉を一分おきに投げつけられた。チームワーク、チームワーク、チームワーク。

そしてまたそこは、おれたちがシールのエートスの中にあって決定的にきわめて重大な、スイム・バディ（＊水泳訓練の相棒）というコンセプトを初めて理解する場でもあった。各隊員は相棒とチームを組む。トイレに行くときさえ、この相棒と離れてはならない。IBS（小型ゴムボート）の訓練では、一人がボートの縁から氷のように冷たい水の中に落ちれば、もう一人も落ちなければならない。それもすぐにだ。プールでは腕の届かない距離以上に二人が離れることがあってはならない。のちのBUD／Sの正式コースでは、スイム・バディにしっかりついていることができなければ、ただちに落第し、追い出されかねない。

これはすべて、シール部隊のあの鉄壁の言い伝えにたどり着く――生きていようが死んでいようが、おれたちはけっして仲間を戦場に置き去りにはしない。誰もけっして一人きりにはならない。生きている者にどんな危険が及ぼうとも、敵の銃撃がどんなに激しかろうとも、シールは戦死した仲間の遺体を収容するまで、死地で最後の最後まで戦い抜く――これは一九六二年にシール部隊が結成されて以来存続してきた金言で、今もなお生きている。

これは実におかしな掟だが、別に戦死者の未亡人や両親のために考案されたわけではない。あくまで実際に戦闘をするシールのためのものなのだ。故郷に帰るということには何か大きな意味があり、おれたちはみな、それを成し遂げたいと思っている――できれば生きて。しかし、殺されて異国の地に置き去りにされ、故国に墓もなく、永眠の地を訪ねてくれる愛する人たちすらいない、という状況になるのではないかという恐怖はおれたちの中に密かにくすぶっている。

これって、ちょっと頭がおかしいんじゃないかと思われるかもしれない。とはいえ、事実なのだ。隊員は誰もが「自分はどんなことがあろうとも置き去りにはされない、故郷に連れ帰ってもらえる」と信じ、それを心の拠り所にしている。おれたちはみな、すべてを捧げる覚悟でいる。だから、最後にお返しにそのくらいは頼んでもいいという気がする。結局、おれたちはほぼ例外なく自国ではなく敵国で戦うのだから。

第一次世界大戦に従軍した、かのイギリス人の詩人ルパート・ブルックは、イギリスが伝統的に戦死者の遺体を故国に送り返さないことを納得していた。そして彼は自分の気持ちをこう的確に表現した。

もしぼくが死んだら、ぼくについてこのことだけを考えてください。
外国のどこか片隅に、
永遠にイングランドである場所があることを。
（『ケンブリッジのエリートたち』リチャード・ディーコン著、橋口稔訳、晶文社）

世界中どこにいようが、シールの中に、この詩を理解しない者、またブルックがなぜこの詩を書いたのかを理解しない者は一人もいない。

これはおれたちの最高司令官がおれたちと交わした神聖な約束なのだ。だからこそ、コロナドの第一日目から、この言葉はおれたちの頭に叩き込まれるのだ——「お前は一人きりにはならない。どんなことがあろうと。そして、お前もスイム・バディを一人きりにしない」

あの夏の初め、クラス226にいたときに、おれは小さな挫折を味わった。ある日、登山用ロープを約五〇フィート登ったところで転落し、腿をかなりひどく痛めたのだ。教官が飛んできて言った。

「やめるか?」

「いいえ」

「なら、もう一度あそこまで登れ」

おれはもう一度登り、また落ちたが、それでもなんとか続けた。脚には激痛があったが、その後も数週間、ついに医者が大腿骨骨折! と診断するまで訓練をやめなかった。診断の後は即座に松葉杖をつく羽目になったが、それでも砂浜を足を引きずって走り、仲間とともに波の中に入っていった。それこそ実戦訓練というもんだろ?

最終的に脚は治り、訓練に復帰し、一二月にBUD/Sクラス228の第二段階に加わった。おれたちの暮らす小さな兵舎はBUD/S練兵場のすぐ後ろにあった。それはアスファルトで固められた四角い広場で、歴代の教官たちが幾千の夢と希望を粉砕し、候補生たちを死ぬ一歩手前まで追いやった場所だ。

教官たちは男たちが落ちこぼれ、落第し、やめていくのを見てきた。無言のまま、氷のように冷たい無表情な顔で。薄情とは違う。彼らは他の者たちにしか興味がないのだ。すなわち、屈しもしないし、やめもしない者たちだ。やめるくらいなら死んだほうがましだと思う者たち。やめるという選択肢を体内にもたない者たち。

あれはインドク初日のことだったが、おれの小さな部屋はシャワールームのすぐ隣だった。ところで、あれをシャワーと呼ぶのはお門違いだ。一般的に認められている文明的水準のシャワーではない。むしろクソ洗車機にぐっと近い代物で、実は除染装置なのである。誰かが午前四時ごろにスイッチを入れたのだが、圧縮空気と凍えるほど冷たい加圧水がパイプを無理やり通っていくときの音は、蒸気機関車の首でも絞めているような音だった。

初めてその音を聞いたとき、おれは敵に攻撃されたのかと思った。

おれは即座にキャンバス地でできた水中破壊隊用の水泳パンツをはき、氷のように冷たいジェット噴水の下に立った。ショックは想像を絶した。あのいまいましい代物は、ビーチから帰ったときに砂まみれになった用具を水圧で洗浄するために設計されているのだ。その後、ショックは幾分和らいだが、でも朝の四時にベッドから飛び出してすぐなんて！　正気の沙汰じゃないし、おれの耳には今もなお、あの悲鳴のようなシューーッという送水管の音が残っている。

死ぬほど寒くてびしょ濡れのまま、おれたちは訓練用プールに集合し、カバーを巻き上げて収納した。それから、午前五時少し前のまだ真っ暗な中、練兵場に整列し、体温を保つために背中と胸が触れるくらいぴったりとくっついて列を作り、座った。総勢一八〇名のはずだったが、種々の理由で一六四人しか任命されていなかった。

そのころにはクラス・リーダーも決まっていた。デイヴィッド・イズメイ大尉。元ローズ奨学生で海軍士官学校卒、海上勤務歴二年、今やれっきとした水上戦将校だ。デイヴィッドはシールになるという彼の生涯をかけた夢をなんとしてでも実現させようと必死だった。そのためにはこれをうまくやらなければならない。将校にはＢＵＤ／Ｓのチャンスは一度きりしか与えられないからだ。それは、もし彼らがシールに向いていないなら、他人の時間を無駄にしないくらいのわきまえはあると思われているからだ。

　さて、みんなが待っている男はおれたちの監督官だ。おれたちを指導し、教え、拷問し、観察し、必要ならばお払い箱にする任務を割り当てられた教官だ。その人の名はレノ・アルベルト教官。背丈わずか五フィート六インチ、驚異的な知性と自制心と健康体の持ち主だ。情け容赦ない冷酷な不屈の監督官だ。しかし、おれたちは二つの理由で彼をだんだん好きになっていった。彼は徹底的に公平で、おれたちから最大限のものを引き出そうとしてくれる。誰もがレノ教官の前ではありったけの力を出すのだから、彼は実にすごい男だ。だが、もし己のもてる力の限界まで発揮しない者がいれば、彼はただちにその者を追い出し、「アイ、アイ、サー」と言う間も与えず艦隊に送り返してしまう。

　彼は五時かっきりに現れた。おれたちは毎回きっちり決まった儀式を行った。それは次のように進んでいく。

「起立！」。クラス・リーダーが叫ぶ。

「起立！」。総勢一六四名近くが唱和し、勢いよく立ち上がって列を作ろうとすると、反響した轟音が夜のしじまを引き裂いた。

「教官レーノ！」。クラス・リーダーが叫ぶ。

「フーヤー、教官レーノ！」。おれたちは声を合わせて怒鳴った。

この「フーヤ」に慣れてほしい。ここでは「イエス」も「ただちに」も「ありがとう」も「了解、承諾」もない。「フーヤー」あるのみ。BUD／S独特の言葉だが、その起源は長い年月の間に失われてしまった。これについては数多くの説があるが、脱線するのは控えよう。要するに、挨拶であろうが、命令の受諾であろうが、候補生は教官にこの言葉で答える。フーヤー。

どういうわけか、教官の中で毎回例外なくファーストネームで呼ばれるのはレノ教官だけだ。他の教官はピーターソン教官であり、マシューズ教官であり、ヘンダーソン教官である。だが、レノ・アルベルトだけがファーストネームで呼ばれることに固執する。おれはいつも彼の名前がフレッドやスパイクでなくてよかったと思っていた。レノという名は彼にぴったりだ。

その朝、彼が練兵場に歩いて現れたとき、おれたちはただものでない男を前にしたことを知った。すでに言ったように、あたりはまだ真っ暗闇だったが、彼はラップアラウンド・フレームのサングラスをかけていた。つやつやの黒。昼夜を問わず、彼がそれをはずすことはないと見えた。実際、たった一度、偶然サングラスをしていない彼を目にしたことがあったが、彼はおれに気づいたとたんポケットに手を突っ込み、サングラスを取り出してかけた。

察するに、彼は目の中の表情をおれたちに見せたくなかったのではないだろうか。あの厳格な、血も涙もない外面の下に隠れているのは、きわめて高い知性の持ち主だ。だから、毎日おれたちの前で演じるフン族アッティラのような振る舞いに、彼自身が面白がらないでいられるわけがない。だが、自分の目の中の面白がっている表情をおれたちには見せたくない。だから、いつも隠していたのだ。

その暗くて、かすかに霧のかかった朝、彼は腕を組んで立ち、訓練用プールを凝視した。次にこちらに向き直り、じっとみんなを睨みつけた。

何が起きるのか、さっぱり予測がつかなかった。すると、レノ教官が眉一つ動かさずに言った。

「伏せ」

「伏せ！」。全員が叫び返した。そして、もがきながらコンクリートの上に伏せ、腕を立て、体をぴんと伸ばして、腕立て伏せの姿勢を取った。

「屈伸」とレノ。

「腕立て伏せ」。クラス・リーダーが号令をかける。

「腕立て伏せ」と、おれたちの応答。

「ダウン」

「ワン」

「ダウン」

「ツー」

声を出して数えながら一セット二〇回の腕立て伏せを終えたところで、腕を伸ばした休めの姿勢に戻った。クラス・リーダーが叫ぶ。「教官レーノ」

「フーヤー、教官レーノ」。おれたちも吠える。

教官はそれを無視した。そして静かに「屈伸」と言った。彼はさらに二回それを繰り返すと、おれたちを置いて出て行ってしまったので、腕を立てて休めの姿勢を取っていたおれたちの筋肉は猛烈に痛くなった。彼は結局、そのまま五分近くも戻って来ず、みんなの腕はずきんずきん脈を打っていた。

八〇回の腕立て伏せに続くこの新種の苦痛は、彼がやたら小さな声で、やたらゆっくりと「なおれ」と言って、初めて終わった。

おれたちは「起立!」と叫んで応答し、なんとか転ぶことなく立ち上がった。次にデイヴィッド・イズメイがその場にいる候補生の人数を間違えて叫んだ。彼のせいではない。誰かがただ消えていたのだ。レノは間髪置かず若いデイヴにくらいついた。何と言っていたか、はっきりとは思い出せないが、大声の「間違い」という言葉が混じっていたのだけは確かだ。

彼はイズメイ大尉と先任兵曹の訓練生に「伏せ、屈伸」と命令した。あの第一日目のことを、おれはあたかも今週のことのように覚えている。おれたちは座ってデイヴが腕立て伏せをやり終えるのを見ていた。二人はやり遂げると、ほぼ消耗しつくしていたが、大声で言った。「フーヤー、教官レノ!」

「屈伸」。レノが静かに言った。さらに二〇回という殺人的な罰を二人はどうにか始めた。ついにそれも終えたとき、間違いなく彼らは、おれたちみんなも同じ気持ちだったが、どうしてこんなところに来てしまったのだろうと自問していたのではないか。でも、それ以来、彼らは二度とその場にいる候補生の人数を間違えて言うことはなかった。

今なら、あのシールの精神が理解できる――将校たるものは、士官であろうが下士官であろうが、自分の兵の一人ひとりがどこにいるかを把握していなければならない。間違いは許されない。訓練のあのごく初期の段階では、クラス・リーダーのデイヴィッド・イズメイはおれたちの正確な人数を知らなかった。おれたちとたったの一五分しかいなかったのに、レノは知っていた。

ふたたび自らの王国をじっくり見回し、レノはにべもなく言った。「お前たちのほとんどが数カ月後にはここにいないだろう」。そして、人数の数え間違いがおれたち一人ひとりの個人的責任でもあるかのように付け加えた。「もし今すぐに一つのチームとしてまとまらなければ、お前たちの誰一人ここには残れないだろう」

それからレノは、おれたちにもう一度、基本的なBUD／S適正審査を受けさせると言った。おれたちがそこに到達するまでにすでにそのテストをパスしてきていることを彼がどんなふうに指摘したか、今でも鮮明に思い出せる。「今朝、もしお前たちがもう一度このテストにパスしなかったら、次の船で艦隊に帰ってもらう」

この段階ではおれたちの誰一人……なんと言うか……自分たちが必要とされているとは感じられなかった。それどころか、世界に名を馳せるそのミリタリー・コロシアム――今にもライオンが放たれそうなコロシアム――の中に放置されたと感じ始めていた。目の前にあるのは次のような五項目の審査だった。

一、平泳ぎまたは横泳ぎで五〇〇ヤードを一二分三〇秒以内で泳ぐ。
二、二分間に腕立て伏せを四二回以上。
三、二分間に腹筋運動を五〇回以上。
四、一回ごとに完全に腕を伸ばしきる状態まで戻る懸垂を六回以上。
五、ブーツと長ズボンを着用して、一・五マイル（二・四キロ）を一一分以内で走る。

すべてをパスしなかったのはたった一人だった。事実、おれたちのほとんどが前回よりかなりいい成績でパスした。おれの場合も、腕立て伏せは八〇回近く、腹筋は一〇〇回近くまでいったことを覚えている。きっとビリー・シェルトンの幻がおれの肩先にしっかと立って死ぬほどびびらせ、しくじりでもしようものなら海軍から放り出そうと手ぐすね引いていたに違いない。

それはさておき、レノ教官はその間、おれたちを戦闘機のレーダーのような目で観察していたのだ。数カ月後に言われたのだが、あのとき、おれが全力を尽くすことを知ったそうだ。あの瞬間、あの場で、おれについて確信をもったそうだ。以後、その確信は一度も揺るがなかったという。いい判断だ。おれは全力を尽くす。常に十分いい出来ではないかもしれないが、それがもてる力のすべてを限界まで出し切った結果であることだけは確かだ。

振り返ってみると、あの初期のテストで多くのことがわかったとは思えない。訓練生の中には、かなり獰猛に見える、筋肉隆々のボディビルダータイプが多くいた。おれの記憶では、訓練についていけなくて真っ先に脱落したのは彼らだった。彼らの脚や上半身が、単純に重すぎたのだ。

シール部隊は野獣のような力強さを重視するが、それよりさらに重視するのがスピードだ。それは水中でのスピードであり、地上でのスピードであり、頭が回転するスピードでもある。コロナドではしっかりオイルを擦り込んだ輝く筋肉群は評価されない。嵩《かさ》が大きいと、その分、動きは遅くなる。特に軟らかい砂の上では。そして、それこそが、おれたちが欠かすことなく毎日、何マイルも挑まなくてはならない場だった。

クラス226のその初日の朝に、おれたちは即座にBUD/Sの掟をもう一つ学んだ。おれたちはぶらぶら歩かない。普通にも歩かない。軽く駆けることすらしない。おれたちは走る。死に物狂いで走る。どこであろうと一日中。映画『プリティ・リーグ』でトム・ハンクスが言った素晴らしい台詞は「野球で泣くことなんかできない」だったかな？　コロナドでは、おれたちはこう言う。

「BUD／Sで歩くことなんかできない」

　おれたちがこの冷酷無慈悲なルールに最初に遭遇したのは朝食時だった。食堂は一マイルも離れているので、トーストとベーコンエッグのために行き帰りで二マイル走ることになる。ランチのためにも。夕食のためにも。計算が苦手な人のために付け加えると、つまり、おれたちは何かを食べるためだけに毎日六マイルも走らなくてはならなかったのだ。しばしば八マイルにも及んだ毎日の訓練ランニングとは別に。

　あの朝、おれたちは隊形を組んで海軍水陸両用基地を突っ切り、はるか遠くの特殊戦センターまで走っていった。そこでレノ教官は腕立て伏せを千回とその他もろもろ（神のみぞ知る）をさせた後に、ついにおれたちを着席させ、彼が満足いくまで注意力を集中させた。それは容易ではなかった。なぜなら、彼は大鷲のような目をしている上に、南カリフォルニア大学から難関の経営学学位をも取得している切れ者だからだ。彼は何がなされるべきかを正確に知っているし、何一つ見落とさない。

　そして、まさにそれこそが、小さいときからビリー・シェルトンに叩き込まれた教えを思い出すべき場面だった。――「特殊部隊の司令官が、役立つかもしれないことをほんの少しでも口にしたら、よく聞け。そしてそれをやれ。それがたとえ余談であっても、ちゃんとした命令ではなかったとしても、いや、これはいい考えかもしれないが……くらいの言い方から始まっていたとしてもだ」

どんなにささいなことに見えても常に注意を払い、すべきことをする。ビリーの言いたかったことは、特殊部隊の教官たちは最高に優秀な人材を探しているが、普通に優れている者と際立って優れた者を分けるのはほんの小さなことかもしれない、ということだった。「聞け、マーカス」。ビリーは言った。「常に聞け。教官に言われたことはどんなことでも飛びついてやれ。先頭に出ろ。素早く。そしてそこに留まれ」

そしてあの朝、レノ教官は、おれの目には一五フィートにも映ったその背を目いっぱい伸ばして立ち、手短に話したいことがあるので注意して聴くようにと言い、「メモを取るなら、さらによし」と付け加えた。

おれは即刻ジッパー付バッグに手を突っ込んで、湿っていないノートと鉛筆数本を取り出した。ビリー・シェルトンのあの教えが耳の中に鳴り響いていた――たとえ余談でも、たとえただの提案でも、やれ。

部屋の中を見回すと、数人はおれと同じことをしているが、全員ではない。何人かはただ座ったままレノ教官をじっと見つめている。すると教官がいきなり「鉛筆と紙を持っている者は何人いる？」とあくまで穏やかに訊いた。

他の何人かとともにおれも手を挙げた。突然、レノの顔に嵐雲のような色が浮かんだ。

「伏せ！　全員だ！」。怒鳴り声が轟いた。とたんに全員が椅子をこすりながら後ろに引き、その場で床に伏せて手を伸ばしてつく〈休め〉の姿勢を取ったため、上へ下への大騒ぎになった。「屈伸！」。レノがかみつくように言った。二〇回の腕立て伏せの後で、腕を伸ばした姿勢を保たされた。

レノはおれたちをじっと見た。「よく聞け。どんなときも紙と鉛筆を携帯するよう言われたはずだ。なのに、なぜ持ってない？　いったい、なぜ持っていないんだ！」

部屋は水を打ったようにしんと静まり返った。レノはみんなを睨みつけていた。床の上に手のひらをついて体を支える姿勢を取っていたため書き留めることができなかったので、彼の次の台詞を一言一句正確によみがえらすことはできない。でも、おおむねこうだったという自信はある。「ここは戦士の学校だ、わかるか？　世の中で最も真剣さを要求される仕事だ。やる気のないやつは、たった今、出て行け」

驚いた。彼は本気で言っていた。おれは鉛筆と紙を持っているのは誰で、持っていないのは誰かを、彼が知っていることを切に祈った。数カ月後、その日のことを話題にして、レノに訊いてみた。「もちろん知っていた」。サングラスの位置を調節しながら、彼は言った。「あれは最初のテストだったんだ。注意を払って書き留めていたやつの名前は、一セット目の二〇回をさせる前に頭に入れた。お前がそのリストに載っていたことは今でも覚えている」

ともかく、あの第一日目の朝、おれたちはさらにもう数セットの腕立て伏せをして、それでもなんとか、あえぎながら大声で「フーヤー、教官レノ！」と応答した。その後、レノはふたたびおれたちを座らせた。

続いて聞かされたのは、おれが今まで耳にした中でおそらく最も峻厳なシールの精神と倫理に関する講義だった。おれはむろんノートを取ったし、彼の言ったことをすべて覚えてもいる。そして、レノもきっと望むだろうから、ここにそれを記しておこうと思う。

「これはリスクの高い訓練だ。それは訓練のどの場面でも重傷を負ったり、命を落としたりする危険があると定義される。お前たちのうち誰でも、もし何か安全でないものを見たり、または不必要に危険な状況にいると気づいたりしたら、即座に大声で知らせろ。我々は過ちが嫌いだ、わかったか？」

「フーヤー！」

「常に自らの説明責任を自分自身に対して、上官に対して、チームメイトに対して果たせ。命令系統は不可侵だ。利用しろ。正常な状態からのいかなる逸脱もボートクルー・リーダーやクラス・リーダーに知らせろ。そして、スイム・バディから離れるな。先頭にいようがいまいが、そんなことはどうだっていい、とにかく相棒のそばにいろ。わかったか？」

「フーヤー！」

「尊敬について。お前たちには、教官全員ならびにクラス担当将校や上級兵曹に対し絶対的な敬意を表することが求められる。お前たちは軍隊にいる。常に礼儀正しくあれ。わかったか？」

「フーヤー！」

「次は高潔さだ、紳士諸君。お前たちは嘘をつかない、騙さない、盗まない。絶対にだ。もし何か用具をなくしたら、請求伝票を回し、報告しろ。他人の装具を取ってはならない。おれは、それが過去にここで起きなかったふりはしない。なぜなら、起きたからだ。だが、その男たちはその場で終わった。やつらの足は二度とこの地に触れていない。やつらは追放された。その日にだ。お前たちはクラスメイトを尊ぶ。そして、彼らの用具を尊ぶ。自分の物でない物は手にしない。わかったか？」

「フーヤー！」

「おれはこれから先の二週間、このクラスの監督官だ。お前たちが給料や家族や個人的な問題で困っているなら、おれが助けよう。怪我をしたなら、医療部に行け。治してもらって訓練に戻れ。おれはお前たちの監督官だ。母親じゃない。お前たちに教えるのが仕事だ。規則を守っている限り、助けてやる。規則を破れば、叩きのめす。わかったか？」

「フーヤー！」

「最後に、評判について。お前たちの評判は、他でもない、ここに始まる。クラス226の評判もまたしかりだ。そして、それがおれに跳ね返ってくる。それをおれは自分の責任だとして個人的に受け止める。なぜなら、評判こそがすべてだからだ。人生ではそうだし、ここコロナドでは特にそうだ。だから気を緩めるな。していることに集中しろ。常に能力の一〇〇パーセントを発揮しろ。なぜなら、そうでない場合はおれたちにはわかるからだ。さらに繰り返すようだが、何があっても、絶対にスイム・バディを置き去りにしてはならない。何か質問は？」

「ありません！」

誰がこれを忘れることなどできるだろう？　今なおレノ教官がノートを勢いよく閉じたときの鋭いパタンという音が心の中で聞こえる。それはおれには、モーゼが十戒の彫られた二枚の花崗岩の石版を叩き合わせたときの音のように響いた。あのレノという男は五フィート六インチの巨人だ。おれたちの人生の中で、彼は大きな存在となっている。

あの日、教室から解放された後は砂浜での四マイルのランニングが待っていた。その間、レノは三回おれたちにストップをかけ、波の中に入って「濡れて砂まみれになれ」と命じた。

ブーツはずぶ濡れで重く、一マイル一マイルが死ぬほど苦しかった。ショーツの砂もけっして取り除くことはできなかった。皮膚が擦り傷だらけになったが、レノはお構いなしだ。ランニングの終わりには、腕立て伏せを始めろと命じた。一セット二〇回を二セットの命令だったが、一セットの終わりころにふと見ると、彼もおれたちといっしょに腕立て伏せをしていた。ただし片腕だけで。しかも、息が荒くなっている気配すらなかった。

あの男は体重〇・五トンのゴリラとだって腕相撲ができただろう。おれたちの横で楽々と腕立て伏せをする姿を見ただけで、BUD／Sをパスするのに求められる体力と強靭さのレベルというものが、かなりはっきりとわかった。

正午ごろ、みんなが食堂への一マイル走の準備をしていると、レノが涼しい顔でこう言った。「言っておくが、ここにいるお前たちの中の何人かは、おそらく、そちらからやめる前におれたちがやめさせることになる。それはわかりきったことで、すでにその何人かをおれは見つけている。おれはそれを発見するためにここにいる。お前たちのうち誰が痛みや寒さやつらい目に耐えられるか。誰が一番それらを欲しているか。誰がそれ以外には何も欲していないか。お前たちの何人かはそんなものは欲しがらない。何人かは耐えられないし、耐えようともしない。恨みっこなしだ。ただおれたちの時間を必要以上には無駄にしないでくれ」

〈ありがとさんよ、レノ。ただ、なぜそんなに何を言うにもまどろっこしい言い方をしなきゃならないんだ？　どうしてズバッと言わないんだ？〉もちろん、これは口に出して言ったわけじゃない。コロナドの小型軍艦と四時間過ごした後では、小生意気な言葉をなみなみと湛《たた》えたおれの井戸には、しっかりと重たい蓋がされていた。それに、そんなことを言ったら、きっと彼に骨盤を折られていただろう。おれの顎までは届かなかっただろうから。

プールには別の教官がいて、おれたち全員、皮膚についた砂を取るために除染装置の氷のように冷たいジェット噴水の中を通らされた。あのいまいましい機械なら、新鮮な鱈からだって鱗《うろこ》を剥ぎ取っただろう。その後、いっせいにプールに入り、いくつかのチームに分かれ、おれたちが海軍に仕える年月の間に泳ぐおそらく約一千万ラップの最初のラップを始めた。

最初の数日間は浮力のコントロールと水面泳法の訓練が集中的に行われ、何よりもまず水中が得意でなければならないというすべての若きシールの黄金律に則って、水中で体を伸ばし、そのままじっとしてタイムを計る訓練が行われた。そして、まさにここで人員削減が始まった。まず一人の候補生はまったく泳げなかった！　別の候補生はどんなことがあってもけっして頭を水中に入れてはならないと医者に言われていると断言した！

これで二人減った。おれたちは頭を水上に出さずに泳がなければならなかった。口を水面に突き出して大きく息を吸い込む代わりに、水中で頭を滑らかに回転させて息継ぎをすれば、水の表面は平らに保たれる。また、標準的なシール泳法のデモもあったが、それは横泳ぎの一種で、フリッパーを着けると驚くほど速く進んだ。さらに、驚異的な正確さで距離を計測して水面下を泳ぐことを可能にする、シール部隊の素晴らしい水中システムの基本となる、キック、ストローク、グライド（クロールで手を前に伸ばす動作）のテクニックを教わった。

教官はおれたちに人間のようにではなく魚のように泳げと言い、脚だけ使って何ラップも泳がせた。

軍の他の部隊にとっては、水は障害以外の何ものでもないと彼らは繰り返し言った。だが、おれたちにとって、それは避難所だ。教官たちはタイムについては容赦なく、常におれたちをより速く泳がせようとし、毎日数秒ずつストップウォッチを早く押した。彼らは、ばか力を出すのは正解ではないと強調した。スピードを上げるための唯一の方法は、一にテクニック、二にもテクニック、他には何も効果はない。そして、それはまだほんの一週目だった。

二週目に入ると、その後のコースもすべてそうだが、訓練のすべてが水中訓練に切り替わった。シリアスな訓練ではない。ただ両足首をくくられ、続いて両手首も後ろ手にくくられて、プールの深い部分に投げ込まれただけだ。これにはかなりのパニックが起きたが、おれたちに与えられた指示は明白だった。――大きく息を吸って、立った姿勢でプールの底まで沈む。そのまま少なくとも一分間じっとした後、息継ぎのために浮き上がり、また沈んで一分間、またはできればもっと長く静止する。

教官はフィンとマスクをつけておれたちのそばで泳ぐ。それが終わりころにはどちらかと言うとフレンドリーなネズミイルカに見えたが、最初に目に入ったときは鮫に見えた。ここで問題にされるのはパニックだ。もしある候補生が手足をくくられた状態で水中にいるときにパニックを起こしがちなら、彼はおそらくけっして潜水工作隊員にはなれないだろう。恐怖心というものは深いところに刷り込まれているからだ。

これはおれにとって非常に有利だった。おれは一〇歳くらいからずっとモーガンと水中で活動してきた。水面でも水中でも泳ぐことができた。それに、最低二分は息を止めていられるよう訓練されていた。おれは懸命に努力し、全力を尽くし、けっしてスイム・バディから一フット以上は離れなかった。相棒が浜に残る競泳のとき以外は。

フィンなしの五〇ヤード潜水では一着になった。潜水のコツはすでに知っていた――できるだけ早く深みに到達すること。水中深く長く潜っていられないようでは、誰かの車のキーを見つけて金をもらうなんてことはできないだろう。最後に教官たちは水中訓練の等級分けをした。おれは一番上の級だった。

この週を通して、おれたちはロープを手にして潜った。水面下かなり深いところでマスターしなければならない海軍の一連の結び目がある。実際、インドクのこの溺死防止訓練中に何人が脱落していっただろう。思い出せないが、数人はいた。

この二週目の訓練は多くの候補生にとって非常にきついものだったが、教官たちはすべてのテクニックや運動において、優秀であることの重要性を説いていた。なぜなら、BUD／Sコースの第一段階が始まる翌週には、おれたちは習ったことすべてができるよう期待されていたからだ。BUD／Sの教官たちは、おれたちがインドクの訓練のすべてを簡単にこなしてきたことを前提としている。そうでない者はとっくに去ったはずだからだ。インドクの教官たちは、もし基準に満たない者を世界で最も厳しい軍事訓練に送り込んだりしたら、感謝はされないだろう。

そしてプールや太平洋に飛び込んだり、そこから飛び出たりしながらも、同時に高圧柔軟体操という厳しい肉体鍛錬のプログラムも強いられた。それも、BUD／Sの基地の真ん中にあるアスファルトの四角い練兵場の比較的なめらかな地面の上で、などではない。まだBUD／Sの学生という神聖な階級にすら加わる資格のないインドクの少年たちは、基地の裏の砂浜に追いやられた。

そこでレノ教官とその同僚たちはおれたちを倒すために全力を振り絞った。ああ、あの旧き良き、腕がもげそうになる二〇回の腕立て伏せの日々よ、さようなら。ここでの腕立て伏せは通常五〇回が一セットで、しかもその合間にいろんな筋群——特に腕と腹筋——のバランスを改善し鍛えることを目的としたエクササイズが差し込まれる。教官たちは腹筋の強化に躍起になっていたが、今ならその理由がわかる。腹部は戦士が岩やロープを登るとき、漕ぐとき、重いものを持ち上げるとき、泳ぐとき、闘うとき、走るときに必要なパワーの源なのだ。

インドクにいたあのころ、おれたちにはそれがわかっていなかった。ただ教官たちが、毎日、おれたちに地獄の特訓をしているとしか認識していなかった。おれにとっての地獄はバタ足体操だった。仰向けになり、脚をぴんと伸ばして地上から六インチ持ち上げ、親指まで伸ばし、プールで背泳ぎをする要領でキックする。足を下ろすなんてとんでもない。教官たちが悪魔の命を受けた銃殺隊員さながらに、おれたちの間を絶え間なく歩き回っていたからだ。

あるとき、まだ早い時期だったが、腿の後ろの筋と腱と背中の痛みが強烈になったので、足を下ろしたことがあった。事実、三回下ろしたのだが、そのときの彼らの反応を聞くと、おれが殺人でも犯したかと思うだろう。一回目、教官からうめき声のような怒号が飛んできた。二回目、誰かがおれのことを「おかま」と呼んだ。そして、三回目には、うめき声のような怒号があり、続いてさっきとは違う誰かが「おかま」と呼んだ。そのたびに、氷のように冷たい太平洋に入り、出てから砂の上で転がれと命じられた。

三回目になってやっと気づいたのだが、その場のほぼ全員が太平洋に入って、砂の上で転がっていた。その姿といったら、まるで映画『大アマゾンの半魚人』（Creature from the Black Lagoon 一九五四年の映画）に出てくる生物だった。それでもまだ教官たちはおれたちを駆り立て、その訓練を完結させた。おかしなことに、四、五日も経つと、このバタ足体操はつらくもなんともなくなった。そして、みんなにはその分、ずっと体力がついていた。みんな？ いや、ほとんどみんなだ。二、三人は耐えきれず、微笑を顔に張りつかせ、そそくさと立ち去っていった。

おれは大声を張り上げてカウントし、そもそもこんな常軌を逸した者たちのいる場所におれを放り込んだビリー・シェルトンを口汚くののしりながら、全力を振り絞って耐え抜いた。もっとも、ビリーだけのせいではなかったのだが。

おれがやる気満々でこの訓練をやり遂げたのは別に教官の覚えをよくするためではなく、むしろ、凍えるほど冷たい海に走って入って、その後砂の上で転がるくらいなら、どんなことでも我慢できたからだ。あの教官たちは怠け者をけっして見落とさなかった。数分おきに、哀れな誰かが「濡れて砂だらけになってこい」と命ぜられていた。

だが、そんなのは序の口だった。エクササイズのクラスを終え、おれたちがよろよろと立ち上がるやいなや、慈悲深い神様のレノ教官がやわらかい砂の上の四マイルのランニングを命じ、（彼にとっては）半分のスピードで併走しておれたちにもっと頑張れと激励し、指示の言葉を怒鳴り、うるさくつきまとい、ときにはおだてた。このランニングは、特におれには信じられないほどきつく、後半は自分の長い足を少しでも速く動かそうともがいた。

レノはおれがベストを尽くしていることは知っていたが、まだ訓練も始まって間もないあのころ、よくおれを名指しで呼んで、もっと速く走れと言った。次には海に入って砂まみれになれと言うので、おれはそのたびにブーツを履いたまま、海に走っていった。その後には水のたっぷり入ったブーツで、他の者たちに追いつかねばならなかった。彼はおれなら耐えられると思っていたのだろうが、あの黒いサングラスに隠れて、死ぬほど笑っていたに違いない。

それでも、ついにはランチタイムになり、何か食べ物にありつくために、もう一マイル走ればいいだけになった。教官たちは四六時中、何を食べるべきか、何を避けるべきか、どのくらいの頻度で食べるべきかなど、食生活について説教をした。食餌療法についての勉強をするどころか、まずおれたちのうち一人でも食堂までたどり着けたのは奇跡だった。

また、仲間内ではO《オウ》‐コースと呼ばれていた障害物コースもあったが、それは本物のシールたち、それも部隊の経験豊かな戦闘員たちが海外の戦場に配置される前準備に自分たちの訓練を補うためにやって来るほど強烈に野蛮な場所だった。

初めて行った日、おれは思わず障害物コースを見つめた。ロープ・クライミング、六〇フィートの貨物用ネット、壁、跳馬、平行棒、有刺鉄線、縄橋、ウィーバー（大型の丸太製はしご）、ビルマブリッジ（縄橋の一種）。そこにおれたちは案内された。

生まれて初めて、もう一フット背が低ければよかったのにと本気で思った。それが小柄な男に有利なゲームであるのは一目瞭然だった。レノ教官が二、三、デモンストレーションをした。彼はまるで縄橋の上で生まれたかのようだった。おれだと、ああはいかない。それは結局、おれの場合、すべてのクライミングで二三〇ポンドの体重を引き上げないといけないからなのだ。だからこそ、世界有数の登山家はみんな〝ハエ〟だとか〝ノミ〟だとか〝蜘蛛〟だとかの渾名を頂戴した、びしょ濡れでも一一八ポンド程度の重さしかない小男なのだ。

当然ながらこれはおれにとって大きな試験になると判断した。だが、シール部隊には大柄な隊員はいくらでもいるが、彼らはみな、これをやってのけたのだ。ということは、おれにもできるはずだ。ともかく、おれの発想はいつも同じ、まったく同じ。これをやり遂げるか、やろうとして命を落とすかのどちらかだ。後者のほうがより現実に近かったが。

コースは一五のセクションから成っていて、そのすべてを通過するなり、渡るなり、飛び越えるなり、くぐり抜けなければならない。当然だが、つまずいたり、落ちたり、転んだり、引っかかったり、つまり簡単に言うと失敗したら、そのたびに「よーい、どん」からタイムの取り直しだ。思ったとおり、この訓練の鍵となるのはバランスと敏捷性だから、大柄な男たちはすぐさま大ピンチに陥った。オリンピックの体操選手の大半が身長は四フィート程度だ。そもそも身長六フィート五インチ体重二三〇ポンドの氷上ダンスの選手になど、お目にかかったことがあるかい？

大男にとって最も不利なのはクライミングだった。その一つは〈命がけのスライディング〉と呼ばれ、塔に取り付けられた八〇フィートの長さの太いナイロンロープが、離れたところにある一〇フィートの高さの垂直のポールまで張られている。候補生はポールからロープをよじ登っていっていったん塔の上まで上がり、そこからスライディングするか、ロープを手足でたぐりながら下りるか、どちらか楽な方法でふたたびポールまで降下しなくてはならない。

一応レノ教官の場合を紹介すると、おれたちがいろんな種類のロープを登らなくてはならないときに、彼は単なる遊びで二本のロープを使っておれたちと同じ高みまで登った。片手にそれぞれ別のロープを握り、一度も手を滑らすことも、どちらのロープも一度も手放すことなく。今日の日まで、おれはあんなことは不可能で、あのときのレノはサングラスに映った砂上の蜃気楼か何かだったと信じている。

おれはもがきながらもロープの輪をくぐり抜け、頂上まで到達し、スライディングしながら降りてきたが、候補生の一人は手を滑らせてもろ砂の上に落ち、腕と、おれの記憶では脚も、骨折した。彼はかなり大柄な男だったが、これでまた一人減った。おれの記憶に焼きついているもう一つの障害物は貨物用ネットだった。あのいかにも造船所にあるような、四角い目に編まれた頑丈な縄のネットを知っているだろう。シールはあのネットを潜水艦や船舶に乗下船するときや、ゴムボートに出入りするときにも使うので、おれたちがあのネットの扱いにとりわけ優れていることは絶対不可欠なのだ。

しかし、おれにとってはそれが難しかった。網目にブーツを突っ込んで、体を引き上げようとすると、足の掛かりがはずれて滑り落ち、手を掛けようとしていたところに手が届かなくなってしまう。もしおれがびしょ濡れでも一一八ポンドの体重だったなら、明らかにそうはならなかったはずだ。初めてネットをよじ登ったときは足先をネットの穴にきつく突っ込みすぎ、地上五五フィートのところで、大の字の姿勢でにっちもさっちも行かなくなってしまった。おそらくあのときのおれは、モビー・ディックとともに海底に落ちた後、モリの綱に絡まったアハブ船長のようだっただろう。

だが、他の訓練同様、これもまたテクニックがすべてだった。レノ教官は付きっきりで間違いを直してくれた。四日後には、サーカスのアクロバットよろしく、あのネットの上をかっ飛ばしていた。

うーん……ちょっと言い過ぎたか。オランウータンのほうが近い。頂上まで登ると巨大な丸太をつかんで乗り越え、反対側をスパイダーマンのように手足を使って降りた。わかってる、わかってるって、……オランウータンのようにだ。

縄橋でも同じような苦労をした。それは左に揺れすぎるか、もしくは右に揺れすぎるかして、おれにはいつでも壊れているように見えた。しかし、レノ教官はここでも、おれに平衡感覚を取り戻させるべく、心臓が止まるほど冷たい大海に走り込ませるという個人指導をしてくれた。その後は砂の上で転がらせてくれたので、トラクターにこびりついた泥でも落とすように除染装置でパワーウォッシュしてもらうまで、一日中、痒みとイライラの地獄を味わった。

当然だが、洗ったばかりのトラクターのほうが、まだおれたちよりラッキーだった。というのは、誰もそれをプールの深みに放り込んで、ヒレが生え始めるまでそこに放っておくなんてことはしないだろうから。

これもまた、インドク過程にある、ひよっこ生徒の人生における幸せな一日なのだ。クラス226が日々縮小していったのも無理はない。そして、おれたちはまだBUD／Sすらスタートしていなかったのだ。

だからこそ、やっと一日が終わり、平穏と安眠（?）をむさぼるために自分たちの部屋に戻ったときには、さぞかしほっとしただろう、そう思っている読者が多いのではないか？　ふざけたことを！　コロナドに平穏なんてものはない。そこは、最初に世界に向かって「平和を望む者に戦争の準備をさせよ」（Qui desiderat pacem, praeparet bellum フラヴィウス・ヴェゲティウス・レナトゥス——

四世紀）と言った、かのローマの戦略家への、生きて呼吸をしている証しなのだ。まあ、シールなら「静かな時間が欲しいって？　だったら、尻にエンジンをかけろ」とでも言うかもしれない。おれは、かなりそれに近かった。

あの大昔のローマ人はなかなか聡明だ。絶え間ない訓練、反復訓練、厳しい規律に重きをおく彼の軍事論『De Rei Militari』は一、二〇〇年以上もヨーロッパの戦闘のバイブルだったが、今でもコロナドで通用する。彼はローマの司令官たちに、根気よく情報を収集し、地形を利用し、兵士を送り出して目標地点を包囲させせろとアドバイスした。それは今日、おれたちが海外の配置先でテロリストを相手にするときの戦法とさほど変わらない。フーヤー、フラヴィウス・ヴェゲティウス。

ニューヨークのように、コロナドもまた、けっして眠らない町である。教官たちは毎晩、夜更けまで、兵舎の廊下をパトロールして回る。一度、おれが部屋の床を湯でモップ掛けし、自分の顔が映るくらいぴかぴか磨いた後に彼らの一人が入ってきたことがあった。彼は床にさらさらと砂をこぼし、おれが黄塵地帯の中で暮らしているとどやした！　彼は「濡れて砂まみれになれ」と命じ、もちろん彼自身も同行したが、スイム・バディとともにおれを太平洋に行かせた。そのあとには除染装置をくぐらなければならなかったが、冷たい水圧パイプの悲鳴のような音と、強烈なジェット水流の音は兵舎の半分を叩き起こし、おれたちをショック状態寸前まで追いやった。それが午前二時で、その二時間後にはまたそのシャワーを浴びなくてはならなかった……。

一〇〇パーセント確実ではないが、その夜、おれのルームメイトがやめた。おれがそんな目に遭っているのを見て、膝の力が抜けたのだ。おれがどんなふうに感じていると想像したのだろうか。

インドク過程のあるとき、みんなが夜のランニングに出ている間に、教官の一人が実際に建物の外をよじ登って、開いた窓からある候補生の部屋に忍び込み、持ち物のすべてを放り出し、洗剤をベッドリネンの上にばらまき、徹底的に荒らしたことがあった。その教官は入った窓から出て、全員が帰ってくるのを待ち、かわいそうな候補生のドアをノックして部屋の点検を要求した。候補生は頭が混乱し、激怒すべきか嘆くべきかさえわからなかったが、その夜のほとんどすべてを掃除に費やし、なおかつ四時半には他の者たちと同じようにシャワーを浴びなければならなかった。

数週間後、この事件についてレノに質問すると、こんな返事が返ってきた。「マーカス、体はほとんどどんなことにでも耐えられる。訓練が必要なのは精神のほうだ。あいつが試されたのは精神的強さだった。お前はあのような不公正に耐えられるか？　ああいった種類の不当さやあれほどまでの痛手と心の折り合いがつけられるか？　それでもなお歯を食いしばり、変わらぬ固い決意で、けっしてやめないと神に誓いながら戻って来られるか？　それこそがおれたちが求めているものなんだ」

ここまでおれが書いたのは最初の二週間の陸上とプールでの訓練についてだけで、教官たちがいかにバランスの取れた正しい食生活が必要かを強調していたかは詳しく説明していなかったと思う。彼らはクラスを開き、必要とされる野菜と果物の摂取量や、大量の炭水化物と水を摂る必要性を、おれたちの頭に叩き込んだ。

その信条はシンプルだった——自分の用具と同じように自分の体の管理をすること。たっぷり栄養を摂り、一日に一ガロンから二ガロンの水を飲む。必ず十分な食事をとってから訓練を始める。そうしておいてこそ、自分の体は大丈夫だろうかと不安を抱き始めたときに、体のほうがおれたちの面倒を見てくれる。なぜなら、これからの数カ月間に間違いなく、おれたちはそんな不安を抱くことになるからだ。

覚えているが、おれたちが多くの質問をしたのはこの分野だった。というのは、たった数日過ごしただけで、誰もが筋肉痛や、それまでには痛みを感じたことのない肩や腿や背中といった箇所の疼きや痛みを感じていたからだ。

担当の教官は、解熱の目的以外で〈タイレノール〉のような強い鎮痛剤を使うことは用心するよう警告していたが、〈イブプロフェン（抗炎症薬）〉が必要になることは理解していた。彼は来るべき「ヘル・ウイーク（地獄の一週間）」をおれたちがイブプロフェンなしで過ごすことは不可能であろうと認め、痛みを和らげるために医療部がたっぷりではないにしろ、必要な量を確実に供給してくれるだろうと言った。

彼がこともなげにこう言ったのを覚えている。「ここにいる間、お前たちは痛い目に遭う。痛みを引き起こすのがおれたちの仕事だ――むろん永久的な損傷ではないが、痛みを与える必要がある。それはシールになるための大きな部分なのだ。おれたちにはお前たちが痛みに耐えうるという証拠がいる。それから脱する手段は精神的なもので、心の中にある。痛みに屈することなく、気力とモチベーションを高めて、目標に取り組め。どんなにここにいたいかを自分自身に言い聞かせろ」

インドクの最後は、スラングで「チビ船」と呼ばれる伝説的なＩＢＳ（インフレータブル小型ゴムボート）を使ったボート訓練だった。長さ一三フィート、重さ一八〇ポンド弱。厄介な扱いにくい代物で、何世代にもわたってＢＵＤ／Ｓの候補生たちにチームワークよく漕ぐ方法や、向かってくる大波に逆らって漕ぎ出していく方法や、正しい艤装法や、砂浜での約七分ごとの点検のためにボートを決められた枠の中にきちんと収める方法を教えるのに使われてきた。

あのとき、おれたちは救命胴衣で完全装備して、自分たちのボートの傍らに並んだ。ボートの中には、オールが幾何学的なきちょうめんさで並べられ、ゴムの船底には船首と船尾のロープがきれいにとぐろを巻いていた。一インチの狂いもない正確さで。

訓練はレースから始まるが、その前に、まず海軍での経験が最も長い者たちから選ばれた各チームのクルー・リーダーが、〈担え銃〉の姿勢で、オールを肩にかついで整列した。次に彼らは教官に敬礼し、自分たちのボートは正しく艤装され、クルーは海に出て行く準備が整っていると告げた。

その間、他の教官たちは各ボートを点検した。もしオールが正しく積み込まれていなければ、教官はそれをつかんで砂浜に投げる。それはおれの初日のことで、おれのすぐ近くに立っていた男が、投げられたオールを拾ってきてやり直そうと必死で追いかけていった。不運なことに、彼のスイム・バディが彼についていくことを忘れたので、教官は激怒した。

「伏せ!」と叫んだ。即座におれたち一人残らず砂に手を突き、足をボートのへりに乗せ、救命胴衣を着けたままで、地上最悪の腕立て伏せを始めた。はるか遠くにいるレノの言葉が耳の中で鳴っていた。「一人がドジると、全員が罰を受けるんだ」

おれたちは互いに競い合いながら波のかなたまで漕ぎ出していった。腕が抜け落ちそうになるまでスピードを上げた。一人ひとりが他の全員と競い、グロテスクなくらい非流線型の小さなボートを漕ぐ。全員が漕いでいるが、これはコネチカット州テムズ川でのエール大対ハーバード大のレースではない。前代未聞の、浮かぶ錯乱者集団とでも呼ぶほうが近い。でも、これはおれの得意分野だ。

ボート訓練は漕ぐのに向いた大柄な強い男たちのためのものだ。いや、死に物狂いで漕ぐのに向いた、と言うべきか。また、ボートをチームのみんなと担いで走っていかなければならないので、重いものを持ち上げられる男に向いた訓練でもある。

こういったレースの一つを詳しく説明しよう。まず、浅瀬でボートのバランスを取りながら、寄せてくる波を見守る。クルー・リーダーが一分間の状況説明をし、全員で高さ五、六フィートはある砕け波のパターンを観察する。この段階はサーフ・パッセージと呼ばれ、命令が下ると、好機を探し始める。当然だが、一番大きな波に突入したくはない。が、そんなに時間はない。

水温は華氏六〇度をほんの少し超える程度。誰もが真正面から来る最初の波に乗せなくてはならないことはわかっているが、大きな波はいやなので待つ。するとクルー・リーダーが弱い波が来るのを見つけ、大声を上げた。「今だ！　今！　今！」。横波にさらわれて転覆しないことを神に祈りながら、みんなで前方に突進する。一人また一人とボートによじ登っていき、沖合の風にもまれた、覆いかぶさるような波頭を通過しようと水を深く掘った。

「掘れ！　掘れ！　掘れ！」。寄せてくるあと二つの波の壁に突進しながら、リーダーが怒鳴る。そこは太平洋だ。おれたちの近くで九艘のボートのうち一艘が転覆し、オールも候補生たちもみんな海に投げ出された。波の砕ける音と「掘れ！　漕げ！　左舷……右舷……直進！　さあ行け！　行け！　行け！」という叫び声の他には何も聞こえない。

ボートが砕け波の範囲を出るまで、肺が爆発するのではないかと思われるくらい必死で漕いだ。すると、クラス・リーダーが「ボートを投棄せよ！」と叫んだ。右舷の者たちが船外に滑り降り、残りの者たち（おれも含む）はゴムの船体に取り付けられたストラップの握り手をつかみ、立ち上がり、同じ方向に飛び込みながら、ボートを自分たちの上でひっくり返す。

ボートが水面を打つと、おれたち三人は先ほどの握り手をつかみ、転覆したボートの船底によじ登る。一番に上がったのはおれだったと記憶している。水中では無重力だからだ、だろ？　たまにはいいだろう。

おれたちは船体の反対側に移動し、紐を引っ張り、ボートを立てて、ふたたびひっくり返した。潮の流れにより砕け波のほうへ押し戻されそうになっていることに、誰もが気づいていた。パニックと狂乱の中間のような感覚に襲われながら、オールを引っつかんで波の穏やかなほうへ移動させ、決勝ラインに照準を合わせた。それからは死に物狂いで漕ぎ、目標とされている砂浜の塔を目指した。浅瀬に着くとまたボートから降り、握り手をつかんで浜まで引っ張ってきて、頭上に担ぎ上げた。

頭にボートを載せたまま、砂丘を駆け上がって丸太の周りをぐるりと回り、全速力で砂浜を走ってスタートした地点に戻ると、教官が待っていて、フィニッシュ地点とタイムを記録する。彼らは思いやり深く、勝ったチームには座って回復する休息時間を与えた。負けたチームは腕立て伏せを仰せつかった。午後の間にこのようなレースを六回させられることも珍しくなかった。インドクの二週目の終わりに二五人が脱落した。

しかし、残りの者たちはレノを初めとする教官たちに、自分たちには十分な体力があり、ＢＵＤ／Ｓの訓練を試みる資格があるということを、どうにか証明することができた。ＢＵＤ／Ｓは翌週に始まる予定だ。その第一段階に挑む前に、レノから最後のブリーフィングがあるだろう。

彼がクラスルームの外にいるのに気づいた。相変わらずサングラスをしたまま、手を差し伸べて静かに微笑んだ。「よくやった、マーカス」。レノの握力はクレーン並みだ。その手はかちかちのねじれた特別に固い鋼鉄にボルトで留めつけてあるのかも知れない。でも、おれはそれをありったけの力で振った。「ありがとうございます」

彼がインドクでの二週間におれたちを劇的に変えてくれたことは、誰もが知っていた。達成しなくてはならないレベルの高さを示し、来たるべきBUD／Sという未知の奈落の淵までおれたちを導いた。おれたちの中にまだ自惚れのかけらが残っていたとしても、彼はそれをことごとく叩きつぶした。

おれたちはずっとタフになり、相変わらずおれは彼の背丈のはるか上方にいた。にもかかわらず、レノ・アルベルトはやはりおれには身の丈一五フィートの大男に見えた。そして、それはこれからも永遠に変わることはないだろう。

4　地獄へようこそ、紳士諸君

　あのインドク最後の午後、一時ちょっと過ぎにおれたちは教室に集合した。レノ教官は頭を高く掲げてローマ皇帝のように入室し、すぐさま腕立て伏せを命じた。いつもどおり、おれたちは椅子を後ろに引き、床に手をつき、大声でカウントしながらそれをした。

　二〇回のところでレノはしばらく休めのポーズを取らせ、次に歯切れよく「なおれ」と言った。

「フーヤー、教官レーノ！」

「点呼数を、ミスター・イズメイ」

「総員一一三名です、レノ教官。医療部にいる二人以外は全員が出席です」

「惜しいな、ミスター・イズメイ。数分前にやめたやつが二人いる」

　その場の全員がそれは誰だろうかといぶかった。おれのボートのクルーだろうか？　あたりを素早く見回す。最後のハードルでいったい誰が脱落したのかはまったくわからない。

「お前に落ち度はない、ミスター・イズメイ。やつらがやめたとき、お前は教室にいたんだからな。クラス226は一一一人がBUD／S第一段階に移行する」

フーヤー！

かなりコンスタントに脱落者が出ていたことには気づいていた。だが、クラス226には初日に一六四名が在籍していたので、その数字だと五〇人以上がいなくなったことになる。主に純然たる恐怖から一度も姿を現さなかった者も何人かいたことを知っている。しかし、どういうわけか、五〇人以上がどこへともなく姿を消してしまった。ルームメイトさえも、彼らが去っていくところを見ていない。

それに、今もってそれがどのように起きたのかがわからない。彼らはただ忍耐の限界のようなものに達したのだろうか、それとも、要求されるレベルを達成することができない自分自身の無能さに何日も苦しんだ末の決断だったのだろうか。しかし、このマッチョな海軍では去るものは追わずだ。そのときはよくわかっていなかったのだが、おれと一一一人の兵士たちは、疑わしい構成員を許容しない米軍戦闘部隊の非情な排除システムを目撃していたことになる。

レノ教官は儀式ばった口調で話し始めた。「お前たちは今、BUD／Sの第一段階に進もうとしている。言っておくが、お前たちの一人ひとり全員がおれの誇りとなることを望む。ヘル・ウイークをサバイブした者も、まだその後にプール能力テストが待っている――これは第二段階にある。それから第三段階の武器実地訓練だ。だが、おれはお前たちの卒業式に出席したい。そしてそこでお前たちと握手したい。お前たちをレノの戦士の一人だと思いたい」

おれたちが拳《こぶし》を高く突き上げて叫んだ「フーヤー、教官レーノ！」は教室の屋根すら吹き飛ばしかねなかった。おれたち全員、レノが大好きだった。なぜなら、彼がおれたちから最大のものを引き出すことを真に欲しているとわかっていたからだ。あの男には一かけらの悪意もなかった。一かけらの弱さもなかったが。

彼はこの二週間、おれたちに与え続けた司令を繰り返した。「気を抜くな。時間を守れ。制服を着てようが着ていまいが、常に自分の行動について説明責任をもて。いいか、評判がすべてだ。そしてお前たちはみな、その評判を築くチャンスを与えられているが、それは月曜の朝五時にまさしくここで始まる。第一段階だ」

「お前たちの中で同じチームになる者たちに言っておくが、それは兄弟のような関係になる。チームの仲間たちとはこれまでの学校や大学の友人たちとの関係よりはるかに濃い間柄になるだろう。仲間とともに生活し、……戦闘では、お前たちの何人かは仲間とともに死ぬかもしれない。家族が一番大切なのは当然だが、仲間との関係はまた特別のものだ。そのことは絶対に忘れないでほしい」

彼はその言葉を最後に、この先の熾烈なテストに受かるためならどんなことでもする覚悟に燃える熱血集団を置き去りにして、長い長い影を残し、裏口からするりと出て行った。まさにレノ流の消え方だった。

次に現れたのはショーン・ムーロック教官だった。元第二チーム所属のシール、三度の海外任務を経験した軍人で、オハイオ州出身。インドク過程ではお目にかからなかった陽気な感じの人物だ。彼は新しい監督官の助手だった。おれたちは彼の姿を目にする前に彼の声を聞いた。「伏せ、屈伸」という静かな口調での命令は、彼が教室の前に着きもしないうちに発せられた。

次の数分間、彼は第一段階の最初の数時間におれたちがしなくてはならない膨大な数の作業を並べ立てた。ボートや車両の準備、供給品に間違いがないかどうかのチェックなど。彼はおれたちに常に一〇〇パーセントを求めると言った。そうでない場合はただではすまさないぞと。

彼はおれたち全員が練兵場の後ろにあるインドクの兵舎から、基地の中心より二〇〇ヤードほど北寄りにある海軍特殊戦兵舎に移ったことを確かめた。砂浜にある豪華な建物が自由に使える――BUD／Sの楽隊車から脱落することなく、クラス226に所属し続ける限りは。そのクラスナンバーは、間もなく、新しいグリーンの第一段階用ヘルメットの横に鮮やかな白で型抜きされる。その数字はシール部隊に仕える限り、ついて回る。おれのクラスナンバーの白くペイントされた三つの数字は、いつの日か、それまでに聞いたどんな音よりも心地よく耳に響くだろう。

ムーロック教官は愛想よくうなずいてから、日曜の午前一〇時に、点検のため新しい兵舎に行くと言った。おれたちが点検に備えて部屋をどのようにしておくべきか知っているか確かめたうえで。そして最後にもう一つ、警告した。「このクラスは正式なクラスとなった。お前たちは第一段階に所属する」と。

かくして、雲一つない六月一八日月曜未明の、日の出より二時間前に、全員が兵舎の外に集合した。時刻は午前五時、気温はせいぜい華氏五〇度。おれたちの新しい教官――見知らぬ人――は黙ってそこに立っていた。イズメイ大尉がかしこまって報告する。「クラス226が整列しました、兵曹長。総員九八名です」

イズメイ大尉が敬礼する。スティーヴン・シュルツ軍曹は「おはよう」も「どうだ?」もなしに答礼した。その代わりに、ただそっけなく言った。「波に当たってこい、大尉。全員だ。それから教室に入れ」

ああ、またかよ。クラス226は基地から走り出て砂浜を突っ切り、海を目指した。氷のように冷たい水にもがきながら入り、ずぶ濡れになり、凍え、滴をたらし、すでに不安におののきながら、ぴちゃぴちゃ音を立てて教室に戻った。

「伏せ!」。教官が命じた。もう一度。さらにもう一度。最終的には険しい顔をしたジョー・バーンズ小尉という名の指揮官がおれたちの前に現れて、自分が第一段階の教官だと告げた。クラスメイトの何人かはぎくりとした。厳格な男だというバーンズの評判がすでに耳に届いていたのだ。のちに彼は、おれが今までに出会った中で最もタフな男の一人であることが判明した。

「お前たち全員、潜水工作隊員になりたがっているって?」

フーヤー!

「そのうち、わかるだろう」とバーンズ少尉。「どの程度、お前たちが本気でなりたがっているかがな。この段階はおれが指揮を執る。ここにいるのはスタッフの教官たちだ」

一四人の教官が一人ずつ名前を言って自己紹介をした。するとシュルツ兵曹長が、全部で二分間ほど話したせいで、おれたちになめられるかもしれないとでも恐れたのだろうか、命令した。「伏せ、屈伸」。それからはまた、何度も、何度も。

それが終わると今度は体力練成をするので練兵場へ行くよう命じられた。「さっさと行け! 行け！　行け！」

　こうしてついにおれたちは、全米軍の中でも最も悪名高い黒いアスファルトの広場に、初めて整列した。時刻は午前五時一五分、おれたち用の場所は地面に小さなカエルの水かきのマークで印されていた。

「波に当たってこい。濡れて砂まみれになれ！」。シュルツが怒鳴った。「早く！」

　アドレナリンがどっと噴出し、脚も、腕も、心臓もはち切れそうだ。相変わらずゴボゴボと音を立てるブーツと作業ズボンのままいっせいにアスファルトから飛び出し、またもや砂浜を駆け抜けて大波の中に飛び込むと、体のありとあらゆる部分がフル回転した。

　くそっ、冷たいのなんのって。よろめきながら浅瀬に戻ろうとするおれの上で波が砕けたが、砂の上に身を投じて二、三度転がり、〈ミスター・サンドマン〉のようになって――誰にも夢は届けないが――起き上がる。他の全員がまだ周りにいるのが音でわかったが、シュルツの最後の言葉が耳によみがえった。「早く」。さらにビリー・シェルトンの教えを思い出した。どんなにささいな提案にも耳を傾けろ……だから、先頭グループとともに練兵場まで一直線に死ぬ気で走って戻った。

「遅すぎる！」。シュルツがわめいた。「あまりに遅すぎる……伏せろ！」

　汗びっしょりになって懸命に腕立て伏せをしているおれたちの間を、シュルツお抱えの教官たちが歩き回り、叱りつけ、がなり、嫌がらせをした。……「ヘナチョコのおかまみたいだぜ」「しっかりしろ」「気を入れてやれ」「どうした、さっさとやらんか！　ほら！　ほら！」「本当にここにいたいのか？　それとも今すぐやめたいのか？」

次の数分間で〈濡れて砂まみれになれ〉と単なる〈濡れてこい〉との間にははっきりとした違いがあることを学んだ。練兵場の横には縁まで氷水で満たされた二艘のゴムボートが置かれている。〈濡れてこい〉は、そのボートに船首から飛び込み、水中に潜り、ゴム製の突っ張り棒の下をくぐって反対側に出ることを意味した。五秒間、真っ暗な中、氷の中、水の中。シャチすら勘弁してくれと言っただろう。

そりゃあ、前にもあのいまいましい太平洋で凍えたことはあった。でも、その小さなボートの水の冷たさはキンタマが縮み上がるほど強烈だった。寒さに青くなり、髪に氷をくっつけてそこから出ると、よたよたと小さなカエルのマークを目指した。二人の教官が、列を作ったおれたち全員に、高水圧ホースで頭から凍るほど冷たい水をぶっかけた。それで少なくとも砂を取り除くことはできた。それはみんなも同じだった。

六時になるころには、すでにおれたちのやった腕立て伏せは四五〇回に達していた。もっとさせられたが、そこまでしか数えられなかった。腹筋運動も五〇回以上やった。次から次へとエクササイズを命じられた。なまけていると判断された者たちには、バタ足体操の一セットが待っていた。

その結果はカオス以外の何ものでもなかった。他の者たちについていけない者もいれば、腹筋を命じられているのに腕立て伏せをやっている者もいる。倒れて顔を地面に打ちつける者もいる。最後にはクラスの半分が、自分がどこにいて何をしているべきかがわからなくなっていた。罵詈雑言を投げつけられ、高水圧ホースからの飛び散るしぶきを浴びながらも、おれはありったけの力で、ただがむしゃらに腕立て伏せを、腹筋を、ハチャメチャ運動をやり続けた。体のありとあらゆる筋肉に、特に腹と腕に、激しい痛みがあった。

そしてついにはシュルツが情けをかけてくれ、静かな飲み物の時間を与えてくれた。「水分補給！」。自然に身についたヨーロッパ的な魅力をたたえて彼が叫ぶと、全員が水筒をつかみ、一気に飲み干した。

「水筒を置け！」。シュルツが激しい怒りの調子を含んだ声でがなった。「さあ、腕立て伏せだ！」

はいはい。ごもっとも。すっかり忘れていました。たった今、九秒の休憩を取ったところでした。全員がふたたび床に手をつき、かすかに残っているパワーを総動員してカウントしながらの腕立て伏せをした。このときは二〇回ですんだ。シュルツが突然、良心の呵責にでも襲われたのだろう。

「波に当たってこい！」。大声が轟いた。「今すぐ！」

おれたちはふらつきながら砂浜に行き、波の中にほとんど倒れ込んだ。体が燃えるように熱くなっていたので、水の冷たさはもう、さほど問題ではなかった。水滴をまき散らしながら砂浜に戻ると、シュルツ軍曹が待ち構えていて、列を作って食堂までの一マイルを走れとわめき散らした。

「早くしろ」と彼は付け加えた。「そんなに時間はないぞ」

食堂に着くと、疲労の極地に達していた。半熟卵を噛むエネルギーさえ残っていないと思われた。おれたちはモスクワから退却するナポレオン軍さながら、ずぶ濡れで、汚れて、くたくたで、息を切らし、空腹すぎて何も食べられそうにないが、疲れすぎててそんなこともどうでもよくなった状態で食堂に入っていった。

言うまでもなく、これらはすべて計画されたことなのだ。教官たちがお膳立てしたばかばかしい中国式防火訓練の一種ではない。これは彼らにとって、自分たちに預けられた生徒の厳粛な査定方法なのだ。誰が心の底からこれをやりたがっているか、誰がこんなことに耐えうるほどそれを欲しているか、誰が訓練の過酷さが最高潮に達するヘル・ウイークの前のこれからの四週間を我慢できるか、それを発見するための手段なのだ。

これはおれたちに自らの意志を再確認させるよう考案されている。本当にこの罰を甘んじて受けられるだろうか？　二時間前、九八人が練兵場に整列した。そのうちたったの六六人が朝食時間まで耐え抜いた。

食べ終わった時もまだ、ブーツも長ズボンもティーシャツもずぶ濡れだった。そして、どこからともなく現れて併走する教官たちにもっと速く走れと怒鳴られながら、おれたちはまた砂浜を目指した。次におれたちを待ち受けるものについての説明があった。砂浜沿いに南に二マイル行って戻ってくる、計四マイルのランニングだ。ストップウォッチで三二分がタイムリミット。砂の上を一マイル八分以内で走ることができない者の運命は神のみぞ知るというわけだ。

おれはそれほど俊足なほうではないので、これは怖かった。だから自分に誓った。全力を尽くすと——生まれてこのかた、おれはもっぱらこればかりしているような気がする。砂浜に着くと、あらためて最大級の頑張りが必要であることがわかった。走るのにこれほど適さない時間帯はない。潮はほぼ完全に満ちていて、まださらに寄せてきているので、半乾きの硬い砂の部分はないに等しい。ということは、浅い海水の中を走るか、もしくは柔らかい砂の上を走るしかないのだが、どちらもランナーにとってはこの上なく厄介だ。

教官のケン・テイラー兵曹長はおれたちに整列させ、三二分以内で走ることができなかった者を待ち受ける恐怖について、底意地悪く警告した。出発の合図とともに、ちょうど右側の太平洋上に日が昇ってきた。おれはまず走るラインを、波打ち際の一番高い場所にあたる、潮が最初に引いたときに残していった狭い帯状の硬い砂の部分に設定した。これだと時々水の中を走らなくてはならないが、波の泡があるだけの非常に浅い部分なので、左側に広がる深い砂の上を走るよりははるかにましだ。

問題はあくまでこの線上に留まっていなければならないことで、そうしない限り、ブーツがずっと濡れたままになるか、反対に砂浜側に寄っていけば、左右のブーツに半ポンドずつ砂が入ってしまう。先頭グループと並んで走るのは無理だろうが、そのすぐ後ろのグループについていくことは可能だろうとふんだ。だから頭を下げ、目の前に伸びる潮のラインに視線を据え、一番硬い濡れた砂の上をひたすらドタドタと進んでいった。

最初の二マイルはそれほどきつくなかった。先頭を行くクラスの半分についていけて、しかも、それほどつらいとは思わなかった。しかし、復路でばてた。見回すと他の者たちもみんな完全にばてている。そのとき、おれは発奮した。エンジンの回転数を上げ、勢いよく飛び出した。

最初の二〇分の間に潮が変わり、復路ではかすかながら波に洗われない湿った砂の部分があった。おれは一歩ごとにその上に足を踏み出し、倒れて死にそうになるまで走った。誰かに追いつくたびに追い越すことを自分の課題とし、最終的にはゆうゆう三〇分以内で走り終えたが、それは駄馬にしては上出来だ。

誰が一番だったかは忘れたが、たぶんヒッコリーの木のように強靭な農場育ちの兵曹か誰かで、おれより二、三分は速かったと思う。とにかく、規定時間以内で走った者は柔らかい砂の上で休んで体力を回復することが許された。

三二分以上かかったのは一八人ほどだったが、彼らは一人また一人と「伏せ！」を命じられていた。続いて腕立て伏せだ。終わったときにはおおむね全員が疲労のあまり膝をついていたが、それが何と言うか、次の段階に移る手間を一つ省いてくれた。這って太平洋の荒波にもろに入っていかなければならなかったからだ。テイラー教官は彼らを、氷のような海水の中に、首まで浸かるくらいの深さまで行かせた。

彼らはそのままそこに二〇分間じっとさせられていたが、今思うと、それは低体温症にならないための微妙に設定された時間だった。テイラーと部下の教官たちは、人がそれほどの低温の中で正確にどれだけの時間耐えられるかについて、精密な表すら持っていた。こうして一人また一人と名前を呼ばれ、三二分のデッドラインを達成できなかったことに対する途方もなく残酷な罰が始まった。

推測するに、彼らのうちの何人かはただ途中で諦めてしまったのだろうが、他の者たちは単にそれ以上速く走ることができなかったのだ。だが、教官たちの意図はかなりはっきりしていて、ＢＵＤ／Ｓ初日のこの訓練において、彼らはまったく無慈悲だった。

かわいそうな候補生たちが波から出てくるころ、おれたちは普通の腕立て伏せをさせられていたのだが、今ではおれにとってそれは第二の天性になっていたので、余裕で顔を上げて足の遅い男たちの運命を見た。海辺の神々たちのチンギス・ハンにもたとえられるテイラー兵曹長は、半分溺死し半分凍死した半死半生の男たちに、波が寄せたときに頭と肩に海水がかかるように仰臥しろと命じた。そしてバタ足をさせた。男たちは窒息し、水を吐き出し、咳き込み、足をばたつかせ、……あとは想像してほしい。

そうなって初めて彼らを解放したテイラー軍曹が、彼らに向かって、乾いた体で砂浜で腕立て伏せをしているおれたちは勝者で、のろまの彼らは負け犬だと大声でがなっていたことを鮮やかに覚えている。もっと真面目にやらないとここから追い出すとも言っていた。「あそこでのんびりしているやつらは全額を支払った」。彼はわめいた。「すべて前払いでだ。お前たちは払わなかった。しくじった。お前らのようなやつらには、たっぷり代償を支払ってもらう、わかったか？」

これが恐ろしく間違った言い分であることは、彼自身にもわかっていたはずだ。何人かは正真正銘ベストを尽くしていたのだから。だが、はっきりと見極めなければならなかったのだ。誰がもっと強くなれると信じているか？　誰の決意が固いか？　そして誰がすでに半分、ドアの外にいるか？

次の演習はクラスの誰にとってもまったくお初の丸太演習だった。まず作業服に柔らかい帽子という服装で、七人のボートクルーごとに分かれて、それぞれ長さ八フィート直径一フットの丸太の横に整列した。重さは覚えていないが、小柄な男と同じくらいだったので一五〇から一六〇ポンドほどだろうか。ちょうど積み荷を運ぶ馬モードに入ろうとしていたところ、教官が掛け声をかけた。「濡れて砂まみれになってこい」。乾いたきれいな服を着ていながら、おれたちはまたもや波に突進し、砂丘を駆け上がって反対側を転がり落ち、『砂の城』（＊アニメ映画。一九七八年の最優秀アニメーション部門でアカデミー受賞）に出てくる行方不明の米海軍部隊よろしく立ち上がった。

次に教官は丸太を濡らして砂だらけにせよと命じた。そこでおれたちは丸太をウエストの高さまで持ち上げ、砂丘を上がっていった。反対側を駆け下り、クソ丸太を海に浸け、引っ張り出し、砂丘を登って反対側を転がしていった。

おれたちの隣にいたクルーはどうしたものか、丸太を下り斜面に落としてしまった。

「そんなことがあろうと、二度とおれの丸太を落とすようなまねはするな」。教官の雷が落ちた。「そんなことをしたらどんな目にあうかは、とても口では言えん。わかったな、お前ら全員！」。彼は報復をちらつかせながら、まるで〈お前ら、どんなことがあっても、二度とおれのお袋を輪姦するな……〉とでも言うときのために特別に取っておいたような、激昂した声音を使った……。

おれたちは腕を伸ばして頭上に丸太をかつぎ、一列に並んだ。教官たちはどのチームも同じ高さになるようにしたので、身長六フィート五インチのおれは、少なくとも正当な割合の重さは担う運命にあった。

同じチームの他の男たちは次々にさぼっていると非難され、次々に地面に手をつき、腕立て伏せをさせられた。その間、おれともう二人の大柄な男は、丸太の端を持ってすべての重さを支えていなければならなかった。息も絶え絶えに穴を掘る変てこな砂まみれの動物がぞろぞろいる砂丘を、砂だらけの目で食い入るように見つめるおれたちは、コロナドの三本柱――神殿を支える砂岩の塔――のように見えていただろう。

続いて、しゃがんだり、頭上で丸太をトスしたり、その他数々の訓練上必要とされる動作についての指導があった。次に、まだ隊形を組んでいるのに、「丸太の横に集まれ！」との号令があったので、おれたちは丸太のほうへ突進した。

「遅い！　遅すぎる！　濡れて砂まみれになってこい！」

ふたたび海まで走り、波に飛び込み、砂の中に入る。このころにはみんなもうへとへとで動けなくなっていたのだが、それは教官たちにもわかっていたらしい。彼らは本当のところ誰にも倒れてほしくはないので、しばらく丸太演習のチームワークについての細かい指導をした。信じられないことに、そこで彼らはおれたちに、よくやった、いいスタートを切ったと言い、午前中の訓練を終了して、食堂に行くことを許可したのだった。

候補生の多くはこれにより勇気づけられた。しかしながら、おれたちのうち七人は、『ロード・オブ・ザ・リング』の悪魔の騎兵隊にでも入ればよさそうな教官たちから発せられたあの突然の穏やかな言葉に、慰められはしなかったようだ。彼らはまっすぐ練兵場に戻り、第一段階教官室の外に吊されたベルを鳴らし、司令官室のドアの外にヘルメットを並べて返却した。これが第一段階をやめるときの儀式である。すでに一二個のヘルメットが並んでいたが、おれたちはまだ一日目の昼食すらとっていなかった。

おれたちの多くが、彼らの決断はちょっと性急に過ぎると思った。なぜなら、その日の午後の一部が週一の部屋の点検に当てられていることを知っていたからだ。そのため、おれたちのほとんどが日曜の丸一日を、整理整頓や、モップを使っての床掃除ならびに徹底的な床磨きに費やした。どういうわけか、おれの名前は二台ある電気床磨き器を使う順番表の、末尾に近いところにあった。

長く待たされた結果、終了は夜中の二時過ぎになっていた。でも、時間は有効に使い、ベッドを整え、糊をきかした戦闘服にアイロンをかけ、ブーツは唾をつけてぴかぴかに磨いた。点検の時刻にはおれ自身もましに見えただろう。その日の大半は浜辺に暮らす砂まみれのホームレスのようだったのだが。

教官たちがやって来た。どの教官がおれの部屋に入ってきたかは思い出せない。でも、軍隊的秩序と几帳面さを絵に描いたようなその部屋をじっくり眺めると、顔に嫌悪感をむき出しにしておれを見た。それからご丁寧にチェストの引き出しを開けては、中の物をすべて放り出していった。ベッドからマットレスを持ち上げ、横に放り出す。ロッカーの中身もすべて掻き出して小山に積み上げ、挙句に「こんなゴミ捨て場に喜んで住む候補生には、めったにお目にかかったことがない」と言った。実際、彼の言葉はもっと華々しかったと思う……いや、もっと……野卑だった。

部屋から一歩踏み出すと、そこは狂気じみた大混乱の場と化していた。どの部屋にも、物という物がありとあらゆるところに放り投げられていた。おれはただそこにたたずみ、ぽかんと口を開けて見つめていた。外の通路に出ると、誰かがクラス・リーダーのデイヴィッド・イズメイ大尉を叱りつけているのが聞こえてきた。あの甘美で静かな口調は紛うことなくシュルツ兵曹長のものだ。

「きみはいったい、ここでどんなゴミタメを運営しているのかね、ミスター・イズメイ？　あんなにひどい部屋を見たのは生まれて初めてだ。お前はまた、なんと恥さらしな制服を着てるんだ。波に当たってこい……全員だ！」

おれの数えたところ、部屋は全部で三〇室あった。そのうち検閲を通ったのはわずか三室だった。でも、その部屋の男たちすら、午後一番の海への飛び込みからは免除されなかった。アイロンをかけた作業服にぴかぴかぴかのブーツというでたちで、おれたちは完全なカオスの現場をあとにしてドタドタと砂浜に走っていった。

みんなは競うように深みに入っていき、波をまともに受けた。それから向きを変え、もがきながら砂浜に上がって整列し、BUD／Sのエリアのほうへ戻った。テイラー兵曹長は、砂浜か海中かは知らないが、明らかにその日の最後の訓練課目の準備をするために、大急ぎでおれたちのほうに戻ってきた。

いったい軍曹はどういう経歴の持ち主なのだろうかと、みんなは一日中想像をめぐらせていたのだが、いろいろ聞き回っても、彼が実際に湾岸戦争を含む四回の海外派遣を経験したチームの軍人であること以外、ほとんど何もわからなかった。中肉中背だが、異常なほど筋肉質だ。まったく足取りを変えることなく壁を突き破って歩いて行けそうに見える。だが、ユーモアのセンスがあることはわかる。しかも、おれたちがちゃんとやっていると口に出して言うことを厭《いと》わない。やさしいじゃないか？

そのあとすぐにボートを海に出す準備をさせられたが、その大波演習のことは忘れたことがない。なぜなら、船尾に向かって座り、後ろ向きにボートを漕ぎ出すよう命じられたからだ。荒波をかいくぐってビーチに戻ると、今度は船尾のほうを向かされ、そのまま沖に向かって漕がされた。

初めて試みたとき、そんな不自然な状態で砕け波の範囲から出るのはとても不可能に思えたが、おれたちはだんだん上手くなった。そして、なんとか沖に出ることができた。が、それはあくまでもあらゆる種類の災難が起きた後のことだ。転覆もしたし、完全にひっくり返りもしたし、大波にまっすぐ突っ込もうとして後ろ向きに波と衝突もした。沖ではボートから降り、ボートを元どおりにし、オールをきちんと並べ、荒波の中を泳ぎながらボートを引っ張ってきて浜に戻すというテイラー兵曹長式フィナーレを試みている間、砂を吐き出したり、咳き込んだりする者が多くいた。

最後に、ペアを組んで海の状態を観察し報告する〈海上観察〉と呼ばれる訓練が行われた。これは特別の注意を払って聞いたが、それは正解だった。というのは、以降毎朝四時半に、候補生のうち二人が波打ち際まで行き、戻ってきて海の状態を報告することになったからだ。テイラー兵曹長は解散を命じる前に、彼の癖なのだが、笑みを浮かべながらこう言った。「言っておくが、この報告はしくじるなよ。海の状態についてはわずかな間違いも許されない。もしそんなことになったら、えらい目にあうぞ」

その夜、おれたちは部屋を磨き上げた。そして二日目になり、午前中はお定まりの腕立て伏せやランニングや濡れて砂だらけになる教練で過ぎていった。最初の座学には、下士官教官でやはり湾岸戦争ほかいくつかの海外任務を経験したボブ・ニールセン軍曹が現れた。長身で、シールにしてはスリムで、少し人を小バカにした感じがある。彼のおれたちに向けた言葉は意味深で、脅しのニュアンスがあったが、それにもかかわらず楽観的だった。

彼は自己紹介をし、おれたちに何を求めているかを話した。あたかも、おれたちが知らないとでも言わんばかりに。すべて完璧に。さもなくば、試みながら死ね、だろ？　彼はスライドを使って第一段階のあらゆる側面を説明した。スクリーンから最初の写真を取り除く前に、彼は教官を騙そうなんてことははなから考えるなと言った。

「諸君、おれたちはあらゆるごまかしを見てきた。やれるならやってみろ。だが、そんなことをしてもろくなことはないぞ。おれたちは暴いてみせる。そして、ばれたが最後、覚悟しろ！」

その場にいた全員が、教官を〈騙してはいけない〉と心に刻んだことだろう。ニールセン兵曹長がこの四週間の訓練予定——さらに多くのランニング、丸太訓練、ボート、水泳などのあらゆる拷問——についてざっと説明している間、みんなはじっと耳を傾けていた。すべてはおれたちが実際どのくらい強いかを見定めるためだ。

「コンディショニングについて」と彼は言った。「コンディショニングと大量の冷たい水。これに慣れろ。来月には非常に厳しい訓練が待っている。おれたちがお前たちを叩きのめすからだが」。おれはまだ、そのときのボブ・ニールセンの講義のノートを持っている。

「基準に達しないやつは、やめてもらう。言うまでもなく、お前たちのほぼ全員が最後には落第する。そして、ほとんどがそれきり戻ってこない。例の四マイル三二分以内のランニングと、二マイル一時間半以内のスイミングにはパスしなければならない。難しい筆記試験もある。プールでの基準もあるし、溺死防止のテストもある。フィンありフィンなしの両方でキック、ストローク、グライドの基準もある」

「たぶん、今、お前たちは考えているだろう。どんな資質が必要なのだろうと。やり遂げるには何をしなければならないのだろうと。冷酷なようだが、現実にはここに座っているお前たちの三分の二がやめていく」

彼がおれの列の横に立ってこう言ったのを覚えている。「今、お前たちは七列になって座っている。この中でパスするのはたったの二列だ」。彼が次にこう言ったとき、まっすぐおれのほうを見ていた気がした。「残りの役立たずは、艦隊に戻って過去の人間となる。それがここの現実だ。いつだってそうだった。だから、ベストを尽くしておれの鼻をあかしてくれ」

彼はさらにもう一つ警告した。「この訓練は誰にでも合うわけではない。数多くの優秀な男たちがただ自分はここには向かないと判断してやめていく。それは彼らの権利だ。彼らは胸を張ってここを去る、わかるか？ もしお前たちの誰かがＤＯＲ（＊依願除隊）を要求した者を笑ったり、からかったりしているところを見つけたら、容赦なく痛い目にあわせてやる。半端じゃないぞ。からかった瞬間のことを後々まで後悔することになるだろう。はなからそんなことは考えないことだな」

彼は最後に、真の戦いは心の中で勝ち取られると言った。自分の弱点を理解している者、それについてじっくり考える者、向上を企て、計画を立てる者が勝利する。細かい点まで注意を払う者。苦手とするものに取り組み、それを克服する者たちが勝つ。

「お前たちの評判はまさにこの第一段階から作られる。人々に何とかすれすれで及第している男だとは思われたくないはずだ。常に抜きん出ようと努め、上を目指し、完全に頼りになる、常に最大の努力をする人間だと思われたいはずだ。それが、ここのやり方なのだ」

「そして最後にこれを覚えておけ。この部屋の中でただ一人の人間しか、お前たちが合格するか落伍するかを知らない。それはお前たち自身だ。頑張れ、諸君。常に全力を尽くせ」

ニールセン兵曹長が出て行き、五分後、おれたちは司令官の報告に備えて待機した。やがて海軍大佐をはさんで、六人の教官が列をなして部屋に入ってきた。おれたち全員、彼が誰であるかを知っていた。その人こそ、ジョー・マグワイヤ大佐。ほぼ伝説的とも言えるブルックリン出身のクラス九三優等卒業生で、一時はシール第二チームの司令官だった人物だ。のちの海軍少将であり、かつては中佐であり、特殊戦司令部の一員でもあり、最高に優秀なシール戦士でもあった。世界中であまたの任務に就き、コロナドの誰からも愛され、どんなに低い階級の者であってもけっして隊員の名前を忘れない偉大な男だ。

彼は穏やかに話した。そして二つのこの上なく貴重なアドバイスを与えてくれた。彼はこういった種類の生活を真に欲している者、その場にいる教官たちがするであろうあらゆる嫌がらせに耐えうる者に向かってのみ、その話をすると言った。

「第一に、いっときのプレッシャーに屈してはならない。痛みがひどいときは、ただ持ちこたえるのだ。ひとまず、その日の最後まで頑張り通せ。それでもまだ気分が治まらないなら、やめる決意をする前に時間をかけて真剣に考えてほしい。第二に、その日のことだけを考えろ。そのとき行っている訓練のことだけを」

「自分の考えに溺れるな。先のことを心配し、どれだけ耐えられるだろうかなどと考えて、逃げ出す計画を立て始めてはならない。先にある苦痛のことは考えるな。ただその日一日を耐え抜け。そうすれば、きみたちの先には輝かしいキャリアが待っている」

これがマグワイヤ大佐だ。のちに米軍太平洋特殊作戦コマンド（ＣＯＭＰＡＣ）の副司令官となった人物だ。双子の鷲のバッジを襟にきらめかせ、マグワイヤ大佐は本当に大切なものは何かという知識をおれたちの胸に叩き込んだ。

おれはそこに突っ立ったまま、しばし考え込んだ。すると突然、災難が降りかかった。教官の一人が立ち上がってわめいた。「伏せ！」。一人の男の犯した罪のせいで全員が叱責された。「あろうことか、ここで大佐がお話になっている最中に、お前たちの中で一人、居眠りをしていたやつがいた。よくもそんなことを！　これほど偉いお方の面前でどうしてそんなことができるんだ？お前たち全員、この償いはたっぷりしてもらうぞ。さあ、腕立て伏せだ！」

　その教官はおれたちに一〇〇回の腕立て伏せと腹筋運動を強いた後に、基地の前にある大きな砂丘を何度も上ったり下りたりさせた。おまけに障害物コースでのタイムが悪いと言って口角泡を飛ばしてわめき散らしたが、それはおれたちがそこにたどり着く前に、すでに動けないほどへたっていたからだ。

　そんな感じでその一週間は続いた。入り江を横断する水泳では、かなり泳ぎが達者な者とともに一マイルを泳いだ。プールでの訓練課目は酸素マスクを着け、フリッパー有り無しの両方で行われた。フリッパーを着けて仰向けになって浮き、マスクを水浸しにし、頭を水面から出してバタ足をするという訓練もあった。これは死ぬほどきつかった。丸太演習も、お馴染みの四マイル走も相変わらずきつい。ボートを使った大波訓練――砕け波をくぐってボートを沖に出し、いったんボートを放棄し、ボートを元どおりにし、前に漕ぎ、後ろに漕ぎ、ボートを引きずり、頭上にかつぐ――これでまた体力を消耗しつくした。

　訓練は果てしなく続き、第一週の終わりには二〇人以上がやめていったが、そのうちの一人はそれ以上続けられないことを嘆いて泣いていた。彼の希望が、夢が、決意さえもが、コロナドのビーチで粉々に粉砕されてしまったのだ。

これで事務所の外の大きなベルが六〇回以上鳴らされたことになる。その音を耳にするたびに、おれたちは例外なく本質的には優秀な男を失ったことを知った。インドクを乗り越えた男たちに優秀でない者などいない。日が経つにつれ、そのベルを繰り返し聞くことになり、その音色は物悲しい音になっていった。

おれも何日か後にはうちひしがれてあの事務所の外に立っているのだろうか？　その可能性はなきにしもあらずだ。というのは、やめていった多くの男たちが数時間前、いや数分前にだって、やめる気はなかったのだから。彼らの奥深くで何かがポキッと折れたのだ。もうそれ以上はやっていけなかったのだ。そして、その理由は、彼ら自身にもわからなかった。

練兵場を横切るたびに、ベルの横の地面に並んだ計二〇個のヘルメットがおれたちの視野に入る。その一つ一つが、ともに苦しんだ仲間のものだ。

その物悲しい硬い帽子の列は、ここがどんな地獄かを思い出させるだけでなく、けっして屈しない男たちに与えられる特別の個人的栄光を思い出させてくれた。おれは歯を食いしばり、一歩一歩によりいっそうの決意をこめた。諦めるくらいなら死んだほうがましだと。

第一段階の三週目にはロック・ポーテージと呼ばれる訓練でＢＵＤ／Ｓの新しい局面に突入した。それは難しくも危険な訓練で、基本的にはＩＢＳを漕ぎ出して、世界に名だたる〈ホテル・デル・コロナド〉の対岸にある岩の露出部分まで行き、そこに上陸する。係留ではなく上陸、つまり、大波が四方八方から打ち寄せては砕け散り、海が膨れ上がってボートを飲み込み、沖へ引き戻そうとするなか、ボートを陸の乾いた地面まで引き上げなければならないのだ。

この演習では、大きな図体と重いものを持ち上げる能力ゆえに、おれはかなり大きな役割を担わなければならない。しかし、おれたちクルーの誰一人として、この捨て鉢ともいえるテストをこなす準備は整っていなかった。これは、やりながら覚えるしかない。その巨大な岩礁をめざし、沖からがむしゃらに漕いで、あらゆる方向に砕ける波の中に突っ込んだ。

船首が岩に激突すると、ボウライン（はらみ綱）・マンが前に飛び出して、もやい綱を自分の胴回りに強く巻きつけて岩にしがみついた。彼の仕事はその場に体を固定させ、自分を人間巻き上げ機にしてボートが海に引き戻されるのを食い止めることにある。おれたちのボウライン・マンはなかなか頭のいい男で、二つの大きな石の間に体を差し込み、ボートに向かって叫んだ。「ボウライン・マン、固定！」

全員に現状が確実に行き渡るよう、おれたちは彼の言葉を繰り返した。しかし、船首が岩に挟まってしまった。波のリズムと連動することができないので、ボートは船尾で砕ける大きなうねりの衝撃を、一つ一つまともに受けることになる。この固定されたポジションでは波に乗ることができないのだ。

クルー・リーダーが「波だ！」と叫んだが、時すでに遅し。大きな波がおれたちにぶつかり、そのままボートの上を通り越して岩に被さった。みんな救命胴衣は着けていたが、クルーの中で一番小柄な男が船首に飛び乗り、すべてのオールを外に出して、安全に岩の上に運ばなければならなかった。

岩間にはさまった気の毒なボウライン・マンが、体にぶつかってくるボートに打たれながらも死に物狂いで岩にしがみついている間に、一人ずつ下船して岩によじ登らねばならない。今、おれたちは全員がロープにつらなり、ボートの取っ手をつかもうとしているが、その前にまず、おれたちがボートの重さを引き受けている間に、ボウライン・マンがもっと上に登って新しいポジションを確保しなくてはならない。

彼が移動を始めた。「ボウライン・マン、移動!」。おれは力の限り、船尾に体重をかけた。波がボートにぶつかり全員を海にさらっていこうとしたが、みんな、しっかりしがみついていた。

「ボウライン・マン、固定!」。これでボウライン・マンが後ろに弾き飛ばされて、おれたちの真上に落ちてくる心配はなくなった。そこで、全力を振り絞り、なんとかベイビーを前にそして上へと引っ張り上げて太平洋から引きずり出し、まんまと死神をあざむいて、岩の上の乾いた場所まで移動させた。

「遅すぎる」と教官が言った。そして彼はおれたちのやり方の間違っていた点について、微に入り細に入り、うんざりするほど長い講義を始めた。最初の段階に時間がかかりすぎ、ボウライン・マンが岩に登るのが遅すぎ、最初に引っ張り上げるのに時間がかかりすぎ、長い間、波に打たれすぎだと言う。

教官はおれたちにボートを持って砂浜に行って一セット二〇回の腕立て伏せをした後で、さきほどのプロセスを逆行するよう命令した――岩に登り、ボートを海中に下ろし、ボウライン・マンが必死でボートを固定しようとする中、おれたちは溺れそうになる……乗船、出発、黙って漕ぐ。至ってシンプルだ。

最初の一カ月は始まりとおおむね同じ、ずぶ濡れで、寒さに震え、疲労困憊で、仲間は減っていくという状態のうちに終わった。四週間の最後に教官たちは、候補生の中でテストに落ちた弱者――といっても、たぶん一つかせいぜい二つのテストに落ちただけだが――に対し、ある非情な裁定を下した。やめるくらいなら死んだほうがましというほど堅固な意志をもちながらも、ただ泳ぎが十分なレベルに達していなかったり、走るスピードが足りなかったり、規定に達するだけの重いものを持ち上げられなかったり、忍耐力や水中での自信やボートを操る技術が足りなかったりしただけの若者たちを、彼らはじっくり査定した。

プログラムから追放するのが最も酷なのは、この候補生たちだ。なぜなら、彼らはそれまでも全力を尽くし、これからもそうする決意でいる男たちだからだ。彼らにはただ、米海軍シール部隊の業務を遂行するに必要な天与の能力が何か一つ欠けていただけなのだ。何年か後に、おれは数人の教官とかなり親しくなったが、ヘル・ウイークの前の週に当たるこの第一段階四週間後の査定については、全員が全員、同じことを言っていた。――「おれたちみんな、身を切られるようにつらかったんだ。誰しも子供たちに胸の張り裂ける思いはさせたくないからな」

とはいえ、教官の誰一人、世界のあらゆる戦闘部隊の中でも最も過酷だとされる六日間の訓練に、弱い者や見込みのない者を送り出すことはできなかった。この世界というのは、自由主義世界だけでなく全世界を意味している。イギリスの伝説的なＳＡＳ（陸軍特殊空挺部隊）だけが、かろうじて比較されうる。

四週間におよぶ査定の結果、残ったのはわずかに五四人だった。第一段階を始めた九八人中の五四人だ。そして、クラス２２６はヘル・ウイークを、習慣に従って日曜の正午に始めることになった。

その最後の金曜の夜遅くに、おれたちはふたたびマグワイヤ大佐の正式な演説を聴くため、教室に集まった。彼は何人かの教官やクラスの職員を伴ってやって来た。

「みんな、ヘル・ウイークの覚悟はできているか?」。彼は陽気に訊ねた。

フーヤー!

「よろしい。なぜなら、諸君は今、非常に厳しくて大変な痛みを伴うテストに乗り出そうとしているからだ。そこでは一人ひとりが、真の自分自身を発見することになる。そして各段階で選択と直面することになるだろう。この痛みと寒さに降伏しようか、もしくは、やり続けようか? 選択はきみたちの手中にある。定員はない。決まった人数などないのだ。我々が合否を決定するのではない。するのはきみたちだ。しかし、ヘル・ウイークが終了する金曜にわたしはその場に出向くが、そのとき、きみたちの全員と握手できることを願っている」

頂点を極めるという達成感がもたらすプライドを理解し、シールでもその他の世界でも何が真に重要であるかを知っているコロナドの真髄ともいうべき男、マグワイヤ大佐が退室する間、おれたちは畏敬の念に駆られて突っ立っていた。彼は永遠の上官だ。

次に、日曜日にその教室に持ってくるものについての説明があった。——海用の衣類、装備、着替え、陸用の衣類、そしてすべてが終わって合格したときに着る非番用の服（紙袋に入れて用意する）。途中でDORを選んだ者も、週のどの時点であっても去る時にその服が役に立つ。

教官は、その週末を通してたっぷり食事をとれと言った。だが、日曜の午後は教室に監禁状態になるので、パジャマの用意をする必要はないと。

「興奮しすぎて眠れないだろうからな」と晴れやかに付け加える。「したがって、ただここに来てリラックスし、映画でも観て心の準備をしろ」

掲示板にはシールの第一段階第五週の公式モットーが掲げられていた。――「候補生はヘル・ウイークを通して、いかなる過酷な環境、疲労、ストレスのもとにあろうとも、決意、勇気、自己犠牲、チームワーク、リーダーシップ、不屈の姿勢という特性と個人的資質を行動で示し続けること」

これって、ヘル・ウイークがどんなものかをかなりはっきり言っているように思ったが、実際のヘル・ウイークはこんなもんじゃなかった。

週末は身の回りの整理をして過ごし、七月一八日日曜の正午、おれたちは教室に集合した。そこにはまったく面識のない二四、五人の教官が基地じゅうから来ていた。一つのクラスがヘル・ウイークをやり終えるのにこれほど多くの教官に加え、医療チームや、支援チームや、兵站業務を引き受ける人々が必要なのだ。おそらく、男たちを海軍精鋭戦士の究極の体力テストに送り出すには、総合的なスタッフが求められるのだろう。

この時間帯はヘル・ウイーク・ロックダウン（地獄週間の監禁）として知られている。誰も部屋を出て行かない。座って、待機して午後を過ごす。おれたちは海用の衣類袋を用意している。さらに陸用の衣服が黒いマーカーで名前の書かれた紙袋に入って並んでいる。午後遅くにピザが、それも大量に供された。

外の静けさが感じられた。通り過ぎる者もなければ、パトロールする者もなく、うろつく候補生もいない。基地の誰もがクラス226のヘル・ウイークが今にも始まろうとしていることを知っていた。

それは死者に対する敬意とは少し違うのだが、もうおれの言っている意味が、おおよそはわかってもらえると思う。

そのとき、どんなに部屋が暑かったかを覚えている。室温は華氏九〇度にもなっていただろう。誰もがおおむね一日中、日曜のカジュアルな服装でごろごろしていたが、夜が更けるにつれ、何かが始まる予感がしてきた。映画が流されていて、刻一刻と時間が過ぎていった。スタート係のピストルの音を待つその場の雰囲気は、まさに緊張の極致にあった。ヘル・ウイークは〈ブレイクアウト〉として知られる狂乱のアクティビティとともに始まる。そしてそれが実際に始まったとき、スタート係のピストルどころか、はるかに多くの銃があった。

正確な時間は覚えていないが、八時半よりはあと、九時よりは前だったと思う。突然、大きな叫び声がし、誰かが脇のドアを文字どおり蹴り開けた。バン！　機関銃を抱えた男が二人の男を従え、部屋に飛び込んできて、腰のあたりに構えて発砲し始めた。明りが消えると、次に三人全員が発砲し始め、部屋に掃射した（空砲であることを祈った）。

耳をつんざくようなホイッスルの音がしたかと思うと、もう一つのドアも蹴破られ、もう三人が突入して来た。この時点でおれたちが確実に知らされていたのは、ホイッスルが鳴るとただちに床に突っ伏し、うつ伏せで脚を交差させて手のひらで耳を覆う防御姿勢を取らなければならないということだけだった。

伏せろ！　頭を下げろ！　入ってくるぞ！

新しい声がした。大声だ。機関銃から放たれる絶え間ない閃光以外は真暗闇だが、その声はムーロック教官の声にそっくりだと思った――「地獄へようこそ、紳士諸君」

続く数分間は、耳を聾する銃声以外には何も聞こえなかった。確かにそれは空砲だった。でなければ、おれたちの半分が死んでいただろうから。だが大袈裟でなく、それは本物と同じ音がした。シールの教官たちがおれたちのM43で発砲していたのだ。叫び声はホイッスルの音に掻き消され、すべての音が銃声に掻き消された。

そのころには部屋の空気はひどい状態で、コルダイトの臭いが漂い、明かりは銃口からのフラッシュだけだった。熱くなった空の薬きょうがおれたちの皮膚の上に着地しないよう気をつけながら、ガンマンたちがおれたちの間を動き回る間、おれはじっと頭を床にこすりつけていた。

一時的な静けさを感じた。すると次にはっきりと全員に向かって怒号が轟いた。

「全員、外だ！　出るんだ、お前ら！　出ろ！　出ろ！　出ろ！　さあ行け！」

よろよろと立ち上がり、ドアに向かう大脱出に加わった。練兵場に飛び出すと、そこには狂気の大混乱が待ち受けていた。もっと多くの銃、絶え間ない怒鳴り声、そしてまたもやホイッスルだ。おれたちはふたたび地面に伏せて正しい防御姿勢をとった。練兵場の縁を取り囲む円筒の中で、火砲シミュレーターが爆音を轟かす。マグワイヤ大佐がどこにいたかは知らないが、もし彼がその場にいたなら、きっと海外の戦闘地に舞い戻ったとでも思っただろう。

そのとき、教官たちが実弾入りの攻撃を始めた――高水圧ホースをまっすぐおれたちに向け、立ち上がろうとする者がいれば水圧でなぎ倒す。その場は水浸しで、何も見えない上に、小火器と火力の音のせいで何も聞こえない。

戦場ホイッスル訓練は高圧のウォーター・ジェットと、完全なカオスと、耳を聾さんばかりの爆音と、教官たちの怒号の中で行われた……「ホイッスルのほうへ這っていけ、おい！　ホイッスルのほうへ這え！　そのクソ頭を下げろ！」

男たちの何人かは集団ヒステリーの状態に陥っていた。一人は砂浜に向かって一目散に走り、海に飛び込んだ。彼はおれもよく知っている男だったが、完全に自制心を失っていた。それはノルマンディ上陸のシーンのシミュレーションだったのだが、誰にも何が起きているのか、地面に伏せる以外は何をしているべきか、何もわかっていなかったので、かなりのパニックを引き起こした。

そんなことは教官たちは百も承知の上だ。おれたちの多くが情けない状態に陥るだろうとふんでいた。おれは違う。こういったことにはいつだって対処できるし、第一、彼らが本気でおれたちを殺そうとしているわけがない。だが、教官たちはみんながみんな、そんなふうではないことを知っていて、おれたちの間を歩き回り、まだ遅くはないから、今のうちにやめろと説得した。

「あそこのあの小さなベルを鳴らせばいいだけだ」

暗闇と混乱の中に横たわり、寒さに震え、ずぶ濡れで、怖くて立ち上がれないまま、教官の一人にあの小さなベルを尻に突っ込んだらどうかと言うと、豪快な笑い声が返ってきた。だが、二度とそんなことは言わなかったし、言ったのがおれだということもけっしてばれないようにした。あんなカオスの中にあっても、おれはまだ小生意気なことが言えたんだ。

そのころには、おれたちは完全に袋小路の状態で、ただ他の者たちとともに練兵場の上に留まっているのが精一杯だった。チームワークの呪文が功を奏し始めていた。一人きりになりたくなかった。

おれたちにどんなことが求められているにせよ、ずぶ濡れのチームメイトといっしょにいたいと思った。

そのとき、一人足りないとアナウンスする声があった。別の辛らつで厳しい声がそれに続いた。その声の主が誰かはわからないが、声はおれの近くでしていて、大親分のジョー・マグワイヤが大いなる権威をもって話しているように聞こえた。「どういう意味だ？　一人足りないって？　点呼しろ、すぐにだ」

即座に立ち上がらされ、一人ずつ順番に番号を言っていくと、それは五三で止まった。一人足りない。なんてことだ！　大変だ。非常に深刻なことだ。おれにだってそれくらいわかる。すぐに何人かが浜に捜索に出ると、そこで行方不明の候補生が大波の中でバシャバシャやっているのが見つかった。

誰かが練兵場に報告に戻った。すると教官のかみつく声が聞こえた。「全員を海に入らせろ。この処分はあとでする」

というわけで、またもやおれたちはビーチに向かって全速力で走った。銃声から逃れ、混乱の場から逃れ、真夜中らしき時間に厳寒の太平洋へ。たいていいつもそうだが、おれたちはあまりにずぶ濡れでぐだぐだ考えてなどいられず、寒すぎて、何がどうでもよかった。

だが、ついに海から出るよう招集がかかると、新種の試練が待っていた。ふたたびホイッスルが鳴り響き始めた、ということは、またホイッスルのところまで這っていかなければならないのだが、今回は滑らかなアスファルトの上ではない。柔らかい砂の上だ。

あっという間に誰もが砂丘を這い回る砂甲虫のような姿になった。ホイッスルは一回、そして二回と鳴り続け、おれたちは這い続けたが、今では肘は火でもついたように熱くひりひりし、膝も同じだ。四つの関節のすべてが赤むけになっているらしい。それでも這い続けた。しばらくすると、教官が海の深いところまで戻り、その華氏六〇度以下の海水の中に、じっとしていられる最大浸水時間である一五分間留まれと命令した。したがって、おれたちは最終的に海から出るよう命じられ、ふたたびホイッスルのもとで這いずり回る羽目になるまで、腕を組んで海中にいた。

そのあとはまた海に戻って、顔を波にさらしながらのバタ足だった。それからまたホイッスル、また這い回り、また海に戻って一五分間の浸水。おれのすぐ隣にいたクラスでもトップクラスの、将校で、ボートクルー・リーダーで、飛び抜けて俊足のランナーで、優秀なスイマーだった男がきっぱりと抜けた。

これには激震が走った。やはり将校で彼のクルーの一人が砂浜を走ってあとを追い、行くなと懇願し、その場にいた教官に彼は本気じゃないと彼の代わりに訴えた。「違うんです、サー」。教官も彼にもう一度チャンスを与え、まだ手遅れじゃないから続ける気があるなら今すぐ海中に戻れと言った。

しかし男の決意は固く、どんな説得にも貸す耳をもたなかった。彼が歩き続けたので、教官は救急車の隣に横付けされているトラックに乗れと命じた。そして哀願している男のほうに向かって、お前もやめたいのかと訊いた。「やめません」という金切り声がおれたち全員の耳に届いたとたん、その男が火傷を負った猫のように砂浜を走ってきて海に入り、おれたちに加わるのが見えた。

凍えるように冷たい波の中で体を揺すっていると、水温はますます下がっていくように感じられた。そしてついに海から出るように言われると、ふたたびホイッスルが鳴り響いた。みんなはまた砂の上に飛びついた。這いずり回る。痒い。痛い。五人が即座にやめ、トラックに乗せられた。おれにはどうしてだか、まったく理解できなかった。なぜなら、そんなことは前にもやったからだ。確かにきつい。でも、まったくもって、やめるほどじゃない。たぶん彼らは先のことを考え、待ち受けるヘル・ウイークの五日間に恐れをなしたのだろうが、それはまさにマグワイヤ大佐がしてはならないと警告したことだった。

とにかく、次はボートを引っつかんで海に出せとの命令だったが、これは難なくやれた。しかし、そのあとに続く命令で、おれたちは一〇〇ヤードほど漕ぎ出し、沖を目いっぱい漕ぎ、ボートを持ち上げて担ぎ、ボートから降り、ボートを元に戻し、ボートを泳がせ、ボートを歩かせ、走らせ、這って、生きて、死んだ。おれたちは疲れすぎて、どうでもよくなっていた。自分たちがどこにいるのかさえ、わからなくなっていた。ただ海から出ろと言われるまで、血まみれの膝と肘でもがいていた。

それは深夜ちょっと前だったと思うが、クリスマスの朝だと言われても、そうですかと言っただろう。海中での丸太演習に変わった。おそらくイエス・キリストがカルヴァリー（＊ゴルゴタの丘）まで運んだ巨大な木の十字架を唯一の例外として、歴史上、おれたちが太平洋の荒波の中で扱った全長八フィートの丸太より重い木は存在しない。あれだけ過酷な運動をしたあとでのこの訓練はバックブリーカー以外の何ものでもなかった。さらに三人がやめた。

すると教官たちは新種の改良バージョンを思いついた。ボートを障害物コースまで運ばせ、あのいまいましい障害物をボートでクリアさせたのだ。また一人脱落した。四六人になった。

続くはボートを岩に上げるロック・ポーテージだ。また砂浜を駆けてＩＢＳを海に出す。おれたちは寄せてくる緩やかな波をプロフェッショナルな手つきで突き抜け、わずかに残っているパワーでもって、気もふれんばかりに漕いでホテル・デル・コロナドの向かいにある岩礁を目指した。おれたちのボートではおれのスイム・バディのマット・マグローが指揮を執っていて、突進して岩礁に正面から突っ込むと、ボウライン・マンが命懸けで飛び降りてもやい綱をひったくった。オールを使ってボートを安定させ、なかなかうまくいっている、とおれは思っていた。

そのとき突然、あろうことか午前二時前だというのに眼前の岩のてっぺんにすっくと立つ教官が、将校のクルーに向かって怒鳴った。「きみ！　きみだよ、分隊長。たった今、きみはその分隊を全滅させた！　ボートと岩場の間に入るのをやめろ！」

ボートを岩の上に引き上げ、砂浜に引っ張っていく。教官はおれたちに二セットの腕立て伏せを命じたあと、来たときと同じ手順でスタート地点に戻るよう命じた。さらにもう二回、たぶんのろのろと無様に岩礁をアタックしたが、その間も教官はノンストップでわめいていた。最後にボートを担いで砂浜を走り、ボートを下ろし、すぐに波の中に戻って頭と肩を水に浸けたままでバタ足、波の中で腕立て伏せ。続いて腹筋。もう二人がやめた。

このDORはおれのすぐ隣で起きた。そのときも教官が今回は大目に見てやるから再考する気はないかと訊ねているのを、はっきりと耳にした。もしそうなら続けてもかまわないから、海に戻れと。

彼らの一人は心が揺らいだ。もう一人の男もいっしょなら戻ってもいいと。だが、もう一人の男に迷いはなかった。「こんなくだらないことはもうやめる」。その男は言った。「こんなところは出て行く」

二人はいっしょにやめた。それに対して、教官はまったく痛くも痒くもないといった様子だった。あとになって聞いたのだが、いったんやめると言ったのちに、もう一度チャンスを与えられて思い直した男で、最後までやり通した者はいないそうだ。すべての教官がそれを知っている。DORの考えが一度でも頭に入ったら、その男はもうシールではない。

きっとそういった疑いの要素は永遠にその人間の心を汚染し続けるのだろう。ヘル・ウイークの第一夜に、あのビーチであえぎ、大汗をかき、湯気を出しながら、おれはそれを理解した。

ただそれは頭の中だけの話だ。なぜなら、おれ自身の心にはただの一度もそんな疑いは起きなかったからだ。コロナドのどんな苦行も、おれの心にその毒を注入することはできなかった。気を失ったかもしれないし、心臓麻痺を起こしたかもしれないし、銃殺隊に撃たれたかもしれない。でも、やめることだけは絶対になかっただろう。

脱落者たちが去ると、すぐにまた訓練が始まった。ボートを頭上にかついで食堂まで走れという。たったのもう一マイルだ。そこまでの訓練でおれは過去に経験がないほど衰弱し、倒れる寸前だった。だが、彼らはまだ腕立て伏せを要求し、ボートをかつがせた。たぶん食欲を増進させるために。

最終的におれたちは朝食をとるために解放された。ヘル・ウイークの開始から九時間、あの怒鳴りながら発砲する射撃隊がクラス226を教室から追い出してから九時間、おれたちが乾いて多少なりとも人心地がしていたときから九時間、その間におれたちは一〇人の仲間を失った。

それは挫折した男たちの人生と考え方を変えた九時間だった。残ったおれたちも、けっして以前と同じ自分には戻れないはずだ。

食堂では、男たちの何人かは完全なショック状態にあった。正常に機能することができず、ただ座って目の前の皿を見つめていた。おれは違った。飢餓寸前だと感じ、卵にトーストにソーセージにかぶりつき、それらを味わいつくし、教官たちの怒声や命令から解放された自由を満喫した。

その時間を最大限に利用したのは正解だった。おれが朝食を終えてから時計の上できっちり七分後には、新しく交替した教官たちが怒鳴っていた。

「おい、おしまいだ、ガキども──立ってさっさと出ろ。始めるぜ。外だ！　今すぐ！　さあ！　さあ！　さあ！　一日をちゃんと始めようぜ」

一日を始めるって！　この男、頭がおかしいんじゃないか？　おれたちはまだずぶ濡れの砂まみれで、しかも一晩中寝ずに半殺しの目にあってたんだぜ。

そのとき、おれははっきりと知った。確かにヘル・ウイークには慈悲のかけらもない。聞いていたことはすべて本当だった──「なあ、ガキども、自分のことをタフだと思っているだろう？　だったらこれに挑戦して、おれたちにそれを証明しろ」

5　敗残兵のように

食堂の外に整列し、ボートを頭上に持ち上げた。それは明らかにどこに行くにもおれたちについて回るようだ。銀行家がブリーフケースを持ち運ぶように、ファッションモデルが自分の写真が入ったポートフォリオを抱えて歩くように、おれたちはどこに行くにも頭にボートを載せていく。それがヘル・ウイークの決まりごとだ。

最初のぶっ通しの三〇時間以降の五日間の記憶が少々おぼろげになったことは認めよう。実際に起きたことの記憶ではなく、その順番がだ。四〇時間をおおむね一睡もせずに動き回っていると、妙な錯覚が起き始め、ふと浮かんで消えた考えが突如として現実に思えてくる。ビクッと動いて目覚め、いったい自分はどこにいるんだろうと思ったり、なぜ汁気たっぷりな、ニューヨークカットのでかいサーロインステーキを持ったおふくろが、すぐ隣でボートを漕いでいないんだろうなどと不思議に思ったりする。

それは紛れもない幻覚の前兆である。いわば半幻覚だ。それはゆっくりと始まり、しだいに悪化する。もっとも、教官たちは躍起になっておれたちを目覚めさせておこうとする。食堂に着いた直後と出る直前に、それぞれ一五分ずつの厳しい体力練成を課せられた。何かというとすぐに海に入れと言われた。海水は凍るように冷たく、ボート訓練のたびに、残っている四チームは競って砕け波を突破し、ボートから降り、そのいまいましい代物を頭の上でひっくり返し、元に戻し、ふたたび乗り込み、ゴールまで漕ぎ続けた。

勝利チームへの褒美はいつでも休憩だ。だからこそ、おれたちみんな必死だった。四マイル走も同じだ。みんなのスピードが落ち、タイムが基準の三二分から滑り落ちていくと、教官たちはおれたちが次第に疲労の限界に達しつつあることに気づかないでもいるかのように、怒りを爆発させるふりをした。その最初の月曜の夜までに、おれたちはすでに三六時間以上も起き続けていたが、それでもまだ継続中だった。

まるでゾンビの群れのように、おれたちは早めの夕食をとった。直後に次の指令を待つため、行進して外に出た。そのとき、もう三人の男がやめたのを覚えている。三人同時にだ。その結果、もともと一二人いた将校が六人になった。

三人のうち、おれの知っていた男から判断すると、彼らの誰も一二時間前と比べて特に衰弱していたとは思えない。ほんの少し、より疲れていたかもしれないが、なんら新しいことはしていなかったのだ。すべてがすでに試行ずみの、何度も繰り返した日課的な課題だった。だから推測するに、彼らはマクガイヤ大佐が授けてくれたアドバイスとまさに正反対の行動をとったのだろう。

とにかく目の前の課題を終了させよう、その日だけを考えて生きよう、とはしなかったのだ。先にある痛さや苦しみに対する恐怖の中で生きることに甘んじてしまったのだろう。それは大佐がしてはいけないと警告したことだ。先のことは忘れ、一時間一時間を耐えろと彼は言った。休止の合図まで、とにかくやり続けろと。あのような偉大な男――伝説のシールで戦争の英雄――と同席する機会があれば、その言葉には注意を払うべきだろう。彼はその話をする資格を得た上で、自分の経験を授けてくれているのだから。ビリー・シェルトンが言ったように、たとえちょっとした提案であろうとも。

だが、おれたちには友の離脱を嘆いている暇はなかった。教官たちはおれたちを、かつてSDV第一チームがハワイに基地を移すまで演習場として使っていた、鋼鉄の岸壁として知られている場所まで行進させた。そして、すでにあたりは暗く、海水は氷のようだったにもかかわらず、すぐさま飛び込んで一五分間立ち泳ぎをするよう命じた。

続いて、陸に上がったあともしばらく凄まじい柔軟体操をさせた。それにより体は少し温まった。それでも歯が絶え間なくガチガチと鳴るのを抑えることができなかったが、彼らはまた海中に戻って、低体温症になるぎりぎりの一五分間、浸かっているよう命じた。この一五分は恐怖に近かった。寒さのあまり気を失うかもしれないと思った。そんな場合に備えて、すぐ近くに救急車が待機していた。

だが、おれは持ちこたえた。ほぼ全員が耐え抜いたが、また一人、将校が早々と海から上がって離脱した。彼はクラス一の泳者だった。これは彼自身とっても、また残りの者たちにとっても衝撃だった。教官はただちに彼を退去させ、おれたちが水中に留まっている分数を唱え続けた。

ついに浜に上げられたときには、おれもみんなも口がきけない状態だったが、ふたたび柔軟体操をさせられ、そしてまたもや、どのくらいの長さだったかは忘れたが、海に浸からされた。おそらく五分か一〇分くらいだったか。だが、もはや時間は問題ではなくなり、ついにおれたちが本当に瀬戸際に立たされていることを知った教官たちは、熱いチキンスープの入ったマグを手にやって来た。おれはあまりに体の震えがひどくて、ほとんどカップを握っていることさえできなかった。

しかし、そのときのチキンスープほど美味しく感じられたものはなかった。また誰かがやめていったように覚えているが、知るもんか、おれも朦朧としていたのだ。たとえやめたのがマグワイヤ大佐だったとしても、そのときのおれなら気づかなかっただろう。わかっていたのはただ、ヘル・ウイークをスタートした者の半分がまだ残っているということだけだった。夜は更けてきていたが、訓練はまだ終わっていなかった。さらに五つのボート訓練が残っており、教官たちはクルーの編成をし直した上で、基地の東の拡張部分にあるターナーズ・フィールドまで漕ぐよう命じた。

そこに着くと、ボートを頭上に担いで長い環状コースを走らされ、次にはボートなしで競走をさせられた。次はまたもや長時間の浸水で、その終わりには、とうとうこのボート番号1のクルーの、鉄のようにタフな（と、思っていた）テキサス人が、虫垂炎のような痛みでくたばってしまった。本当は何だったにしろ、おれは完全にイッてしまっていた。自分の名前さえわからなくなり、救急車で運ばれ、医療センターで蘇生されなければならなかった。

意識を取り戻すなり、ベッドから飛び出して基地に戻った。やめることを話し合うつもりなど毛頭なかった。教官たちがおれの新しくて暖かい乾いた服を褒めたたえたあと、すぐにまた海に入れと命令したことを覚えている。「濡れて砂だらけになったほうがいいだろう。ひょっとして、ここで何をしていたかを忘れてるといけないからな」

午前二時ごろにスタートし、夜明けまでぶっ通しでボートを頭上に担いで基地を走り回った。朝食のために解放されたのは午前五時で、火曜日も月曜とおおむね同じように進んでいった。睡眠ゼロ、凍るような寒さ、気が変になるほどの疲労。三マイル先のノース・アイランドまで漕いでいって帰ってきたときには夜も遅くなっていて、おれたちはすでに六〇時間も起きっぱなしだった。

怪我のリストはどんどん長くなっていた。切り傷、捻挫、水膨れ、打撲、肉離れ、加えておそらく肺炎も三ケースあった。おれたちは夜通し訓練を続け、六マイルもの長いボート漕ぎを終了させたあと、ふたたび水曜の午前五時に朝食のために集合した。すでに三日間を睡眠なしで過ごしていたが、もうやめる者はいなかった。

その午前中も休みなく訓練は続き、泳いで漕いで泳いで砂浜を走った。正午にボートを練兵場まで運ぶと、やっと眠ってこいと言われた。テントの中で一時間四〇分。三六人が残っていた。

困ったことに、何人かは眠ることができなかった。おれもその一人だ。医療チームが負傷者たちを訓練に戻す手伝いをしようとしたからだ。腱と腰が主な問題だったようで、男たちは翌日に備えて筋肉を柔軟に保つため、ストレッチ体操をする必要があった。

新しく勤務交替した教官たちが現れて、全員に起きて外に出ろとわめき始めた。それは墓場の真ん中に立って、死人を起こそうとするようなものだ。眠っていた者たちはゆっくりと理解し始めた――最悪の悪夢が現実になりつつある。誰かがまた自分たちを駆り立てている。

海に入ることを命じられ、ともかく転んだり、這ったり、よろめいたりしながらも、おれたちは例の砂丘を越え、氷のように冷たい海に入っていった。一五分、水中で体操をするという荒波拷問のあと、海から出るよう命じられ、またボートを頭上に担いで食堂まで運ばされた。

その夜もぶっ通しで訓練は続き、荒波の中に入ったり出たりし、砂浜を何マイルも行ったり来たりさせられた。そして、ついに眠らせてくれた。たぶん木曜の午前四時ごろだったと思う。多くの悲観的な予想に反して、全員が起きて、朝食をとるためにボートを運んでいた。その後も教官たちは冷酷無慈悲におれたちをしごいた。巨大なプールで、オールを使わず、ただ手で漕いでボート競争をさせられ、次にはクルー対クルーで、泳いでボートを進ませる競争をさせられた。

水曜は木曜に突入し、ヘル・ウイークもいよいよ大詰めの段階にあったが、おれたちにはヘル・ウイークの主な訓練課目の最後となる、伝説的な世界一周航海が残っていた。午後七時三〇分ごろにボートに乗って漕ぎ出し、大波を突破して特殊戦センターをあとにし、島の北端を右側へ回り込み、サン・ディエゴ湾を南下してきて海軍水陸両用基地に戻る。おれの人生であんなに長かった夜はない。

出発した時点ですでに男たちの何人かは、実際、幻覚症状を起こしていた。三艘のボートはすべて、一人ずつ順番に寝て、その間に残りの者たちが漕ぐというルールのもとにあった。おれたちがどんなに疲れていたかは、とても説明しきれない。すべての明かりが航路の先にある廃墟と化したビルディングに見え、すべての考えが現実になった。故郷に対する想いがおれと同じやつなら、きっと大農場に向かってまっすぐ漕いでいると錯覚しただろう。唯一の救いが、濡れていないことだった。

しかし、おれたちのクルーの一人は心神喪失の寸前だったので、あっさり引っくり返って海に落ちてしまった。それでも彼はオールを放さず、水をかき、脚を無意識にばたつかせながら、ボートを漕ぎ続けていた。みんなで彼を引っぱり上げたが、彼はたった今自分がサン・ディエゴ湾の中に五分間いたことがわかっていない様子だった。最後には全員が眠りながら漕いでいた。

三時間後、メディカル・チェックのためにいったん海岸に召集され、熱いスープを与えられた。その後も、またひたすら漕ぎ続けていると、金曜の午前二時近くになって、砂浜から拡声器で呼び戻された。あのときのことを忘れる者はいないだろう。あのくそったれの一人は実際、「ボートを放棄！」と怒鳴っていた。

それは瀕死の人間にキックをお見舞いするようなものだ。だが、おれたちは口をつむんでいた。その少し前に、永遠の汚名を頂戴することになった候補生がいた。教官に対しそれほどまでに反抗的な返事をした者はいないということで。「フーヤー、パットストーン教官！」と言うべきところ（テリー・パットストーンは常に厳しいがフェアで、普段はいいやつだ）、その半分乱心した候補生は「アースホール《ろくでなし》！」と叫び返したのだ。その声は月に照らされた海面を渡って反響し、夜勤の教官たちの間に怒涛の笑いを引き起こした。彼らは理解し、その件でのおとがめはなかった。

というわけで、おれたちは大急ぎでボートのへりから冷たい水中に降り、船体をひっくり返して戻し、もう一度乗り、もちろんその後はずぶ濡れで漕ぎ続けた。おれは脳の中に一つの考えをはめこみ、固定していた。――今までにシールになった者は一人残らずこれをやり遂げたのだ。だから、おれたちもこれをやり抜く。

金曜の午前五時前後にやっとホームの海岸に上陸した。パットストーン教官は、おれたちがただボートを担いで食堂に直行したがっていることを知っていた。だが、彼にはそうさせる気はなかった。

ボートをいったん持ち上げさせてから、降ろさせた。そして足をボートに載せて行う腕立て伏せを命じた。それから彼はさらに半時間も砂浜に引き止めたあとで、やっとおれたちを解放して、のろのろと朝食に向かわせた。

朝食はせわしなかった。たったの数分で、そこから追い立てられた。その朝は長いボートレースと〈デモ・ピッツ〉での気持ちの悪い訓練に終始した。デモ・ピッツは藻でどろどろになった海水泥砂の場所で、おれたちはそこを二本のロープを伝って渡っていかなければならないのだ。さらに悪いことには、教官たちはその日が金曜ではなく木曜だと言い続けており、しかも、這いずり回ったり、ヘドロの中に落ちたりするその訓練全体が、爆発や煙や有刺鉄線のある戦闘状況のもとで行われた。ついにバーンズ教官はおれたちに海に入るよう命じたが、その間も彼はおれたちがどんなにのろいだの、今日中にまだどれだけのことをやらなければならないだの、クラス226に終わりはまだ見えないだのと言い続けていた。海水の冷たさで凍死寸前までいったが、少なくとも体のヘドロは流れ落ち、一〇分後にはテイラー兵曹長に砂浜に上がるよう命ぜられた。

そのころには、おれたち自身、その日が木曜なのか金曜なのかがわからなくなっていた。何人かは砂の上に倒れ込み、何人かはただ次の数時間に対する恐怖だけをあらわにして立っていたが、多くの者たちがこれ以上はもうとても続けられないと思っていた。おれもその一人だった。膝はくずおれ、関節は脈を打って疼いていた。痛みを感じることなく立てる者は一人もいなかったと思う。

バーンズ教官が前に進み出て叫んだ。「オーケー、諸君、さっさと次の訓練課目にかかろうぜ。きっついやつだ、いいか？　でも、きみたちならやれる」

おれたちは世界一弱々しいフーヤーで答えた。しわがれ声、実体のない音。おれ自身、誰かが代わりに声を出しているようだと思った。とても自分の声だとは思えなかった。

ジョー・バーンズが素っ気なくうなずいて、言った。「本当のところ、もう訓練課目はない。全員、練兵場へ戻れ」

ただの一人もその言葉を信じる者はいなかった。でも、ジョーは嘘をつかない。ふざけることはあっても、嘘はつかない。ヘル・ウイークは終わったのだということが、じんわりとみんなの脳に浸透していった。誰もが疑心暗鬼のあまり呆然として、ただそこに突っ立っていた。すると、ひどい痛みを抱えながらイズメイ大尉がかすれ声で叫んだ。「やったぜ。野郎ども。おれたち、やったんだ」

おれはマット・マグローのほうを向いて、こう言ったことを覚えている。「いったいぜんたい、どうやってここに来たんだ、チビ？　まだ学校に行ってるはずだろう」

だが、マットは疲労の極地にあった。ただかぶりを振ってこう言った。「ありがたい、ありがたいよ、マーカス」

おれたちと同じ体験をしていない限り、これはとても正気の沙汰には思えないだろう。だが、それは忘れられない一瞬だった。二人の男が膝をつき、わっと泣き出した。それから全員でハグし合った。誰かが言った。「終わった」と。

おれたちは敗残兵のように倒れた者を抱え、歩けなくなった者を支え、助け合いながら砂丘を登っていった。基地に連れ帰ってくれるバスが待つ場所に到着した。するとそこには、シール部隊の司令官たち、一等曹長たち、そしてジョー・マグワイヤ大佐が待っていた。さらに、練兵場に戻ったあとに正式なセレモニーを執り行う、元シールのミネソタ州知事ジェシー・ヴェンチュラ氏もいた。

でも、その時点でおれたちにわかっていたのは、クラス226の人数を半分以下にした厳酷な試練が終わったということだけだった。しかし、それもこの三二人を打ち負かすことはできなかったのだ。そして今、その拷問は終了した。どんなに突飛な想像力をもってしても、これほど壮絶なものだとは誰一人夢にも思っていなかった。神はおれたちにフェアに報いてくれた。

あの神聖なアスファルトに整列すると、ヴェンチュラ知事が、もう二度とふたたびおれたちはヘル・ウイークに挑まなくてもいいのだという確約を公式に宣言した――「クラス226、解散」。おれたちは熱狂的な「フーヤー！　ヴェンチュラ知事！」で応えた。

バーンズ教官が静粛を命じて話し始めた。「諸君、きみたちはこの先の人生において、何度か挫折を味わうこともあるだろう。だが、きみたちには他の人たちほどはこたえないはずだ。なぜなら、きみたちはほんの一握りの人間以外は達成することを求められもしない何かを成し遂げたからだ。この一週間は、一生、きみたちとともに生き続けるだろう。一人としてこれを忘れる者はいない。そしてそれは他の何にも勝って、ある一つのことを意味する。もしヘル・ウイークに挑んでそれに打ち勝ったなら、世界中のどんなことでも可能だ」

おれの記憶にあるこの言葉が一語に至るまで正確だと言うつもりはない。だが、そこにあった感傷はまさしくこのとおりだった。

そして、おれたち全員がその言葉に深い感銘を受けた。おれたちが疲れた声を張り上げると、その叫びはコロナドの砂浜の真昼の空気を引き裂いた。

「フーヤー！　バーンズ教官！」。おれたちは声を限りに叫んだ。それは心からの言葉だった。シールの司令官や一等曹長たちが前に進み出ておれたち一人ひとりの手を取って「おめでとう」と言い、将来についての励ましの言葉をかけ、卒業後も自分のチームに必ず連絡を取るようにと言った。

正直言うと、このときの記憶はすべてぼんやりしている。誰に何に入れと誘われたのか、はっきりとは思い出せない。だが、ある一つのことだけは心に鮮明に残っている。偉大なシール戦士ジョン・マグワイヤ大佐と握手をし、温かい言葉をかけてもらったことだ。それまでのおれの人生でそれに勝る光栄はなかった。

＊＊＊

その週末、おれたちはたぶん記録的な量の食べ物をむさぼり食った。戻った食欲は、胃袋が大盛りの食事に慣れるにつれ、ますます加速度的に増していった。第一段階にはまだ三週間も残っていたが、ヘル・ウイークとは比べるべくもない。潮位と海底の個体群統計を学び、水文学のテクニックをマスターする予定だった。それは海兵隊にとってきわめて貴重な、シール特有の知識だ。上陸の計画があるとき、まずおれたちが侵入して素早く動き回り、偵察して海兵隊に状況を伝えるのだ。

主にヘル・ウイークの間に負った怪我や病気により、おれのクラスはたったの三二人しか残っていなかった。しかし、そこに他の者たち――訓練の継続を許された他のクラスからの復帰者――が加わった。

これはおれにも適用された。というのは、太腿骨を骨折したときに訓練を一時中断させられたからだ。そのため、第二段階ではクラス228に入れられた。いつも水中で、しかも多くの場合、深いところで行われるダイビング訓練が始まった。スキューバタンクの使用法、それを取りはずす方法、再装着する方法、水面に上がらずに相棒とタンクを交換する方法。難しいが、重要なプール能力テストを受けるには、これをマスターしておかなければならない。

他の多くの者同様、おれもプール能力テストに落ちた。これはいやらしいテストの王様だ。二人の教官がさまざまな攻撃をしかけるなか、重さ八〇ポンドのツインタンクを背負ってプールの底まで泳いでいく。底に足を着いて水面に蹴り上がってきてはいけない。それをしたが最後、その場で失格、テストは終了だ。

教官たちはまず、候補生のマスク、続いてマウスピースを引きはがす。だから大急ぎで息を止めなくてはならない。教官と闘ってマウスピースをふたたび装着するが、すると教官は送気管の取り入れ口の留め金をはずすので、肩の後ろから背中のあたりをまさぐって即座にこれを元どおりに留めなおさなければならない。

なんとか純粋な酸素を吸入することができたとしても、息を吐き出すのは鼻を通してしかできない。こうして顔の上を泡が大量に流れていくと、多くの者が激しく狼狽してしまう。次に教官たちは送気管を完全にはずし、結び目を作る。それでも入気管と排気管の再接続を試みなければならない。試みようとしなかった場合や、試みることができなかった場合は、その場で落第だ。このテストが始まる前には肺いっぱいに空気を吸い込む必要がある。それから手探りで背後にある管の結び目を見つけ、ほどかなければならない。それが、教官が〈ワミー〉（不運）と呼ぶところの不可能なものかどうかは、おおよそ手の感触で判断できる。ワミーと判断した場合は広げた手のひらの縁で喉を掻き切る動作をし、教官に親指を立てて合図をする。それは「この結び目をほどくことは不可能。浮上する許可を請う」という意味だ。この時点で、教官たちはおれたちを水中に留まらせておくことはやめ、浮上させる。しかし、結び目に対する判断は正確でなくてはならない。

おれのケースでは、あまりに性急に自分の結び目は解けないと決めつけ、シグナルを送り、はずしたタンクを肩に載せて、水面に浮上した。しかし教官はその結び目をほどくことはけっして不可能ではなく、おれがただ危険な状況から逃げ出したと判断した。落第だ。

プールサイドの壁の前に行って、座って列に加わらなければならない。あまりに多くの者がいたとはいえ、不名誉な列に違いはなかった。もう一度テストを受けるよう言われたときには、同じ間違いは繰り返さなかった。いまいましい結び目をほどき、プール能力テストを突破した。

ここで長い間仲間だった男たちの何人かが落第したことはとても悲しかった。水中で冷静でいられなければシールにはなれないことはわかってはいたが。くしくも、その週に教官の一人がおれに言った。「あそこでパニクってるあいつを見ろよ。体中に動揺がはっきり現れている。いつか、自分の命をやつの手に委ねなくてはならなくなるかもしれないんだぞ、マーカス。おれたちはそんなことは起こさないし、起こすことはできないんだ」

プール能力テストでは、シールにとって水は脅威や障害でなく、おれたちだけが生き延びられる避難所とする素質があることを証明しなくてはならない。

教官たちの何人かはおれたちの多くをすでに長い間知っており、何としてでもパスしてほしいと願っていた。しかし、プールでの能力にほんのかすかな疑いでも生じれば、あえて危険を冒したりはしない。

脱落しなかったおれたちは第三段階に進んだ。数人の復帰者が加わり、クラスは二一人になった。すでに二月初め、北半球では冬になり、おれたちは長くてつらい陸上戦闘訓練の準備に取りかかった。そこで、おれたちは海軍特殊部隊隊員に変身させられる。

この訓練は正式には〈破壊と戦術〉と呼ばれ、それはそれまでにおれたちが遭遇したどの訓練よりも厳しく容赦がないとされていた。第三段階の教官たちがコロナドで最も強靭な肉体の持ち主だというのは周知の事実だったが、その理由はすぐにわかった。おれたちの新しい監督官による最初のスピーチにすら、おぞましい警告が散りばめられていた。

その人の名はエリック・ホール。六つのシール戦闘小隊を経験した退役軍人の彼は、まだ訓練が始まってもいない金曜の午後に、はっきりこう釘を刺した。「おれたちは自分を哀れむやつは相手にしない。薬物やアルコールに依存するやつは出て行け。この付近にはチームの連中が時々行くバーが四軒ある。そのどれにも絶対に行くな、わかったか？　嘘をついたり、ごまかしたり、物を盗んだりすれば終わりだ。なぜなら、ここではそんなやつを許しはしないからだ。というわけだ、諸君」

彼はその訓練が一〇週間のコースであり、卒業がもうそんなに遠くはないことを思い出させた。次に訓練場所の説明だ。五週間はそこのセンターでだが、何日かはラ・ポスタのコンパス訓練地区で過ごす。四日間はキャンプ・ペンドルトンの射撃練習場。これはロサンゼルスとサン・ディエゴの間にある一二万五千エイカーの海兵隊基地だ。最後は、上級の射撃、戦術、破壊、野外訓練の主要訓練地で、シールの間では〈ザ・ロック〉として知られているサン・クレメンテ島。

エリック・ホールはお得意の大仰な言葉でスピーチを締めくくった。「常に一一〇パーセントの力を出せ。それから、バカなことをして今までの努力をパーにするんじゃないぞ」

かくして、おれたちはもう二カ月半の訓練に乗り出し、まずはサン・ディエゴの八〇マイル東に位置するラ・ポスタにある、荒れた険しいラグーナ山地の三千フィートの高みに作られたグループ1のための山岳訓練施設を目指した。そこでは侵入、偽装、パトロールなど、特殊部隊にとって必須の野戦技術を学んだ。地勢は非常に険しく、登りにくく、斜面は急で、訓練は困難を極めた。ときには夜になっても兵舎までたどり着けず、荒野での野宿を強いられたこともあった。

地図とコンパスを使用しての行軍も学んだ。その週の終わりには、おれたち全員が、二人一組で三マイルの山越えをする基礎コースをパスした。即刻センターに戻り、兵器の取り扱いについての最初の集中コースを受けるために、キャンプ・ペンドルトンに行く準備をした。

時間の無駄はいっさいない。シールの主要武器であるM4ライフルで武装して戦闘に出る、さほど遠くはない日に備え、おれたちは短機関銃、ライフル、ピストルを手に訓練場に散った。

まず、第一に安全だ。したがって、決定的に重要な次の四つのルールを全員が暗記しなくてはならなかった。

一、すべての銃は常に弾丸が装填されているものとみなせ。

二、弾丸で貫通したくないどんな対象にもけっして銃を向けてはならない。

三、撃ちたいとき以外は引き金に指を当ててはならない。
四、標的とその背後にあるものをよく知れ。

射撃場には何時間もぶっ続けでいることを強いられた。ときにはストップウォッチでタイムを計る教官の監視のもと、機関銃やM4をいったん分解して組み立て直すということもした。その間、厳しい体力練成プログラムも継続していた。重い荷物と弾薬と銃を持って走らなくてはならない今、それは第二段階よりさらに過酷だった。

加えて、センターで二週間、高性能爆弾と爆発物についての講義も受けた。主にシンプルなTNT（トリニトロトルエン）爆弾とプラスチック爆弾に様々な起爆装置を組み合わせたものについてだ。実習はサン・クレメンテ島においてのみ行われた。そして、その段階に到達するまでには、ビーチ沿いに一四マイルを往復するランニングを含む、もう一つの厳しい訓練スケジュールを終了させなければならなかった。

これはおれたちが濡れていなくて、おそらくは砂まみれでもない状態で行った初めてのレースだった。ちょっと想像してほしい。乾いたショーツにランニングシューズ。おれたちはこの世に何の悩みもないかのように、ふわふわと軽やかに走った。

おれたちがコース終了までの四週間を、週七日の、しかも毎日長時間の訓練を行うためにサン・クレメンテ島に拠点を移したのは三月も中旬だった。この月面のようにごつごつした島はカリフォルニア海岸の沖、サン・ディエゴの六〇マイル西、サンタ・カタリナ湾の彼方にある。

ほぼ五〇年間、米海軍はここを支配し、広大な訓練場として使ってきた。民間人の住民はいないが、島のところどころが重要な野生生物保護区になっている。そこに棲息する多くのめずらしい鳥やカリフォルニアアシカは、激しい爆発や飛び交う砲弾、海軍機の着陸などはいっこうに気にならないようだ。シールは島の北東部の海岸沿いに見つけることができる。

そこでおれたちは、スピーディな弾倉の交換や特級射撃術など、敏速かつ正確な戦闘射撃の基本を学んだ。さらに敵陣急襲というきわめて危険な作戦を教えられ、掩護射撃の仕方を習った。初めはゆっくり、次第にスピードを上げ、日中に始め、それから夜間を通して訓練は実施された。待ち伏せ攻撃、構造物捜索、捕虜の扱い方、急襲計画の立案など、いつの日かイラクやアフガニスタンで必要となる近代戦のあらゆる側面について教え込まれた。偵察についてのすべての重要なテクニックの習得に本腰を入れて取り掛かったのはここだった。

それから、非常に重い爆発物の取り扱いに進んだおれたちは、地面単位で設置された炸薬、手榴弾、さらにはロケット弾を起爆させ、たいていは大爆発を引き起こし、わずかながらも専門知識があることが証明できるまで練習を重ねた。

訓練の課題はきつい戦闘任務シミュレーションだった。ボートを漕ぎ出して沖合数百ヤード以内の場所に錨を下ろす。その保有場所から送り出された偵察要員たちは海岸まで泳ぎ、陸地を調査した上でボートに信号を送り、他の者たちを上陸させる。これは厳格なＯＴＢ（上陸）訓練で、砂浜を駆け、最高水位線のほんの少し先にある隠れ場所に潜伏する。今も昔もここがシールにとって最も攻撃を受けやすい場面なので、教官たちは分隊の存在を敵に察知させることになるどんなミスも見逃すまいと、鷹のような目で訓練を見守る。

　完全武装と武器で身を固めて水中から奮闘しながら道を切り開いていくこの上陸訓練は、夜を撤して行われた。そして第四週の終わりには、島に到着した二〇人の候補生は一人残らずテストをパスした。おれたち全員がＢＵＤ／Ｓを卒業できることになった。

　これは多少なりとも異常なことなのかと教官の一人に訊いてみた。返ってきた答えはシンプルだった。「マーカス、選り抜きの精鋭を訓練しているんだから、何も異常ではない。それにＢＵＤ／Ｓの教官たちはみんな、お前たちから最大の力を引き出そうとしているんだからな」

　卒業のあとには二週間の完全な休暇を与えられ、続いて、おれにとっては高密度な教育が始まった。最初はジョージア州フォート・ベニングにあるスカイダイビング・スクールだが、彼らはそこでおれを空挺兵に変えた。三週間の間に、おれたちはまずタワーから、次にＣ１３０から空挺降下させられたが、Ｃ１３０からは全員が五回の降下を義務づけられた。

　あの飛行機は音がすこぶるうるさい上に、初めて飛び降りるときはちょっと不安になる。だが、おれの前にいたのは、ウエスト・ポイントから来た若い女性だったが、彼女はドアからスーパーマンならぬスーパーウーマンよろしく飛び出していった。あのとき、こう思ったのを覚えている――よし！　あの娘《こ》にできるんだったら、どんなことがあってもやってやるぞ――そしておれはフォート・ベニングの澄みきった空の中に、勢いよく飛び出していった。

　次の立ち寄り先はノース・カロライナ州フォート・ブラッグで行われた第一八回デルタ・フォース医療プログラムだった。そこで彼らはおれを軍医に変えた。いや、どちらかといえば救急救命士に近いが、習得した領域は医薬品、注射、点滴、胸腔チューブ、戦闘によるトラウマ、外傷、火傷、縫合、麻酔、と多岐に渡った。これは戦闘という状況下で負傷した戦士に必要となる可能性のある医療行為のおおむねすべてをカバーしている。初日には三一五語の医学用語を暗記しなくてはならなかった。しかも、その間も彼らは教練のアクセルからけっして足を離すことはなかった。日中のすべてと夜の半分を勉強に費やしているというのに、その場に及んでもまだ、訓練ランニングの途中で濡れて砂まみれになってこいと命じる教官がいた。

ノース・カロライナが終わるやいなや、シール資格訓練が始まった。これはコロナドでのさらに三カ月間にも及ぶ厳しい訓練で、ダイビング、落下傘降下、狙撃、爆発物の扱い、起爆など、それまでに習ったすべての技術の集中的な復習を意味した。これが終了するなり、今度はフロリダ州パナマ・シティのSDVスクール（潜水艦）に送られた。九月一一日にはそこにいたのだが、ニューヨークで起きたその驚天動地の大惨事がいずれおれの人生に計り知れないほど大きな影響を及ぼすことになろうとは知る由もなかった。

そのときにおれたち全員が感じた純粋な憤りを覚えている。アメリカ合衆国を、おれたちが守ると誓った愛する国を、誰かがあっさり攻撃したのだ。テレビを観るおれたちの中に激しい怒りが膨れ上がっていった。それは若くて経験こそないが、ずば抜けて健康で、高度に訓練された、反撃が待ちきれない戦闘部隊隊員たちの怒りだった。おれたちはオサマ・ビンラディンのアルカイーダ戦士たちを、イラクかイランかアフガニスタンかどこかは知らないが、そういった頭のおかしい連中が住む国で、自分たちの手で攻撃できることを祈った。だが、願い事をするときは気をつけたほうがいい。叶うかもしれないからだ。

多くの候補生がシール資格訓練をパスし、二〇〇一年一一月七日水曜日の午後に、晴れてトライデント（三叉鉾）を授与された。練兵場での短いセレモニーで、彼らはその記章をピンで留め付けてもらった。卒業生たちにとって、それがどんなに大きな意味をもつものであるかは想像がつくだろう。事実、はるか昔のインドク初日に登録した一八〇人のうち、残ったのはわずか三〇人前後だったのだ。おれはといえば、さまざまな教育プログラムへの参加のせいで、トライデントの授与は翌二〇〇二年一月三一日まで待たなければならなかった。

しかし、訓練が終わることはなかった。おれは指揮官たちが〈兄弟〉と呼ぶ仲間に正式に加わったが、直後にも通信学校に行き、衛星通信、高周波無線リンク、アンテナ周波数確率、高度なコンピューター知識、衛星利用測位システム、その他もろもろについて学んだ。

次はキャンプ・ペンドルトンに戻って狙撃学校に加わったが、そこでは当然ながら、何よりもまず、確実にまっすぐ撃てるよう訓練された。これには二つの非常に厳しい試験があり、M4ライフルと、九〇〇ヤード先まで正確に狙撃できるSR25半自動狙撃銃、さらには重くてパワフルな300ウィンマグ（＊0・300口径ウィチェスター・マグナム弾のこと）を詰めたボルトアクション308口径ライフルが使用される。シール狙撃手になろうとすれば、これらすべてのエキスパートでなければならない。

それからだ、本当のテストが始まったのは。それは、ほんの小さなミスが自らの即死や、最悪の場合、チーム全体を危険にさらすことになるかもしれないといった状況のもとで、密かに、誰にも見られることなく、察知されることもなく、険しい敵の陣地を突っ切る能力が試される究極のテストだ。

教官はオサマを追跡した米軍部隊第一波の退役軍人で、その名はブレンダン・ウェブ。すごい男だ。隠密行動（忍び）こそが彼の真骨頂で、そのスタンダードの高さにはアパッチの偵察者さえ息をのんだだろう。彼と組んでいたのがエリック・デイヴィス。彼もまた凄腕のシール狙撃手で、敵から隠れる能力を判定する試験ではまったく容赦がなかった。

最後の〝戦場〟はペンドルトンとの境に近い広漠としたエリアだった。植物はほとんどなく、あってもほとんどが低くて平らな茂みだが、地面はごつごつした岩と石と頁岩の混合で、起伏や谷や溝だらけだ。狙撃手の親愛なる友である木々は、明らかに意図的にそうなっているのだろうが、腹が立つほどまばらにしかない。その埃っぽい無人の荒野におれたちを散開させる前に、教官たちは細々としたことにまで留意することの重要性について長ったらしい講義を行った。

その一つが偽装という高貴な芸術についての再教育だった。ブラウンとグリーンのクリームの使い方、ヘルメットへの小枝の貼り付け方、ヘルメットの小枝がしっかり固定されていないと突然の風にそれだけが揺れ、こちらの居場所がばれてしまう危険性があることについてなど。こういったことを延々と練習させたあとで、教官たちはおれたちを演習場に送り出した。

それは広大な傾斜地で、教官たちは高みにあるプラットホームから全体を見渡す。おれたちは千ヤード離れた場所から隠密行動を始めた。プラットホームには鋭い目をしたウェブとデイヴィスが立ち、回転レーダーのように数エイカーの範囲を監視している。

彼らに二〇〇ヤード以内まで近づき、十字線で照準を合わせて標的を撃つのが課題だ。これを単独と二人組の両方で練習したが、いやはや、これには忍耐を学びっぱなしだった。ほんの数ヤードを移動するのに何時間もかかるのに、高性能の双眼鏡で一帯をスキャンしている教官の目に捕らえられたが最後、そのコースを落としてしまうのだ。

最後のテストではパートナーと組まされたが、それは二人のどちらもがしっかり隠れていなくてはならないことを意味した。最終的にパートナーが射程圏に入り、弾着予測をし、おれはその命令に従う。この段階では、教官はそのあたり一帯に歩行者を配置していて、彼らと無線で連絡を取り合っている。もし歩行者がおれたちの二歩以内に入ると、おれたちは失格する。

たとえ見つかることなく撃つことができ、しかも的に命中したとしても、もしその後に見つかってしまったら、やはり失格だ。これは難しくて、肉体的にもきつく、思考力を要求されるゲームで、テストは心身を消耗させた。トレーニングではペアを組んだ二人組が禁止区域を突っ切っていく間、教官が後ろについていく。彼らはその間、おれたちを監視し、絶え間なく批判——たとえば、おれの弾着観察者が距離や方向を読み誤って間違った命令を下したなど——を書き留めていく。したがって、たとえおれが的をはずしても、彼らにはそれはおれのせいではないとわかる。例のごとく、おれたちはチームとして機能しなければならないのだ。弾着観察者の命令なくしては、狙撃手はライフルを構えて狙いを定め、撃つことができないということを教官は十分承知している。まったく、弾着観察者には正確であってほしいものだ。

訓練の間に一日だけ教官に失格にされたことがあったが、あれは実に神経を逆なでされる経験だった。しかし、それによりおれはあることを学んだ。敵（教官）は隠れ場所を探す新米狙撃手を観察してきた長い経験から来る直感で、おれたちが出発する前から、すでにおれたちがどこを目指すかについて、かなりいい推測をしているということだ。彼らはどこを探せばいいか、可能性の一番高い場所を知っていたから、こっちが体を動かす前にすでにおれを視界の中に捕らえていた。

これは狙撃手にとって生涯の教訓になった——敵に予想のつきそうな場所には絶対に行ってはならない。あの失意の出来事の唯一の慰めは、その日は一人残らず失格になったことだった。

最後のテストでふたたび千ヤードの不毛の砂漠に立ち向かった。頭を低く保ち、カモフラージュ用の小枝をしっかり固定したヘルメットを被り、岩と岩の間を這い、埃っぽい地面の上を身をくねらせ、よじりながら進み始めた。中間地点に達するまでに何時間もかかり、自分で決めた狙撃場所まで三〇〇ヤードの地点にたどり着くには、さらに長い時間を要した。見つかっていなかった。岩の合間を、溝から溝へと、体を低く地面に押しつけるようにして死ぬほどゆっくり動いた。目的地に着くと土と小枝を少し掻き集めてその後ろに寝そべり、慎重にライフルの狙いを定めた。ゆっくり丁寧に引き金を引くと、弾はピンと音を立てて金属製の的のど真ん中に当たった。もしあれが人の頭だったら、一発であの世行きだ。

教官が振り返り、弾の来たほうを探し始めているのが見えた。だが、明らかに彼らはただ当たりをつけているだけだ。おれは顔を土の中に押しつけたまま半時間、びくともしなかった。それから這いつくばったまま、小枝一つ小石一つ動かさずに、じりじりと退却していった。人知れずやり遂げる、それこそおれたちの目指す狙撃手の姿だ。

三カ月かかったが、おれは狙撃スクールを優秀な成績で卒業した。シールは個人的名声を求めない。

だから、誰がクラスの優等卒業生に選ばれたかは言えない。

最後に参加した主要なスクールは、統合戦術航空管制を教える教習所だった。期間は一カ月で、場所はネバダ州ファロン海軍航空基地内。機上兵器、五〇〇ポンドの爆弾とミサイル、それらが攻撃できるものとできないものについて学んだ。また、地上から航空機と直接通信する方法――衛星を通して情報を管制官にリレーすることにより、こちらに見えるものを相手にも見えるようにする方法――も学んだ。

シールがどのようなもので、それになるのに何が必要かを説明するのに、かなりの時間がかかってしまったようだ。しかし、いつも言われることだが、あのトライデントは毎日獲得し続けなくてはならないものだ。学習も訓練にもけっして終わりはない。ある男がシールであると言っただけでは、それが真に意味していることの一万分の一のメッセージも伝えていない。それはちょうど、ドワイト・D・アイゼンハワー陸軍元帥が「かつて軍にいた」と言うようなものだ。

でも、もうわかってくれただろう。それがどんなに大変で、おれたちみんなにとって、それがどんな意味をもち、そしておそらく、なぜおれたちがやったのかも。わかってる、わかってるって。確かにおれたちにはちっぽけな自分流の傲慢さがある。でも、その罪の最後の一滴まで、血と汗と並外れた重労働で償ってきたのだ。

なぜなら、何よりもまず、おれたちは愛国者だからだ。おれたちは喜んでアメリカ合衆国の敵とされる者たちと戦う。アルカイーダ、聖戦戦士《ジハーディスト》、テロリスト、この国を脅かす相手が何者であれ、恐れず歯向かう覚悟があるおれたちは、いわばきみたちの前線なのだ。

シールは一人残らず自信に溢れ返っているが、それはおれたちがどんなことがあっても最後には勝利すると信じ込まされ、戦場でおれたちのとてつもない猛攻撃に耐えうる軍はこの地球上に存在しないとの確信を吹き込まれているからに他ならない。おれたちは無敵だ、そうだろう？　何者にもおれたちは止められない。それが、トライデントを胸に留めてもらった日に、おれが魂の底から信じていたことだった。今もまだそう信じている。そして、これからも永遠にそう信じ続けるだろう。

6 「じゃあな、野郎ども、あいつらに地獄をお見舞いしてやれよ」

二〇〇五年三月のあの朝、アフガニスタン・バグラムのとてつもなく広大な米軍基地の上に白々と夜が明けるころ、おれたちは兵舎にチェックインし、概要説明に出席する前の数時間、睡眠をむさぼった。SDV第一チームから到着したばかりのダン・ヒーリー、シェーン、ジェームズ、アクス、マイキー、おれの六人は、即座にヴァージニア・ビーチから来たシール第一〇チームへの出向を命じられた。第一〇チームは現在、別の地での任務のために不在中の指揮官に代わって、辣腕のエリック・クリステンセン少佐の指揮下にある。

彼は猛烈におもしろい男で常ににぎやかな仲間といっしょだが、そのことは後年、軍の階級を登りつめていくときには障害になったかもしれない。昨今、シールの七五パーセントが学位を持っていて、士官と下士官の間の線引きは過去にないほどぼやけてきている。だが、エリックは三二歳で、ヴァージニアの海軍大将の息子だ。そのユーモアのセンスと、しばしば見せる権威に対するしかめっ面にもかかわらず、すこぶる優秀なシール部隊指揮官で、全米海軍でも最もすぐれた戦闘小隊の一つを指揮したことがある。第一〇チームはこれからおれたちが突入しようとしている種類の戦闘行為に対し、高度に訓練されている。クリステンセン少佐にはルーク・ニューボールドとウォルターズ特務曹長という二人の腹心がいた。二人とも素晴らしい人物だ。彼らとともに働けたのはただ喜びだったと言うしかない。

第一〇チームに関するすべてがそうだが、おれたちの出席したブリーフィングもすこぶる即戦的で、アフガニスタンとパキスタンを分断する北西部国境地帯の現状についての、ある意味ぞっとさせられる啓蒙的レクチャーだった。切り立った岩山のクレバスや断崖、その埃色をした不吉な場所は、今、急速に勢力を伸ばしつつあるタリバンの軍で活気づいている。怨念をためこんだ怒れる男たちが、高地の目印のない国境沿いで軍を再編成し、異教徒のアメリカ人が自分たちから盗んで、選挙で選ばれた新政府にくれてやったと信じている聖なるイスラムの国を奪回する準備にいそしんでいるのだ。

かの地では、巨大な岩や石の後ろから入り組んだ山道が現れたり消えたりしている。一歩間違えば、小さな岩なり、積み重なった頁岩なり、何を踏み外すかも知れず、それが地球を揺るがす大雪崩でも引き起こしかねないと見える。ヒンドゥ・クシ山系の高地にある静かな斜面では、ステルスこそがモットーだと言われた。

互いにいがみ合う部族民により何世紀にもわたって踏み固められてきたこれらの山道は、まさしく二〇〇一年の米軍による大規模な爆撃によりほぼ壊滅状態になったタリバンやアルカイーダが敗退するときにたどったルートでもある。すぐにやつらについてのすべてがわかるだろう。

文字どおり数時間もしない間に、おれたちは最初の任務に乗り出した。一人としておれたちを新人だと見なす者はいない。おれたち全員が即刻アクションを起こす臍《ほぞ》を固めた、完璧に訓練されたシール隊員であり、今すぐにでも山道に降り立って武装部族戦士たちがパキスタンから国境を越えて入ってくるのを押し留める態勢にある。

ヘリコプターで深い峡谷の上に連なる山々の道に分け入っていく。ダン、シェーン、アクス、マイキーを含む二〇人ほどで降り立ち、山中に扇形に散開する。アクスとマイキーとジェームズ・スール（この三人の呼び出し符丁は「アイリッシュ・ワン」）が配置された地点は、ヒーリー一等曹長とシェーンとおれ（同じく「アイリッシュ・スリー」）のそれからは一・五マイル離れている。

このあたりはタリバンの部隊が毎週、いや毎日でも、複数の軍事活動を行っている国境の紛争地域だ。タリバンが爆薬やロケット弾その他もろもろを積んだゆったりと揺れる駱駝とともに、山間を縫う危険な細道を行くところがはるか眼下に観察できることを期待した。

おれは最大の注意を払って歩いた。アフガニスタンのあの怖い顔で睨みつける部族民たちは好戦的で、一人として簡単には屈しないと警告されていた。しかも、たった一度でもつまずいたり、たとえどんなに小さな石でも踏み外したりすれば、敵にこちらの居場所がばれかねないということも意識していた。彼らのような部族民はこの高地で何世紀にもわたって生活してきた結果、その目がハヤブサのように鋭くなっている。もし彼らがこちらの存在をキャッチしたら、即座に攻撃を仕掛けてくるだろう。上級司令部の話を聞いた結果、その点についてはおれたちの心に微塵の疑いもなかった。危険な任務ではあるが、武装テロリストの流入は是が非でも食い止めねばならない。

時折立ち止まっては双眼鏡で山道を精査しながら、慎重に尾根に沿って移動する。おれはまったく音を立てずに歩いていた。頭の中ではすべてがクリアーだった。野蛮な部族民の部隊が駱駝やミサイルとともに山道になだれ込んできたら、可及的速やかに無線で援軍を要請する。もしそれが比較的小さなグループで、その場でおれたちだけで対処できる種類のものなら、飛びかかってまずリーダーを捕らえ、残りの者たちは必要に応じた手段で処理する。

とにかくおれは静かに偵察を続け、二、三の巨石の後ろにしゃがみ、もう一度山道をスキャンした。何もない。ふたたび険しい不毛の原野に足を踏み出すと、突然、下のほうに武装したアフガン部族民が三人見えた。頭を目まぐるしく働かせる。シェーンとの距離は七〇ヤードだ。発砲すべきだろうか？　敵はあと何人いるのだろう？

遅すぎた。彼らのほうが先に丘の上方に向かって発砲し、ＡＫ47カラシニコフ自動小銃から一斉射撃された銃弾が周りの岩を打った。シェーンも音に気づいたはずだと思いながら、おれはふたたび岩の後ろに身を投げた。それから一歩を踏み出し、敵に思い知らせてやった。やつらがあわてて身を隠すのが見える。少なくとも、やつらを釘付けにしてやった。

しかし、相手がまたおれのほうに撃ってきたので、おれもまた撃ち返した。そのとき、敵が携行式ロケット弾発射機（ＲＰＧ）から二発放った。が、運よく、飛んでくるところが見えた。身を守れる場所に飛び込んだが、掩蔽《えんぺい》物に使っていた岩の一つが爆破されてしまった。今ではあたり一面、跳ね返った弾が、埃が、ロケット弾の破片《シュラプネル》が、岩の破片が飛び交っている。

まるでたった一人で戦争をしている気分だった。まったくもって、どうして弾に当たらないですんだのかが不思議だ。しかし突如として猛攻撃のこだまは静まり、三人の放つ散発的な銃声だけになった。おれは静かに待ち続け、彼らが掩蔽物の外に出てきたと確信すると、一歩を踏み出してふたたび引き金を引いた。何を誰を撃ったかはわからなかったが、突然また、しんと静かになった。あたかも何も起きなかったかのように。

これはパトロールの一種で、山岳路の上のほうで見張りにつき、身を隠した状態を保つ。もう一種は、そのものずばり監視偵察任務（SR）で、ターゲットを探して村を調査し、写真を撮る。米軍の諜報能力は高く、しばしばいい写真もあるので、常におれたちにはターゲットの所在を突き止める期待がかかっていた。そんなふうに、おれたちは米海兵隊を爆破するというお気に入りの娯楽にあまりにも長い間ふけってきた、頭にターバンを巻いた悪党どもを常に探していた。

こういった山間部への出動においては、高性能双眼鏡か、もしくは数多く携帯しているカメラのレンズの一つで獲物を発見し、村を急襲してそれを捕らえることが求められる。もし、ターゲットとなる人物が一人でいたなら、そいつを捕らえて基地に連れ帰り、しゃべらせ、タリバンの集結場所や、山の中にある彼らの大量の兵器の隠し場所を吐かせる。

彼らの高性能爆薬には、米軍部隊の兵士たちを殺すか手足を失わせるという一つの目的しかない。あのタリバンの暴徒どもは、まさにオサマ・ビンラディンをかくまい支援した輩《やから》なのだということを、おれたちは肝に銘じていた。まさしくその大量殺人犯が、おれたちが今から行こうとしている場所のどこかにいるとも言われていた。

おおまかに言うと、村の中でターゲットとする人物が、たとえばたった四人のボディガードに守られているといったケースでは、おれたちはその男を捕らえる。簡単だ。しかし、もっと大勢の場合、たとえばタリバンの要塞らしき場所に武装した男たちがうじゃうじゃいるといったケースでは、正式な戦闘部隊に飛んできて解決してもらうことを要請する。どちらにしろ、おれたちがやって来れば、北東アフガニスタンの泥小屋町の本通りでダイナマイトの寸法を測っている若きアブダル・ザ・ボムメーカー（爆弾屋）にとっては急に旗色が悪くなるというわけだ。

次の任務は大規模な作戦で、約五〇人の兵士が山の中の、最悪の地形の場所に降ろされた。急峻な崖、緩い足場、断崖絶壁、茂みも木もほとんどない、つかむものは何もない、もし必要が生じても身を隠す場所がない。

おれたちがどんなに強靭な肉体をもっているかはすでに説明したと思う。おれたちはどんなところでも登れるし、どこにでも行ける。しかし、これは信じてもらえないと思うが、そこでは一・五マイル歩くのに八時間もかかったのだ。何人もがあのいまいましい山から転落し、大怪我をした。空気はテキサスのバーベキュー用鉄板より熱く、くしくも仲間の一人はのちにこう言っていた。「ただあそこから抜け出すために、チームをやめるところだったぜ」

彼が本気でなかったことはわかっている。でも、気持ちは誰しも同じだった。重いリュックとライフルを担ぎ、班ごとにロープにつながれ、危険な山の斜面を這っていくおれたちは疲れていらだっていた。今日の日まで、それは依然としておれの人生で最低最悪の行軍の座を保ち続けている。なのに、そのとき、おれたちはまだ敵に遭遇すらしていなかった。あまりのつらさにみんなで歌を作ったのだが、あとで兵舎の仲間のバンジョー弾きがジョニー・キャッシュの『リング・オブ・ファイヤー』の曲をつけてくれた。

一〇〇フィートの谷に落ちた
どんどん、どんどん、落ちていって、脾臓が破裂した
焼かれて、焼かれて、焼かれて、リング・オブ・ファイヤー……

その指令のタブルターゲットは山腹の上と下に位置する二つのアフガンの村だった。二つのうちどちらがタリバン部隊の大部分をかくまっているのかはまったく不明だったので、銃を突きつけて両方を拘束するしかないとの決断が下されていた。お笑い沙汰だが、おれたちの目当ては一人の少年だったのだ。この子について、おれたちは衛星とＦＢＩの両方から非常に有力な情報を入手していた。しかし、写真がなかった。

どこで教育を受けたのかは知らないが、このタリバン・キッドは科学者で、爆弾作りの名人だった。おれたちは彼とその仲間を〈ＩＥＤガイズ〉（ＩＥＤ―簡易爆発装置）と呼び、山脈のその一帯で、彼は〈キングＩＥＤ〉だった。彼らはあちこちで爆発を引き起こして、米軍部隊に大損害をもたらしていた。少し前にも米海軍護衛艦を爆破して多くの兵士の命を奪っていた。

山越えのトレッキングのあと、深夜におれたちフォックストロット小隊は編成し直し、上の村からかなり上方に隊員を配置した。日が昇ると素早く斜面を駆け下りて村を急襲し、家々のドアを打ち壊し、誰彼かまわず全員を逮捕した。発砲こそしなかったが、それでもおれたちが彼らにとって大きな

脅威だったことには疑いの余地がない。抵抗する者は一人もいなかった。だが、目的の少年はいなかった。

その間に、より規模の大きい主力部隊のシール第一〇チームが、下方にある大きいほうの村で大暴れしていた。そのあとは少々時間がかかった。というのは尋問が必要だったからだが、おれたちはみなそのテクニックには精通していた。こんな場合には、嘘をついている者、話に一貫性のない者、どこか他の者たちとは違う者を発見しようと、とにかく全員を厳しく追及する。おれたちが探しているのは、他の全員が山羊飼いの中で、一目でそうではないとわかる者。土着の山の民に共通したごつごつした荒い顔をしていない若者だ。

少年は見つかった。それはおれにとって初めての、狂信的なタリバン戦士との近接遭遇だった。あの少年のことはけっして忘れない。かろうじてまともな顎鬚がたくわえられるほどの若さだったが、荒々しい狂気走った目をしていて、たった今おれにコーランの教えのすべてを否定されたとでもいわんばかりに、こちらを睨みつけていた。

その瞬間にわかった。もし彼はおれを殺せたなら、殺していただろう。あれほどまでの憎しみをこめておれを見た人間は、あとにも先にもいない。

アブダル・ザ・ボムメーカーとかなんとか、彼の名前が何であれ、あの少年を拉致するというアフガニスタンでの二番目の作戦行動は、到着したばかりのシールたちにこの戦争の二つの側面を思い知らせることになった。一つは、イスラム過激派たちの、おれたち全員に対する凶暴な憎しみだ。そして二番目は、こういった種類の戦争においても軍の交戦規則（ROE）を遵守することの不都合さだった。

シールはもともとばかではないし、教育と訓練も受けている。だから他の人たちと同じくおれたちも、自分では義務だと思っていたことを行ったがために、民間法廷で殺人罪で起訴されたという軍人の記事を、世界中の新聞で読んでいる。

アフガニスタンにおける交戦規則には、おれたちは非武装の一般市民を撃っても、殺しても、負傷させてもいけないと明記されている。しかし、その非武装の一般市民が、おれたちが取り除こうとしている非正規部隊の熟達したスパイだった場合はどうだろう？　または、一般市民を装ってはいるが、実は様々な形態をとって散らばる、きわめて強力な秘密の軍隊で、アフガニスタンの山岳地帯を這い回っているのだとしたら？　だったら、あいつらはどうだ？　ヤンキー・スタジアムすら爆破できる量の高性能爆薬を獣の背中にくくりつけて山道を進んでいく、無邪気な顔をした駱駝遣いたちは？　ああいった連中はどうなんだ？

おれたちにはみな、アメリカ人の千人に一人しか考えもしないことを選択をしたという自覚があった。それに、おれたちは自国の安全のために必要な存在なのだと教えられた。おれたちはきわめて危険な任務を遂行するためにアフガニスタンに送られてきた。だが同時に、例の駱駝遣いを、向こうがこっちの全員を吹き飛ばすまで撃ってはいけないとも言われていた。なぜなら、彼がただダイナマイトを散歩させている非武装の一般市民かもしれないからだ。

それに、やつの相方はどうだ？　棒を手にしてやつの後ろをついて走り、くそったれの駱駝をつつき回す少年のことだ。もしその少年が山の中を駆け回って兄弟分やタリバンの強硬派を見つけて仲間に加わろうとうずうずしていたとしたら？　携帯式ロケット弾を用意して、秘密の洞窟で待っているやつらはどうだ？

おれたちには少年がこちらの居場所をやつらに耳打ちしているのが聞こえないし、交戦規則の草稿を練った政治家たちにも聞こえない。そもそも、ああいったスーツを着た男たちは、一発目の手榴弾がおれたちの間で爆発して誰かの足や頭を吹き飛ばしているときに、この山にはいないのだ。

おれたちはあの山羊飼いたちが逃げるチャンスを与えられる前に、ためらわず撃つべきだったのだろうか？　それとも、彼は誰にも危害を与えようとしていない、ただの武装していない一般市民だったのだろうか？　単にトリニトロトルエンを散歩に連れ出していただけの……そういうことなのか？

こういったテロリスト／暴徒は、イラクでもそうだったが、おれたちの交戦規則のことを知っている。それはおれたちのルール、世界のより文明が開けた側である西側諸国のルールだ。そしてテロリストというテロリストが、このルールをどうすれば自分たちの味方につけられるかを知っている。でなければ、駱駝遣いたちは銃を持ち歩いているはずだ。

丸腰ならば、おれたちが殺人罪で起訴されるかもしれないと恐れて発砲するのをためらうことを知っているのだ。そして彼らがそのことをおかしくて笑いが止まらないと思っていることを、おれは現に知っている。

もしおれたちが彼らを二、三人撃ったとすると、彼らは即刻、一万ギガバイトの携帯電話でアラブのテレビ局アルジャジーラに通報するだろう。

残忍な米軍部隊
平和を愛するアフガン農夫を射殺
米軍はシールの告訴を確約

とまあ、そんな具合いだ。おれの言いたいことはわかってもらえたと思う。アメリカ合衆国のメディアはおれたちを処刑するだろう。いったいアブ・グライブ軍刑務所の一件（＊かってサダム・フセイン政権時は反政府勢力の拷問・処刑に使われ、のちのイラク戦争ではイラク人兵士を収容し、米軍関係者が拷問などで使用したとマスコミ報道された）が巻き起こしたほどの大騒ぎが、過去にあっただろうか？ より広い視野に立ってみれば、イスラム過激派が世界中に引き起こした死や破壊という背景の中では、数人のイラク人の囚人が辱めを受けたくらいでは、おれ個人としては危機感を抱いたりしない。きっと、彼らがどんなことをやってのけられるかをじかに見たなら、きみだって同じだろう。ちきしょう、やつらは人間の頭を――アメリカ人の頭を、救援隊員の頭を――切り落とすんだ。何千人もの人間を虐殺することすら、やつらは屁とも思わない。中世の時代じゃあるまいし、やつらは実際、若い米兵の手足を切り落としたんだ。

真実を言えば、このようなテロリスト／暴徒との戦いでは、誰が一般民で誰がそうではないなんてことは識別しようがない。だから、誰もが例外なく従うことができないルールを作ること自体にどんな意味があるのだろう？ 二度に一度はいったい誰が敵なのかもわからなくて、わかったときには手遅れでこちらの命が危ない、なんてことになりかねないのだから、それは実行不可能なルールなのだ。

リアルタイムの状況下で交戦規則の精神を納得するのはほぼ不可能だ。

それだけでなく、アフガニスタンでおれたちをどう呼ぶべきなのかについても、明確にわかっている者はいないようだ。おれたちは平和維持軍なのだろうか？　それともアフガニスタン政府に代わって反乱者と戦っているのだろうか、もしくはアメリカ合衆国に代わってそうしているのだろうか？テロリストの首領のビンラディンを追跡して捕まえようとしているのか？　それとも、ビンラディンやその信奉者たちをかくまうタリバンがふたたび国を支配するのをただ防ごうとしているだけなのだろうか？

さっぱりわからない。でも、なんだって別にかまわない。おれたちにしてほしいことを言ってくれたら、やってやろうじゃないか。おれたちは合衆国政府の忠実な僕《しもべ》なのだ。しかし、アフガニスタンでは敵陣での戦いが強いられる。おれたちがそもそも民主主義国家に、しかもその政府により要請されて来ていることなどなんの意味もない。パキスタンでは国境を越えて発砲することは禁じられているのだということも、タリバンが違法の軍隊であるということも、ジュネーブ条約も、あれも、これも、意味はない。

おれたちがタリバンの再編成を阻止するためにできる限りのことをしようと、その司令官や爆発物のエキスパートを発見逮捕するためにアフガニスタンの山岳地帯をパトロールしているとき、おれたちは常に、米兵を一人残らず殺すことが自分たちの意図であると公言している完全武装した憎しみに満ちた敵に取り囲まれているのだ。まさしく敵陣の真っ只中だ。本当の話。

でも、おれたちはそこに行く。一日中。毎日。しっかり任務をまっとうするか、あるいは途中で死んでしまうか——アメリカ合衆国のために。しかし、おれたちに誰を攻撃していいかを指図するのはやめてくれ。その決定はおれたちに、軍に、委ねられるべきなのだ。進歩的なメディアや政治家のグループがそれを受け入れられなければ、戦場では死ななくていい人間が死ぬ羽目になる。だから、おれはそういった人々にはまずもっと大人になってほしいし、また短期間でいいからヒンドゥ・クシ山系で軍務に就いてほしいと思う。彼らはおそらくサバイブできないだろう。

実際、戦争というものがフェアなもので、野球の試合のようにルールに基づいて行えるものだと考えている政府は、たぶん戦争をすべきではないのだ。なぜなら、戦争にはフェアな部分などなく、ときに死ぬべきでない人が死ぬ。それは一〇〇万年前の昔から変わらない。喉を掻き切るタリバンの殺人行為に直面したとき、おれたちはジュネーブ条約第四条第四項のもとに戦っているのではない、と悟るのだ。第223・556ミリ条のもとに戦っている——これはおれたちのM4ライフルの口径と弾丸の直径だ。もしその数字が気に入らないなら、第762ミリ条を試してくれ。それは盗品のロシア製カラシニコフ銃により、たいていは致命的な激しい一斉射撃でもって、おれたちに向かって放たれる弾丸の直径だ。

テロとの世界戦争においては、おれたちにはルールがあり、敵はそのルールを逆手に取る。おれたちは正当であろうとするが、敵は手段を選ばない。拷問、断頭、手足の切断——どんな卑劣な手段を使うこともいとわない。罪なき市民や女性や子供への攻撃、自動車爆弾、自爆テロ、思いつく限り何でもありだ。彼らはその点、まさに歴史上の大悪人どもと肩を並べている。

そこでおれは自問する。この戦争で勝つまで絶対に諦めない覚悟ができているのはどちらだろう？　答えは彼らだ。彼らは敵を殺すためなら喜んで死ぬ。いつでも、どこでも、何があろうが、極限まで戦い抜く。おまけに、彼らに交戦規則はない。

ゆえに、タリバンやアルカイーダとの戦闘に繰り出すとき、おれたちには余分な恐怖と危険の要素がある——自分自身の身の安全についての恐怖、身内であるはずの海軍法務総監に不利な判決を下される恐怖、アメリカのメディアとそれが政治家たちに及ぼす残念な影響に対する恐怖。自分たちのサラリーや必要経費を正当化するためにだけ美味しいネタを求めている、ろくに教育も受けていない未熟なジャーナリストに対し、おれたちはみな恐怖心を抱いている。おれだけだなんて思わないでくれ。おれたちはみな、彼らを嫌っている。一つには彼らには良識が欠如しているからだが、主な理由は、彼らが無知で、思わず身をよじりたくなるほどご都合主義だからだ。武力戦争がメディア戦争になったとたん、ニュースは厳然とした事実ではなく、誰かの意見になってしまう。合衆国では、メディアに巻き込まれれば、その戦争ではほとんどこちらに勝ち目はなくなる。というのは、おれたちに課せられた制限は即座に増幅され、それが相手にとってはぞくぞくするほどの吉報だからだ。

しばしばニュースリポーターやカメラマンは、おれたちの邪魔をしすぎた結果、弾に当たって死ぬ。すると間髪を置かず、その高給取りの報道人たちは祖国の新聞やテレビで絶賛され、国民的英雄になる。シールは別につむじまがりではない。だが、実際に戦闘を行っている、高度に訓練されながらもそれほど高い給料をもらっていない男たちにとって、これがどんなにうんざりさせられることかは、とても言葉では言い表せない。彼らは何も言わずに毎日危険な場所に身を置き、当たり前のように負傷し、戦死する、プロ中のプロだ。彼らは物言わぬヒーローであり、彼らと同じくらい無名の、悲しみに打ちひしがれた故郷の小さなコミュニティ以外では無名の戦士にすぎない。

まだ早い時期だったが、高地の山道にあるこの上なく危険な第六チェックポイントで、ある一つの任務を遂行した。おれたち約二〇人がかろうじて所定の位置に着いたところで、山中に潜んでいたアフガン人たちがロケット弾攻撃を仕掛けてきて、何百発ものロケット弾がおれたちの頭上を越えて飛んでいき、山の斜面にぶつかった。

おれたちには彼らが戦闘員なのか、非武装の一般市民なのかの判断がつかなかった。結局、彼らを制圧するのに三日もかかり、その後ですら、そこを脱出するのには大がかりな航空支援の要請が必要だった。三日後、衛星写真により、夜間にタリバンがまさしくおれたちが配置されていた場所に、カラシニコフと部族ナイフで武装した殺し屋を一二人、闇を突いて侵入させたことが判明した。

だが、彼らの意図を証明することはできない！　リベラル派どものキーキー言う声が聞こえてくる。もちろん、あの男たちはただコーヒーでも飲みにあそこまで登っていったに違いない。

このタリバンの夜襲はムジャヒディンがロシア軍に対して使った戦法とまったく同じだ。彼らは闇の中をするすると動いて番兵や歩哨の喉を掻き切る。最後には、ロシア軍も若い兵士たちの親たちも耐えられなくなった。ムジャヒディンは今、タリバンやアルカイーダに姿を変えている。彼らはおれたちに対し、かつてのロシア兵に対してと同じくらい血に飢えている
シールは他のどんな敵にでも対処できる。ただし、それは合衆国におれたちを刑務所に入れたがっている人間がいなければ、の話だ。だからといって、相手が非武装のアフガン農民に分類される可能性があるというだけの理由で反撃することもできずに、喉を掻き切られるのをただ待って山の中をう

ろうろしているなんてことは絶対にごめんだ。

一線を踏み越えてしまうことと、おれたちを叩きのめすことに無上の喜びを覚えるアメリカのメディアに対する絶え間ない不安は、現代の米軍戦闘兵士に固有の問題だ。おれたちにはそんな羽目になる筋合いはまったくないのに。おそらく祖国とそれが擁護するすべてのものに対する愛以外には。

アフガニスタン勤務の最初の数週間、戦闘が続いた。いくつもの小隊が、毎晩のように出て行っては、反乱者が山岳路をこっそり移動するのを阻止しよう試みた。満月の夜には必ず軍事作戦を敢行した。黒々とした山脈の上に一条の光が注がれるのはそのときだけだからだ。

月のサイクルに合わせてヘリコプターを繰り出しては、国境を越えてアフガニスタンへなだれ込んで来る顎鬚の狂信者たちを見つけ出し、ヘリで牧羊犬よろしく追い立て、彼らが命からがら逃げ惑い、まっすぐおれたちや、拿捕と尋問のために待機している他の米軍部隊のほうに向かって走ってくるのを見守って、一網打尽に捕らえた。

SDV第一チームの水中スペシャリストが海抜九千フィートの高地を這いずり回っているのはおかしいと思われるかもしれない。海軍では一般的に、おれたちを作戦エリアに輸送するシール輸送潜水艇（SDV）は世界で最も敵に悟られにくい乗り物であるとされている。したがって、世界で最も秘密裏に動ける乗り物に配置される部隊は、世界で最も秘密裏に動ける男たちだということになる。それは敵陣深くに潜入し、気づかれることなく偵察し、報告し、神経がすり減るぎりぎりのところで生きるおれたちのことだ。ターゲットを発見し、実際に戦闘を行う男たちに通報することこそが、常におれたちの第一の仕事だ。直接の戦闘、それこそ誰もがしたがることだが、ヒンドゥ・クシ山系の寂しい峰々でおれたちが行う命がけの任務なくして、それは実現しない。

エリック・クリステンセン少佐は常々おれたちの価値に気づいてくれていて、事実、おれのいい友人でもあった。彼はよく作戦におれにちなんだ名前を付けて、死ぬほど面白がっていた。おれがテキサス人であることが、ヴァージニア出身の紳士の彼には、なぜかおかしくてたまらなかったようだ。おれのことをガンさばきが素早くて、〝おいらのくそったれブリーチス（昔の乗馬ズボン）！〟をはいたビリー・ザ・キッドとバッファロー・ビルの掛け合わせだとでも思ったらしい。その二人のカウボーイはどちらもおれの出身地よりははるか北の、カンサスかどこかの出だったにもかかわらずだ。エリックからすれば、テキサスとその北部と西部のすべてが、暗黒の地、無法のフロンティア地帯、コルト44口径、牛飼い、レッド・インディアンと結びついていた。

そんなわけで、おれたちはいつも〈長角牛《ロングホーン》作戦〉だの〈ローンスター作戦〉だのに繰り出していった。

おれたちの使命の圧倒的多数が静かな任務で、山岳路や集落の綿密な調査だった。まずターゲットの写真を撮り、次に急降下して襲いかかったが、常に発砲は避けようとした。おれたちが探していたのは例外なく浮いている人間――ただ一人、集落に溶け込んでいない男、明らかに農夫ではないタリバンの殺し屋――だった。

時として、顎鬚をたくわえたこういった男たちが、むっつりした表情で、ＡＫ47を準備万端にして、コーヒーを飲みながらグループで焚き火を囲んでいる場面に出くわすことがあった。おれたちの最初の仕事は彼らの正体を識別することにある。パシュトゥーン族だろうか？　温和な羊飼いや山羊飼いだろうか？　それとも敵を見つけるが早いかその喉を掻き切る獰猛な山岳民のタリバン武装戦士なのだろうか？　タリバン戦士たちがアフガンの山の農夫とは大違いで、それほど粗野でも汚れてもいないと気づくのにはほんの数日しかかからなかった。彼らの多くはアメリカで教育を受けているが、ここでは丁寧にＡＫ47を手入れして、おれたちを殺す準備を整えている。

　そして、彼らがホームグラウンドであるその高地でどんなに見事な戦い方ができるかに気づくのにも、それほど長くはかからなかった。おれはいつでも彼らは発見されるなりくるりと背を向けて一目散に逃げるだろうと思った。ところが、それはとんでもない間違いだった。彼らはその場を確保するか、もしくは高い場所に到達できれば、反撃に出た。おれたちが上から急襲をかけたときには、諦めるか、国境を越えて、おれたちが追いかけていけないパキスタンに逃げ込んだ。だが、間近で見る彼らの目にはいつも敵愾心が、アメリカ人に対する憎しみが、そして魂の中で燃え盛る革命の火があった。

　それはかなり不気味だった。なぜなら、そこはテロの中核地帯であり、世界貿易センタービル破壊の計画が生まれ、育ち、そういった男たちにより完璧に仕上げられた土地だからだ。正直言って、あの事件が現実だとはとても思えなかった。しかし、それが実際に起きたということは誰もが知っていた。まさにここ、この辺境の黄塵地帯こそがすべてのルーツであり、ビンラディンの戦士たちの祖国であり、今なお彼らが合衆国を粉砕しようと計略を練っている場所なのだ。米国市民《アンクルサム》に対する憎しみが骨の髄まで沁み込んでいて、西欧人の理解を超えて悪のブランドが隆盛を極める場所。その主な理由は、いまだにここが他とは違って、もっと未開の世紀に属しているからなのだ。

そして、そこにマイキー、シェーン、アクス、おれ、そして他のメンバーたちは降り立った。山を自分たちの庭とする、ライフルと部族用ナイフで武装した、足元のしっかりした静かな戦士たちとの戦闘準備を整えて。

そういった男たちに人里離れたパシュトゥーン族の村で鉢合わせすれば、謎はますます深まるばかりだ。というのは、ここの生活は、正真正銘、原始的だからだ。日干し煉瓦造りの小屋は、太陽で乾かした粘土の煉瓦と土の床でできていて、尿とロバの糞の吐き気をもよおす臭いがたちこめている。一階には山羊と鶏が人間と同居している。それでいて、ここで、この穴居人さながらの条件のもとで、彼らは二一世紀の都市に対する最も衝撃的な大暴虐行為を計画し、実行してのけた。

村の衛生状況はこの上なく前近代的だ。家々のはずれには共同便所として使われる一種の穴がある。特に夜の見張りでは、これに気をつけるよう言われていた。ある夜、おれは判断を誤り、スリップし、片足をそこへ突っ込んでしまった。それは草木も眠る深夜に、大きな笑いの源になったが、みんな、爆笑すまいと必死だった。でも、おれにはちっともおかしくなかった。

翌週はそれとは比べものにならないくらいひどい目に遭った。そのとき、おれたちは漆黒の闇の中、険しい地面を這いずり回って、数軒の小屋と山羊がいるだけの小さな集落の上に見張り場所を設置しようとしていた。NGV（暗視ゴーグル）なしでは何一つ見えず、突然、おれは大きな穴にずるずると落ちていった。

悲鳴は上げられない。しかし、落ちていくにしたがい、どこに着地するかと思うとぞっとして身の毛がよだった。ただ右腕に力を入れてまっすぐ上げ、ライフルをしっかり握った状態で、村の共同便所にもろにはまった。底に達したとき、チームメイトのささやき声がかすかに聞こえてきた。「気をつけろ！　たった今、ラトレルがまた便所を見つけたぞ！」

アフガニスタンの任務であのときほど大きな忍び笑いが巻き起こったことはない。しかし、おれにとっては人生で最悪の経験の一つだ。バグラム基地の全員に腸チフスをプレゼントしかねなかったのだから。凍るように寒かったが、ただただ汚物を洗い流したくて、おれは戦闘服のまま陽気に川に飛び込んだ。

時々、国境付近の見張り場所で手に負えないトラブルがあり、場合によってはハンビー（多目的高機動車）で武器とともに一八人ほどが送り込まれ、そこから何マイルも歩くことになった。問題は、パキスタン政府が明らかにタリバンに同情し、結果的に北東部の国境付近を野放しにしていることだった。パキスタンは、同国の当局は舗装した道路とその両側二〇メートルの範囲には権威を及ぼすと宣言している。その範囲外はなんでも行き来できるので、タリバン戦士たちは単に道路から逸れて、昔の山道を通ってアフガニスタンに入ってくる。おれたちが阻止しない限り、彼らは今までもずっとそうしてきたように、好きなように出たり入ったりする。たいがいは入ってきてただ牛を盗むだけだが、それはおれたちは気にしない。しかし、そのことを知っているタリバンが牛飼いのふりをして動き回るのだが、これは断じて気になるというものだ。さらに、高性能爆薬を積んだ駱駝の小さな行列は、黙って見逃すわけにはいかない。

そして、毎回決まって、おれたちは攻撃を受けた。ほんのかすかな音を聞きつけるのか、何かでこちらの位置を察知しただけで、誰かが必ず撃ってきた——しばしば国境の向こうのおれたちが入れないパキスタン側から。だから、こちらは忍びやかに動き、写真の情報を収集し、首謀者を捕らえ、常に基地と連絡を保って、助けが必要となれば援軍を要請した。

指揮官たちは、勝利の鍵となるのは諜報で、爆弾を作っている人物を突き止めて彼らの供給品を発見し、タリバンの兵器庫を使用される前に破壊することにあるという意見で一致していた。しかし、それがけっして容易ではなかった。敵は残虐で、執念深く、明らかに時間も人の命もまったく意に介していない。どんなに時間がかかろうとも、というのが彼らの明確な信条で、最後には自分たちの聖なるイスラムの地から異教徒の侵略者を排除できると思い込んでいる。結局のところ、今までだっていつもそうだったからか？　悪いな、今回は違うからな。

ときに、〝団長小屋〟（＊シール語で、上級指揮官たち）が特定のターゲットについて調べているときなどに、待機させられることがあった。おれは空いた時間にはバグラム病院のたいていは救急治療室でボランティアとして働き、負傷した兵士の処置を手伝い、班のためにより優れた衛生兵になろうとした。

その病院では軍の関係者だけでなく現地の人々も進んで受け入れていたので、おれにとってそれは実に目を見開かされる体験だった。人々は救急治療室にあらゆる種類の負傷でやって来る。多くは銃弾によるものだが、たまに刺されていることもあった。ここでは誰もが銃を持っている——それこそがこの国の大問題の一つなのだ。すべての家のリビングルームにＡＫ47があるかのようだ。したがって怪我は頻繁にあった。メインゲートにやってきたアフガンの一般市民の銃創があまりにひどいので、ハンヴィーで救急治療室まで運ばなくてはならないこともあった。おれたちはそこにやって来た人には誰にでもアメリカ人の税金で治療をし、全員にできる限りの世話をした。

バグラム病院はおれの技術を向上させるのには最適の場所で、同時に自分が少しでも役立っていることを願った。もちろん、それは無償の仕事だ。しかし、医療はいつもおれにとっては天職で、あの病院での長時間労働は、いつの日か医師になりたいと思っているおれには貴重な体験だった。

そして、こんなふうに病人や怪我人の世話をしている間も、タリバンの作戦を阻止するため情報を分析し、ＣＩＡの報告をチェックし、タリバンの首謀者を特定するという指揮官たちの仕事は休む間もなく続いていた。

常に潜在的なターゲットの長いリストがあるが、中にはとりわけ有力な候補もある。それは衛生写真やおれたちの偵察により発見され、何者であるかが判明し、その居場所が突き止められた、きわめて危険な人物のいる村を意味する。それは膨大な忍耐力と、実際に問題の人物を発見できる可能性を見積もる能力が要求される。

バグラムのチームは危険きわまりない任務を遂行する心構えはできてはいるが、大物のタリバン・テロリストを確保する見込みがない場所に立て続けに無駄足を運ぶことはしたくない。そして、言うまでもなく諜報部員はあの山岳地帯ではいつも何らかの動きがあることを一刻も忘れてはならない。タリバンはあちこち移動し、すこぶる抜け目がないのだ。彼らは米軍の能力についてすべてとは言わないが、かなりよく知っている。だから、村から村へ、洞窟から洞窟へと移動し、高性能爆薬もろとも捕まる可能性がないよう頻繁に居場所を変える。

ダン・ヒーリー上級兵曹長はあれこれ探し回って、おいしい仕事を見つけてくることに抜群に長けていた。おかげでおれたちは獲物を発見する公算が平均より高かった。何時間もリストにかじりついて、名うてのテロリストを選り出し、その男がどこで空き時間を過ごすか、最後に姿を目撃されたのはどこか、などといったことを調べ上げた。

写真の証拠を精査し、地図や図表をチェックして、全面交戦にならずに領袖を拿捕できる可能性が高いターゲット場所を探す。彼は独自に作成した有力容疑者とその居所の最終リストを持っていた。そして六月になるころには、タリバンの要《かなめ》となる人物たちが使った様々な手段やトリニトロトルエンのおおよその入手方法の記録が集積されていった。

すると、ある男の名前が浮かび上がってきた。保安上の理由で、ここでは一応「ベン・シャーマック」と呼ぼう。また、その素性については、本格的なタリバン軍のリーダーで、都市部にも進出することで知られ、米海軍に死者も出た数度の攻撃——常に爆弾を使用——の首謀者としても知られる邪悪な山岳民である、と言うに留めておく。年齢は四〇歳前後の、謎に包まれた人物である。おそらく一四〇人から一五〇人の武装戦士を統率していて、教養が高く、軍事作戦の訓練を受け、五カ国語を話す。また、オサマ・ビンラディンの側近の一人としても知られている。

自らの部隊をいつでも動きだせるように保ち、友好的なパシュトゥーン族の村に入り込み、もしくはその周辺に野営し、彼らのもてなしを受け、道すがら新兵を募りながら次の約束場所に移動する。彼らのような山岳民を追跡するのは信じられないくらい困難だが、彼らだって休息や飲み食いはもとより、体を洗う必要もあり、そういったことすべてをするには村のコミュニティが絶対不可欠なのだ。

毎日のように、ヒーリー上級兵曹長はチーム将校のマイキーとおれに潜在的なターゲットの有力候補リストを回してよこした。たいていは二〇人程度の名前と可能性のある居所が載っていて、おれたちはその中から追求すべき者の短いリストを作成した。こうしてでき上がった大悪党のギャラリーから、入手した情報の量により、自分たちの任務を選択する。ベン・シャーマックの名はリストに登場し続け、彼の部隊の推定規模もまた、同じくらいの頻度でリストに上がっていた。

最終的に、この危険きわまりない人物の拿捕もしくは殺害が含まれる〈レッドウイング作戦〉についての暫定的なブリーフィングがあった。しかし、この男は相変わらず捕らえどころがない。神出鬼没のスカーレット・ピンパーネル（＊バロネス・オルツィの小説『紅はこべ』の主人公）さながら、さっきそこにいたかと思えば、もうあそこにいる。そのうえ、入手できた写真というのが肩から上だけで写りが悪く、粒子も粗い。だが、その悪党の顔がだいたいどんな感じかというのはわかったし、表面的には、ターゲットの村の上のほうにたどり着き、しのび寄り、写真を撮り、可能ならば拿捕するという、他のSR作戦とさして変わりないものになると予測された。

諜報もしっかりしていた。それによると、CIAのみならず、おそらくはFBIまでが、この男の逮捕または死に並々ならぬ関心を抱いていた。こうしてブリーフィングが繰り返されていくうちに、ベン・シャーマックという男の重要性は回を追って増大していった。彼の軍は最低でも八〇人、最大二〇〇人の部隊であるという報告も入った今、作戦は非常に大規模なものになった。そして、ヒーリー上級兵曹長はアルファ小隊のおれと三人の仲間たちこそが、この作戦の実行に最適の人材であると宣言した。

おれたちに期待されたのは、目に狂気をただよわせた殺人者の大軍を相手に戦うことではなかった。

実際、おれたちの任務はそれまでの人生で一番おとなしくしていることだったのだ。「ただこの悪党を見つけ、やつに間違いないという確証を取り、場所と部隊の強さを見極め、無線連絡し、空からの急襲でやつの息の根を止める実戦部隊を要請しろ」。実にシンプルだろう?

もしも、やつに今にも滞在中の村を逃げ出しそうな気配があれば、その場合はただちにやつをバラす。これはおれかアクスの仕事だ。おそらくチャンスは一度しかない。たぶん数百ヤードほど先から十字線にやつを捕らえ、引き金を引けるのは一度きり。一つ確かなことは絶対にはずすことができないということだ。そんなことをしたら、仲間のシール全員はむろんのこと、間違いなく教官のウェブとデイヴィスの亡霊が現れてぼこぼこにされるだろう。これはまさしく彼らが訓練してくれたことなのだ。

その悪党の頭に弾丸をぶち込むことについては、おれは微塵の気のとがめも抱いていなかった。彼はすでに米海軍の多くの同僚を殺した、アメリカ合衆国の不倶戴天の敵だ。加えて、彼は合衆国本土への新たな攻撃を計画し、陰から指揮することに無上の喜びを感じる種類のテロリストだ。もしやつを撃つチャンスを得たなら、おれは手加減はしない。おれに期待されていることはわかっていた。チームのボスがこの人物を抹殺したがっていることは知っていたし、考えてみると、上司がおれたちをこの仕事に最適だと思ってくれたことが、やたら誇らしかった。いつもどおり全員の期待に沿えるよう、精いっぱい頑張ろうと心に決めた。

それから毎日、おれたちは情報部に行って、シャーマックについての新しいデータが入ってきていないかをチェックした。ヒーリー上級兵曹長は作戦将校でおれたちの部隊長でもあるペロ中佐と連携して、この作戦にかかりきりになっていた。問題はいつも同じである。おれたちのターゲットはどこだ？　このシャーマックはサダム・フセインよりたちが悪く、衛星の詮索好きな目をうまくすり抜け、消え、やつの近くにいる多くのＣＩＡのスパイにさえも正体や居所を隠し通していた。

当然だが、彼の居所が一〇〇パーセント確かでない限り、武器やカメラで完全武装して山に突入しても意味がない。低空飛行の軍用機にとってタリバンは深刻な脅威で、ヘリコプターのパイロットは常時、深夜の作戦時にすら、銃撃される危険を感じている。彼ら山岳民はＡＫ47同様にミサイルの扱いもうまい。

こういった種類の作戦には常に膨大な後方支援が必要となる——兵士が携帯する弾薬、糧食、水、医薬品、手榴弾、武器は言うに及ばず、輸送、通信、有効な航空支援など。

かなり早い時期だったが、ある時点でおれたちは決定的な「レッドウイングはゴー」の指令を受け取った。だが、準備万端整ったところですべてが突然中止になった。「ターン、ワン（引き返し、第一回）！」。またもや彼を見失ったのだ。データを手に入れ、居場所を発見したと信じるだけの根拠はあった。だが、確実な証拠ではなかった。情報部員は地図や地形を調べ、可能性の高いエリアに丸をつけ、推測や当て推量をした。彼らはついにやつの居所を突き止めたと思ったが、具体的な村や野営地までは絞り込めなかった。狙撃手が的を射止めるのに必要な精度には程遠い。

情報部はただ局面の打開を待っていて、その間、おれたちは別のいくつかのＳＲ作戦——〈山羊のロープ作戦〉とかなんとか——をこなしていた。ちょうどその一つから戻ってきたときに、ベン・シャーマック狩りで新展開があったと聞いた。それはあまりに唐突だったので、おそらく軍の情報筋が何かをつかんだのだろうと推測された。ヒーリー上級兵曹長は地図と地形の報告書を調べていて、間もなく再出動がかかる気配である。

ブリーフィングに召集された。マイク・マーフィ大尉、マシュー・アクセルソン二等兵曹、シェーン・パットン兵曹とおれ。データと任務についての説明があったが、おれたちはそれもまた単にもう一つの作戦だととらえていた。しかし、最後の最後に大きな変更があった。シェーンの代わりに、おれも何年も前からよく知っている三四歳のダニー・ディーツ兵曹が行くという決断がなされたのだ。

ダニーはコロラド州出身の背の低い（まあ、おれと比べてだが）筋肉隆々の男で、バージニア・ビーチの基地のすぐ外に、おれたちみんなにパッツィと呼ばれている、目を瞠《みは》るほど美しいマリアという名の妻と暮らしている。子供はいないが、ダニーと同じくらい強健な二匹の犬——イングリッシュ・ブルドックとブルマスティフ——を飼っている。

ダニーとはフロリダ州パナマ・シティのSDVスクールでいっしょだった。九月一一日には彼もそこにいた。ヨガと武術に凝っていて、シェーンと仲がいい。あのサーファーと謎めいた鉄人にどんな共通の話題があるのだろう。ダニーがおれのチームに加わるのはうれしかった。少し内気なところがあるが、根はすごく面白くて、心根のやさしい男だ。でも、彼はこのくらいの計画にうろたえたりはしない。ダニー・ディーツは檻に入れられたタイガーで、かつ優秀なシールだ。

どうやらレッドウイング作戦にはふたたびゴーサインが出たようだ。四人の班が確定した。アクスとおれが狙撃手で、マイキーとダニーが偵察兵。指揮統制はマイキー。通信はダニーとおれ。最終的な目標狙撃はおれかアクス、どのような方法であれ、成り行きしだいでどちらか見つけたほうが撃つ。

計画によると、シャーマックが滞在していると信じられている家の上のほうに必要なら四日間、山のはるか上の死にそうな場所で死ぬほどじっとして、たぶん一フットも動けずに潜伏し続けることになる。

そのあたりの地形を子供のころから知りつくした重武装の山岳民を観察し、彼らのリーダーを射殺する機会を待ちながら、ひたすら慎重に身を隠し続けるのみ。それはきわめて危険な任務だ。

おれたちは実際、戦闘服に着替え、準備万端整え、ヘリコプターに乗り込んで「レッドウイングはゴー！」の号令を待った。しかし、出動はふたたび中止になった。「ターン、ツー！」。今回はシャーマックを見失ったからではなく、むしろ、そのずるい悪党がどこか他の場所に姿を現したからだった。ヘリから降り、のろのろと兵舎に戻った。重い荷物と銃器を降ろし、戦闘服を脱いで着替え、顔の迷彩用クリームを落とし、普通の人間に復帰した。中断は二週間続き、その間に高山の山道で二、三の小さい任務を遂行し、おれたちは少なくとも二回、脳天をぶち抜かれそうになった。

一度、おれはアフガニスタン北西部で最も危険なテロリストの一人を発見するという快挙を成し遂げた。確実な本人識別をし、彼が一人で山道を自転車に乗って大急ぎで逃げるところすらこの目で見た。だが、撃ちはしなかった。発砲すれば、いや少し動いただけでも、こちらの偵察場所が相手にばれてしまうからだ。おれたちは彼がいずれそのルートを高性能爆薬を積んだ駱駝の輸送隊で通るだろうと考えていたので、彼と爆発物の両方を押さえたかったのだ。少なくともおれは、ある元同僚の向こうを張るようなまねはしなかった。シール伝説によると、その男は連絡路を爆破し、巡回中の米軍戦闘爆撃機に衛星利用測位システム（ＧＰＳ）を使って現在位置を通知した。それから、五〇〇ポンドの爆弾がそのテロリスト、彼の駱駝、彼から五〇ヤードの範囲内にあるあらゆるものを一掃するのを見守ったのだそうだ。おれたちの場合は、駱駝の行列を止め、そのような粗暴なアクションに頼ることなく、目的のテロリストを捕らえ、爆発物を手に入れた。

悪いな、左翼の人たちよ。でもテキサスでよく言われるように、男はやらなきゃならないことは、やらなきゃならないんだ。

そんなふうに日は過ぎていき、二〇〇五年六月二七日、月曜の朝、ふたたび情報部がシャーマックの居所を突き止めた。今回はかなり可能性が高かった。正午にはすでに詳細な地図と一帯の地形写真がおれたちの前に広げられた。情報は抜群で、地図もまあまあ、地形の写真も最低の基準は満たしていた。やはりシャーマックのまともな写真はなくて、以前からある肩から上だけの、きめの荒いピンボケ写真だけだった。だが、おれたちはそれよりはるかに少ない情報で他のテロリストたちを突き止めてきたのだから、今回も迷いはなかった。「レッドウイングはゴー！」

ブリーフィングの直後、ヒーリー上級兵曹長がおれに静かな口調で言った。「いよいよだ、マーカス。出動だ。まな板の鯉をやっつけてこい」

おれは班長がシール上級兵曹長に返すべきキビキビとした返事で応じた。「了解、一等曹長。行ってきます」

胸に様々な思いを抱えながら、ブリーフィングルームを出て兵舎に戻った。うまく説明できないが、胸騒ぎに苛まれていて、その不穏な感覚はけっして去ってはくれなかったのだ。

何枚かの地図を見せられたが、すべて明瞭だった。見えないのは、身を隠す場所だった。植生についてはあまり情報がなかった。明らかにヒンドゥ・クシ山系の標高一万メートル付近は痩せた不毛の地なのだ。ここが高木限界を超えた乾燥性の地でほとんど植物が育たないことくらい、王立地学学会の准会員でなくてもわかる。ロッククライマーにとっては天国だが、おれたちにとっては地獄だ。

偵察対象の村には家が三二軒ある。それは衛星写真上で数えた。だが、シャーマックがそのどれにいるのかはわかっていない。おれたちが偵察場所にいる間にもしもっと確実な情報が入った場合に備えて、写真の家々に番号が打たれているのかどうかもわからない。

村のレイアウトが写っている写真は何枚かあったが、周辺エリアはほとんど写っていなかった。しかし、おれたちは非常に正確なGPSナンバーを用意していた。着陸の候補地リストもある。侵入路は、入るときはヘリから高速ロープ降下するので必要ないが、撤退のためには絶対不可欠だ。

おれたちが現場を去るときの掩蔽のためと、必要が生じたときに陸軍部隊を積んだヘリコプターを着陸させるためには、山の下のほうの木を数本爆破して倒す必要が生じるだろうと確信した。樹木のない荒涼とした山肌で密かに離着陸を行うのは、ロケット弾を得意とするタリバンが至る所にいる以上、不可能だ。特にシャーマックを取り巻いているのは高度に訓練されたグループだ。

仲間のところに戻りながらおれの頭を占めていたのは、隠れる場所がない、偵察するのに適当な場所がないという、今回の任務に固有な側面だった。最適なポジションにつけない限り、効果的に偵察を行うことは不可能だ。もし、あの村をぐるりと囲む山の崖が、おれの推測どおり荒々しくて石だらけなら、おれたちはあの山で山羊の尻にくっついたダイヤモンドのように目立つだろう。

そのうえ、八〇人から二〇〇人もの武装戦士が彼らのボスの周辺に念入りに目を配っている可能性が高い。だが、心配なのは敵の数ではなく、もし隠れる場所のチョイスがほとんどなければ、村からの距離はいうまでもなく、村を見下ろす角度についても妥協しなくてはならないということだ。

兵舎に戻り、マイキーに会った。出動することを伝え、地図を見せ、どんな写真があるかを言うと、彼がこう返事したことを覚えている。「いいねえ。また三日間、太陽を浴びて楽しくやろうぜ」。しかし、写真を見て、その明らかにきつい勾配や、信じられないほどひどい地表や、掩蔽物を探して登ったり下りたりしなければならないと予測される山を見るなり、彼の表情が変わるのに気づいた。

そのころには、アクスとダニーもやって来た。おれたちは二人に要点を伝え、かすかな不安を抱いたまま、昼食を取りに食堂までぶらぶらと歩いていった。おれは大盛りのスパゲッティを食べた。そしてすぐに兵舎に戻って着替えやその他の準備にかかった。情報部からヘリの着陸地帯はかなりグリーンが多く、おれたちが降下する場所も樹木の多いエリアだと聞いていたので、砂漠用のズボンと深いグリーンの上衣を着た。狙撃用のフードも被った。

マイキーとダニーはM4ライフルと手榴弾を携行した。アクスはマーク125・56ミリ（口径）ライフル。おれも同じものを持った。加えて全員がシグザウエル9ミリ拳銃を持った。二一ポンドのマシンガンM60とその銃弾のような重い武器はやめておいた。それでなくてもすでに手いっぱいの荷物だったし、それにあのような崖を重い銃を担いで登るのは無理だと判断したからだ。

さらに数個のクレイモアも持っていくことにしたが、これは仕掛け線の付いた高性能爆薬の一種で、誰かがおれたちに近寄ってくるのを防ぐのに有効だ。これの必要性については、アフガニスタンでの第一日目に、二人のアフガン人が予想を超えて近づいてきて、あわや殺されそうになるという経験をしたときに思い知らされていた。

任務が終わったときに迎えに来るヘリや、直接戦闘部隊の投入のためのヘリの着陸ゾーンを作るために木々を爆破するのに必要な起爆コードも荷物に入れた。最後の最後に、この冒険的企てにまだ不安を覚え、さらにもう三個の弾倉をつかんだ。これで計一一個になった。弾倉一個には三〇発の弾が装填されている。弾倉八個の携行が標準的だが、レッドウイング作戦にはそれだけでは足りないと思わせる何かがあった。結局、誰もが同じように感じていたようだ。全員が三個ずつ余分に携行した。

さらにおれは着陸しようとするヘリの誘導に加えて、偵察用望遠鏡としても、またすべての機器のスペアバッテリーとしても使えるISLiD（画像安定／配光ユニット）を持っていくことにした。ダニーは無線機を、マイキーとアクスはカメラとコンピュータを入れた。

それに携行食パック（ビーフジャーキー、チキンヌードル、エナジーバー、水）とピーナッツとレーズンが加わった。総重量は四五ポンドにもなったが、おれたちはそれを軽装備と呼ぶ。その場にいたシェーンがおれたちを見送った。「じゃあな、野郎ども、あいつらに地獄をお見舞いしてやれよ」

準備完了。特殊作戦ヘリコプターの離着陸エリアに輸送され、何か変更の連絡がないか、待つ。「ターン、スリー！」となるかもしれない。それはレッドウイング作戦の三度目の中止を意味する。だが、今回はただ、暗くなり次第出発するという意味の「ローレックス、一時間」だった。

おれたちは荷物を降ろし、滑走路に横たわって待った。すごく寒くて、それほど遠くない山々が雪を頂いていたのを覚えている。マイキーは忘れずにお守りの石を荷物に入れたと言って、おれを安心させた。それは前回の任務で、誰もが身じろぎ一つできない不安定な場所に潜んでいたときに、丸三日間、彼の尻に突き刺さり続けていた花崗岩の尖ったかけらだ。「万が一、お前がケツに突っ込みたくなるかもしれないからな」と彼は付け加えた。「故郷が懐かしくなってさ」

というわけで、おれたちはやはりその夜に出動する他の二つのグループとともに待った。緊急対応部隊（ＱＲＦ）がアサダバードに向けて同時に出発することになっていた。アサダバードはちょうどおれたちが徹底した写真偵察を行ったばかりで、彼らはその成果を携行している。放棄されたロシア軍基地が今も残るクナール州の州都アサダバードは、依然として名にし負う危険地区である。そこはもちろんアフガンのムジャヒディンがまず基地をほぼ完全包囲し、次にロシア人の下士官兵たちを一人残らず惨殺した、あの町だ。それはソビエト連邦にとって、一九八九年に迎えた終焉の始まりだった。おれたちが今行こうとしている場所からは、山脈をわずかに一つ越えたところだ。

ついにヘリコプターの回転翼がうめき声を上げ始めた。明らかにレッドウイング作戦の、きわめて変更になりやすい多くの流動的条件が、今回はまだきちんと揃っているようだ。「レッドウイングはゴー！」の指令が来たので、おれたちは装備を持ち上げ、北東へ四五分の地点に向かうため、チヌーク47ヘリによじ登った。「あのくそったれベン・シャーマックとやら、まだ同じ場所にいるようだな」とマイキーが言った。

アサダバードに向かう五人の男たちも搭乗し、そちらのヘリのほうが先に飛び立った。次におれたちのヘリが滑走路から浮き上がり、彼らのあとを追うように基地の上空から出て、バンクしながら回り込むようにして正しいコースに乗った。今はもう暗く、その間、おれは窓の外よりむしろ床を見つめていた。マイキー、アクス、ダニー、おれの四人全員が、それぞれ自分なりの方法で、この任務についていい予感がしていないことをはっきりと表明していた。そして、それがどんなに異常なことかを、おれはどう表現していいかわからない。普段おれたちは、敵に向かって、〝かかってこい！　受けてやる！〟とがむしゃらな空威張りで繰り出していく。

シールはどんなことがあろうと、けっして何かを恐れていると認めたりしない。たとえ恐れていても、絶対に口には出さない。ただドアを開けて外に飛び出し、どんな敵であろうがお構いなしに立ち向かう。その夜、おれたちが何を感じていたにせよ、それは敵に対する恐怖ではない。むしろ、未知に対する恐怖だったのかもしれないと思う。こと地形に関する限り、どんなものに遭遇するかがまったくわかっていなかったからだ。

作戦エリアに到着すると、ヘリは数マイルの間隔を置いて三度、見せかけの進入を行った。降下し、真の目的地からはかけ離れた地点の上で空中停止飛行《ホヴァリング》を行う。もしアフガン人が見ていたら、さぞかし頭が混乱しただろう――おれたちすら混乱した！　突っ込んで、抜け出して、ふたたび突っ込んで、ホヴァリングして、飛び去る。たとえシャーマックの兵士たちが見ていたとしても、おれたちがどこにいるのかも、本当にいるのかどうかも、どうやって位置を特定すればいいのかも、さっぱりわからなかっただろう。

ついに、ヘリは実際の着陸ゾーンに向かった。ファイナルコールがあった――「レッドウイングはゴー！」。着陸管制官が指令を下している。「降下まで一〇分……降下まで三分……一分……三〇秒！……さあ行け！」

タラップが降り、後部が開け放たれると、伏撃に備えて狙撃手はM60機関銃を準備した。外は漆黒の闇、月はなく、回転翼が風を受けて聞き慣れたブンーブンという音を立てている。これまでのところ、誰も何も撃ってこない。

機体の後部からロープが地面にくねくねと降ろされた。おれたちが降りたあとで走り去るときに銃が引っかからないよう、巧妙な位置に降ろしている。今この瞬間、言葉を発する者はいない。おれたちは武器と装備を携え、整列した。ダニーが真っ先に闇の中に飛び出していった。おれが続き、次にマイキー、そしてアクス。摩擦による火傷を防ぐために手袋をして、ロープをつかみ、急速降下する。約二〇フィートの降下で、身を切るような冷たい強風が当たる。

地面に達するなり、互いから二〇ヤードの間隔を置くよう散開した。ただでさえ凍えるほど寒いのに、ヘリの翼の巻き起こす下向きの強い風がおれたちに叩きつけ、埃を舞い上げるので、よけいに寒く感じられる。見えざる部族民に観察されているどうかはわからないが、この無法の反乱軍が支配する領域では十分ありうることだ。ヘリが離昇するにつれ、エンジンのうなり声が大きくなる。そしてそれはこの神にも見捨てられた断層崖を脱出するにつれ速度と高度を急速に増しながら、闇の中にカタカタという音を響かせながら消えていった。

一五分間、おれたちはまったく音を立てずに風景の一部になっていた。身動き一つせず、一言も交わさない。そして山にはまったく音がない。それは単なる静寂を超えた、まるで大気圏の外にでもいるかのような、静けさの概念を超越した静寂だった。はるか下のほうに二つの火が見えるが、たぶんカンテラの火だろう。おそらく一マイルほど先だが、山羊飼いであることを祈った。

一五分が経過した。おれの左側には山があり、その巨大で不気味な塊が空に向かって大きな曲線を描いている。右側には葉の茂った巨木が何本かある。周りには低い切り株と濃い茂みがある。

ここは最終的な作戦敢行地点からははるかに下のほうなので、誰が潜伏しているかも知れず、そのせいでおれたちはこの上なく不安だった。まったく何も見えない。一六年前、ここからさほど遠くない場所で、ロシア人の徴集兵たちも何者かに喉を掻き切られる前にきっと同じように感じたことだろう。

ついに全員が立ち上がった。おれはまずダニーのところに行き、無線をオンにして管制官たちにおれたちが着地したことを報告するよう言った。それから丘を登り、間違ってヘリから切って落とされた太いロープを手にしているマイキーとアクスのところに行った。

それは完全なミスだ。ヘリの乗務員はロープを持ち帰ることになっている。いったい、おれたちがこの代物をどうすると思ったのだろう。ただただマイキーが見つけてくれて助かった。もし彼が気づかず、ロープが地面の上に残されたままになっていたら、この辺りをうろうろする部族民や農夫にでも簡単に発見されただろう。彼らがヘリコプターの近づいてくる音でも耳にしていたらなおさらだ。そうなればロープは間違いなくアメリカ兵の着陸を指し示し、おれたちの弔鐘を鳴らすことになりかねなかった。

シャベルがないので、マイキーとアクスは木や草や葉でロープを隠すしかなかった。二人がこれをしている間、おれは上空のどこかでおれたちをモニターしているに違いないＡＣ１３０スペクター重地上攻撃機との通信をオンにした。メッセージを簡潔に伝える。

「スナイパー・ツー・ワン、こちらグリマー・スリー、移動準備中」

「了解」

それが彼らと話した最後だった。そして今、おれたちはこれから始める約四マイルの移動を前に集合している。右側にくの字に曲がって長く延びる尾根に沿って歩くルートがあらかじめ決められている。途中の通過目標地点は地図にマークされていて、正確な位置を示すＧＰＳナンバーも一、二、三と明確に記されている。

単純明快なものといえば、おおむねそれだけだった。なぜなら、地面は想像を絶するほどひどく、月のない夜は相変わらず漆黒の闇で、山肌を行くおれたちのルートは傾斜があまりに急で、全員が滑落して首の骨を折らなくてすんだのが奇跡といえるほどだ。そのうえ、激しい雨が降っていて、凍るほど寒い。一〇分もしない間に、ヘル・ウイークさながら完全にずぶ濡れになった。

よじ登り、スリップし、つまずき、なんでもいいから足か手のかかるところを探し、という具合いで遅々として進まない。最初の半時間に全員が転落した。だが、おれが最悪だ。他の三人はみな山登りのエキスパートであるうえ、おれよりずっと体が小さく軽い。おれはこの図体のせいで地上では動きが鈍くなるので、何度となくみんなから遅れをとった。おれが追いつくまで彼らは休んでいるが、おれが追いつくなりマイキーが出発進行の合図をする。マーカスに休息はない。「許せねえ、マイキーめ」。性格が温厚なふりなどせず、おれはののしった。

事実、天候があまりに悪いとき、休息はよからぬ考えだ。こんなところで休めば、五分もしない間に凍え、濡れねずみになってしまう。したがって体温をできるだけ高く保つためにも、上へ上へとひたすら登り続けた。

ついに崖の上端に達すると、そこに踏みつけられたばかりの山道を発見した。かなりの人数のタリバンがつい最近そこを通ったのは明らかで、それはおれたちにとっては吉報だ。シャーマックとその兵士たちはさほど遠くない。そしてまさしく今、おれたちは彼らを追跡している。

頂上では、突如として高い草の茂った平らで広大な草原に出くわしたが、そのとき、束の間、月が顔を出した。牧草地がまるで青白い光に照らされた楽園のように目の前に洋々と広がっている。その この世のものとは思えない美しさに、おれたちはみな思わず足を止めた。

しかし、その草叢の中に敵はゆうゆうと潜伏できるだろうから、一瞬の後におれたちはかがんで静かにした。アクスは草原を貫く道を見つけようとし、次には自分で道を作ろうと試みた。とてもじゃないが無理だった。あまりに深く生い茂った草叢に、彼はほぼ埋もれてしまった。間もなく戻ってきて、彼は詩的にこう言った。あの西アジアの月の光の中、地球の屋根に近いこの古き伝説の地は「おい、こりゃ、まったく救いようのないところだぜ」

おれたちの右側は深い谷になっていて、そのどこかにターゲットとする村がある。すでに一番目の通過目標には到達していて、この先はまた別の山道を発見して、急斜面に沿って移動していくしかない。そのとき、突然、巨大な霧のかたまりが押し寄せてきて、おれたちの足元にある山上や谷を埋めつくした。

見下ろすと月光に照らされた霧があまりに純白で、あまりに清らかで、向こうの山までその上を歩いて行けそうだったのを覚えている。暗視機器（NOD）を通して見るその表層の景色は実に壮観で、それはおそらく地獄のような潜流と燃え上がる憎悪の地を覆う、楽園の光景だったのだろう。

おれたちが周りの美しさに魅了されて立ちつくしている間に、マイキーはそこが第一通過目標地点を少し過ぎたところで、この先もなんとかして、ただし高い草叢を横切ることなく、北上するルートを続けねばならないと言った。扇状に散開したところ、ダニーが山を回り込む道を見つけた。ところが、そこを行くのも簡単ではなかった。なぜなら、すでに月は消え失せて、またもや土砂降りの雨になっていたからだ。

その一夜に遭遇したどの場所よりも劣悪な地面を半マイルほども進んだに違いない。思いがけなく、雨を通してもなお山羊の糞と家の臭いに気づいた。アフガンの農家だ。あやうくその家の前庭につかつかと踏み込んでしまうところだった。ここではよほど気をつけねばならない。しゃがみ、人の目を避け、深い下草の間を縫って、手と膝をついて這って斜面を進んでいった。

こういったことすべてが惨めったらしいことだが、敵の領域内でのシールの作戦にとっては、実に理想的なコンディションだ。おれたちが着けている暗視ゴーグルがない限り、敵にはおれたちの姿は見えようがない。雨と風はきっとすべての人を屋根の下に追いやるだろうし、もしまだ起きている者がいたとしても、こんな天気の夜に外にいるのはよほど頭のいかれた人間だけだと考えるだろう。そう、彼らは正しい。ほぼ五〇〇ヤードごとに、四人のうち誰かがこっぴどく転んだ。おかげで全身泥だらけで、BUD／S第二段階の候補生のようにずぶ濡れだ。

くだんの農家以外にはほとんど何も見えやしない。そのとき突然、ひときわ明るい月が現れたので、天の青白く輝く照明に覆いを剥ぎ取られたおれたちは、素早く陰の中に移動しなければならなかった。

農場から離れ、山の斜面を相も変わらず上へ上へと適度な植物群の中を進み続ける。しかし、やがておれが密かに恐れていたことが現実となり、おれたちを打ちのめした。木立を抜けると、北側の山の最大の断崖をなす不毛のごつごつした急斜面に飛び出した。

樹木は一本もない。茂みもない。ただ濡れた頁岩や泥や小さな岩や丸石があるだけだ。月は真正面にあり、おれたちの長い影を斜面に投げかけている。

ブリーフィングルームで初めて図面を見て以来、これはおれの悪夢だった。四人のシルエットが、タリバンに占領された村の上の禿山にくっきりと浮かび上がっている。アフガンの見張り番にとっては見逃しようのない至福の瞬間だ。そして我々にとっては、最悪の悪夢だ——狙撃手が自然のスポットライトに捕われ、身を隠す場所もなく、暴き出されている。

「まじかよ」。マイキーが言った。

7　なだれのような銃弾

　おれたちは木立の終わりの部分が投げかける影の中へと、じわじわ後戻りしていった。第二通過目標地点はもう遠くないはずで、その場でGPSの表示をチェックした。マイキーがナビゲーションの役割をアクスに移したので、おれは不満のうめき声を上げた。傾斜の急な崖を登ったり下りたりするのはおれにとっては至難の業だが、流線型の体型をしているうえに登山のエキスパートでもあるマシュー・アクセルソンはレイヨウよろしくぴょんぴょん飛び回れる。おれが彼にその二つの関連を教えてやると、チームメートの三人全員が笑い出した。

　基地では〈トリビア・パースート〉の王として名を馳せるアクスは何を血迷ったか、みんなを高い山の尾根から逸らせて、くの字の肘に当たる部分から広がる谷の下方に導いていった。どうやら、くの字型の尾根伝いに行くルートを完全に放棄して、直線コースで第三通過目標地点に向かうことにしたようだ。まったく問題ない、実に素晴らしい思いつきだ。それだと一マイルの急な下りに続き、必然的に一マイルの急な上りがあること以外は。そこのところが、おれの体型には向いていないんだ。とはいえ、それがおれたちの新しいルートだ。五〇ヤードも行くと、おれは四苦八苦し始めた。上りどころか、下りですらみんなについていけない。彼らには後ろのほうでおれが滑ったりののしったりしているのが聞こえ、おれには前のほうでアクスとマイキーが笑っているのが聞こえる。でも、これは体力の問題ではないのだ。体力的にはおれは他の三人の誰にも引けを取らないし、息だってまったく切れていない。ただ二、三匹の野生羊を追いかけていくには、この体は大きすぎるのだ。自然界の摂理だ、わかるだろう?

アクスが常に月光を避けて身を隠せる場所を見つけようとしたので、第三通過目標地点に向かって崖をよじ登っていくときのルートがジグザグになるのは仕方なかった。夜明けの約一時間前に、おれたちは頂上に到達した。GPSナンバーは正しく、基地で計画したとおりだ。そしてマイキーは純粋な花崗岩でできたその崖の上に、おれたちの休憩場所を見つけた。

それは落差がおそらく八〇フィートほどもある切り立った崖の上、山頂の稜線部分だった。樹木はあり、部分的には密集しているが、その向こうはもっと殺風景な地面が広がっている。四マイルの行程を完遂したおれたちは、重い装備を下ろし、ブーツをさかさまにして小石や砂利を取り除いた。やつらはいつもどうにかして入り込む。

医学的見地から言えば、全員が怪我もなく正常な状態にある。だが、この腹立たしい山を七時間も登ったり下りたりした苦行のせいで、おれたちは限界まで疲労していた。特にマイキーとおれ。なぜなら、おれたちは両方とも普段から不眠症に苦しんでいて、特にこのような作戦の準備をしているときはひどく、昨夜は一睡もしなかったからだ。加えて凍えるほど寒く、雨は止んでいるにもかかわらず、皮膚まで沁みるほどずぶ濡れだ。ついでに言えば、おれたちの荷物もすべてずぶ濡れだった。

ダニーが無線をオンにして司令部と近くにいるかもしれない哨戒機に、四人は予定の地点に到達し、すべて予定どおりだと報告をした。しかし、これは少々早まったようだ。というのは、この連絡の直後に月がふたたび出たので暗視装置で付近一帯を見回すと、何一つ見えなかったのだ。シャーマック発見のために偵察することになっている村すら木々が邪魔をして見えなかった。かといって、木立から出れば、小さな切り株がわずかにあるものの、まともな掩蔽物のいっさいない、むき出しの荒野にさらされることになる。どうすりゃいいんだ。

そこは明らかに放棄された木の伐採地で、多くの樹木が切り倒されている。おれたちのはるか右方では、最高峰の山々の上で空が明るみ始めている。夜明けは近い。

ダニーとおれは岩に腰を下ろし、今の状況が実際どのくらい悪くて、この先どうすべきかを夢中になって話し込んだ。ある作戦で、基本的には未知だった実行予定地が、蓋を開けてみれば思っていたとおり、もしくはそれ以上に悪条件の地だったというのは、すべての工作員にとっての悪夢だ。ダニーとおれはまったく同じ結論に達した――サイテーだ。

マイキーが少し話をするためにやって来た。そしてみんなで東の空の明るさを見つめた。マイケル・マーフィ大尉が、指揮統制官として命令を下す。「五分後に移動せよ」

そこでおれたちはもう一度重い装備を抱え、さきほど来た道を引き返していった。一〇〇ヤードほど行ったところで、尾根の反対側に下りの山道が見つかったので、通過目的地点より下を歩いて、木立の間に目的の村が一マイル半以上眼下に見下ろせる最高のスポットを選んだ。

そこに落ち着き、体を木々と岩の間に押し込み、その懸崖ともいえる斜面の上で休む姿勢をとろうと試みた。水筒の水をがぶ飲みする。正直言うと、バビロンの空中庭園の植物にでもなったような気分だ。ダニーは木にもたれ、蛇使いのように胡坐をかいてヨガのポーズをしている。

いつでも敏活なアクスはおれの左側で山の景色に溶け込み、弾を込めたライフルを手に歩哨に立っている。きっと頭の中では、一語一語をすべて暗記しているニューヨーク・タイムズのクロスワードパズルでもしているのだろう。だが、彼の平和は長くは続かなかった。うとうとすることのできないおれが、山を登っていたときの彼の不親切な態度への仕返しに、マルベリーの実を投げつけて時間つぶしをしたからだ。おれが隠れている木はたまたまマルベリーの一種だった。

やがて、また大きな霧の塊が押し寄せてきて、おれたちや下の谷をすっぽりと覆った。ふたたび村はまったく見えなくなったが、霧の問題点は同じ場所にたびたび発生する傾向があることだ。明らかに、ここでは常時効果的な偵察を行うのは不可能だ。またしても移動しなくてはならない。

マイキーとアクスは地図にかじりついて、霧の少なそうな場所を求め、ここより上の地勢を調べている。その間、ダニーとおれは望遠鏡で村のほうに何か見えないか、観察し続けなければならない。何も見えない。ついにマイキーがもっといい場所はないか、ライフルだけ持って一人で見てくると言った。しかし気を変え、アクスを連れていくことにした。無理もない。ここは誰にとっても薄気味の悪いところだ。それは誰が見ているか、わからないからなのだ。

ダニーとともに二人を待ち、その間に太陽は山頂の上に高く昇り、濡れた服を乾かし始めた。二人は一時間くらいで戻ってきた。マイキーは村を偵察するのに最高の場所が見つかったが、そこには掩蔽物がまばらにしかないと言う。推測するに、彼はこの作戦には地形ゆえに、幾分かの高いリスクが伴うのは避けられないと判断したのだろう。しかし、そのリスクを取らない限り、クリスマスまでここにいる羽目になる。

したがって今一度、おれたちはそれぞれの荷物を担ぎ、新しい偵察場所を目指した。そこはわずか千ヤードほど先だったが、山沿いに歩き、山を登り、尾根の端にある花崗岩でできた細い突起の上に達するのに一時間もかかった。そして目的の場所に到着すると、そこが目的の村に対して、カメラにも偵察鏡にも銃にも理想的なアングルを提供する申し分ない場所であることに同意せざるをえなかった。全方位にわたり驚異的に視界が開けている。もしシャーマックとその悪党どもがあそこにいたら、絶対に見える。くしくもマイキーが「あいつ、おれたちに見つからずに便所に行こうったって、それは無理ってもんだぜ」と言った。

これに対してダニーは、シャーマックの重要な器管の一つをぶっ飛ばす可能性を示唆した。

おれはその場に突っ立って、四方が断崖絶壁の、おれたちの新しい山の拠点を見つめた。パーフェクト、だが非常に危険だ。もし攻撃隊が登ってきたら、とりわけそれが夜だったりしたら、戦わずしてはここを抜け出せない。もし誰かがおれたちに向けてRPGを放ったら、全員、木っ端微塵だ。退却路はただ一つ、今入ってきたルートのみ。シャーマックほどの百戦錬磨の戦略家なら、おれたちをこの石だらけの何もない場所に閉じ込める可能性もあり、その場合、ここを脱出するには多くの人間を殺さなくてはならないだろう。そのうえ、シャーマックの相棒のビンラディンもまた、おれたちが過去に相手にしたことがないほど大人数のアルカイーダ軍とともにこの辺りにいるのではないかという不穏な考えが頭から離れない。

しかし、ある意味、ここは偵察チームにとっては願ってもない、遠くまで見晴らしのきく理想的な場所だ。ただなんとかして、この緩くてごつごつした頁岩の間に身を潜ませて頭を低くし、周りに溶け込んで、神経を集中していなければならない。誰にも見られない限り大丈夫だ。しかし、それでも大きな不安を拭いきれないでいた。それは他の三人も同じだった。

何か食べ、水を飲んだあと、うつ伏せに寝そべっていると、太陽が濡れた服を乾かすにつれ、静かに水蒸気が立ち昇った。今は地獄より暑い。おれは切り倒された丸太のカーブの下に体を突っ込んで、脚を後ろに伸ばした。だが、あいにく体の下にはイラクサがあったので、チクチクして気が変になりそうだった。もちろん筋肉一つ動かすことはできない。遠方用双眼鏡が、たった今、こちらに向けられていないとも限らないのだ。

おれも音を立てないように、常時、望遠鏡や双眼鏡を使っている。マイキーは五〇ヤード離れた、おれより高い地点で岩の間に陣取っている。アクスはおれの右側、空洞化した古い切り株の中に座っている。ダニーは下方の左側、木立が切れる部分に無線を持ってうずくまっている。灼熱の太陽を避けられる日陰が少しでもあるのは、彼のいる場所だけだ。正午が近づいており、太陽は真南の空高く、とてつもなく高く、おれたちのほぼ真上にある。

おれたちの姿は下からは見えない。そして、ここと同じ高さにも、ここより上にも、絶対に人間はいない。少なくともこのシールの山にはいない。おれたちはただじっとして、黙って、集中して、待てばいいだけだ。それはおれたち全員がエキスパートの域に達している四つの修行だ。

辺りは死んだようにしんとして、まるで夜のように静まり返っている。そして、そのしじまは、時折シール同士の間で交わされる短いやり取りで破られるだけだ。たいがいは熱地獄のような山の直射日光が届かない特権的な持ち場についているダニーに向かって投げつけられる言葉である。それらは特にプロフェッショナルなやり取りでもなく、品格や思いやりにも欠けている。

「おい、ダニー、場所を変わりたいかい？」

「るせえ！」

そんな感じだ。山の空気の中に漂ってくる音は他には何もない。しかし、そのとき突然、何かの音がした。おれが隠れている倒木の南西側だ。まちがいようもなく、軽い足音がおれのすぐ上でしている。

唐突にターバンをした、斧を持った男が現れた。彼は丸太からおれの上に飛び下りてきた。完全にふいをつかれ、ショックであやうく卒倒するところだった。体を回転してライフルをつかみ、少なくともおれの頭を切り落とす気が失せてくれることを祈って、その男に突きつけた。男はおれ以上にびっくりして、手にした斧《アクス》を落とした。

別のアクスが立ち上がって、男のターバンにライフルの狙いを定めているのが見えた。「こいつに気づいていたはずだぜ」。彼にかみついた。「どうして教えてくれなかったんだよ？　心臓麻痺を起こすとこだったぜ」

「ただ音を立てたくなかったんだよ」。アクスが言った。「そいつに照準を合わせて、お前の丸太のところに行くまでずっと追っていた。ちょっとでも変な行動に出たら、その場で撃ち殺していた」

おれは男に丸太を背にして座れと命令した。すると次に、おかしなことが起きた。首に小さなベルをつけた一〇〇匹もの山羊が小走りに山を登ってきて、至るところに群がったのだ。次に山を越えてもう二人の男がやって来た。丸太にもたれて座っている同僚に加われと身振りで合図した。

マイキーとダニーが山羊の群れの間を縫うようにやって来て、すぐに何が起きているかを把握した。三人のうち一人は一四歳くらいの、まだほんの子供であることに気づいた。タリバンかどうか尋ねようとすると、彼らは揃って首を振り、年配の男は英語でこう言った。「ノー、タリバン……ノー、タリバン」

少年にエナジーバーを一本分け与えると、彼はおれを睨みつけた。そして、ありがとうも言わず、うなずきもせず、ただそれをそばの岩の上に置いた。二人の大人もおれたちに対する激しい憎しみを隠しもせず、ねめつけている。当然ながら、彼らはおそらく、アフガニスタンの一つの州を完全に制覇できるほどの武器と弾薬を持って自分たちの牧場に入り込んでいるおれたちが、いったい何をしているのかといぶかっているのだ。

問題は、おれたちがどうするかだ。彼らは見た目にも明らかに山羊飼いで、高地の農夫だ。または、ジュネーブ条約にある、いわゆる非武装の一般市民だ。しかし、厳格に正しい軍事的決断をするなら、彼らの意図が不明である以上、協議の必要などなく、ただ彼らを殺せばいい。

彼らがタリバンの武装集団と結びついていないと、または、ある種の部族的な血判状により、山で何か怪しいものを見つけたらタリバンのリーダーに報告するよう約束していないと、どうして言えよう？　それに、おれたちは怪しいものどころじゃないだろう。

厳然たる事実として、もしこの三人のアフガンの痩せっぽちがシャーマックやその手下どもを走って捜しにいったら、おれたちはこの尾根に閉じ込められて、抜き差しならない状況に陥る。軍事的決断ははっきりしている――この三人が生きてここを去ることはあってはならない。おれは、彼らの不潔な顎鬚、きめの粗い肌、節くれだった手、そして怒りに満ちた険しい顔を見ながら立ちつくしていた。この男たちはおれたちのことが嫌いだ。敵意は見せないが、友好を示す握手の手を差し出すわけでも、それを欲しがっているわけでもない。

アクスはトリビア・パースートの王であるだけでなく、基地在住の学者でもある。そこでマイキーは、まず彼の意見を訊いた。

「こいつらをこのまま行かせるわけにはいかないから、殺すべきだと思う」。生まれもった知性からくる純粋かつシンプルな論理でもって、彼は即答した。

「なら、きみは、ダニー？」

「おれは、まじ、どっちだっていい」と彼は言った。「殺してほしいなら、殺してやるぜ。ただ命令してくれ。おれはここではただ仕事をするだけだ」

「マーカスは？」

「うむ、たった今まで、おれも殺すしか道はないと思っていた。きみはどう考えてるんだ？　マイキー」

彼は考え込んでいた。

「なあ、マーカス。もしこいつらを殺したら、死体が発見されるのはあっという間だ。まず、このくそ山羊どもがうろうろし始める。次には、こいつらが夕飯時に帰ってこないので、身内や友達が飛び出して捜し始めるだろう。特にこの一四歳の子供をな。そうなると、一番の問題はこの山羊だ。なぜなら、こいつらを隠すことはできないが、人々がまず捜すのはこいつらのいるところだからだ。

死体が見つかったら、タリバンのリーダーたちはアフガンのメディアに大喜びで報告するだろう。それを聞きつけた我が国のメディアは、野蛮な米軍についての記事を書き立てる。ほどなくおれたちは殺人罪で起訴される。罪なき非武装のアフガン農夫を殺したからだ」

正直言って、おれはそこまでは考えていなかった。でも、マイキーの言葉にはぞっとさせられるリアリティがあった。おれはこの男たちを恐れているか？――ノー。この男たちにタリバンの仲間がいるとして、その者たちを恐れているか？――ノー。アメリカのリベラル派メディアを恐れているか？――イエス。すると突然、アメリカの刑務所で殺人犯やレイピストらとともに長い年月を過ごすことになる可能性がぱっと浮かんだ。

それでもなお、米軍特殊部隊の高度に訓練されたメンバーとして、おれの戦士魂の奥底で、この山羊飼いたちを解放するのは常軌を逸した考えだと警告するものがあった。過去の偉大な軍人たちならどうしたかを想像しようとした。ナポレオンなら？　パットン将軍なら？　オマール・ブラッドリー将軍は？　マッカーサー元帥は？　彼らなら、部下たちにはっきりと差し迫った危険をもたらすという理由で、この者たちを処刑するとの冷徹な軍事的決断を下しただろうか？

もしこいつらがおれたちのことを密告したら、掩護ははるか遠く、故郷から何万マイルも離れたこの岩だらけの灼熱の断崖で、おれたち全員が殺されるかもしれないのだ。想像される敵軍の規模はあまりに大きい。よって、この者たちをこのまま行かせるのは軍事的には自殺行為になる。

シャーマックの部隊についてわかっているのは八〇人から二〇〇人の間だということだけだ。間を取って一四〇人として、一四〇人対四人での勝算をどう考えるか、自問したことを覚えている。三五人対一人だ。勝算は高くない。おれはマイキーを見て、言った。「マイキー、ここは助言を得るべきだ」

二人でダニーのほうを向くと、彼はすでに通信システムを作動させ、雄々しく司令本部への連絡を試みていた。接続がうまくいかないときにすべてのオペレーターがそうだが、彼がしだいにイライラしてきているのがわかった。何度もトライしているが、おれたちは早くもそのくそ無線機が役立たずだという結論に達しつつあった。

「新しいバッテリーが要るのか?」と、おれ。

「いや。それは大丈夫なんだが、ただ向こうが出てくれないんだ」

刻一刻と時は過ぎていく。アクスとマイキーにライフルを突きつけられ、山羊飼いはじっと座っている。ダニーは無線機をいまいましい崖にでも放り投げかねない雰囲気だ。

「あいつら、答えやがらないんだ」。歯ぎしりしている。「どうしてだろう。誰もいないようだ」

「誰かいるはずだ」。そう言ったマイキーの声に、おれは不安を嗅ぎ取った。

「それが、いないんだ」とダニー。

「マーフィの恐怖の法則だな」。おれは言った。「お前のことじゃないぜ、マイキー、別の卑劣なマーフィ、大ドジの神様のことだ」

誰も笑わなかった。おれすら笑わなかった。どんよりした理解がゆっくりと心に広がっていった——他には誰もいない。自分たちで決断しなければならない。

マイク・マーフィが静かに言った。「選択肢は三つだ。はっきり言って、音のことを考えれば、こいつらを撃ちたくはない。そこで、選択肢ナンバー・ワン、音を立てずに殺して死体を崖から落とす。おそらく落差は千フィートだ。ナンバー・ツー、ここで殺して岩や泥で精一杯隠す。どちらの場合も、おれたちは即座にここを離れて、口をつむぐ。たとえ殺害されたアフガンの山羊飼いのことがニュースになってもだ。国で『シールに関与の疑い』という見出しが出てもだ。ナンバー・スリー、こいつらを解放するが、その場合もタリバンが捜しにくるかもしれないから、やはり大急ぎでここを離れる」

彼はおれたちをじっと見た。まるで昨日のことのように思い出す。アクスがきっぱり言った。「おれたちは殺人者じゃない。何をしようと。おれたちは上級指揮官たちによりここに送り込まれ、敵の領域内で戦闘任務に就いている。おれたちには自分の命を守るためにできる限りのことをする権利がある。軍事的決断ははっきりしている。解放は間違っている」

もし投票になったら、アクスは三人のアフガンの処刑に一票を投じるだろう。おれも心の底では、彼が正しいことを知っていた。この男たちを自由にするなんてことは、絶対にできない。だが困ったことに、おれにはもう一つの心があった。それはクリスチャンの心だ。そしてそれはおれを圧倒しようとしていた。心の裏側で、これらの非武装の男たちを平然と殺すのは間違っていると、何かがささやき続けていた。そして証拠を消して犯罪者のようにこっそり立ち去り、すべてを否定するのはなおさら間違っていると。

正直なところ、おれにとっては、彼らを立たせて堂々と正面から撃つほうがずっとましだった。そして、その場に彼らを放置する。それなら、彼らはただ運悪く、来てはいけない時間に来てはいけない場所に来てしまった三人の男にすぎない。戦争の犠牲者だ。おれたちはアメリカでメディアや政治家たちがおれたちを殺人罪で絞首刑にしようとしたときに、自己弁護しなくてはならないだけだ。

誰一人、卑怯な選択はしたくなかった。それはわかった。四人ともたぶんクリスチャンだろうし、法治国家である合衆国のごく普通の市民のように考えるなら、その絶対的な軍事的決断を下すことは非常に困難になる。この男たちに生きてはここを去らせないという決断だ。逆に去らせた場合に予測される帰結は、とても受け入れられるものではない。軍事的にはありえない。

マーフィ大尉が言った。「アクス？」

「他の選択肢はない」。みんな、彼の言っている意味はわかった。

「ダニー？」

「前と同じ。どんな決断であろうと関係ない。ただどうすればいいかだけ言ってくれ」

「マーカス？」

「わからないんだ、マイキー」

「だったら、もう一度言わせてくれ。この男たちを殺したら、この件につき、おれたちは正直でなくてはならない。やったことを報告する。包み隠しはできない。みんなもわかっているように、いずれ死体は発見され、タリバンは最大限それを利用するだろう。新聞に載るよう画策し、我が国のリベラル派メディアは容赦なくおれたちを攻撃する。ほぼ間違いなくおれたちは殺人罪で起訴される。これについてきみたちがどう感じるかは知らないが……マーカス、きみの意見に従うよ。言ってくれ」

おれはただそこに立ちつくした。もう一度、その無愛想なアフガンの農夫たちを見た。一言でも何か言おうとする者はいなかった。そんな必要はなかった。その強烈なまなざしが多くを語っていた。おれたちには彼らをくくるロープはなく、彼らを縛っておいて、時間稼ぎをしながら展開を見るというオプションはない。

まっすぐにマイキーの目を見て、おれは言った。「こいつらを解放するしかない」

それはおれがこの世に生を受けて以来した、最も愚かで、最も南部的で間抜けな決断だった。とても正気だったとは思えない。おれは実際、それが自分たちの死刑執行礼状にサインすることだと知っていて、なおかつ一票を投じたのだ。おれはそのとき、でたらめで、論理的でなくて、のうたりんで、感情だけで知性がないくせに猛スピードで早まった判断をする、くそったれのリベラル派になっていた。

少なくとも、今あの瞬間を振り返るとそう思える。あれ以来、目覚めている時間はすべてそう思って過ごしている。あの山でのあの瞬間がよみがえり、冷や汗をかいて目覚めない夜は一夜たりともない。この先もけっして立ち直ることはないだろう。決定投票はおれの手にあったのだ。そしてその事実は、おれがイースト・テキサスの墓に入るまでつきまとう。

マイキーがうなずいた。「オーケー。ということは、二票対一票、ダニーは棄権。やつらを解放しなくてはならない」

誰も何も言わなかったのを覚えている。ただ山羊のスタッカートのきいた短い鳴き声だけが聞こえていた。それと小さなベルのチリンチリンという音。それは、くそいまいましいお伽の国で下された決断にふさわしいバックコーラスだった。好むと好まざるとにかかわらず、おれたちが確かにいたのは戦場だったのに。

アクスがもう一度言った。「おれたちは殺人者じゃない。それに何をしたとしても、殺人犯にはならないと思う」

マイキーは彼の考えにも共鳴していた。だが、ただこう言った。「わかってる、アクス、わかってるって。でも、もう採決したんだ」

おれは三人の山羊飼いに立てと身振りで命じ、ライフルで去るよう合図した。彼らからは感謝の気持ちを示す微笑みも、ただ一度のうなずきもなかった。おれたちに殺されても不思議はなかったことは百も承知のはずなのに。彼らはおれたちの背後の、より高い場所へと向かった。

今でも彼らの姿が目に浮かぶ。彼らはあのアフガン独特の手を後ろに組んだ奇妙な格好で、急に速度を上げながら勾配のきつい坂を駆け上っていった。おれたちの周りにいた山羊が、彼らに追いつこうと小走りに駆けていく。すると、どこからともなく悲しそうな表情をした、がりがりに痩せた汚らしい茶色の犬が現れて、少年のそばに寄っていった。その、ぞっとさせられるアフガンの犬は、故郷の農場にいる常に健康と喜びで爆発しそうな、力強いチョコレート色の、エマという名の、おれのラブラドールを思い起こさせた。

そのときだったと思う。目からうろこが落ちたように、急にアメリカのリベラル派のことがどうでもよくなったのは。「大変だ」。おれは言った。「すっげえ大変だ。いったいおれたち、何をしてるんだろう?」

アクスがかぶりを振った。ダニーは肩をすぼめた。マイキーは、公平に言って、幽霊でも見たかのように青ざめている。ちょうどおれのように彼もまた、たった今、取り返しのつかない過ちを犯したことを悟ったのだ。過去に二人でした何よりも、それは恐ろしかった。あの男たちはどこへ向かったのだ? おれたち、気でもふれてるんじゃないか?

様々な考えが頭の中を疾走した。無線が不通なので、誰にもアドバイスを求めることができない。今までのところ、目的の村にターゲットらしき人物は見かけていない。おれたちは無防備なむき出しの場所にいて、空からの掩護は受けられそうにない。通報すらできない。さらに悪いことに、山羊飼いたちがどこに向かっているのかがまったくわからない。こんなふうに事態が悪化するときは、けっして一つだけじゃない。すべてが悪いほうに向かうのだ。

おれたちは彼らが相変わらず手を後ろに組んで、相変わらず走りながら山の上に消えていくのを見守った。すると、何か取り返しのつかないことをしてしまったという感覚が、みんなに浸透していった。誰も一言も発することができなかった。おれたちは大急ぎで元の偵察地点に戻るべきか、それとも即座にそこを去るべきかさえもわからない四人のゾンビになっていた。

「それでどうする?」とダニー。

マイキーは自分の装備をまとめ始めた。「五分後に移動せよ」。彼は言った。

それぞれ荷物をまとめながら、正午の日差しの只中、山羊飼いたちがはるかかなたの地平線上につくにその姿を視界から消すのを見送った。おれの腕時計では、彼らが出発してからちょうど一九分。絶望的な憂鬱がすっぽりとおれたちを包んだ。

山羊とその監督者たちの蹄《ひづめ》跡や足跡を追って、おれたちも山登りを始めた。できる限り速く歩いたにもかかわらず、同じ急勾配の斜面を登るのに四〇分から一時間もかかった。頂上に着くと、もう彼らの姿はどこにもなかった。彼らは山道をロケットのようなスピードで動き回れる。

来たときの道を探し回り、濃い霧が発生するので引き揚げた元の偵察地点に引き返すことにした。無線連絡を試みたが、相変わらず本部基地との交信はできなかった。

攻撃に関する限り、おれたちの計画はおじゃんになってしまった。が、おれたちが向かっている先は、おそらくこの地に降り立って以来発見できた最良の防御陣地だ。山頂から四〇ヤードほど下で、切り立った山壁の崖っぷちにあり、まあまあの掩蔽物も樹木もある。この際、徹底した防衛モードに留まり、しばらくはじっとして、タリバンに通報されないか、通報されたとしてもおれたちの隠れ方が上手くて発見されないことを祈っているしかないと感じていた。潜伏することにかけては、おれたちはプロ中のプロだ。

山腹に沿って歩き続け、例の場所に着いたが、白昼の日差しの中ではそこがなんとなく以前と違って見えたことは確かだ。とはいえ、その長所はなくなっていなかった。切り立った崖の頂上からすら、おれたちの姿を見つけるのはほぼ不可能だ。

急斜面を下りて、前と完全に同じ位置につく。おれたちは基本的にはまだ同じ任務の遂行中だが、今はタリバン戦士たちに対し、最高レベルの警戒態勢にある。おれの下、三〇ヤードほど右側の、山を見上げる地点には、ダニーがヨガの木にきちっと滑り込み、胡坐をかいて、またもやヘビ使いのような格好をしている。おれはマルベリーの老木の隙間に体を割り込ませ、迷彩クリームを塗りなおして景色に溶け込んだ。

ダニーと同じくらい下の左側には、一番重いライフルを持ったアクスがいる。マイキーはおれの真下、一〇ヤードほど下りたところで、岩陰に体を押し込んでいる。おれたちの背後では山がほとんど垂直に切り立ち、いったん数ヤード平らになって、そこからまた急勾配で頂上に向かっている。おれは――マイキーもだが――そこから下を覗いてみたが、おれたちを守っている小さく突き出た尾根からは、きっと何も見えないだろうということで意見が一致した。

差し当たり、安全だ。アクスが望遠鏡を二〇分間引き受け、次の二〇分はおれが替わる。村で何かが起きている様子はない。山羊飼いたちを解放してから、すでに一時間半以上になる。依然として静かで、のどかで、風のそよぎすらない。そして、めちゃめちゃ暑い。

マイキーが突然「おい、いい考えがある」と言ったとき、一番近くにいたのはおれだった。

「何でしょうか、サー」。突然改まった返事をした。いかにも今の状況では、究極的には指揮を執る男に対して敬意を払うことが必要だとでもいわんばかりに。

「ちょっくら村に行って、電話が借りられないか訊いてみる!」

「素晴らしい」とアクス。「ついでにサンドイッチも頼むぜ」

「いいとも」とマイキー。「何がいい? ラバの糞入りか、それとも山羊の蹄入りか?」

「マヨネーズ抜きで」。アクスが怒ったように言った。

確かに、たいして面白い冗談じゃない。でも、そのアフガニスタンの岩肌にへばりついて敵軍の攻撃をかわす態勢を取り続けているおれらは、第一級の冗談で大笑いするムードにはなかったのだろう。

思うに、それは臨終の床で一言ジョークを言うようなもので、神経が高ぶっている証拠なのだ。でも、それは同時におれたちの気分が少しましになっていることをも示していた。万事オーケーではないが、仕事に取り組んで、たまに他愛のないジョークを交わせるくらいには元気になっていた。普段のおれたちに近いというか？　とにかく、おれはしばらく目を閉じていると言い、迷彩帽を目が隠れるくらい引き下げて、相変わらず心臓の激しい動悸は収めることができずにいたが、うたた寝を試みた。

およそ一〇分が経過した。突然、マイキーの、警戒を促すときの耳慣れた声が聞こえてきた……スーーッ！　スーーッ！　帽子を上げ、本能的に左舷側の、アクスが脇を固めている場所に目をやった。そこには、硬直し、ライフルをまっすぐ山の上に向けて射撃態勢に入ったアクスがいた。

体をねじって真後ろを見た。マイキーがかっと見開いた目で山の上を見つめながら、ダニーにもし無線が機能するなら司令部に連絡を取って緊急掩護を要請するよう命令を飛ばしている。おれが気づいたことを見て取ると、険しい目でこちらを見据え、山の上を指差し、そっちを見るよう手信号で促した。

マーク12を射撃体勢に構え、頭をほんの数インチのけぞらして山を見上げた。総勢八〇人から一〇〇人ほどの重武装したタリバン戦士が、ＡＫ47を下向きに構え、尾根に沿ってずらりと並んでいた。何人かは携行式ロケット弾発射機を抱えている。左と右の両側で、彼らはおれたちの脇に向かって下りてきていた。彼らにはおれを通り越した先は見えるが、おれは見えないはずだ。アクスやダニーも見つけてはいないだろう。マイキーについてはわからない。

気持ちがぺしゃんこになった。そして、あのクソ山羊飼いどもめを、そして歴史上これまでに書かれたすべての軍事教科書の教えに背き、また、アクスの側について彼らを殺せという、おれの中に荒れ狂っていた直感にも背いてやつらを殺さなかった自分自身を、猛烈に呪った。さらに、リベラル派の連中をラバのカートに積んで、やつらが何一つ知らないくせにうだうだ書き立てる戦争における作法やら、人権やら、その他やつらの大好物のくだらないものすべてもいっしょに、地獄に落としたかった。おれたちを殺人罪で訴えたいのか？　勝手にしやがれ。でもその場合、少なくともおれたちは生きて反論することができたのだ。だからこそ、本当に悔しい。

木に背中を押しつけた。おれがまだ見つかっていないことは確信しているが、敵は両サイドから側面包囲の体勢に入りつつある。それははっきりしている。上のほうの地面に視線を這わせた。山頂には依然として武装した男が大勢いる。前に見たときより増えている気がする。真上に逃げることはできないし、右にも左にも動けない。基本的に彼らはおれたちを囲い込んだのだ――もしおれたちを見つけていればだが。そこのところはまだ確信がもてない。

今までのところ、まだ一発の弾も撃たれていない。もう一度山の上に視線を向け、左上二〇ヤードほど離れたところにある一本の木を見た。そのとき、何かが動くのを見た、と思った。たちまちそれはまずターバン、次にＡＫ47とわかった。その銃口はまっすぐおれには向けられていないが、大まかにはこちらを向いている。

　おれは頼りになる銃を持つ手に力をこめ、ほんの少しその木のほうに銃口の向きをずらした。そいつが何者であろうと、どこからも見えない理想的な場所にいるおれのことはまだ見えていない。おれはじっとした。大理石の彫像のような、完全な不動だ。

　マイキーを確認すると、彼もまた完全に静止していた。次にもう一度先ほどの木をチェックすると、今回、あのターバンは木のこちら側に回っていた。鉤鼻のタリバン戦士の黒くて濃い顎鬚の上にある黒い目が、まっすぐおれのほうを向いている。彼のＡＫ47の銃身が一直線におれの頭に向けられている。おれに気づいたのだろうか？　発砲する気だろうか？　おれの今の状況をリベラル派の連中はどう思うだろうか？　時間がない、おそらく。おれは一発だけ撃ち、やつの頭を吹き飛ばした。

　そしてその瞬間に地獄が解き放たれた。タリバンが山頂から真下に、あらゆる方角から、おれたちに向かってなだれのような銃弾を浴びせ始めた。アクスは左脇を固め、下りの山道を絶とうとしてノンストップで撃っている。マイキーもおれの頭越しに、持てるすべての力で撃ちまくっている。ダニーもなんとか片手で狙いを定めて撃ちまくりながら、もう片方の手では死に物狂いで無線をつなごうとしている。

　マイキーの叫び声が聞こえる。「ダニー、ダニー、頼むからそいつをなんとかつないでくれ……マーカス、やるっきゃない、バディ、あいつらを皆殺しにしろ！」

　今のところ、敵の銃撃は脇を固めている二人に集中しているようだ。あたり一面に砂埃が舞い上がり、岩の破片が飛び跳ねている。耳をつんざくＡＫ47の銃声が周辺の空気を完全に満たしている。タリバンの男たちが尾根伝いにいっせいに駆け下りてきているのが見える。誰もおれたちのようには撃てない。おれは元の場所からまったく動かないでいるのだが、他の仲間たちほどは標的にされていないようだ。だが、数分後にやつらはおれの位置を特定したらしく、直接おれを狙った射撃が増え始めた。最悪だ。最低最悪だ。

アクスはおれより一つ余分に望遠鏡を持っていたので、より敏速にターゲットを捉えていた。おれも持って来るべきだったのに、なぜか入れてこなかったのだ。

四人とも今では完全な高揚状態にある。こういった銃撃戦をどう戦えばいいかはよくわかっているが、まずあの悪党どもの何人かを大急ぎでしとめて、敵の人数を減らし、少しでも優勢に持ち込むことが肝要だ。おれたちを真上から捉えるのは難しい。となると、側面攻撃がおれたちにとっての脅威となる。右と左にそれぞれ敵が下りてきているのが見えた。

アクスがそのうち一人を撃った。敵は気がふれたように撃ちまくっているが、ありがたいことに、すべてははずれている。それはたぶんこちらも同じだ。すると突然、おれも激しい砲撃を浴び始めた。おれの周りの至るところで弾が木の幹にめり込み、岩を打っている。弾はどういうわけか、横から飛んでくる。

マイキーに向かって叫んだ。「大丈夫、やれる。でも、別の場所に移る必要があるかもしれない」

「了解」。彼は叫び返した。おれ同様、彼にも敵が攻撃に移動してくるスピードが見える。やつらをすでに五、六分も撃っているが、はるか上の尾根の兵士たちを一掃するたびに、また新たに補給されるのだ。あたかも尾根の向こうには増援部隊が待機して、順番に前線に出てくるのを待っているかのようだ。どうみても、敵はたった四人のシールを殺すために膨大な数の兵士を用意している。

　この時点でおれたちには選択肢はなかった。どちらにしろ、山を駆け上ることはできない。そんなことをしたら、やつらは犬のようにおれたちを八つ裂きにするだろう。やつらは左から、そして右からも、おれたちを囲い込んでいる。三方から包囲され、しかもまったく、数秒たりとも銃撃は途切れない。敵の半分も見えないし、弾がどこから飛んできているのかもわからない。彼らはすべての角度からおれたちを捉えていた。

　おれたちは四人ともひたすら発砲し続け、敵の数を減らし、やつらが倒れるのを見、新しい銃倉を銃尾に叩き込み、ともかくも敵を食い止めていた。だが、これを続けるのは不可能だ。この高地を捨てなくてはならない。そしておれは四人の命を救うかもしれないある戦略について、マイキーの了解を取れるくらい彼の近くに行かなければならない。

　移動し始めると、さすが優秀な将校であるマイキーは状況を判断し、すでに大声で命令していた。

「退却！」

　退却！　退落というほうがぴったりだ――実に腹立たしい山だ。おれたちの後ろは断崖絶壁に等しく、落差がどのくらいかはまったく不明。だが、命令は命令だ。装備をつかみ、足を横向きにして急勾配をジグザグに下りていこうとした。だが、重力がそれを許さず、真っ逆さまに山を転げ落ち、完璧な前転宙返りをし、どうしたものか仰向けに着地し、その後も踵で地面を捉えようとしつつもかなわず、引き続き落ちていった。

　少なくともそれだと誰よりも速く下りていっていると思っていたが、マイキーがすぐ後ろにいた。

彼だとわかったのは、彼があの九・一一以来着けているニューヨーク市消防士の真っ赤なワッペンが目に入ったからだ。実際、見えたのはそれだけだったが。

「ふもとで会おうぜ！」と叫んだ。が、その瞬間に木にぶつかったので、マイキーが弾丸のように追い越していった。スピードが落ちたので足で地面を捉えようとするとまた転び、ふたたびマイキーに追いついて、二人ともピンボール・マシーンの中を跳ね返りながら進んでいく玉のように、地面に衝突してはひっくり返りながらひたすら滑落していった。

先のほうは雑木林で、わずかだが傾斜が緩くなっているので、そこがおれたちにとっては、その先の虚空に飛び出す前に止まることができる最後のチャンスだ。何かを、何でもいいから、つかまなくてはならない。それはマイキーも同じだが、彼が先のほうで木の枝をつかんだものの、ポキッと折れて、またまっさかさまに落ちていっているのが見えた。

その一瞬に、おれたちのどちらももはや助かりようがないと悟った。この分ではまず確実に首の骨か背骨が折れるだろうし、次には筋書きどおり、タリバンに情け容赦なく弾をぶち込まれるだろう。とはいえ、目下時速七〇マイルにも感じられるスピードで雑木林に突っ込みながらも、おれの頭は目まぐるしく働いている。

転落の過程で、ほとんどすべての装備がはぎ取られてしまった。弾薬と手榴弾以外のすべて――バックパックも、救急用具も、食糧も、水も、通信機器も、携帯電話も。テキサスの州旗が描かれたヘルメットまで。どこかのくそテロリストにあれを被られるくらいなら、死んだほうがましだ。

二人して派手に落ちていくときにマイキーの無線のアンテナが引きちぎられるのが目に入った。それは非常にまずい。おれの負い紐も引きちぎられ、ライフルが飛ばされてしまった。問題は、雑木林の先がどうなっているか上からは見えないので、その先がまったく未知のテリトリーだということだ。もし知っていたなら、下りようとしなかったかもしれない。地面はほんの少し上向きにカーブしたあと、えぐれるように落ち込んでいた。ちょうどいまいましいスキージャンプ台のように。

おれは足を前に突き出した仰向けの姿勢でその反転したスロープの縁を八〇ノットのスピードでロケットのように飛び出した。空中で二度、完全な後方宙返りをし、ふたたび足を先にした仰向けの姿勢で着陸し、そのまま崖の面を手榴弾のように転落していった。その瞬間、おれはこの世に神が存在することを知った。

第一に、おれは死んではいないようなのだ。もし死んでいたら、水の上を歩くキリストとともに天にいるはずだからだ。だがもっと驚いたことに、あたかも神自身が降臨してきておれに希望を授けてくれたかのごとくに、右手から二フィートも離れていないところに、おれのライフルが見えた。そのとき、神の声が聞こえた――「マーカス、お前にはこれが必要になるだろう」。少なくとも、彼の声をおれは聞いたと思っている。実際、その声を聞いたと、神に誓ってもいい。なぜなら、おれの心の中では微塵の疑いもなく、それは奇跡だからだ。しかも、あのときは祈りを捧げる時間すらなかったというのに。

どのくらい落ちたのかはわからないが、二〇〇あるいは三〇〇ヤードは落ちただろう。しかし、今なお二人とも猛スピードで滑り下りていっている。マイキーがかなり先のほうに見えるが、正直、生死のほどはわからない。ただ、人間が土埃と岩の間をぶつかりながら落ちていっている。もし、彼が体中の骨を骨折していなかったら、それもまた奇跡だ。

おれ？　おれはあまりにひどくやられてしまって痛みもわからないほどだが、ライフルは今なお、おれのすぐそばを転がり落ちていっている。結局、その死に挑むような転落の間、あのライフルがおれの手から二フィート以上離れたことは一度もなかった。それは神の手によって導かれていたのだと、おれは永遠に信じ続けるだろう。他に説明のしようがないからだ。

おれたちはまるで摩天楼からでも飛び下りたかのような激しいインパクトとともに底に激突した。衝撃で肺の空気が押し出され、息を切らしてあえぎながら怪我の具合いを調べてみた。右肩と背中に痛みがあり、顔の片側の皮膚がおおかた削り取られている。全身血まみれで、無残なほど打ち身だらけだ。

しかし、立つことができた。だが、これは実際には大失敗で、ロケット弾がすぐ近くに着地し始めたので、またすぐにしゃがんだ。ロケット弾の爆発はたいした被害はもたらさなかったが、樹木から飛び散った木片や頁岩や土埃をもうもうと舞い上げた。マイキーは横に一五フィートほど離れたところにいた。おれたちはともに地面から体を起こした。

彼の体にはまだライフルがくくりつけられている。おれのそれは足元にある。それをつかむと、爆音をかいくぐってマイキーの叫び声が聞こえてきた。「大丈夫か？」

声のほうを振り向くと、その顔は土埃で全面真っ黒になっていた。歯までが黒い。「ひどいご面相だぜ」と彼に言った。「どうにかしろよ！」

そんな状況にもかかわらずマイキーは笑ったが、そのとき、彼が転落の途中に撃たれていることに気づいた。腹からドクドク血が出ている。だがその瞬間に、ロケット弾の一つが近くで、あまりにも近くで、雷のような大音響とともに爆発した。渦巻く土埃と煙の中で振り返ると、おれたちの真後ろに二本の大きな丸太――実際は倒れた木――があった。

それらは先端で山に向かって巨大な箸よろしく重なり合っていたので、おれたちは同時に体の向きを変え、その掩蔽物に向かってダッシュした。丸太を飛び越え、その後ろに潜むと、差し当たり砲撃からは身が守れた。まだどちらも武器を持っていたので、戦う体勢にあった。おれは右側を、マイキーは中央から左寄りを引き受け、どちらも正面攻撃と側面攻撃からの守りの姿勢をとった。

おれたちがたった今転がり落ちてきた崖の両側を、敵が群れをなして下りてきているのが、今でははっきりと見える。おれたちほどは速くないが、かなりのスピードで下りてきている。マイキーの位置は彼らに対し非常にいいアングルにあり、おれの位置も悪くはない。一人また一人と近づいてくる敵に狙いをつけて、狙撃した。厄介なことに敵の数はあまりに多く、おれたちが何人撃ち殺そうが、際限なく湧いてくる。そのとき、敵勢はもともと推定人数として教えられていた最小の八〇人よりは二〇〇人のほうにずっと近いと思ったことを覚えている。

そして、彼らは明らかにシャーマックの指令のもとにある。なぜなら、ここにいる男たちはまともな狙撃手ではなく、おんぼろのライフルをがむしゃらに撃っているだけだが、それにもかかわらず、こういった攻撃をするときの軍事ルールにはきっちり従っているからだ。彼らは戦場の両脇を進んできて敵の側面に回り、常に三六〇度の包囲の獲得を試みている。おれたちは彼らが下りてくる速度を確実に低下させてはいるが、彼らを押し留めてはいない。

射撃はたったの数分も緩まることがない。彼らは山の上でターゲットが見えなかったときのあの一斉射撃を止むことなく続けている。おれたちを狙い、はるか下方のこの丸太に向かって撃ちまくりながら、さらに携行式ロケット弾発射機による狙い撃ちで攻撃を強化している。この男たちはイカレた目をしたヒステリー男に率いられているのではなく、攻撃の基本を理解している何者かに率いられている。そいつはすべてを理解している。完全に。くそったれめ。そして今、彼らはおれたちを丸太の後ろに釘付けにし、相変わらず銃撃戦は続いている。弾は激しく飛び交っている。だが、どうしたものか、銃撃戦でおれたちは優勢になりつつあった。

マイキーは負傷をものともせず、シール将校にふさわしく、着実かつ徹底した、無慈悲でプロフェッショナルな戦いを繰り広げている。左脇では男たちがこちらに迫ろうとして撃たれ、途中で転がり落ちるのが見える。右脇のおれの側では、傾斜はほんの少し左側より緩く、木もあるのだが、人数はそれほど多くない。彼らが動くたびに、おれはしとめた。

おそらく大きな丸太に守られている限り、おれたちをここから追い出すのは無理だということに気づいたのだろう。そのときだ。彼らがそれまでになかったほど大規模なロケット弾の集中攻撃を仕掛けてきたのは。お馴染みの白い煙をたなびかせるそのいまいましい代物は、山の上からこちらをめがけて発射された。それらはおれたちの前と横に落ちたが、後ろには落ちなかった。引き起こされた土埃と岩と煙の津波はおれたちの上にシャワーのように降り注ぎ、視界を奪った。

頭をしっかり下げている間にアクスとダニーはいったいどこにいるのかとマイキーに尋ねたが、むろん、どちらにもわかるわけがない。わかっているのはただ、彼らはまだおれたちのように崖を飛び下りてはいないので、山の上にいるということだけだ。

「アクスはあそこの左側で、塹壕でも掘って戦い続けているんだろう」。マイキーは言った。「ダニーはここより高いところにいるほうが、無線がつながるチャンスがある」

埃の闇を通し、危険を冒して上のほうに目をやると、おれたちが最初に着地した地点のちょっと左に、人影が山から真っ逆さまに落ちてきた。アクスだ、間違いない。だが、彼はあそこからの転落を生き延びることができるだろうか？　彼は雑木林の前の最初のスロープにいる。すると一瞬ののちに、スキージャンプ台から飛び出して宙返りし、垂直に近い崖の上に墜落した。急な勾配がおれやマイキーのときと同じように、彼の命を救った。平らな地面に激突してそこで止まる代わりに、高速で滑り下り続けさせることで、ちょうど山の急な斜面がスキージャンパーを救うように。

アクスは五体揃った状態で着地したが、呆然とし、方向がわからなくなっている。だが、タリバンからは彼が見えるので、すぐに地面に横たわったアクスを撃ち始めた。「走れ、アクス……ここだ、バディ、走れ！」。マイキーが声を限りに叫んだ。

アクスは飛び交う銃弾の只中で直ちに我に返り、丸太を飛び越えて、おれたちの隠れ場所に仰向けに着地した。命への危険が迫っているときに人ができることは実に驚異的だ。

彼は左端に陣取り、銃尾に新しい弾倉を叩き込んで、一瞬の迷いもなく敵からの攻撃を最も受けやすい一帯に向かって連射を始めた。敵を倒して相手の人数を減らすことで、その猛攻撃に穴が空くことを期待し、また祈りつつ、おれたち三人はひたすら撃ちまくった。しかし、けっしてそうなってはくれない。敵はなおも雲霞《うんか》のごとく押し寄せ、発砲し続けている。銃声は相変わらず耳を聾さんばかりだ。

問題は、――ダニーはどこにいるのだろう？　あの小さなクーガーはシャーマックの部隊と戦いながら、まだ交信を試み続けているのだろうか？　まだ司令部に連絡しようとしているのだろうか？　それは誰にもわからない。でも、答えがやって来るのにさほど時間はかからなかった。メインの崖のはるか上方の右側に、突然異常な動きがあった。誰かが落ちてくる。そして、それはダニー以外にはありえなかった。

その体は振り回されながら高い木々の間をぶつかりつつ落ちてきて、スキージャンプ台で宙返りし、転落し、転がり続け、やがて胸が悪くなるような大きな音を立てて着地した。他の三人とまったく同じように。しかし、ダニーは気を失っているのか死んだのか、横たわったままで動かない。するとマイキーとおれの前に、かの仲間の伝説がくっきりと立ちはだかった。――シールはけっして戦場に一人置き去りにされて死ぬことはない。絶対に、一人として。

おれはライフルを置き、丸太をひとっとびで飛び越えた。マイキーもすぐに続いた。アクスはおれたちが体を低くして平らな地面を走って崖のすぐ下まで行く間、掩護射撃を続けた。マイキーはまだ腹から血を流していて、おれは脊髄の根元あたりで、背骨が折れていると感じていた。

二人同時にダニーの元に到着し、抱えて丸太のところまで引っ張ってきて、このあたりでは一応安全といえる場所に引きずり込んだ。敵は高みからその殺人的な崖を通り越して撃ってきていたが、誰にも弾は当たっていなかったし、どういうわけか、実に信じがたいほどの確率だが、マイキーが撃たれている以外は全員まだ無事で動くことができた。

衛生兵としておれは役に立つべきなのだが、転落の途中ですべての救急用具を失っていた上、いっさい何をする時間もなかった。ただＡＫ47を抱えた悪党どもを撃って撃って撃ちまくって、やつらが諦めてくれるのを神に祈るしかなかった。もしくは、少なくとも相手がロケット弾を使い果たしてしまうのを待つか。

その時点では、おれたちには何とかその場を切り抜けられるという自信があった。後ろはかなり急な崖だが、その下にはターゲットとしていた村があり、平坦な土地の上に頑丈に見える家々がある。掩蔽物、それがおれたちに必要なすべてだ。平らな地面の上で敵に不意打ちを食らわせてやる。大丈夫。やつらに勝てる。

ダニーは頑張って頭をクリアにし、起き上がろうとした。が、顔が硬直している。激しい痛みをこらえているのだ。そのとき、彼の手から血が噴き出しているのに気づいた。

「撃たれた、マーカス、手当てしてくれないか?」。彼は言った。

「みんな、撃たれてるんだ」。答えたのはマイキーだった。「戦えるか?」

おれの目はダニーの右手に釘付けになった。親指が吹き飛ばされていた。真っ黒になった顔に汗をしたたらせながら、彼が歯を食いしばり、うなずくのが見えた。ライフルを調節し、新しい弾倉を手のひらの付け根で叩き込み、おれたちの小さな銃軸線の中央に陣取った。彼は今一度、敵に向き合った。彼はブルマスチフ（＊ブルッドッグとマスティフのかけ合わせ）だ。山を睨みつけ、渾身の力を振り絞って攻撃を開始した。

ダニー、マイキー、アクスが左サイドを、おれは右サイドを守る。相変わらず両サイドで熾烈な銃撃戦が続いているが、右側より左側のほうにより多くのアフガンの死体があると感じられた。「もっと高いところに行こう、こっちだ」。マイキーが叫んだ。おれたちは手にした四本すべての銃から砲火を吹き出させながら、左サイドに突入し、その急な斜面に足場を得て、十分に敵を殺すことができればだが、ふたたび頂上まで陣地を押し戻そうとすらしていた。

だが、彼らもまたおれたちより高い陣地を欲していて、どんなことをしてでもおれたちが優勢になるのを食い止めようと、彼らから見て右側の軍勢を強化し、頂上から急襲をかけてきた。おれたちはすでに五〇人かそれ以上も殺しただろうが、四人ともまだ撃ち続けていた。敵は右サイド――おれたちの左サイド――を固守するためなら最後の一人になるまで戦う腈を固めていたので、おそらく、こちらの意図に気づいていたのだろう。

敵の人数は圧倒的で、ターバンを巻いた戦士たちが襲ってくると、単純にその数の多さゆえに、単純にその火力のボリュームのため、おれたちは押し戻され、気づくといや応なしに斜面を滑り下りていた。さらにやつらがふたたびロケット弾を何発か発射すると、頭を吹き飛ばされる前に退却して、また元の折り重なった丸太の陰に飛び込むしかなかった。

敵がどのくらい大きな秘密の兵器庫から武器を補給しているのかは、まったく予想すらつかない。しかし、シャーマックとその戦士たちが実際にどんな軍隊であるのかを、おれたちは発見しつつあった。それはよく訓練され、重武装した、大胆不敵で、戦略面でも抜かりのない部隊だ。初めてバグラムに着陸したときにおれたちが頭に描いていたものとはかなりのずれがある。

丸太の後ろに戻ったおれたちは、両サイドの敵を狙い撃ちできる限り、片っ端から片付けていった。

しかしふたたび、おれたちを追って崖を駆け下りてくるシャーマック軍の不屈不変の前進に圧倒されてしまった。火力の量そのものよりむしろ、おれたちの左と右に抗い難く下降してくる彼らのしつこさに。

丸太は正面からの攻撃からはよく守ってくれ、側面九〇度までもまあまあの保護を与えてくれる。だが、彼らがいったんその角度を越えると、攻撃はおれたちの少し背後からになる。しかも両側からだ――言ってみれば、それこそがもともとおれたちが、いつ着地するのか、そもそもまともな地面に着地できるのかもわからないまま、首の骨を折る危険を賭してまでも高地から飛び下りた理由だった。

両サイドを守るには人数が足りない。正面からの攻撃をかわして自分たちの陣地を守るのが精一杯だ。おそらく、あの山羊飼いたちはおれたちが四人きりであることを伝えたのだろう。それでシャーマックは即座におれたちが側面攻撃に弱いと判断したのだ。

もしシールが一二人いれば、ここを持ちこたえるだけでなく、彼らを壊滅させることもできるだろう。その場合、敵との比率は一人につき一〇人から一一人だ。だが、おれたちはたったの四人だから、おそらく比率は一対三五くらいになる。それを軍事用語では〈無謀〉な状況と呼ぶ。特に今は司令部に機甲部隊の応援を頼めそうにはないのだから。

これはまるでインディアンならぬターバン族と戦う、リトル・ビッグホーンでの、〈カスター将軍の最後の抵抗〉の二一世紀版だ。だが、敵はまだおれたちを破ってはいない。そして、もしおれの考えている作戦が通れば、彼らはこの先もおれたちを破ることはないだろう。そのとき、四人は同じことを考えていたに違いないと思う。おれたちに残された道はただ一つ、なんとかして平らな場所に行き着くことだ。それは上のほうにはまったくない。おれたちが向かうべき先は唯一、後方へ、下へ、まっすぐ下へ。

マイク・マーフィが命令を発した。「ここにいたら全員殺される！　飛び下りろ、みんな、とにかく飛び下りろ！」

今一度、四人はライフルをつかみ、立ち上がり、飛び交う銃弾をものともせず絶壁を目指した。そして虚空の中に飛び出した。マイキーが一番、おれがそれに続き、アクス、それからダニー。落差は三〇から四〇フィートくらいだろうか、小さな渓流に沿った灌木の茂みに着地した。

そこはその小さな断崖の底ではなかったが、少なくともおれたちは崖にしがみついてはいなくて、ふたたび平らな地面の上にいた。おれはもろにマイキーの上に落ち、続いてアクスとダニーがおれたち二人の上に落ちてきた。ののしり言葉を飛ばす間すらなかった。

ただちに散開し、やつらがこの戦闘の次の段階を始めるに違いない両サイドで敵を迎え撃つ準備を整え、狙撃の姿勢を取る。やつらが右側の岩場を這い下りてきたので、おれは一人も下までは下りて来させまいとした。ライフルは焼けるように熱く、あのテキサスのヘルメットをなくしたことを猛烈に悔やみながら、狙いすまし、引き金を引き、ただ弾を詰めては撃ち続けた。

おれたちは岩陰から岩陰へと飛び移りながら、徐々にひらけた場所に歩を進め、まともな位置に移ろうとしていた。だが、むこうの弾が届き始めていた。タリバンはおれたちを見つけ、有利な高みから射撃し、霰のように銃弾を浴びせ始めていた。おれたちは岩陰に退却したが、そのとき、ダニーがふたたび撃たれた。

背中の下のほうから入った弾は、腹を貫通していた。それでもまだ彼は撃っていた。どうしてそんなことができるのかはわからないが、とにかく撃っていた。口を開けていたが、そこからは血が滴り落ちていた。あたり一面、血だらけだ。暑いのでその悪臭は紛れもなく、空中にはコルダイト（無煙火薬）の臭いが立ち込め、騒音は最初の発砲以来、その勢いは衰えることなく、耳を聾さんばかりだ。爆風のせいでヘッドホンでもしているかのように耳が鳴り続けている。

そのとき、やつらがまたロケット弾攻撃を開始した。白い煙が宙に線を引いていくのが見える。それらがどんどん近づいてきて、峡谷にいるおれたちの真上に飛んでくるのが見える。そして爆発すると、おれたちを三方から取り囲む花崗岩の岩場の反響効果のせいで、その衝撃は凄まじかった。あたかもおれたちのまわりで世界が爆発したかのように、かなりの大きさのものも含む無数の岩の破片が飛び交い、やかましい音を立てて岩壁に跳ね返る。銃弾が跳ね飛び、渦巻く塵の雲がロケット弾の破片を包み、おれたちをすっぽりと覆い、窒息させ、視野をぼやけさせる。

マイキーは数少ない選択肢にもかかわらず、その中で正しい決断をしようと必死で、今の状況を的確に見極めようとしている。潔く認めよう。最初におれが木の後ろからあの男の目と目の間に銃弾をぶち込んで以来、おれたちの選択肢はほとんど変わっていない。今のところ、両脇にはまだ敵は迫っていない。敵はかなり遠くにいる。だが、それは真上だ。頭の上。最悪だ。

歴史上一番古い軍事戦略は敵より高い陣地を取ることだったと思う。おれの経験では、タリバンの指揮官で戦士たちに高地以外から戦わせた者はいない。今だってそうだ。もしここがトウモロコシ畑なら、弾は地面に当たってそれきりだから、危険度もたかが知れている。だが、おれたちは花崗岩で囲まれた隅にいるから、あらゆるものが時速何兆億マイルで跳ね返る。弾丸、ロケット弾の破片などすべてが岩壁に当たり、宙を切って飛ぶ。タリバンの放つ一発一発がすべて二倍の効果をもつようなものだ。弾をよけられたとしても、今度は跳弾に気をつけなくてはならない。

そんな感じの砲撃を受け続けて、あとどのくらい死なないでいられるかは想像に難くない。マイキーとダニーは左側で戦闘を開始し、今なお撃ち続け、今もってかなりの数を倒している。おれは岩の合間から上向きに敵を狙い撃ちし、アクスは岩間の格好の場所に体を押し込んで、近づいてくるタリバンを片っ端から撃っている。

マイキーもおれも敵の砲撃にいつか切れ間が訪れることを期待していた。それはおれたちがかなりの人数を倒したことを意味するからだ。だが、それはけっして訪れなかった。やって来たのは援軍だった。タリバンの援軍だ。戦士のグループが次々にやって来ては死者と交替し、ホームグラウンドで完全武装で戦いながらも、まだおれたちのうちただの一人も殺すことができないでいるこの寄せ集めの大軍の前線に加わるのだった。

おれたちは彼らの最も強い部分を積極的に攻撃して、彼らに前線での兵士の補充を強いる試みに出た。世界中のどの三人の男をとっても、あの山岳地帯で、おれの仲間たちほど勇猛果敢に戦った者はいない。ほぼ完全包囲された状態にありながらも、おれたちはまだ最終的には敵に勝てると信じていた。まだ、弾はたっぷりあった。

しかし、そのとき、ダニーがふたたび撃たれた。首を貫通され、おれの傍らに倒れた。ライフルを落とし、地面にくずおれる。おれは手を伸ばして彼をつかみ、岩壁のそばに引っ張り込んだが、すると彼はなんとか立ち上がり、すでに四発も撃たれているにもかかわらず、大丈夫だと言おうとした。

ダニーはすでに話すことができなくなっていたが、それでも降参しようとはしなかった。岩を掩蔽物にしてもたれかかり、血が流れ出ているというのに、新しい弾倉が必要になるかもしれないと合図して、タリバンを相手に発砲を再開した。かつて一度もこの目で見る恩恵にあずからなかった最上級の勇気を前に、おれは一瞬なすすべもなく、落涙をこらえ、ただそこに立ちつくしていた。なんという男。なんという友。

「下に行くしかないな、キッド」。おれがそれを知らないとでも言わんばかりに、マイキーがこっちに向かって叫んだ。おれは叫び返した。「了解、サー」

彼が村のことを意味したのだろうと思ったが、やはりそうだった。それはおれたちに残された唯一のチャンスだ。そこにある家の一軒を占領して敵に抵抗することができれば、おれたちを追い出すのは簡単ではない。四人のシールが堅牢な掩蔽物から銃撃戦を繰り広げれば、たいてい仕事は成し遂げられる。おれたちに必要なのは、タリバンを下に誘導することだけだ。もっとも、この数分間に事態が急に好転でもしない限り、おれたち自身も村までたどり着くことはできないかもしれないのだが。

8　尾根での最後の戦い

マイク・マーフィ大尉は大声でこの戦いで三度目となる命令を発した。同じ山、同じ命令。「退却！　アクスとマーカスが先だ！」

ふたたび、その意味は〈飛び下りろ！〉だ。四人ともそれには慣れつつあった。アクスとおれが崖の端までダッシュし、その間、岩陰からマイキーとダニーは逃亡するおれたちの掩護射撃をする。あんなにひどい怪我を負っているダニーがもう一度動くことができるのかどうかさえ、おれにはわからない。

崖の先端には木の幹が転がっていて、その下は雨で土が流されたらしく空洞になっている。おれが今までに出会った誰よりも咄嗟の判断にすぐれたアクスは、まっすぐそこに飛び込んだ。そのいまいましい崖の向こうにどんな地獄が待っているのかは知らないが、飛び下りるときにその木が守ってくれるからだ。

スリムなアクスは槍投げの槍のように地面に身を投げ、素早く空洞に滑り込み、一瞬のうちに木の下を潜り抜けて宙に飛び出した。おれはテキサスの長角牛のように地面を打ち、その後、木の下に体がつかえて身動きがとれなくなった。前にも行けない、後ろにも引けない。チクショー。これは悪夢か何かだろうか？

そうこうしているうちにタリバンに見つかった。彼らから見えるのはおれだけなので、おれのまわりに一斉射撃の銃弾が金切り声を上げるのが聞こえた。弾の一つは幹の、おれのすぐ右側にめり込んだ。他の弾はすべて地面に当たり、土埃がもうもうと舞い上がっている。幹を押し上げようとした。ありったけの力で押し上げたが、動いてくれない。完全に釘付けになった。

マイキーが気づいて助けに来てくれないかと期待して後ろを振り返ろうとしたその瞬間、山を背景に、こちらに向かってくる携行式ロケット弾発射機の真っ白い煙の筋が目に入った。それはおれがはさまっている幹の、しかもすぐそばに命中し、おれが半狂乱で反対側を向こうとしている間に、耳をつんざく大音響とともに爆発した。次に何が起きたかは定かでない。ただ、爆発の衝撃はそのいまましい幹をきれいに真二つに引き裂き、おれを崖のかなたに吹き飛ばしてくれた。

アクスが銃撃の姿勢をとろうとしているところはおそらく一五フィートほども下だったが、おれはそのすぐ近くに着地した。人間砲弾さながら崖の先端から吹き飛ばされたことを思えば、立てているのはかなりの幸運だ。しかも、すぐそばの地面の上には、神が御自身の手で置かれた、あのライフルがあった。

手を伸ばしてつかみ、ふたたび神の声に耳を澄ます。しかし、今回はなんの声もせず、この醜悪な戦争のすべての混沌と悪意の只中に、ほんのつかの間の静寂が広がった。

　どう考えても、そのとき、おれの神がおれの死を望んでいたとは思えない。もし神がおれの窮状をなんとも思っていなかったら、そこまでおれの銃の面倒を見てくれたはずがないだろう？

　そのライフルはそれまでのところ三つの異なる場所で三つの別々の戦いをし、おれの手から二度もぎ取られ、強力な爆弾により崖から吹き飛ばされ、山を約九〇〇〇フィートも落下し、それでいて、どういうわけか、まだおれが手を伸ばしたすぐ先にあった。単なる偶然だって？　どう考えようが勝手だ。でも、おれの信仰は未来永劫揺らぐことはないだろう。

　とにかく銃を拾い上げ、アクスが敵の銃撃を受けている岩間に移動した。アクスはいい位置についていて、もう長い間彼が死にもの狂いで守り続けている左側に向かってさかんに応撃している。実際にはこの戦闘が始まってから四〇分ほどだったが、一〇年にも感じられ、それでもおれたちは二人ともまだ戦い続けていた。

　それはマイキーとダニーも同じで、二人ともどうにかタリバンの攻撃が、まだそれほど激しくない、渓流のそばのこの一段低い場所に飛び下りていた。ところで、おれたちは衝撃的な姿になっていた。特にダニーは頭のてっぺんから爪先まで血に覆われている。アクスはひどく痛めつけられているがまあまあだ。マイキーは腹の銃創からの出血で血まみれだ。ダニーほどはひどくないが、見られたもんじゃない。

　あの爆弾に崖から吹き飛ばされたとき、おれは死んでも不思議はなかったのだが、新しく負った怪我は、地面に叩き付けられたときに鼻の骨を折っただけだった。正直言うと背中もだが、鼻の痛みは強烈で、服は血まみれだ。だが、チームメイトの二人のようにまともに撃たれているわけじゃない。アクスは戦闘中のエリート戦士を絵に描いたような涼しい顔で岩にもたれ、山の上に向かって銃撃を続け、部族民たちを寄せつけないでいる。常に冷静で、岩のごとくに不動で、正確に撃ち、弾を無駄にせず、的はけっして外さない。おれも彼の近くで同じようなスタンスで撃ち、どちらもかなりの確率で敵をしとめていた。男が一人、突然おれたちの少し上にどこからともなく現れたときには、おれがおよそ三〇ヤードの射程距離から撃ち殺した。

しかし、おれたちはまた包囲されてしまった。なおも八〇人ほどの執念深い男どもがこっちに向かって下りてきているが、それは敵としてはかなりの数だ。マイキーもおれもシャーマックが少なくとも一四〇人はこの戦闘に投入したと見積もっていたが、彼らの死傷率がどのくらいかは不明だ。どちらにしろ、彼らはまだ残っていて、ダニーがあとどのくらい持つかはわからなかった。

マイキーがおれのそばに少しずつ寄ってきて、古き良きマーフィ式ユーモアをこめて言った。「おい、これ、むなくそが悪いよな」

おれは彼のほうを振り返って言った。「みんなここでくたばっちまうぜ――気をつけないと」

「わかってるって」。彼は答えた。

戦いは壮絶さを増していった。断固とした決意をもつ敵による大量の荒っぽい砲撃に対し、こちらはより正確でより訓練された、きわめて高い集中力による、戦闘のノウハウを熟知した応戦だ。今一度、無数の弾丸が周りの岩場に跳ね返っている。そして今一度、タリバンはロケット弾を発射して、おれたちのまわりの地面を粉々に爆破した。岩と岩の間に体を挟んで、おれたちはひたすら撃ち続けているが、ダニーの状態が急激に悪化していて、今にも意識を失うのではないかと心配だ。

そのときだ。また彼が、首の付け根を撃たれた。おれはダニーが、あの美しい若者が、パッツィの夫が、おれの四年来の友人が、おれたちが退却した後もいつも最後まで残っていてくれた男が、自分自身が持ちこたえられなくなる限界までみんなの掩護射撃をしてくれた男が倒れるのを恐怖のうちに見守った。

そして今、彼は五カ所の傷から血を噴き出させながら地面に横たわっている。おれはこれでもシール衛生兵なのに、何一つ彼のためにしてやれないでいる。何かをすれば、おれたち全員の命を危険にさらすことになるからだ。おれはライフルを置き、岩によじ登り、ひらけた場所を突っ切って彼のもとに駆け寄った。わかってる、わかってるって。英雄なんかじゃない。おれは赤ん坊のように泣きじゃくっていた。

ダニーは血の海の中に浸かっていたがまだ意識はあり、まだ敵に向かってライフルを撃とうとしていた。が、うつ伏せになっていた。おれはのんびりやろうと声をかけながら、彼を仰向けにした。

「頑張れよ、ダン、きっとおれたち大丈夫だ」

彼はうなずいた。そのときおれは彼が話せないこと、そしてたぶんもう二度と話さないであろうことを知った。はっきりと覚えているのは、彼がけっしてライフルを離そうとしなかったことだ。肩を抱え上げて、座る姿勢にしようとした。それから脇に手を入れて体を支え、後ろ向きに掩蔽物のほうへと引きずっていった。すると、信じられるかい？　あの小さな鉄人はもう一度、敵に発砲したのだ。ほとんど仰向けの姿勢のまま、おれに引きずられながら、山の上に向かって連射した。

八ヤードほど進んだところで、恐れていたことのすべてが現実になった。おれがそんなふうにほぼ無防備な状態で、両手がふさがったまま後ろ向きに歩いていくと、右側の岩場から突然タリバン戦士が姿を現したのだ。おれたちの真上からこちらを見下ろし、顔に笑みを浮かべ、ＡＫ47をまっすぐおれの頭に向けた。

おれたちのどちらも、気づいたときはすでに反撃するには遅すぎた。おれはただ急いで祈りの言葉を言って、男を見返した。その瞬間に、アクスが二発の弾を男の目と目の真ん中にぶち込み、その部族民は即死した。アクスに礼を言う間もなかった。相変わらずロケット弾が飛んできていたからだ。おれはただダニーを安全な場所に引きずっていこうとしていた。そして、アクスと同じくダニーも銃撃を続けていた。

彼をマイキーからほんの数ヤードのところにある岩場に連れていった。敵が本日四度目となる包囲にほぼ成功しているのは明らかだった。それは銃弾や時折ロケット弾が飛んでくる角度からわかる。でもダニーはまだ生きていて、進んで戦おうとしている。マイキーはアクスと肩を並べて砲撃し、敵に大きなダメージを与えている。

おれはまだおれたちがこの窮地から脱出できるチャンスはあると思っているが、今ふたたび、おれたちに残されている唯一の選択肢は下方のあの村を目指して、平らな地面に乗ることだった。この戦闘が始まって以来行っている急斜面での戦いは、おれたちの部隊長の言葉を借りれば、〝むなくそが悪い〟。

「アクス！　動け！」。おれは大声で叫んだ。「了解！」。彼に叫び返す時間はあったが、直後に胸を撃たれた。手からライフルが落ちるのが見えた。前のめりにくずおれ、もたれていた岩の上をずるずると地面まで滑っていく。

おれはその場に完全に凍りついた。これは現実ではありえない。マット・アクセルソン、家族の一員、モーガンの親友、おれたちの人生の一部。おれは彼の名を呼んだ、見境なく、何度も何度も。心の底でダニーは助からないと思っていたが、今、この目に映っているのはアクスの倒れている赤土の上に現れつつある血の染みだ。ほんの一瞬、おれは気が変になるかもしれないと思った。

だがそのとき、アクスはライフルに手を伸ばし、体を起こした。胸からどくどくと血を流しながら、それでも銃を構え、新しい弾倉をつかんで銃尾に叩き込み、ふたたび発砲し始めた。そのきらめく青い目で地面をスキャンし、双眼鏡をのぞき、恐ろしいほどの安定感で、海軍シール部隊の確立したノウハウどおりの構えをとっている。

アクスが起き上がったとき、おれはそれほど勇気のある行為は過去に見たことがないと思った――ダニー以外は。そして、戦いのあんなにも早い段階で腹を撃たれながらも今なお指揮を執っているマイキー以外は。

そしてマイキーは今ふたたび、崖を下りようと企てている。ルートを選び、アクスを呼んで、ついてくるよう言った。タリバンが追撃を始めたので、周りでは弾がぴゅんぴゅん音を立てて飛び交っている。マイキーとアクスは七五ヤードほど先を行き、おれはダニーを引きずってあとを追った。その間もダニーは自力で歩こうとしたり、掩護射撃を試みたり、少しでもおれを助けようとできる限りのことをしていた。

「大丈夫だよ、ダニー」。おれは言い続けた。「二人に追いつけばいいだけなんだから。きっと大丈夫だ」

そのとき、一発の銃弾が彼の顔の上半分に命中した。その音が聞こえたので、助けようとすると、頭の傷から溢れ出た血がおれたちの両方に降りかかった。大声で彼に呼びかけた。だが、なすすべがなかった。彼はもう激痛と闘ってはいなかった。そして、おれの声も聞こえてはいなかった。ダニー・ディーツはその場で、おれの腕の中で死んだ。胸がどんなにすぐに張り裂けるものなのかは知らないが、おれの胸は壊れる寸前だった。

それでも銃撃の勢いはけっして衰えない。ダニーをたぶん五フィートほど引きずって、ひらけた場所を逃れ、そして彼にグッドバイを言った。彼を地面に下ろし、そこに残していくか、そこで彼とともに死ぬかしなければならない。しかし、一つだけはっきりしていることがあった。おれにはまだライフルがあり、しかもおれは一人ではない。そして敬虔なカトリックのダニーもまた、一人きりではなかった。おれは彼を神に託した。

もうチームを助けに行かなければならない。それはそれまでのおれの生涯で最もつらい瞬間だった。今なお、あのときのことが悪夢になって現れる。ダニーがまだ話しかけていて、周りは血の海で、それでもおれは歩み去らねばならない、理由もわからないままに。——そんな血も凍るほど恐ろしい夢だ。いつも泣きながら目覚めるが、それはこれから先も繰り返し現れて、けっして去ってはくれないだろう。

マイキーがおれに向かって叫んでいるのが聞こえる。ライフルを引っつかみ、しゃがみ、滑るようにして岩から落ち、それから彼とアクスが四〇ヤードほど後方にあるタリバンの岩場の要塞に向かってノンストップで掩護射撃をしてくれている間に、一目散に彼らのもとへと走った。

崖の端に到達すると脇目も振らずに木の中に駆け込み、飛び出し、それほど高くはない崖を横滑りしながら下り、渓流の中に頭を突っ込む形で着地した。優秀な潜水工作隊員の例に漏れず、ブーツが濡れたことに猛烈にむかついた。それって本当にいやなんだ。

ついに二人に追いついた。アクスが弾を使い果たしていたので、おれの弾倉を一つやった。マイキーがダニーはどこにいるのかと尋ねたので、死んだと言わなければならなかった。マイキーは心底ショックを受け、呆然としていた。アクスもだ。口には出さないが、マイキーが遺体のところに戻りたがっているのがわかった。でも、そんな時間も、またその理由もないことは、彼にもおれにもわかっていた。戦死したチームメイトの遺体を運んでいく場所もなければ、死体を引き回しながらこの熾烈な銃撃戦を続けることもできないのだ。

ダニーは死んだ。不思議なことに、真っ先に自分を取り戻したのはおれだった。突然、こう言っていた。「いいかい。なんとしてでもこのいまいましい山から下りなければならない。でないと全員死んでしまう」

おれたちの代わりにその決断でもしてくれたように、タリバンがまた三六〇度の包囲網を張り巡らせようと迫ってきていた。しかもほぼ成功しつつあった。弾は今、下からも飛んでくる。部族兵士はまだうじゃうじゃいる。ここ一時間ほどずっとやっていることだが、また彼らの人数を数えてみた。

今ではおそらく五〇人か、せいぜい六〇人といったところか。だが、弾は相変わらず飛び交っている。榴弾も飛んできて、すぐ近くで爆発し、岩のかけらとともに土埃や煙を巻き上げる。敵がおれたちの上に降らす砲弾の量は一時たりとも減ったためしがない。

またもや岩陰に低く身を隠して三人で見下ろすと、一マイル半ほど先に村が見えるが、それは今なおおれたちの目標である。

ふたたびマイキーに言った。「もしあそこまで行って安全な隠れ場所を見つけることができたら、あいつらを全員、平らな土地に引っ張り出すことができる」

おれたちが万全の状態でないことはわかっている。それでも、やはりおれたちはシールだ。何ものもそれは奪えない。おれたちにはまだ自信があった。そして、おれたちは絶対に降伏はしない。いざとなれば、銃を相手にナイフででも死ぬまで戦ってやる。

「けっ、降伏なんかするかよ」。マイキーが言った。そしてアクスにもおれにもそれ以上の説明は必要なかった。ちょうど練兵場の端でベルを鳴らしてヘルメットを並べて置くように、降伏などしようものなら、おれたちのコミュニティの顔に泥を塗ることになっただろう。アフガニスタンのこの無法地帯でここまで戦い抜いてきた者なら、諦めるなんてことは頭に浮かびもしない。

米海軍シール部隊の哲学を思い出してほしい——「私はけっしてやめない……私の国が私に、敵以上に肉体的により強靭で、精神的により強くあることを求める。倒されたなら、毎回起き上がる。仲間を守るため、最後の一オンスまで力を出し切る……私はけっして戦いから逃げない」

この言葉は長年にわたり多くの勇気ある男を支えてきた。それはシール一人一人の魂に深く刻み込まれている。おれたちみんなの心の中にある。

銃火に覆い被せるように、突如としてマイキーが言った。「兄弟よ、思い出せ、おれたちはけっして戦いから逃げない」

おれは素っ気なくうなずいた。「平らな場所まであとたったの千ヤードかそこいらだ。あそこまで行けさえすれば、チャンスはある」

問題は、そこまで行けないことだった。少なくともその時点では。なぜなら、今一度、おれたちは釘付けにされていたからだ。そして、またもや同じジレンマに直面していた——逃げ道は一つ、下に行くしかない。だが、守備戦略的には絶対に上に行かなければならないのだ。今ふたたび跳弾を逃れるために、そこを去らねばならなくなった。左脇を登っていくことにした。

おれたちはこの戦いを自分たちのやり方で行おうとしていた。だが、おれたちはまだ戦ってはいるものの、半死半生の状態だった。威嚇発砲し、目に入った者はすべて撃ち殺しながら、おれは岩の間を二人をリードして登っていった。だが、敵はおれたちの作戦をすぐに見破り、ロシア製携行式ロケット弾発射機でまともに攻撃を仕掛けてきた。彼らの右側——おれたちの左側——を、それはまっすぐに飛んできた。

大地が振動した。わずかにある木々が大きく揺れた。音はその一日に聞こえたどの爆音よりも凄まじかった。この小さな峡谷の岩壁までが震えた。渓流の水が岸に跳ね散る。それはおれたちの息の根を止めるための、タリバンの究極の巨大な一撃だった。地面に伏せ、命取りになる飛び交う破片や岩のかけらやロケット弾の破片を避けるために頭を下げて岩のクレバスに体を差し込んだ。このタイプの砲撃では誰も死にはしなかったが、前と同じく、敵は土埃が消えるやいなや射撃を再開した。

上のほうに高木限界が見える。近くはないが、村よりは近い。しかし、タリバンにはこちらの目的がわかっていて、目指す方向に前進しようとすると、ただもう壮絶な火力で押し返してきた。

おれたちはほとんど見込みのない作戦に挑み、やはり成功できないでいた。またもや押し戻される。仕方なく下に向かって退却し、哀れな長い弧を描いて、登ってきた道を引き返す。しかし、今一度、おれたちはいい場所に下り立った。両サイドを岩肌に守られた堅牢な、防御に適した場所だ。ふたたび敵を撃ち、押し返し、目的地となった村に向かっていくらかでも歩を進めながら、戦いを仕掛けようとした。

戦闘が接近戦になるにつれ、やつらは立ち上がり、おれたちに向かって金切り声を浴びせ始めた。おれたちも叫び返しながら撃ち続けた。だが、向こうにはまだかなりの人数が残っていて、有利な場所に移動し、マイキー・マーフィの胸を撃ち抜いた。

マイキーはおれのところに来て、一つ弾倉をくれないかと言った。そのときだ、アクスが頭を前に突き出し、むごたらしい頭の傷からぶくぶくと噴き出てくる血を顔に流し、よろめきながらこちらに来るのが見えたのは。

「やつら、おれを撃ちやがった、兄弟」。彼は言った。「くそ野郎め、撃ちやがった。助けてくれないか、マーカス?」。おれに何が言えるだろう? 何ができるだろう? 敵と戦って撃退する以外、助ける術《すべ》はない。そして、アクスはおれの弾道のど真ん中に立っていた。

手を貸して彼を岩陰に座らせた。そして、明らかにやはりひどく負傷したマイキーのほうを振り返って訊いた。「動けるか? バディ」

すると彼はポケットに手を入れ、携帯電話をまさぐった。こちらの居場所が敵に知れるのを恐れてこれまで使わないでいたやつだ。マーフィ大尉は掩蔽物のない、ひらけた場所に向かって足を踏み出した。銃弾の飛び交う中、ほぼその中央まで歩いていき、小さな岩の上に座り司令本部の番号をプッシュし始めた。

彼の話している声が聞こえてきた。「我が兵は激しい銃撃を受け……壊滅寸前です。兵はここで死にかけています……掩護を要請します」

そのとき、マイキーはまともに背中に弾を受けた。血が胸から噴き出すのが見えた。電話とライフルを落とし、前にくずおれる。だが、彼は力を振り絞って両方を拾い上げ、ふたたびきちんと座って電話を耳に当てた。

また彼の声が聞こえた。「了解、サー。感謝します」。それから彼は立ち上がり、よろめきながらおれたちの弱いポジション、すなわち左サイドを守る位置についた。そしてマイキーはただ戦いを再開し、敵を撃ち始めた。

基地にあの最後の一か八かの連絡をし終え、しかも今また、彼は敵をしとめている。あの電話により、もし敵に圧倒されてしまう前に援軍が到着すれば、まだおれたちに助かる見込みはあるかもしれない。

彼はおれたちが助かる現実的なチャンスは一つしかないこと、それは援軍を要請することだと理解したのだ。彼はまた、携帯電話がつながる可能性のある場所は一カ所しかないことも知っていた。それは崖から離れた、ひらけた場所だ。

リスクを知り、その電話連絡により自ら命を失うかもしれないことを十分覚悟した上で、マイケル・パトリック・マーフィ大尉、モーリンの息子、そして美しいヘザーのフィアンセは銃火の嵐の中に歩み出たのだ。

彼の目的は明白だった——二人のチームメイトを救うため、最後に一度だけ勇敢な試みをする。電話をし、それはつながった。彼はおれたちのおおよその位置、敵の強さ、そして状況がどんなに緊迫したものであるかを報告していた。撃たれてもなお——致命的な一撃に見えたが——彼は話し続けた。了解、サー。感謝します——たとえ一〇〇歳まで生きたとしても、その言葉がおれの記憶の中で薄れるなんてことがあるだろうか？　忘れることなどできるだろうか？

戦火の中にあっても冷静で、常に考え、たとえそれが不可能に近くても唯一の選択肢である命令を下すことを恐れないマイキーよりすごい男がいるとは思えない。そして、究極の、驚異的に高潔なあの行動。格好をつけたんじゃない。あれは最上級の勇猛果敢な行為だ。マイキー大尉は人間的に素晴らしく、かつ、この上なく偉大なシール将校だ。もし彼のためにエンパイヤステート・ビルと同じ高さの記念碑が建ったとしても、おれからすればまだ低すぎる。

しかしマイキーはまだ生きていて、左サイドを維持し、銃撃を続けている。おれは右サイドに留まっているが、どちらも慎重かつ正確に撃っている。おれはまだやや高い場所に移ろうとしている。だが、勢力の衰えたタリバン軍はそうはさせじとばかりに、おれがほんの数ヤード前進して、数フィートでも高みに行こうとすると、そのたびに押し戻してくる。マイキーもまた高みに行こうとしていて、実際、ある程度は成功し、おれの守っている場所より上の岩石層に到達した。そこは攻撃にはいいスポットだが、防御的には弱い。これはマイキーの最後の抵抗なのだと確信した。

そのとき、アクスが一種の放心状態でおれのすぐそばを歩いていった。すると銃創が見えた。頭の右側がほとんど吹き飛ばされている。おれは叫んだ。「アクス！　アクス！　何やってんだ、バディ。伏せろ。そこに伏せろ」

身を守れるかもしれない岩間の一カ所を指差した。声が聞こえたという合図に、彼は頭を上げようとした。だが、できなかった。ただゆっくりと前のめりに背中を丸め、歩き続けていく。その手にはもうライフルはない。残るはピストルだけだが、彼がそれを握って狙いを定めて撃つことはもうないだろう。でも少なくとも彼は掩蔽物のほうに向かっていた。もっとも、頭にあんな傷を負って助かる者はいない。アクスが死につつあることを、おれは知った。

マイキーは相変わらず発砲していたが、突然、おれの名前を叫ぶ声が聞こえた。骨の髄まで凍るような、原始的な悲鳴だった。「助けてくれ、マーカス！　頼むから助けてくれ！」

彼はおれにとってこの世で一番の親友だ。だが、彼はここから三〇ヤードも上にいて、おれはそこまでは登っていけない。おれ自身ほとんど歩けない状態だし、もしその囲われた場所から二ヤードでも踏み出せば、一〇〇発の弾丸を撃ちこまれていただろう。

それでも、岩場をじわじわと回り込んで彼の掩護射撃をし、悪党どもを押し戻して、なんとか一斉射撃を浴びることなく彼のいるところに行き着く方法を見つけるまで時間稼ぎをしようとした。

その間も彼は叫び続け、おれの名を呼び続け、助けてくれと懇願し続けた。だが、彼といっしょに死ぬ以外、おれにできることは何もなかった。そのときですら、弾倉もわずか二個しか残っていなかったにもかかわらず、おれはまだそのターバンをした野郎どもをやっつけて、なんとか彼とアクスを救うことができると信じていた。ただマイキーに叫ぶのをやめてほしかった。彼の苦痛が終わってほしかった。

　しかし、数秒おきに彼はおれに救いを求めて叫んだ。そしてその声を聞くたびに、おれは身に突き刺さるような気がした。今日初めてのことではないが、おれの目から止めどもなく涙が溢れ出た。マイキーのためならなんだってする。彼のためなら自分の命すら差し出せる。でも、それは生きていることでしか達成できない。

　そしてそのとき、唐突に叫び声が止んだ。数秒間の静寂があった。ほんの少し前に乗り出してそちらのほうを見上げると、ちょうど四人の戦士が下りてきて、マイキーの死体に何発かを浴びせるところだった。

　叫び声は止んだ——他の人たちの耳には。おれには今なお、毎晩、マイキーの声が聞こえる。ダニー・ディーツの死さえも押しやって、おれにはまだあの悲鳴が聞こえる。数週間、おれは気がふれてしまうんじゃないかと思った。どうしてもあの声から逃れることができなかったのだ。明るい昼日中にあの声を聞き、気がつくと壁に体を押しつけて耳をふさいでいた。

　おれは普段からそういった心理的な問題は、普通の人々に起きるもので、シールには関係ないと思っていた。でも今おれはそうでないことを知っている。これから先も、おれに朝までぐっすり眠れる日など来るのだろうか。

　ダニーは死んだ。マイキーも死んでしまった。そしてアクスも死にかけている。今のところはまだ二人だが、それもかろうじて、といったところだ。アクスが隠れているところに行って、そこで彼といっしょに死のうと決意した。もう助かる道があるとは思えなかった。たぶんまだ敵は五〇人ほど残っているだろうが、おそらく今ではおれだけを追っている。

もしも敵がいれば釘付けにしてやろうと後方に散発的に威嚇射撃しながら、アクスのいるところまで行くのに一〇分近くもかかった。助かるチャンスがあるかもしれない……マイキーの通報で、たった今ここの上空に援軍が来て絶体絶命の危機から救い出してくれるかもしれない……そんなありえない確率に賭けておれは発砲した。

アクスのもとに着くと、彼はくぼみに座って、頭の横に仮包帯をしていた。彼の顔を見つめ、あの涼しいブルーの瞳はどこに行ったのだろうと思った。今、その目にはおれが映っているのだが、頭に負った重い傷のせいで眼窩が出血していて赤黒い。

おれは彼に微笑みかけた。なぜなら、おれたちがもうこの道をふたたび歩くことはないと知っているからだ……少なくともいっしょには。この地球上では。アクスはもう長くない。もし彼が北米一の病院にいたとしても、それでも長くはなかっただろう。命の灯火《ともしび》が消えかかり、パワフルな第一級のアスリートがおれの目の前で一秒ごとに衰弱していく。

「なあ、おい」。おれは言った。「ひどくやられちまったな」。そして、哀れみをこめて包帯を直そうとした。

「マーカス、やつら、うまくやりやがったよな」。必死で集中しているようだが、言葉が出にくそうだ。そして彼は言った。「生きてくれよ、マーカス。そしてシンディに愛してるって伝えてくれ」

それが最後の言葉だった。おれはただそこに座っていた。もう自分などどうなってもよかった。心静かに神に寄り添い、それまで守ってくれたこと、そしてライフルを残してくれたことを感謝した。どういうわけか、それはまだおれのもとにあった。アクスは意識が薄れているものの、まだ息をしていた。おれは彼から片時も目を離さなかった。

他の二人とともに、アクスも永遠におれのヒーローであり続けるだろう。この短くも壮絶な戦闘を通して、彼は手負いの虎のごとく戦ってきた。かのオーディ・マーフィのように。ヨーク軍曹のように。敵は彼の肉体をずたずたに引き裂き、頭を損ないはしたが、その精神までは奪えなかった。けっして取り上げることはできなかった。

マシュー・ジーン・アクセルソン――シンディの夫――はライフルを持てなくなるまで敵を撃ち続けた。二九歳の誕生日を過ぎたばかりだった。臨終のときが近づいても、おれはけっして彼から目を離さなかった。彼の耳にはもうおれの声は届かなかっただろう。でも、その目は開いていて、おれたちはまだいっしょだった。絶対に彼を一人で逝かせたりしない。

そのときだ。やつらに見つかったに違いない。超強力ロシア製ロケット弾が飛んできてすぐ近くに着地した。その瞬間におれは横向きにくぼみから放り出され、荒れた土地を突っ切って峡谷の縁まで吹き飛ばされた。飛ばされている間は意識を失っていたが、意識が戻るとさっきまでとは別のくぼみにいることに気づいた。頭に真っ先に浮かんだのは、爆発で目をやられたという考えだった。何一つ見えない。

しかし、数秒して気持ちが落ち着くと、穴に頭からさかさまに突っ込んでいることが分かった。視力も失っていなかったし、体の一部はまだ機能していたが、左脚は麻痺していて、右脚も左脚ほどではないがやはり感覚がなかった。もがきながらくぼみを出て、平らな地面の上を死に物狂いで岩陰まで行くのにいったいどのくらいかかっただろう。

ロケット弾の爆音のせいだろうが、耳がジンジン鳴っている。見上げると、かなりの高さを落ちてきたことがわかったが、あまりに頭が朦朧としていたので数字では言い表せない。先ほどまでと違って、銃声が鳴り止んでいる。

アクスがあの銃撃を生き延びたとは考えられないが、もし敵がアクスを見つけたなら、それ以上、銃撃を続けることをやめたとしても不思議はない。彼らは明らかにまだおれのことを見つけていないし、穴の中にさかさまに突っ込んだおれを見つけるのは不可能だっただろう。いずれにしろ、目下、誰もおれを探している様子はない。おそらくこの一時間半で初めて、おれは積極的には追跡されていなかった。

立つことができないことに加えてもう二つ、重大な問題があった。一つはズボンが完全になくなっていることだ。爆風に吹き飛ばされたらしい。二つ目は左脚の状態で、感覚はほとんどないが大量に出血していて、榴散弾弾子が大量に突き刺さり、見た目は実にむごたらしい。

包帯も薬も何もない。チームメイトたちにもなんの手当てもしてやれなかったが、自分のためにも何もできない……隠れていることとくらいしかできない。あまり希望のもてる状況ではなかった。背中とたぶん肩は確実に骨折している。鼻の骨も折れているので、顔面はぐちゃぐちゃだ。歩くどころか立ち上がることすらできない。少なくとも片方の脚は完全にやられてしまっているが、たぶんもう片方も同じだろう。両方の腿が麻痺しているので、動こうとすれば腹這いしかない。

当然といえば当然だが、おれは放心状態にあった。だが、この個人的な戦雲をかいくぐって、またしても奇跡と思えるものが存在していた。おれが転がっている場所から二フィートも離れていないところに、敵の目からうまく逃れ、土埃と破片に半分覆われて、おれのマーク12ライフルが横たわっていた。それに、おれにはまだ一個半の弾倉が残っている。ライフルをつかむ前に祈りの言葉を言ったのは、それが単なる蜃気楼で、つかもうとすると、ぱっと消えてしまうかもしれないからだ。

指をかけると、熱気の中で金属の冷たさが伝わった。おれはもう一度、神の声に耳を澄ました。神の導きを切に求めて祈りを捧げた。しかし、何も聞こえては来ず、わかったのはただ、少なくともしばらくの間は安全だと思われる右側へなんとかして移動しなくてはならないということだけだった。

初めておれは完全に一人きりだった。おれは一人で最後の戦いに直面しなくてはならない。彼らは山羊飼いの話をちゃんと聞いたのだろうか？　今のところ彼らは三つの死体しか手に入れていないのに、おれたちが四人だということを？　それとも、最後のロシア製ロケット弾でおれが粉々に吹き飛ばされたとでも決めつけているのだろうか？

おれには一人だけチームメイトがいる。〝彼〟がおれの死を望んではいないと信じている。そして、おれは米海軍シール部隊の名誉に賭けて、この先も全力を尽くすつもりでいる。降伏はない。そんなものは、くそくらえだ。

腕時計を見ると現地時間のちょうど一三時四二分だった。数分間銃撃がないので、結局、彼らはおれが死んだと思い込んだのだろうと推測し始めた。甘いぜ、マーカス。タリバンのＡＫがふたたび火を吹いた。

敵は下方と両サイドから攻め寄ってきて、猛スピードで撃ちまくっているが、正確ではない。弾は地面と頁岩を広範囲にわたって蹴り上げているが、そのほとんどがかなり遠い。

彼らがおれのことをまだ生きているかもしれないと思っているのは確かだが、正確な居場所を突き止めていないのも同じくらい確かだ。やつらはおれを暴き出そうと、周辺一帯を掃射し、ついに誰かの弾が当たっておれが片付くことを期待している。もしくは、いっそのことおれが両手を高く上げて出てきてくれれば、なおさらいいと思っている。それだと、おれの頭を切り落とすか、または何か別の特異なお楽しみにふけった後で、あのケチなテレビ局アルジャジーラにいかにして異教徒を倒したかを話すことができる。

新しい弾倉を奇跡のライフルの銃尾に叩き込み、雨霰のように降る銃弾をかいくぐってどうにか小さな丘に這い上がり、山の側面に出た。誰にも見られなかった。誰にも撃たれなかった。岩のクレバスに体を差し込み、両脚を低木の茂みに突き出す。

おれの両側には巨大な岩があり、身を守ってくれている。大まかに言って、山肌にある幅一五フィートの岩層の裂け目に挟まっている格好だと判断した。これは洞穴ではない。というのは、かなり高いところで上部が開いているからだ。タリバンの戦士たちがおれの上のあたりを這いずり回ると、砂や岩が絶え間なく落ちてきた。しかし、このクレバスは驚異的に優れた掩蔽とカモフラージュを提供してくれる。圧倒的な量の火力で隠れ場所から追い出そうとする彼らの最新の戦略をもってしても、相当運がよくない限り、おれを見つけることはできないだろう。

おれの視野は、まっすぐ正面に開けている。動くことも体の位置を変えることもできない。少なくとも明るい昼の光の中では無理だ。そして決定的に重要なのは、ずたずたになった体から漏れ出ている血を隠すことだ。傷の状態を調べてみた。左脚の出血は今なおかなりひどく、傷口に泥を押し当てた。額にも大きな裂傷があったので、これにも泥を押しつける。両脚とも感覚がない。どこにも行くことはできない。少なくともしばらくは。

そっと体を動かして比較的楽な姿勢にもっていき、ライフルをチェックして、外側に向けて体に添わせて置いた。もしある程度の人数の敵に見つかったら、あっという間にダニーやアクスやマイキーの仲間入りだ。だが、その前にもっと大勢を殺してやる。周りをぐるりと守られたここは、執拗な防御的軍事行動をとるには理想的な場所で、弱いのは正面からの攻撃に対してだけだ。それすら人海戦術を要するだろう。

銃声は相変わらず聞こえていて、しかもだんだん近づいてくる。彼らは明らかにこちらに向かっている。おれはただ自分にこう言い聞かせていた――動くな、息をするな、音を立てるな。そのときだったと思う。本当に完全に一人ぼっちなのだということを初めて身に沁みて感じたのは。そして、タリバンはおれを追っている。彼らはもはやシールの小隊を追跡しているのではない。おれだけをハンティングしているのだ。負傷しているにもかかわらず、深く潜伏していなければならない。時間の感覚を失い始めた。だが、じっとしていた。実際、八時間もの間、おれは一インチも動かないでいた。

時間の経過とともに、数百人にも見えるタリバンたちが峡谷の反対側を走って上がったり下りたりしながら、ひたすらおれを求めて、自分たちの知りつくした山をくまなく捜索しているのが見えた。

脚には少し感覚が戻ってきたが、出血はひどく、強烈な痛みもある。大量の血を失ったせいで、どうも頭がふらふらし始めているようだ。

しかも、おれは死ぬほど怯えていた。シールとしての六年間の経験の中で初めて、心底怯えていた。午後も遅いある時点だったが、彼らがいなくなったと思ったことがあった。峡谷の向こうの山肌に人影はなくなり、全員が一群となって全速力で右側のある一点を目指して走っていったのだ。少なくとも、おれの狭い視野の中ではそう映った。

今なら、彼らが向かっていた先がわかる。あのクレバスの中に潜んでいたときには、いったい何が起きていたのか知るよしもなかった。だが、今なら、あのこの上なく悲しい午後に他の場所で何が起きていたのかを語ることができる。それはヒンドゥ・クシ山系の高峰で起きた最も衝撃的な大量殺戮であり、四〇年以上におよぶシール部隊の戦闘史上、最悪の大惨事だった。

ここで思い出してほしいのは、おれが今なお持ちこたえている地点から山脈を二つ越えた先にあるアサダバードの即応部隊（QRF）への連絡にマイキーが成功したことだ。みんなの話では、「兵はここで死にかけています……掩護を要請します」という、彼のあのけっして忘れることができない言葉は、基地を閃光のように引き裂き、駆け巡った。シールが死にかけている！　それは人々を極限のパニックに追いやる警報五回レベルの緊急事態だ。

おれたちの指揮官代行エリック・クリステンセン少佐が召集をかけた。援軍を出すかどうかの決断は常にQRFに任される。エリックが決断するには百万分の一秒もかからなかった。兵士たちを戦闘配置につけながら、彼の心には仲間であり友でありチームメイトであるおれたち四人——マイキー、アクス、ダニー、おれ――が、血に飢えたアフガン部族民の大戦闘部隊に包囲され、死闘をくり広げ、負傷し、ことによると死んでいる姿がフラッシュしていたのだろう。

そして、〈ナイト・ストーカーズ〉の異名をとる第一六〇特殊作戦航空連隊（SOAR）の兵士たちに、ただちに陸軍のMH47型大型軍用ヘリを滑走路に準備しろと電話でがなりたてていたときも、恐ろしい人的被害の情景がまざまざと目の前に浮かんでいたに違いない。それはくしくも前日におれたちの直前に離陸し、おれたちが作戦エリアまで追っていった、あのヘリコプターだった。

男たちはおれたちを助けようと躍起になり、パウチに入るだけの弾薬を詰め込み、ライフルをつかんで、早くも回転翼がひゅんひゅん音を立てているチヌークに向かってダッシュし、出動態勢についた。おれの所属するSDV第一チームの仲間も即座に加わった。ジェームズ・スールとシェーン・パットンの二人の兵曹が真っ先に駆けつけた。続いて機によじのぼったのは巨体のダン・ヒーリー上級兵曹長だった。レッドウイング作戦の立案者である彼は、兵舎を出るとき、自分自身が撃たれでもしたかのような顔をしていたそうだ。

次にシール第一〇チームの男たちがやって来た。ニューヨーク州出身マイク・マグリーヴィJr大尉、ニューオリンズ州出身ジャック・フォンタン一等曹長、オレゴン州出身ジェフ・ルーカス三等曹長、同じく三等曹長のウエスト・ヴァージニア州出身ジェフ・テイラーだ。そして最後に、兵士たちに向かってありったけの銃を持っていけと叫びながらエリック・クリステンセン少佐が乗り込んだ。そのヘリの八人のシールが昼日中に一〇倍以上の人数がいるかもしれない敵の待ち受ける高山の山道に侵入する任務の危険性を、おそらく誰よりも知っていた男だ。

クリステンセンは、自分は行かなくてもいいことを知っていた。実際、たぶん行くべきではなく、むしろ指揮統制の中核となる、自身の持ち場に留まるべきだったのだろう。今回のように救出作戦にQRFの指揮官が加わるのは、控えめに言っても、少々型破りなことだ。だが、エリック・クリステンセンは爪の先までシールだった。そして彼の頭には、たった今聞いた、助けを求める必死の懇願——しかも彼の仲間で、彼がよく知り信頼している男からの——しかなかった。

この地球上の何をもってしても、彼を思い留まらせることはできなかっただろう。彼はおれたちがかろうじて持ちこたえながら、援護の到着を祈っていることを知っていたのだ。「行くぞ、みんな！　さっさと行こうぜ！」プレッシャーがかかると、エリックはいつもこう叫んだ。

MH47の機内には、身の毛もよだつほど恐ろしい救出作戦をもう何度も、たいていは夜間に行ってきた第一六〇SOARのメンバーが、いつもどおり静かに待っていた。コネチカット州出身のスティーブ・ライヒ少佐というすごい男に率いられているのは、フロリダ州ジャクソンヴィルのクリス・シャーケンバッハ上級准尉、同じく上級准尉のコーリー・Jだ。彼はミネソタ州クラークス・グローブ出身の気のいい男だ。

ジェームズW・ポンダー曹長もいた。加えて、インディアナ州シェルビーヴィルのマーカス・ムラレス一等曹長にヴァージニア州のマイク・ラッセル一等曹長。さらにオハイオ州ダンヴィルのシェイムス・ゴール二等曹長とフロリダ州ポンパーノ・ビーチのキップ・ジャコービー三等軍曹というメンバー構成だ。いかなる基準からしても、一級の戦闘部隊だ。

MH47は離陸し、二つの山脈を越えていった。彼らにはやたら時間がかかっていると感じられただろう。こういった種類の救助ではいつもそうだ。ヘリはおれが今いるところからは約五マイル離れた、もともとおれたちが高速ロープを降下したところとほぼ同じ地点に、着陸のための進入をした。

「三〇秒！」というコールが来たとき、先頭の男たちは後部タラップのほうににじり寄っていったものと推測される。誰も知らなかったのは、ちょうどその付近にタリバンが一種の掩蔽壕をもっていたことで、MH47が降下用ロープを降ろすと、タリバンはその開いたタラップ口にロケット弾をまっすぐ撃ち込んだのだった。

それは先頭グループの頭を突き抜け、燃料タンクに当たって爆発し、すさまじい爆風を引き起こし、機体の尾部と中央部を地獄絵に変えた。男たちの数人は爆破で吹き飛ばされ、何人かは致命的な火傷を負いながら約三〇フィートの高さから落ちた。その衝撃はあまりに凄まじく、のちに捜索救助隊が発見したところによると、遺体が手にしたライフルの銃身が真二つに折れていたケースもあったという。

死に物狂いで機体をコントロールしようとする操縦士は後部で起きた大虐殺にはまだ気づいていないが、むろん自身の周りと頭上で燃え盛る火には気づいている。だとしても、彼にできることは何もない。大きなMH47はあっさり空から落ちて、雷のような衝撃とともに山腹に激突し、大きく揺れ、荒々しいエネルギーで幾度も幾度も回転し、粉々に砕け散りながら二〇〇ヤードの長い斜面を完全な死滅に向かって転落していった。

のちに軍の人間が調査のためについに現場に登っていくと、散乱した破片以外には何も残っていなかった。当然ながら生存者はいなかった。仲のよかった同じSDV第一チームのジェームズもダン上級兵曹長も若いシェーンも、みんな逝ってしまった。もしもそれを現場で知ったなら、とても耐えられた自信はない。それは大量虐殺以外の何ものでもない。数週間後に彼らの写真を見たおれは泣き崩れた。みんなが助けようとしていたのは、他でもない、このおれだったからだ。

あの時点でわかっていたのはただ、大勢のタリバンを傍目にはっきりわかるほど興奮させるすごいことが起きたらしいということだけだった。その直後に米軍航空機が何機か、目の前の峡谷に沿って飛んでいくのが見えた。対地攻撃機A10とAH64型〈アパッチ〉ヘリだ。何機かはあまりに近くを飛んだので、パイロットの姿まで見えた。

パウチからPRC148無線機を取り出し、接触を試みる。ところが声が出ない。喉には埃がたまり、舌は口蓋の天井に張りついたままなのに、水がない。交信はまったく不可能だった。しかし、搭乗員の話し声が聞こえたので、接触に成功していることは確かだった。そこで、無線機の救難ビーコンを始動させ、発信した。

彼らは確かにそれを受信した。なぜわかるかというと、彼らの会話がはっきり聞こえたからだ――「おい、あのビーコン、聞いたか?」「ああ、キャッチした……でも、それ以上の情報は入ってこない」。それから、彼らはおれから見て右方向へ、今はMH47の墜落現場だと知っている場所に向かって飛び去っていった。

問題は、タリバンがこういった無線交信を盗聴できるケースがあり、彼らがしばしば米軍ヘリをおびき寄せるのにそれを逆利用することだった。アメリカのパイロットがそういった味方のビーコンに応えて降下することに異常に神経質になっているのは、誰がそのビーコンを発信しているかも知れず、撃墜される恐れがあるからなのだ（そのときはそのことには気づいていなかったが、今ならはっきりわかる）。

とにかく、半死半生で山腹に横たわり、致命的な出血をし、歩くこともできないおれにとっては、そんな知識は少しもありがたくはなかっただろう。そして今、辺りがしだいに暗くなる中で、おれに残された選択肢はどんどん失われている。おそらくもし助かる可能性があるとすれば、今なおほぼ一定の間隔で前の峡谷に降下してくるパイロットの一人の注意を引くしかないだろう。

無線機のマイク付きヘッドホンは山から落ちたときに引きちぎられてしまったが、ワイヤは残っている。そこで、半分に折ると光を放つケムライト二本を調整して、壊れたワイヤに取り付けた。そして、ヘリコプターが近辺に現れたならすぐに、この間に合わせの投石器を、輝く電動円鋸《まるのこ》のように頭の上で振り回した。

加えてストロボライトや、さらにはライフルのレーザーもあったので、規則的に飛んでくる米軍軍用機に向かって放射した。なんてこった！　まるでおれは生きて息をしている遭難信号だ。味方の誰かがこのあたりの山を見ているはずだ。誰かが気づいてくれるはずだ。ほどなく、おれの楽観主義は救いようのない絶望に変わった。誰もおれに気づいてはくれない。

山脈の背後に日が沈みかけている今、脚にはほぼ完全に感覚が戻っている。かなり痛いのは覚悟の上で、これは歩けるかもしれないという希望を与えてくれた。喉の渇きは危険なレベルに達しつつあった。喉をふさぐ埃と土を取り除くことができない。呼吸をするのが精いっぱいで、話すどころではない。水を探さなければならないし、この死の罠からなんとしてでも抜け出さなければならない。だが、すべては闇のベールが山々をすっぽり包んでからだ。

ここから出たならまず水を探し、次に安全な隠れ場所を見つける必要がある。それはここにいる限り、絶対に誰も見つけてくれそうにないからだ。おれはアクスの最後の言葉を思い出した。それは今なお、おれの心の中ではっきりと鳴り響いている。「生きてくれよ、マーカス。そしてシンディに愛してるって伝えてくれ」。アクスのために、ダニーのために、そして何よりマイキーのために、生き延びなくてはならないことはわかっていた。

山の太陽の最後の長い光線が、目の前の峡谷に巨大な影を投じた。と同時に、AK47の銀色の銃身が、正面一五〇ヤードほど先の遠い崖にきらりと光るのがはっきりと見えた。それは沈みゆく夕日を二度キャッチした。ということは、その銃を握っている悪党は、おれの隠れている山の斜面を、おれが今なおお身じろぎ一つせず潜んでいるこのクレバスを横切って、なぎ払うように銃を動かしているのだ。

すると、当の部族民の姿が見えた。シャツの袖をまくり上げ、青と白のチェックのベストを着て、ライフルを一瞬のうちに構えて発砲できるよう、アフガン独特の低めの位置に抱え、ただそこに立っていた。おれを捜しているとしか考えられない。

やつの叫び声が届く範囲に何人の仲間がいるのだろう。峡谷の向こうからこちら側がよく見えるのかどうかはわからないが、やつがおれに気づいたら、おれはそれでおしまいだ。それだけははっきりしている。やつが見落とすはずはなく、こちらをじっと見つめ続けているのに、ライフルを構えない。今のところ、まだ。

おれは、このリスクは取れないと判断した。おれのライフルはすでに弾が充填されていて、しかも消音だ。誰かの注意を引くような音はまず立てない。慎重に、息をつめて、マーク12を射撃姿勢まで引き上げ、遠くの稜線にいる小柄な男に狙いを定めた。彼は今、照準器の十字線のど真ん中にいる。

引き金を引くと、男の両目の間に命中した。男の額の中央に花が咲くように鮮血が広がっていき、次に崖の縁から峡谷に転落するところが見えた。臨終の悲鳴を上げ続けながら、二〇〇フィートほども落ちたに違いない。おれはまったく心が痛まなかったどころか、敵が一人減ったことを神に感謝したくらいだ。

ほぼ直後に男の仲間が二人、真向かいの、まさしく男が立っていた場所に走ってきた。ベストの色が違う以外はみんな同じような格好をしている。突っ立って、男の落ちた峡谷を覗き込んでいる。二人ともＡＫを射撃姿勢に構えているが、銃口は完全には上がっていない。

すぐに消えてくれるかもしれないと思ったが、いつまでもそこに立ったまま、彼らの山とおれの山を隔てている虚空に目を凝らしている。何か動きはないかと崖の表面に視線を走らせながら、まっすぐおれを見ているように見える。彼らには仲間の男が撃たれたのか、単に崖から転落したのか、それともひょっとして自殺でもしたのかは、さっぱりわからないはずだ。

だが、直感的に第一案を選択したようだ。そして今は撃った犯人を見つけようとしている。おれはじっとしていたが、彼らの小さな黒い目はまっすぐにこちらを見ていて、もし二人が同時にこの岩の要塞に向かって撃ってきたら、ＡＫ47の銃弾がおれに当たる確率は〝かなり高い〟から〝高い〟の中間だろう。やつらには死んでもらわなくてはならない。

今一度、ゆっくりとライフルを持ち上げ、照準を合わせる。最初のショットで右側の男は即死し、崖の縁から転落した。逃亡中の敵が近くにいることを知ったもう一人の男は、銃を構え、おれが背中を押しつけ続けている岩肌に入念に視線を走らせている。

そいつの胸にも一発を命中させたが、もしかしてまだ息をしていて叫び声を上げられるとまずいので、もう一発をお見舞いした。その瞬間に男は音も立てずに前向きに倒れ、谷底にいる二人の仲間に加わった。今、この岩層に潜み、敵意に満ちたタリバン戦士に取り囲まれて、おれにはもう間違いは許されない。

この先におれが下す決断はすべて、おれの生死を左右するだろう。どうにかして脱出しなければならないが、そのために何人のタリバンを殺す羽目になっても、おれはなんとも思わない。重要なのは、二度と間違いは犯せないということだ。万全の安全策をとる。

ヒンドゥ・クシ山系の西の高峰に日が沈んだあとも、峡谷の反対側は静かなままだ。推測するに、おそらくタリバンはこのエリアの捜索隊を二つに分けていたのだろう。そして、おれはその片方を始末した。あそこのどこかに、あの黄昏どきの死のような静寂の中に、必ずもう三人がいて、自分たちの部隊に大きなダメージを与えた四人小隊のたった一人の生き残りのアメリカ人を捜しているはずだ。

心温まる米軍ヘリ〈アパッチ〉のカタカタという音も消えて久しい。誰もおれを捜してはいない。そして、目下の最大の問題は水だ。出血が続いていることや立ち上がれないことも問題だが、喉の渇きは我慢の限界に達しつつある。舌は今も埃と土で固まっていて話すことができない。水筒はマイキーとともに最初に山を転がり落ちたときになくしてしまい、最後に水を口にしてからもう九時間になる。

さらに、川に落ちて以来、ずっと今も全身ずぶ濡れだ。失血のせいで頭がふらふらしているのはわかっているが、それでもなんとか集中しようと試みる。そうして出てきた一つの結論は、立ち上がらなければならないということだった。もし二、三人のタリバンがここに接近できる唯一のルートである左側の角を回って来たら、そしてもし彼らが何らかの明かりを持っていたら、おれは車のヘッドライトに照らし出されたジャックウサギと同じになってしまう。

この要塞は役に立ってくれたが、今すぐここを出て行かなければならない。夜が明けてあの三人の死体が発見されれば、この山はタリバンで溢れ返るだろう。体を足元に引き寄せ、凍えるような山の冷気の中、ボクサーショーツ姿でその場に立ち上がった。右脚を動かしてみる。まあまあだ。次に左脚を試すと、信じられないほど強烈な痛みが走った。頁岩と埃の一部を傷口に被せた土から払いのけようとしたが、ロケット弾の尖った破片が腿から突き出ていて、それらに触れるたびに痛みのあまり飛び上がってしまう。

現況での大問題の一つは、地表に手をかける場所がないことだ。言うまでもなく、後ろには山がのしかかり、崖の表面に挟まった状態で、上にしか行けないことは理解している。今立っている場所から登っていくのは、よろよろと歩くことすらおぼつかない状態では、気が遠くなるような大仕事だ。もう一度左脚を動かしてみると、少なくとも、前より悪くはなっていなかった。

しかし背中が猛烈に痛い。脊椎の三カ所にひびが入ると、こんなに痛いものだとはついぞ知らなかった。もっとも、そのときは脊椎に三カ所ひびが入っているとは知らなかったのだが。それに腱板を断裂していることも知らなかった。それでも、右肩を動かすことはできた。骨折した鼻も少しズキンズキンしていたが、他の部分に比べれば、子供の怪我のようなものだ。顔の片側が山を滑落するときにずたずたになったことは知っていたし、額の大きな切り傷もかなりひりひりしていた。

しかし、何よりも喉が渇いていることで頭がいっぱいだった。何本かの渓流が比較的近くにあるという考えに、ほんの少しだけ慰められた。傷口を洗い、喉を潤すために、すぐにでもその一つを見つけなければならない。そうして初めて、朝になって米軍のヘリや戦闘機を見つけたときに、無線に向かって叫ぶことができる。

装備や無線機やストロボやレーザーをかき集めてもう一度パウチに収めた。ライフルをチェックすると弾倉には約二〇発分の弾が残っていて、さらに、まだ胸にたすき掛けにしている装帯《ハーネス》には弾倉が丸々一個残っていた。

要塞から出て、ヒンドゥ・クシ山系の死のような静寂と漆黒の闇の中に一歩を踏み出した。月はなく、ちょうど雨が降り出したばかりなので、当分の間、月が出ることはないだろう。

ふたたび左脚を試してみる。その日一日、左側を守り続けてくれた巨大な岩の周りを手で探ってみる。そして、かつてないほどおずおずとした小さな歩幅で、おれは山の中に歩み出た。

9 爆破と銃撃により死亡と推定される

墨を流したような闇夜でも、山影が頭上にぐっと迫ってきているのが感じられる。他の何よりも暗く、おれがもたれている岩壁よりもさらに黒々とした、その暗いエネルギーが、実際、目に見えるという気がした。

頂上まではとてつもなく長い道のりだし、しかも、そこに到達しようとすれば、デルタ蟹のように横歩きで進むしかない。一晩中かかるだろうが、それでも、はるか先の頂上まで、なんとしてでも行くしかない。

それには主に二つの理由があった。第一に、頂上は平らになっているだろうから、もしまた銃撃戦になれば、おれにとってはそのほうが有利だ。何者も上からおれを撃つことはできない。シールなら誰もが平らな地面での戦闘を好む。

二番目は救助を呼び込むにあたっての問題だ。アフガニスタンのこの険しい崖に無事着地できるように作られたヘリコプターはない。この山脈の中でＭＨ47が安全に着陸できる場所は、唯一、村人たちが穀物を栽培している、下のほうにある平らな椀状の原っぱだけだ。麻薬だった……穀物じゃなく。だが、村の近くをうろつくようなリスクは絶対に冒せない。だから、山の上の平らな部分に行くことにした。そこならヘリが着陸し、離陸できる。また、無線の受信のためにも上のほうがいい。今も米軍が行方不明のレッドウイング・メンバーを追って、山を捜索してくれていることを祈るしかない。

差し当たり、今のおれは喉が渇いて死にそうだ。そしてその口の渇きが、水を、そしてたぶん安全な場所を求めておれを前進させるパワーとなっている。というわけで、おそらく高さ五〇〇フィートの懸崖を登ることになると推測しながらも、最初の何歩かを踏み出した。だが、同じ高さを登るのにジグザグのコースを行くのだから、実際には何倍も長い距離を行くことになるだろう。

両手でよじ登ることができるよう、ライフルはベルトに差し込んでいたが、かすかに右寄りの最初の二〇フィートも行かぬ間に、こっぴどく滑るという非常に恐ろしい体験をした。勾配は垂直に近く、落ちれば谷底まで一直線だ。

今のおれの状態では、落ちていれば助からなかっただろうが、どうにか一〇フィート以内の滑落に食い止めた。そこからまたじりじりと、掘削機械のような強力な握力でつかめるものはなんでもつかんで、眼前の崖をよじ登っていった。チェーンソーでもない限り、おれをその崖面から引きはがすことはできなかっただろう。おれにわかっていたのは、もしここで落ちたら、死の奈落までおそらく数百フィートは真っ逆さまだということだけ。集中力を保つにはいい。

そんなふうに、岩であろうと、蔓であろうと、枝であろうと、なんでも手当たりしだいにつかんで、主に横方向に登り続けた。しばしば、おれの体重を支えきれなくて何かがはずれたり、枝が折れたりした。推測するに、タリバン軍が過去に山岳地での行動で立てたことがないほど多くの音を立てていただろう。

数時間登り続けていると、後ろのほうで何か音がしたように感じた。〝感じた〟と言ったのは、まったく何も見えない完全な闇の中で行動していると、他のすべての感覚、特に聴覚と嗅覚が異常に研ぎ澄まされてくるからだ。山羊やレイヨウや縞馬に備わった、草を食む脆弱な動物に捕食動物《プレデター》の存在を知らせる第六感は言うまでもない。

ただし、おれはそんなに脆弱ではない。だがそのとき、おれは〈プレデター・セントラル〉にいた。喉を掻き切る野蛮人どもはおれを取り囲み、おそらく徐々に包囲を縮めていたのだ。

山肌に平らに横たわり、じっとした。すると、またあの音がした。小枝や枝の折れるポキッという特徴ある音。およそ二〇〇ヤード後方だと推定した。そのとき、おれの聴力はその極度に静かな高地にあって、ある種のピークに達していた。一マイル先で雄山羊が小さく屁をしても、聞き取れただろう。

すると、また聞こえた。雄山羊の屁じゃない。枝だ。これでつけられていることは、はっきりした。くそっ！　相変わらず月はなく、何も見えやしない。だが、それはタリバンには当てはまらない。彼らはもう何年も、まずはロシア人から、次にアメリカ人から、武器や装備を盗み続けている。ビンラディンが彼らに買い与えたもの以外で彼らの持っているものはすべて盗品だ。その中にはいくつかの暗視ゴーグルも含まれているはずだ。何と言っても、ロシア人は他ならぬあの戦闘用具の開発者だし、ソ連軍が最終的に撤退したとき、ムジャヒディンが彼らからありったけのものを盗んだことを、おれたちは知っている。

目に見えないアフガン追跡者がいるというのは、おれにとって、とりわけ、わずかに残っている士気にとっては打撃だ。殺人者の集団がすぐそばにいる、この山を越えて追ってきている、こちらからは向こうが見えないのに向こうからはこっちが見える……いやはや、これはどんな軍にも最悪の状況だ。

おれはとにかく先に進んで、やつらが撃ってこないことを祈ることにした。頂上に着いてから、相手にすればいい。チビの悪党どもが見えたらすぐにバラしてやる。夜明けの兆候が現れ次第、誰からも見えない藪の下にでも隠れ場所を確保し、やつらが射程内に入ってくるなり始末してやる。その一方で、あまりに喉が渇いているので、そのときが来る前に死んでしまうかもしれないと思った。

できることはすべてやった。これ以上細い枝はないというくらい細い枝を折り、樹液を求めて吸った。山の露が数滴でもついていないかと、草が見つかれば吸った。ソックスを絞るということまでしたが、水の味がしただけだった。喉の渇きは死ぬほどつらい。本当だ。これは経験から言っていることだ。

夜が更けるにつれ、また米軍用機が山脈の上の、たいていは上空はるか高く飛ぶ音が時折聞こえ始めた。一度は早めに音を聞きつけたので、相変わらず歩く遭難信号よろしく、隠れ場所から出て円鋸ライトを振り回し、できるだけ的確に救難ビーコンを発信した。しかし、誰も気づいてはくれなかった。もう誰もおれが生きているとは思っていないんじゃないか。その考えには暗澹とさせられた。たとえバグラム基地が総動員でこの果てしない山脈を捜索していたとしても、ここにいるおれを見つけるのは至難の業だ。しかし、もし誰もおれが今なお息をしていることを信じていなかったら、たぶんおれは死ぬしかないだろう。当然だが、救いようのない寂しさを経験した。さらに悪いことに、体の衰弱がひどく、激しい痛みもあったので、今回だけは頂上までたどり着けないのではないかという気がした。ロケット弾にやられた左脚がとても耐えられそうになかった。したがって、ただ山の急斜面をもがきながら横切り、ときには下り、ときには上がり、幸運を祈りながらひたすら横向きに進み続けるしかなかった。

出血は止まらず、話すこともできない。でも耳は確かなので、追跡者たちが時々互いに声をかけ合っているのが聞こえる。彼らは通常、まったく音を立てずに動き回るので、そのことをとても不思議に思ったことを覚えている。あの山羊飼いたちを覚えているだろう？　最初の一人がおれから四フィートのところに来るまで、なんの音も聞こえなかったのだ。それが典型的なのだ。そっと歩く、痩せた、身の軽い、荷物のない男たち——彼らは水さえ持ち歩かない。

アフガン兵が移動するときは銃と弾薬だけで、他には何も持たない。仲間の一人が全員の水を持ち、べつの一人が予備の弾薬を運ぶ。これで主力部隊は非常に素早く、静かに、自由に動き回れるというわけだ。彼らは生まれながらの追跡者で、最も険しい地面でも道なき道を見つけて突っ切り、あっという間にターゲットに追いつく。

言うまでもなく、これは彼らと同じような人間を追いかけている場合を前提としている。おれのような、滑ったり、落ちたり、ぶつかったり、枝を折ったり、緩んだ地面に小さな土砂崩れを引き起こしたりする二三〇ポンドの巨漢を追跡することは、アフガンの追跡者にとってはまるで夢のように楽だっただろう。彼らをまくことができる可能性は、おれの目から見ても果てしなくゼロに近い。

たぶん、おれが耳にした声は命令の掛け合いではなかったのだろう。きっとどうしようもないおれのロッククライミング能力に、笑いをこらえ切れなくて吹き出していたのだ。明るくなるまで待ってろよ、と思った。そうなれば同じ土俵の上での勝負だ。それは暗いうちに彼らに撃たれなければ、の話だが。

引き続き、山服に沿って進んでいく。はるか下のほうにカンテラの明かりが二、三見え、焚火の炎の揺らめきも見えたと思った。そこが谷底に違いなく、それはそのあたりの地形についての最初の指標となったが、たいした情報ではない。実際、今おれが立っている地面が、事実に反して平らだという印象を与えた。その谷に何か他のものはないか、敵がいる兆しでもないか、ちょっとの間立ち止まって見ていたが、やはりカンテラと焚火以外には何も見えない。両方とも一マイルほど下だ。

我に返って一歩を踏み出した。その瞬間に、足の下に何もないのに気づいた。おれはただ山から一直線に、地面の上でなく空を切って転落した。凄まじい音とともに山肌にぶつかり、息が止まるほどの衝撃を受けた。さらに雑木林の間をぶつかりながら転がり落ちていった。その間ずっと、速度を落とすために何かをつかもうと必死だった。

だが、スピードはあまりにすごく、しかも加速していた。手の施しようもなく急斜面を滑落したあと、数ヤードの間少し平らになったところでやっとスピードが落ちた。最終的には、さらにもう一つの絶壁の縁——見えたというよりはそう感じた——で止まった。そのままそこでゆうに二〇分間、体が麻痺しているのではないかと死ぬほど怯えながら、息も絶え絶えに横たわっていた。

だが、麻痺してはいなかった。立てた。ストロボライトはなくしてしまったが、ライフルはまだあった。どうにかして、また先ほどの地点まで戻らなくてはならない。低いところにいれば、その分、救出される可能性は小さくなる。上に行かなければならない。だから、おれはふたたび出発した。

さらに二時間、登って、落ちて、よじ登ると、おおよそ先ほど落ちた地点に到達した。午前二時、すでに六、七時間も、これを続けている。痛みは地獄の域に達しつつあったが、ある意味、左脚にまだ感覚があることに安堵を覚えていた。

タリバン軍の山狩りはまだ続いている。あたかもおれを待っていたかのように、高く登るにつれ、彼らの声はより大きくなった。二時間前よりも確実に多勢になっている。半マイルほど後方だと思うが、おれを捜している人間の数がますます増えているのか、至る所で声がし、犬が吠えている。

川の水音も聞こえているが、それは昨日の午後に落ちた川と同じ川だ。その岸辺には三人の仲間の遺体が横たわっている。こんなに喉が乾いているのに、おれはどうしても山腹を勢いよく流れるその氷のように冷たい水を探しに行く気にはなれない。この地球上で唯一おれが飲むことができないのは、マイキーとダニーとアクスの遺体のすぐそばを流れるあの川の水だ。他を見つけなければならない。

磁石はなく、あるのは時計だけなので、星によるナビゲーションに逆戻りしなくてはならないが、ちょうど高くて厚い層雲が通り過ぎたところで、今はありがたいことに星が出ている。北斗七星を見つけ、星の並びが長いカーブの先で直角に折れるところまでたどっていくと、その角張った形の上向きの先端が北極星を指している。それが真北。それはシールの特殊訓練で習ったことだ。

まっすぐそっちを向いて左腕を真横に伸ばせば、そちらは西、目指す方向だ。そのとき、おれは幻覚を起こしていたのかもしれない。夢と現《うつつ》の区別がつかなくなる、あのとてつもない奇妙な感覚があった。

シールはたいていそうだが、ヘル・ウイークの最終段階でこれを経験ずみだ。だが今は頭がひどくふらふらしてきている。おれは荒野でたった一匹追われる動物だが、仲間がまだ生きているふりをしようと試みた。ダニーが右脇に下りていき、アクスが左上にいて、マイキーが後方で指令を発している——そんな一種のフォーメーションを創出する。

彼らはそこにいるのだが、見えないだけだというふりをする。きっと、おれは忍耐の限界に達しつつあるのだろう。だが、ヘル・ウイークのことを思い出し続けた。これはただヘル・ウイークの繰り返しなのだと自分に言い聞かせ続ける。あのときも愚痴をこぼさずやれたのだから、今回もこぼさないでやれる。あいつらにどんな目に遭わされようと我慢できる。生き抜いてやる。少々頭はおかしくなっているかもしれないが、それでもおれはシールだ。

とはいっても、しだいに弱気になりつつある事実は否めない。今のところ、追跡者たちはおとなしくしている。すると、突然、根元に大きな丸太が数本転がった巨木に出くわした。その一つの下に這って入り、しばらくただそこに寝転がって休み、自分を哀れんだ。

心の中で、何度も何度もトビー・キースのカントリー・ウエスタンの名曲『アメリカン・ソルジャー』の一節を繰り返していた。静かに横たわって、死ななくてはならないかもしれないという意味の箇所を口ずさんでいたのを思い出す……「おれは潔くその苦難を引き受ける」と。

その部分を一晩中、歌っていた。それによりどんなに心が励まされたかは、とても言い表せないほどだ。人に前進し続ける強さを与えてくれるのは、案外、歌の一節のようなちっぽけなものなのだ。とはいえ、現実にどうすればいいのかは、さっぱりわからなかった。

ここに留まって、最後の抵抗をしてはどうかという考えがふと浮かんだ。しかし、戦略的にその案は即座に却下した。おれの心の中には、まだアクスとの最後の約束が生きていた――「生きてくれよ、マーカス。そしてシンディに愛してるって伝えてくれ」。もしおれがこの神にも見捨てられた山の斜面でズタズタに撃たれたら、シンディ・アクセルソンにどんないいことがあるっていうんだ。それに、そんなことになったら、誰が仲間たちのやったことを知るだろう？　彼らがどんなに激しく勇敢に戦ったかを？　そうだ。すべてはおれにかかっている。ここを出て、おれたちの戦いを語らねばならない。

そこは心地がよく、疲れは極致に達していたが、喉の渇きがおれを奮い立たせた。こんなことをしていてはだめだ、そう思った。そして、ふたたびぐずぐずと立ち上がり、足を引きずりながら、つまり、その明らかに平らな地面を最大限に利用して歩き続けた。六時前後に空が明るみ始めた。これから先の六時間、太陽は南にあるはずだが、ここでは太陽があまりに高いためにほとんど真上にある感じで、その分ナビゲーションがすこぶる難しくなる。次に頼りになる北極星が現れたときには、いったいどこにたどり着いているものやらと、不安になったのを覚えている。

その直後に、気がつくと、都合のいいことに踏み固められた山道を歩いていた。地面の固さから、かなりよく使われている道だということがわかるが、ということは、細心の注意を払いながら進んでいかなければならない。頻繁に使われている道の先には例外なく人がいるからだが、するとまもなくずっと先のほうに家が見えた。三、四軒もあるかもしれない。この距離ではばはっきりとはわからない。

真っ先に頭に浮かんだのは、水道の蛇口や井戸だった。いざとなったら、あの原始的な家の一つに入って、なんとか住人を追い出す。そして傷口を洗って、水を飲む。だが、近づくにつれ、四軒の家が固まっているのが見えた。彼らの水をいただくにはおそらく二〇人前後の人間を殺さねばならないだろうが、それはおれにはちょっと無理だ。そのうち川か渓流にでも出くわすことを祈りながら、そのまま先に進むことを選択した。

それが、出くわさなかったのだ。日が高く、どんどん暑くなる。さらに四、五時間も歩き続け、幻覚はひどくなる一方だ。何度、マイキーにどうすべきかを訊きたいと思っただろう。口と喉は干からびる寸前だ。口蓋の天井にぴったりと張り付いてしまった乾ききった舌は、ほとんど動かすことができない。もし下手に動かそうものなら、皮膚を引きはがしてしまいそうで怖い。それがどんな感覚かはとても描写できない。とにかく水がいる。

体中の骨という骨が休息を求めて悲鳴を上げていたが、もし立ち止まって、そして寝たりしたら、死ぬことはわかっていた。とにかく歩き続けなくてはならない。不思議なことに、おれを殺しかけている喉の渇きが、いっぽうでこの長くて希望のない行軍の推進力にもなっていた。

こんなに高いところには水はないだろうと考えていたのを思い出す。したがって、ほんの少し低い斜面に戻ろうと決意した。そのほうが、この辺でよくある岩間から水が滝のように流れ落ちている場所が期待できるからだ。ちょうど太陽はおれの上に焼きつくように照りつけて、途方もなく暑く、はるか上方では高い峰々がまだ雪を被っている。ちくしょう、少なくともあの一部は解けているはずだ。その雪解け水はどこかに流れていかなければならない。それを見つければいいだけだ。

その低いエリアで、気づくと、あまりの美しさに蜃気楼ではないかと思えるほど美しい緑の森の中にいた。柔らかいシダや、濃緑色の草や、影を作る高い常緑樹などの、青々と植物の茂った山の光景がある。ああ、ここのどこかに水がなければおかしい。

時折立ち止まっては、水の流れる音はしていないかと耳を澄ました。だが、あるのは静寂のみ——地面に刻まれた道もなく、機械の立てる音も、それによる空気の汚染もない高山の、あの無慈悲な、あらゆる希望を打ち砕く静けさのみだ。車もトラクターもテレビもラジオもない。電気すらない。何もない。あるのは自然のみ、それはこの真に凄絶な美しさと飽くなき憎しみの高地で、過去数千年間、変わらないものだ。

相変わらず傾斜は急で、おれは森の中を、山の溝に沿って、苦心しながら進んでいた。たいていは左脚の痛みを軽減するため、手と膝をついて這っていた。正直言うと、もう終わりだと思っていた。深い絶望の中にあり、今にも気を失いそうで、神に救いを求めていた。


死の陰の谷を行くときも、私は災いを恐れない。

あなたが私とともにいてくださる。

あなたの鞭、あなたの杖 それが私を力づける……

これはもちろん、聖書の詩篇第二三篇である。おれたちはこれをシールの詩篇だと思っている。シール部隊のすべての礼拝で、すべての葬式で、この詩篇が繰り返し朗読される。あまりに多くの葬式がある。おれはこれを暗記していた。そして、死のときにさえも見捨てられはしないという教えにしがみついた。


私を苦しめる者を前にしても、あなたは私に食卓を整えてくださる。

私の頭に香油を注ぎ、私の杯を溢れさせてくださる。

まことに、私の命の日の限り、恵みと慈しみが私についてくるでしょう。

そして私は永遠に主の家に住まいましょう。


おれのそばにいる神に哀れな懇願をすることしか、できることはなかったが、その主の導きがおれにはわからなくなっていた。ほぼ確実に死ぬべきところを神に救われ、今なおライフルという武器がある。しかし、試み続ける以外に、これ以上どうすればいいのかがわからない。

山道を逸れてまた登り、もう一度高所を目指した。必ずや近くにあるに違いない水の音に、精一杯耳を澄ます。険しい斜面で木に右手でつかまって、崖の表面から身を乗り出してみた。いつかは勢いよく流れる渓流の音を聞くことがあるのだろうか。それとも、永遠にアメリカ人に発見してもらえそうにないこんなところで、喉が渇きすぎて死ぬ運命にあるのだろうか？

心の中で詩篇第二三篇を何度も何度も繰り返し、失望から自分を救おうとした。怖くて、凍えるほど寒くて、隠れる場所もまともな服もない。おれはただ言い続けた……

主は羊飼い、私には何も欠けることがない。
主は私を青草の原に休ませ、
憩いの水のほとりにいざない、
魂を生き返らせてくださる。主は御名にふさわしく、私を正しい道に導かれる……

初めて水の音を聞いたのは、そこまで祈ったときだった。信じられなかった。はるか下のほうに、まぎれもなく小川か、もしかしたら小さな滝さえもがある。この澄みきった山の霊気の中、この畏怖の念さえ抱かせる静寂の只中に、あれは勢いよく流れる水の音だ。そこに下りる道を見つけなければならない。

その瞬間に、この先にどんな災難が降りかかろうとも、喉の渇きで死ぬことはないと知った。それはまさしく自分の人生が目の前でスピンアウトする瞬間だった。故郷の家を想い、おふくろと親父を想い、兄弟や友達を想った。誰か一人でもおれがどうなっているのかを、知っているのだろうか？　何が起きたのかを？　死んでしまったと思っているのではないか？　誰かがおれは死んだと言ってたりして？　その瞬間、いつもおれのことを〈ママの天使〉だと言っていたおふくろにとって、それがどんなに残酷なことかと思うと、胸が張り裂けんばかりの強烈な悲しみに圧倒された。

そのとき、おれは知らなくて、あとでわかったのだが、誰もがおれは死んだと思っていた。故郷では六月二九日水曜の未明で、数時間前にテレビ局が、アフガニスタン北東部の山岳地帯で四人体制のシール偵察チームが任務中に全員死亡したと発表していた。その四人の中におれの名前もあった。そのテレビ局はまた、世界中の他のメディアもだが、八人のシールと八人の第一六〇SOAR〈ナイト・ストーカーズ〉全員を載せたMH47型ヘリが撃墜されたことも伝えていた。ということは、計二〇人の特殊部隊隊員が命を落としたことになるが、それは特殊部隊史上最悪の大惨事だ。おふくろは倒れた。

火曜の夜が更けるにつれ、地元の人々や、友人たちや、おふくろや親父とともにいたいと願う人々が、何か少しでも役に立てないかと、おれたちの農場に集まり始めた。トラックで、乗用車で、SUVで、バイクで、家族単位で次々と到着し、みんな、ほぼ同じことを言った——ただ、そばにいたいと。

母屋の玄関先の前庭はまるで駐車場だった。午前零時ごろには、七五人もの人が集まっていた。イースト・テキサスでも指折りの建築会社を所有するエリックとアーロン・ルーニー。地元の土地や畜牛や石油を取引するデイヴィットとマイケル・ソーンベリーは父親のジョナサンとともにやって来た。幼馴染みのスリム、ケヴィン、カイルとウェイド・オールブライト。多くは農大生だ。

それに、ジョー・ロード、アンディ・マギー、チーザー、ビッグルーン、仲間のオピー、おれたちの相棒のショーン、トレー・ベイカー、ラリー・ファーミン、リチャード・タンナー、ベニー・ワイリー、ラボックにあるテキサス工科大学の体力トレーナー。大柄でタフな彼らはみんな、おれと小学校がいっしょだった。

地元の建築業界のもう一人の大立者スコット・ホワイトヘッドもやって来た。彼はおれたちとは知り合いでもなかったのだが、そこにいたいと思ってくれたのだ。結果的に彼はおふくろにとってとても頼れる人物になり、今も毎日おふくろに電話をくれている。数多くの勲章で彩られた制服姿のダニエル陸軍曹長も玄関ドアをノックし、親父にどんな形でもいいから力になりたいと言った。彼は今なお、ただおふくろが大丈夫かどうかだけを確かめに毎日のようにやって来る。

そしてもちろん、おれの双子の兄モーガンは猛スピードで車をぶっ飛ばしてやってきて、報道によると、おれが死んだという〝事実〟を受け入れることをきっぱり拒絶した。弟のスコッティのほうがモーガンより先に着いたが、スコッティはおれと一卵性双生児ではないので、テレパシーが何かを教えてくれるわけではなく、知らされたことを信じるしかない。彼はおふくろと同じくらい打ちのめされていた。

親父はインターネットで、その後、新たなニュースはないか、またはおれの本拠地であるハワイのシール司令部から何か公式な発表はないかチェックした。だが、MH47の墜落と、他の四人のシールが任務中に行方不明になっているというニュースが確認されただけだった。実際、ハワイの新聞の一つはおれたち四人全員の死を報道していた。その時点で親父はそれが真実だと信じただろう。

テキサス時間の午前二時過ぎ、コロナドからシール部隊の面々が農場に到着し始めた。まずジョン・ジョーンズ（JJ）大尉がクリス・ゴスロ上級兵曹長を伴い、おれが知っている最強の男の一人であるテグ・ギル掌帆兵曹とともにやって来た。直後にデイヴィッド・ダフィールドがジョン・オーウェンズ、ジェレミー・フランクリンの二人とコロナドから到着した。ジョシュ・ワインとナザン・シューメイカー両大尉もヴァージニア・ビーチからやって来た。さらにジャスティン・ピットマン一等掌砲兵曹はフロリダからわざわざやって来た。これは強調しておきたいのだが、これらのどれも計画されたものでもなければ、組織的に指揮されたものでもない。彼らはただやって来て、見知らぬ人が友人たちと混ざり合い、心を一つにして、想像するに、失われた兄弟を悼んだのだ。

そしておふくろや親父とともに彼らを迎えたのは、存在感あるビリー・シェルトンの姿だった。それまで彼が泣くところを見た者はいなかった。特別に強い男というものはたいていそうだが。

ゴスロ上級兵曹長はすぐさま両親に、メディアが何を言おうが自分は信じないと言った。全員が生きている可能性は少ないかもしれないが、まだ四人のシールチームの誰についても死亡の確認は取れていないのだ。彼はマイキーの最後の通報について知っていた――「兵はここで死にかけています」。しかし、これについて確実なものは何もない。彼はおふくろに神を信じるよう、そしてシールは死体が発見されるまでは死んでいないのだと説いた。

するとモーガンが到着してみんなにマーカスは生きているときっぱり断言し、それまでの憶測に終止符を打った。モーガンはおれと交信し続けていて、おれの存在が感じられると主張した。負傷しているかもしれないが、死んではいないと。「冗談じゃない、あいつは死んでない。もし死んでたら、おれにはわかる」

前庭の人数はすでに一五〇人に膨れ上がっていて、地元の保安官はどうしたものか農場全体を封鎖した。もはや彼ら監視者による関所を通過せずして、誰も敷地には入れなくなった。家に続く広い道に沿ってずらりとパトカーが停まっている。警官の何人かは境界のフェンスの内側に入り、真夜中にコロナドから到着した二人の海軍従軍牧師により執り行われた短い礼拝——念のためにしたのだろうが——で祈った。

午前五時少し前におふくろが玄関ドアの呼びかけに応えて出ると、シールのアンディ・ハッフェル大尉が夫人のクリスティーナとともに立っていた。「どんなことでも、私たちにできることがあればさせていただきたくて」とアンディ。「ハワイから着いたばかりですが」

「ハワイ‼」と、おふくろ。「それって、地球の裏側じゃありませんか」

「マーカスには一度、命を救ってもらったのです。どうしてもここに来ずにはいられませんでした。まだ望みはあると信じています」

こういったことすべてがおふくろにとってどんなに支えになったかは、とても説明できない。おふくろは希望と完全な絶望の間をさまよっていた。だが、アンディがクリスティーナとともにはるばるハワイから飛んできておれたち家族のそばいてくれたことはけっして忘れないと、おふくろはいつも言っていた。

最初はただ近所の人たちが心配してやって来たのだろうが、そこに職場関係の海軍特殊戦コマンドからの訪問者たちが混じっていった。そして、それはやがて徹夜の祈りに変わった。誰も帰ろうとはせず、彼らは来る日も来る日も、毎晩、夜を徹しておれの生存を神に祈った。

何カ月も経った今、そのことを考えると、何と言うか感動で胸がいっぱいになる。おれの両親に対するそれほどまでに大きな愛、溢れんばかりの思いやり、やさしさ。毎日そのことを、そのことすべてを考えているのに、まだこの感謝の気持ちをどう表現すればいいかがわからないでいる。ただ言えるのは、我が家のドアはおれが生きている限り、いつの日も、何時でも、どんな状況にあろうとも、彼らの一人一人全員に開け放たれている。

さて、腹立たしい山に話を戻すと、おれは遠くでする水の音に耳を澄ましている。木につかまり、身を乗り出し、死なずにそこまで下りていくにはどうすればいいかを考えている。そのときだ、タリバンの狙撃手に撃たれたのは。

弾丸に左腿の裏側上部の肉を引き裂かれ、突き刺すような痛みが走った。ちくしょう、痛い。死ぬほど痛い。弾が当たったときのインパクトで体がくるりと回転し、完全なバック転でくそいまいましい山から転落した。やがて激しい衝撃とともに地面にぶつかったが、うつ伏せに着地したので、たぶんすでにやられていた鼻はますます破壊され、額の切り傷はぱっくりと口を開けただろう。

続いて、何もつかむことができないまま、猛スピードで転がりながら急斜面を滑り落ちていったのだが、それが返ってよかったのかもしれない。なぜなら、タリバンたちがおれを狙って猛射を始めたからだ。あたり一面に飛び交う弾は、周りの地面にビンビン音を立てて当たり、岩に跳ね返り、木の幹を打った。やれやれ、まるで尾根のシーンの再現じゃないか。

だが、動いているターゲットに命中させるのは、特に今のおれのように岩や木々の間をなすすべもなく高速で動いているターゲットに命中させるのは、おそらく普通の人が想像するよりはるかに難しい。だから、彼らははずし続けた。最終的におれはやや平らな場所で止まったが、追跡者たちはむろん、おれほど速くは下りて来られない。したがって彼らよりかなり有利なスタートを切り、しかも驚いたことにほとんど怪我をしていなかった。障害物にはほとんどぶつからず、途中の地面は比較的ソフトであまり固まっていなかったのだろう。しかも、まだライフルをなくしていない――それはおれの考えでは〈ルルドの泉〉にも勝る奇跡だ。

敵の位置を見極めながら、木の後ろに隠れようと這い始めた。彼らのうちで一番近くにいた男が突っ立っておれのほうを指差し、右側の少し離れたところにいる他の二人に大声で何かを言うのが見えた。何らかの決断をする間もなく、彼らはふたたび銃弾を浴びせ始めた。こちらから彼らを狙い撃ちするのはほぼ不可能だ。彼らはまだ崖の一〇〇ヤードほども上にいて、しかも木々に守られている。困ったことに、きちんと立てないせいでライフルの照準を合わせるのが難しい。ここは手と膝をついて這って逃げ、彼らを引っ張り出すのにもっと適した場所を探すしかない。小さな丘や深い溝の多数ある荒れた地面を、速くはないが着実に這っていく。おれのような逃亡者にとっては、この国は望むべくもない理想的な場所だが、ただ、今のおれは溝の中を歩くこともできない上に、残念ながら雪豹として生まれてこなかったので、四つ這いで急斜面を下りるのも無理だ。

したがって、例の小さな絶壁に出くわすたびに、身を投げ出して、それほどひどくない着地になることを祈るしかない。何度も何度も転がり、ぽんぽん跳ねる、長くて痛い道のりだった。

這って、転がって、落ちて、追跡者の目から逃れ、崖から落ちることで有利に陣地を進め、敵が走って追いついてくるとそれを失い、ということを四五分ほども続けた。そのくねくねした下り斜面のルートのどこにも、追っ手の射手たちを取り除くのに適した場所を見つけることはできなかった。弾丸は飛び交い続け、おれは動き続けた。だが、ついに幾分平らな地面に着くと、周りには大きな岩が多数あった。これぞマーカス最後の抵抗の砦だ。または、彼らの。どちらに転ぶかはわからない。もっとも、正確に敵が何人なのかはわからない。

「モーガンならいったいどうやってこの窮状から抜け出すだろう？　あいつならどうするだろう？」そんなことを考えていたことを思い出す。それはおれに七分間だけ年上の兄貴のとてつもない強さを与えてくれた。このポジションなら、モーガンは敵の白目が見えるまで待つだろうと確信した。失敗は許されない。大きな岩の陰に這っていき、弾倉をチェックし、マーク12の安全装置を解除した。そして待った。

敵がやって来るのが聞こえたが、そのときにはすでにすぐ近くまで来ていた。彼らはバラバラで、それだと全員を一度に撃ち取ることはできないので不安になった。しかし、そのとき、文字どおり、ただおれを追跡するだけで撃ちはしない偵察兵の姿が見えた。その男はライフルすら持っていない。おれの居所を突き止め、他の者たちに撃てと合図するのが彼の仕事だ。生意気で愚劣なチビめ。

だが、それがアフガン式なのだ。シャーマックという男は仕事の分配に実に長けている。一人の男に水を、別の一人に予備の弾薬を運ばせ、しかも射手はターゲットを探すのにも時間を浪費しなくてすむ。これを専門とするスペシャリストがいるからだ。

他ならぬそのスペシャリストは難なくおれを追ってきているが、それはきっとおれがスティックを突き刺された豚のように額と腿の両方から血を流して頁岩の上にたっぷりと付け、手負いのグリズリー熊よろしく土をえぐって足跡を残していっているからだろう。

さて今、ひざまずいて岩の周りを注意深く移動してライフルを構えるおれから一〇フィートも離れていない真正面にタリバンの偵察兵が立っているが、向こうはまだこちらに気づいていない。

その瞬間に引き金を引くと男は即死した。被弾の衝撃で男は胸から血を噴き出させながら後ろ向きに吹っ飛んだ。心臓をぶち抜いたらしく、男が地面に倒れる音が聞こえた。だが同時に、おれのすぐ後ろに、追ってきていた射手の小さな足音がした。振り返ると真上の岩の間に二人いる。捜している。二人が同時にAK47を向けたので、一瞬しか行動する間はなかった。くそっ！　一人は殺せるが、二人同時は無理だ。

手榴弾の一つに手を伸ばし、ピンを引き抜き、やつらめがけて投げた。二人は何発か撃ったようだったが、その前におれは岩の後ろに飛び込んだ。これはまさしく至近距離の戦いで、敵との間は五フィートもない。ただもう、どうかあの手榴弾を破裂させてくださいと神に懇願していると、ちゃんとそれは爆発し、二人のアフガン人を木っ端微塵にし、岩を引き裂き、土砂の砂嵐を巻き起こした。おれは頭をしっかり下げて、これ以上敵がいないことを神に祈っていた。

ついに何もかもが極限にでも達したかのように、そこに横たわって空から破片が降ってくるのが収まるのを待っていると、気分が悪くなり、目眩《めまい》がし、すっと気が遠くなる感じがして、体が震えた。岩の後ろで数分間ぼーっとしてから、やっと他に追ってきているタリバンがいないかどうかを見るために、思い切ってそこから這い出ていった。誰もいなかった。

先ほどの手榴弾の爆音はきっと誰かの注意を引いただろうから、当然、そこは去らなくてはならない。数分間座って、静けさに驚嘆しながら、様々な事柄に思いを馳せた。そうして達した結論は、おれはもう一度、一から戦い方を学び直さなければならないということだった――シールの戦い方ではなく、ひそやかなアフガンの山男たちの戦い方を。少なくとも、もし生き残ろうとするならば。

この一時間でいくつかの大きな勉強をしたが、中でも最も重要なのは、それまでに訓練で教えられたすべてに反するが、一人で戦う能力を獲得することの重要性だった。シールはもうおわかりのように、チームで、チームでのみ、戦う。各隊員は正しく戦闘を行うために、完全に他の隊員たちに依存する。それがおれたちのやり方で、四人もしくは一〇人、ときには二〇人がチームを組んで戦うが、常にそれは一つの部隊、一つの心、一つの戦略のもとにある。おれたちは本能的に常に仲間の後方掩護を行い、掩護射撃をし、仲間との隙間を埋めるか、もしくは仲間の動きを容易にする動きをとる。それがおれたちを強力な部隊にしている。

しかし、高山でたった一人敵に追いかけられている今の状況は、まったく違う種類のゲームだ。まずアフガンの山男のようにひそやかに、相手の目を逃れ、いっさい音を立てず、何も乱すことなく行動することを学ばなくてはならない。もちろん、そういったことはカリフォルニアでも学んだが、それはこちらよりはるかに隠密で静かで目に見えない現地人の敵を相手にするときに要求されるような高いレベルの訓練ではなかった。

四つ這いで移動しているのも不利だ。神経を集中して、敵を急襲する前にうまく体を正しい銃撃姿勢にもっていかなければならない。確実に殺せることを確認してから引き金を引くようにして弾を節約する必要があるが、何よりもまず敵の目を避け、今のおれはまさしくそうだが、手負いのグリズリーよろしくドシンドシン動き回って相手にこちらの居所を悟られることがないようにしなければならない。

次に敵を襲うときには、いつの世にも最強の武器である驚きの要素を加えようと自分に誓う。それはムジャヒディンやアルカイーダ、はたまた、この先のおれのような真に残忍な負け犬を必ずや勝利に導いてくれる戦略だ。

ふたたびゆっくり両手両膝をついた。やる気満々の猟犬のように、側頭部を風上に向けて耳を澄ます。何もない。何の音もしない。あいつらめ、諦めたか、またはおれもたぶん死んだと思ったか。どちらにしろ、危険は去った。

ライフルをベルトに挟み、水のありかを目指して西の方角に歩を進め始めた。それはまだかなり下のほうにあり、この山からもう一度落ちるのを避けるためには、水が見つかるまでこの急斜面をジグザグ状に下りていかなければならない。

距離はとっくにわからなくなっていたが、三、四マイルほどだっただろうか。ちょうどヘル・ウイークのように、這って、休んで、祈って、願って、力の限りを尽くした。その間に二、三度、意識を失ったように記憶している。だが、ついに滝の音が聞こえた。午後の日差しの中で、高い岩場から深い滝つぼに流れ落ちた水が渓流に流れ込んでいくザーッという音だ。

偶然だがおれはその滝の約二〇フィートほど真上にたどり着いていた。そこは実に美しかった。太陽が水面にきらきらと輝き、周りは山の木々に囲まれ、はるか下には谷があり、その縁にはアフガンの村があるが、それはずっとずっと下、たぶん一マイルほども下だ。

思い出せる限り初めて誰にも追跡されていなかった。何も聞こえず、誰も見えず、すべてが平穏そのものだ。どうやら偵察隊をまいたようだ。なぜなら、もし誰かが後をつけてきていたら、その音が聞こえるはずだからだ。嘘じゃない。部族民のように動くのはまだ無理かもしれないが、彼らの聴力は身につけていた。

こんなに長い間、水なしで過ごしてきたので、三〇秒ほど水を飲むのが遅れてもたいして違いはないだろうと思った。そこでライフルの照準器を引き伸ばし、その素晴らしく見晴らしのきく場所から下の村を観察することにした。流れの真上で、左手で岩につかまって、体を起こした。

そこからの眺めは見事で、村が見えるが、その高台にある山にしがみついているように見える家々は明らかに腕のいい大工により建てられたらしく、岩肌に掘り込むように作られている。まるで子供の絵本から飛び出してきたような光景で、邪悪な魔女か何かでも住んでいる、大きな氷砂糖の山にあるジンジャークッキーのおうちのようだ。

照準器をしまい、左脚がどうなっているかはあえて見ないようにして、下でおれを待っていてくれている氷のように冷たい滝つぼに向かって尻で滑り下りていくのに適した場所を探そうと、第一歩を踏み出した。そのとき、ついに左脚の力が抜けた。新しく撃たれた部分が原因か、爆弾にやられた部分か、またはただ脚の腱がそれ以上の負担に耐えられなくなったのか。とにかく左脚の膝がガクッと崩れ、そのせいで体が思い切り前に飛び出した。

体がねじれたせいで、頭を前にして下向きに着地し、そのまま頁岩や砂のゆるんだ滑らかな地面をどんどん加速しながら、ときにもんどりを打ち、足を宙に突き出し、ときにブーツの爪先を土にねじ込み、何でもいいから必死で足が掛かるものを求めながらも滑り落ちていった。滝のそばを猛スピードで通り過ぎ、さらに落ちていく。そのスピードは想像すらつかないが、谷底までは大変な距離なのに止まることができない。

前方に若木があったので、何かをつかんで速度を落そうと、頭から先に猛スピードで滑り落ちていきながらもそれに飛びついた。その細くてしなやかな幹を指でしっかりつかまえ、体を起こそうとしたが、スピードが出すぎていたせいで反対にひっくり返り、おかげで地面にこっぴどく背中を打ちつけた。一瞬、死んだかと思った。

生きていようが死んでいようがたいして差はなく、おれの痛めつけられた体は結局千フィート近くも滑落し、そこで山が急に逸れていったのでおれも同じように曲がり、そこから断崖の底に当たる部分まで、さらに五〇〇フィートほどを転がったり滑ったりして落ちていった。ついにどさりと着地したときには、体中の骨という骨が折れていると感じた。呼吸が苦しく、額の切り傷から出た血が顔を伝って流れていて、おれはこの上なく自分を哀れに思った。

きっとこれは信じてもらえないと思うが、おれのライフルはまたもやすぐそばにあり、またしてもおれを救ってくれたのは喉の渇きだった。熱い午後の日差しの中で血まみれの塊となってただそこに横たわっている代わりに、今はすぐ上にある、あの水のことを考えた。少なくとも、ほんの数秒前にその横を高速で通り過ぎたときには確かにあった。

あそこまで登って戻らない限り、おれは確実に死ぬ。そこでライフルをつかみ、命を救ってくれるはずの水のありかを目指し、腹這いで長い山登りを始めた。緩い地面ではよじ登っては滑った。さすがにもう、おれがどんなに救いようのない登山家であるかはわかってもらえただろう。おれにできるのはただ斜面に慈悲をお願いするだけだ。それは信じられないほど勾配が急で、完全に垂直ではないにしても、ほぼそれに近い。偉大なロッククライマーでも、おそらくここを登るには完全装備で臨むだろう。

自分としては、上りと下りのどちらがより下手かはわからない。とにかく水のある所までは二〇〇フィートだ。それに二時間もかかった。途中二度失神したが、ついに到達すると、舌と喉を解放するためにまず水中に頭を突っ込んだ。次に火がついたように熱い顔を洗い、生え際の少し下の傷口をきれいにし、脚の後ろ側から血を洗い落とそうとした。弾がまだそこに入ったままなのかどうかはわからなかった。

とにかくまずは水を大量に飲んで、それからなんとか救援隊の注意を引いて、病院に行かなくてはならない。そうしない限り、助かるとは思えない。数ヤード上の、水がぴちゃぴちゃと岩を打ちながら流れ落ちてきて小さな水たまりになっているところに移動した。頭を下げ、水を飲んだ。それはそれまでに味わったことがないほど甘い水だった。

だが、その贅沢に心ゆくまで浸ろうとしたそのとき、おれの真上に三人の男が立っているのに気づいた。うち二人はＡＫを手にしている。一瞬、幻でも見ているのかと思った。水を飲むのをやめた。そして、夢と現の間を行ったり来たりしながら、独り言を――ただのつぶやきだったが――言っていたのを覚えている。

すると彼らの一人がこちらに向かって何やら叫んでいるのに気づいた。おれが理解できるはずだと思っているようだが、この混乱しきった頭ではとうてい無理だ。そのときのおれは死ぬまで戦う気でいる手負いの野獣だった。友愛を示す手の動きも、可能性としての人間の品格も、何も理解できなかった。反応できるのは、脅威に対してのみだった。しかも、あらゆるものが脅威だった。追い詰められていた。怯えていた。突然、死ぬのが怖くなった。何が来ようと激しく抵抗する気でいた。そんなおれだった。

　頭にあったのはただ一つ……こいつらを殺してやる……ただそのチャンスをくれ。転がって水たまりから離れ、ライフルを射撃姿勢に構えた。それから岩場を目指して這っていったが、その間、一斉射撃のＡＫ弾に体を引き裂かれ、ついには命を落とすことになるだろうと腹をくくっていた。

　しかし、他にはチョイスがないと論理的に判断を下した。この分では反撃する前に殺られてしまう危険性が高い。そのとき最初の男がまだ声を限りにわめいていたことをぼんやりと思い出す。文字どおりおれに向かって叫んでいた。彼が何を言っていたにしろ、それは見当違いに思えた。しかし、シール第一〇チームに派遣された男――おそらく、おれ――により戦場で抹殺された多くのアフガン部族民の一人の父親が、怒声を浴びせているようにも聞こえた。

　ゆっくり、じわじわと、ほとんどやみくもに、先にあるより大きな岩場に向かいながら、もし彼らが本当におれを撃ちたいのなら、もうとっくにそうしていてもいいはずだという考えが心をよぎった。実際、彼らはいつだってそうできたのだ。でもタリバンはあまりに長い間、おれを追跡してきた。おれに必要なのは掩蔽物と応射するのに適当な場所だけだ。

　ライフルの安全装置をはずし、なおも這い続けて、周りをぐるりと大きな岩に囲まれた場所にまっすぐ入っていった。これで終わり。ここがマーカスの最後の砦。ゆっくりと半分は転がり、半分は体をひねって、もう一度敵に対面した。困ったことに、この時点で敵は散開のような態勢に入っていた。三人はいつの間にかおれの上に到達し、しかも一人は左、一人は右、もう一人は真ん中という具合いにおれを取り囲んでいる。ちくしょう。手榴弾はもう一つしか残っていない。それは問題だ。大問題だ。

そのとき、ひらけた場所に、そんなことよりもっと大きな問題があるのに気づいた。もう三人の男がそれぞれＡＫを負い革で背中に下げてこちらに近づいてきていたのだ。そして彼らもまた散開してより高い場所に移動し、おれの背後の位置についた。誰も発砲しない。おれはライフルを構え、大声でわめいている男のほうに銃口を向けた。照準を合わせようとすると、男が素早く大きな木の陰に逃げ込んだので、狙いをつけるものがなくなってしまった。

体を回転させて他の者たちの位置を確かめようとしたが、額の傷から滴り落ちている血のせいで目の前がぼやけてよく見えない。脚からの出血は体の下の頁岩を暗赤色に染めていた。何らかの戦い——しかも明らかにまったく勝ち目のない戦い——をしているということ以外、もはや何が起きているのかさえも、わからなくなっていた。あとから来た三人組は後背の岩場をあっという間に楽々と、おれの真上まで下りて来た。

木の陰に隠れた男はまたひらけた場所に戻って、ライフルを下に向けた姿勢で立ち、相変わらずおれに向かって何やら怒鳴っている。降伏を要求しているのだろうと察せられた。だが、おれにはそれすらできなかった。おれにわかっていたのは、今すぐ誰かに助けてもらわない限り、出血多量で死んでしまうということだけだった。そのとき、おれはそれまでのキャリアを通して、そんなことを自分がするなどとは一度も考えられなかったことをした。ライフルを下に向けた。敗北だ。おれの全世界がいろんな意味で、おれの手には負えなくなっていた。ふたたび失神しないでいるのに必死だった。ただそこに横たわり、血を流し、なおもライフルは手離さず、それでも気持ちだけは挑戦的で、でも戦うことはできないでいた。もう力が残っていなかった。意識を失う寸前だが、叫んでいる部族民がおれに何を言おうとしているのかを必死で理解しようとしていた。

「アメリカ人！　オーケー！　オーケー！」

やっとわかった。彼らにはおれを傷つける気はないのだ。単におれに出くわしただけなのだ。おれを追いかけているわけではないし、殺す気もない。それはその数日間ではあまり馴染みのない状況だった。だが、昨日の山羊飼いの姿はまだしっかり頭に焼きついていた。

「タリバン？」おれは訊いた。「タリバンなのか？」

「ノー・タリバン！」。リーダーらしき男がわめいた。そして、手のひらで喉を掻き切る動作をしながら「ノー・タリバン！」と繰り返した。

横たわっているおれの目には、それは〈タリバンに死を〉というジェスチャーに見えた。確かに彼はタリバンの一員であるというしるしも、またタリバンを好きであるという様子すらも見せていない。例の山羊飼いも「ノー・タリバン」と言ったかどうかを思い起こそうとした。すると彼らがそうは言わなかったことを、かなりはっきりと思い出した。今回は明らかに違っている。

しかし、まだ頭は混乱し、目眩がし、確信がもてなかったので、なおも訊き続けた。「タリバン？タリバン？」

「ノー！　ノー！　ノー・タリバン！」

もしおれが正常な状態にあったら、きっと彼の言葉を数分前に、マーカスの最後の抵抗だの何だのという前に受け入れていただろう。だが、そのときのおれは気がふれる寸前だったのだ。リーダーが歩いてくるのが見えた。微笑み、サラワだと名乗る。彼は村の医者で、どうにかたどたどしい英語で会話ができた。三〇歳前後、顎鬚をたくわえ、アフガン人にしては長身で、知的な広い額をしている。おれの目には医者には見えないし、現地民の追跡者のようにこの山の縁をうろついていればなおさらだ、と思ったことを覚えている。

しかし、彼には何かがあった。彼はアルカイーダのメンバーのようにも見えなかった。すでに多数のタリバン戦士にお目にかかっていたが、彼はその誰にも似ても似つかなかった。その目には尊大さも憎しみもない。もし彼が〝カイバル峠の殺人事件〟の主役のような服装をしていなければ、むしろ平和集会に行く途中のアメリカ人の大学教授に見えただろう。

彼は銃もナイフも隠し持っていないことを見せるために、ゆったりした白いシャツをたくし上げた。それから、腕を前に大きく広げて、〈私はあなたの味方です〉という意味らしい世界共通のジェスチャーをした。

彼を信用するしかない。「助けてくれ」。見た目にも明らかなことを、派手に強調する言葉を吐いた。

「病院……水」

「え？」。サラワが言った。

「水を」。繰り返した。「水を飲まなくては」

「えっ？」とサラワ。

「水」。後ろにある水たまりのほうを指差して鋭く叫んだ。

「ああ！」。彼は大声を上げた。「酸化水素！」

弱々しく笑うしかなかった。酸化水素だってさ！　長ったらしい言葉しか知らないこのイカれた部族民は、いったい何者なんだ？

彼はボトルを持った子供を呼び寄せた。子供は水が流れているところに行って、新鮮な水を汲んでくれたのだと思う。それをおれのところに持って来てくれた。おれは大きなボトル二本分を、ごくごく音を立てて一気に飲み干した。

「酸化水素」。サラワが言った。

「そのとおりだよ、友達」と、おれは念を押した。

それを皮切りに、おれたちは互いに相手の母国語をほとんど解しない〈言語の無人地帯〉での会話を始めた。

「撃たれたんだ」と言って、出血のだらだら続いている傷を見せた。

彼は傷を調べると、緊急に治療が必要だという明白な事実を理解したかのように、厳しい表情でうなずいた。おれの脚がどのくらいひどく感染するかは神のみぞ知るところだ。傷口に押しつけたあの土や泥や頁岩が傷にいいはずがない。

何らかの助けにならないかと、彼におれも医者だと言った。非タリバンの村がアメリカ人の逃亡者をかくまえば、残虐な報復があるであろうことは想像がついたが、彼らがおれをここに置き去りにしないことを祈った。

救急セットの一部でもあればと、どんなに思ったか知れない。でもそれはマイキー、アクス、ダニーのいた山で、はるか昔に失われてしまっていた。とにかく、サラワはおれが医者であることを信じたようだ。もっとも、おれがどういった経緯でそこにいるのかも、同じくらいわかっていた。身振り手振りの連続とほんのわずかな言葉で、彼はその山であった銃撃戦についてすべてを知っていると伝えた。そしておれがその戦闘員の一人であることを確信していると伝えるために、何度もおれを直接指さした。

この一帯の部族民は抜群の口頭伝達システムをもっているに違いない。彼らには高速通信の手段はない。電話も、車も、何もない。山腹をうろつく山羊飼いたちが必要な情報を伝えるだけだ。そしてここに、推測では何マイルも離れた場所で起きた出来事にもかかわらず、前日におれが参加した戦闘についておれに伝達するサラワという男がいる。

彼は安心させるようにおれの肩を叩き、おれが子供と話をしている間、仲間の村人のところに協議らしきものをしに行った。

その子供にはたった一つだけ訊きたいことがあったようだが、その質問をアメリカ人に理解させるのにとても苦労をしていた。が、最後には彼の話のおおまかな趣旨がわかった――「あの山を落ちてくるなんて頭がおかしいんじゃないか？　すごく遠かった。すごく速かった。すごーくおかしかった。村中の人が見てたんだよ。死ぬほど笑えた。はっはっは！」

イエス様！　いや、違った、ムハンマド様！　またはアラーの神様！　誰がこのあたりの神様かは知らないが、その子はあのジンジャークッキーの村の子だった。

サラワが戻ってきた。またもう少し水をもらう。彼はあらためて傷の具合いを調べた。ますます険しい表情だ。だが、彼らにはおれの尻の状態なんかより、討議すべきもっと重要な課題があった。

むろん、おれにはそれはわかっていなかった。だが、サラワとその友人たちが下そうとしていた決定はとてつもなく大きな責任と、ことによるときわめて重大な結末を伴うものだったのだ。彼らはおれを引き取るかどうかを決断しなくてはならなかった。おれを助け、かくまい、食事を与えるかどうか。さらに最も重要なことは、敵からおれの身を守るかどうか。

彼らはパシュトゥーン族だ。アフガニスタンの前支配者の旗の下に戦っている戦士たちの大多数と、加えてビンラディンのアルカイーダ戦士たちの多くが、この厳格で長い歴史をもつ部族の出身だ。彼らのうち約一、三〇〇万人がここアフガニスタンに暮らしている。

タリバンというセクトの核である鉄のごとくに不屈な精神と異教徒に対する強烈な憎しみは、間違いなくパシュトゥーン族のものだ。あの小さくとも凶暴な部族軍の中枢はパシュトゥーン族なのだ。タリバンがこのあたりの山々を動き回れるのは、彼らに食料と隠れ家を提供するパシュトゥーン族の暗黙の賛同と承認があるからに他ならない。戦士と一般的な山の民という二つのコミュニティは切っても切れない関係にある。ロシア人と戦ったムジャヒディンも大半がパシュトゥーン族だった。

「ノー・タリバン」の言葉など意味がない。おれはバックグラウンドを知っている。彼らは表面的には平和を愛する村人かもしれないが、部族民の血の結束は鉄のごとく固い。武装したアメリカ兵の頭を要求する怒れるタリバン軍を前にすれば、アメリカ人の生き残るチャンスには、老いぼれの雄山羊すら賭ける者はいないだろう。

なおかつ、おれが知らないことがあった。それは歴史あるパシュトゥーン部族法の歓待の項に厳格に定められた〈ロクハイ・ワルカワル〉と呼ばれるセクションについてだ。ロクハイ・ワルカワルを直訳すれば「壷を与える」という意味になる。

これについては第二章でパシュトゥーン族のバックグラウンドについてざっと述べたときに短く触れたと思う。だが、ここが本当に重要な部分なのだ。ここに来て、この古き良きロクハイ・ワルカワルがこの筋書きのなかに登場する。死ぬほど血を流しながら地面に横たわっているおれの横で、部族民たちがおれの運命について話し合っている、この場面において。

アメリカ人、特におれのように悲惨な状態にある者からすれば、死ぬかもしれない怪我人を助けることは当たり前のことだ。誰もが自分にできるだけのことをする。だが、彼ら部族民にとっては、人を助けるというコンセプトには大きな重荷となる責任が含まれている。ロクハイは単に怪我人を引き取って看病するに留まらず、たとえ自らの命を賭してもその人を守り抜くという、破ることのできない約束を意味するのだ。しかも、それはただ最初に壷を与えると約束した本人とその家族だけの死に留まらない。あきれたことに、村全体を意味している。そしてこれは、いざのっぴきならない状況になったときにまた話し合って変更できる事柄ではない。

したがって、あの残忍な冷血漢どもはきっとおれをここに置き去りにして死ぬに任せるだろうなどと考えながら横たわっていたとき、彼らは実際、はるかに重大な、自分たちの生死がかかった問題を話し合っていたのだ。

おれの推測では、彼らはおれの頭に弾をぶち込んで大きな面倒を省くかどうかを話し合っていた。しかしそのころには、おれは意識を失いかけていて半睡半醒の状態にあり、その境は最小限になっていた。サラワはまだ話をしている。もちろん、おれは彼らもあの山羊飼いと同類で、タリバンの忠実なスパイである可能性にも気づいていた。いったんおれを引き取り、それから一番速いメッセンジャーを地元の指揮官に送っておれを確保していることを密告し、連れに来てもらって、好きなときに処刑してもらうことだって彼らには簡単にできるのだ。

そうならないことを必死で祈った。それに、サラワがいい人だということはわかったつもりだが、彼の真の姿はわかりようがない。誰にもわからない。こんな状況のもとでは。とにかく、今はおそらく全員を撃ち殺す以外にたいしてできることはない。だが、そんなことをして、こちらも無事でいられるチャンスは果たしてどのくらいあるだろう。ほとんど動くことができないのに。

だから、判決が下るのをただ待った。こう考え続けていた――モーガンならどうするだろう？　この状況から抜け出せる方法はあるのだろうか？　正しい軍事的決断は？　おれに選択肢はあるのだろうか？　生き残るには、この際サラワと仲良くなり、何とか彼の友人たちに気に入られるよう努めるしかない。

とりとめのない考えが頭をふらふらとよぎっていく。この山で起きたすべての死について考える。もしもあの男たちがシールとの戦闘で息子や兄弟や父親や従兄弟を亡くしていたらどうだろう？　自分たち部族が受け継いできた土地で数々の銃撃戦をくり広げアフガン人を爆破する米軍の武装し戦闘服をまとった一員であるおれについて、彼らはどんなふうに感じるのだろう？

むろんその答えはわからないし、彼らの考えを知るのも不可能だ。だが、いい感情を抱かれているはずがない。それは確かだ。

サラワが戻ってきた。鋭い口調で二人の男におれを抱え上げろと命令する。一人には両脇の下に手を入れて体を支えて地面から引き起こすよう指示し、もう一人には両脚を持ち上げろと命じた。

二人が近づいてくると、おれは最後の手榴弾を取り出し、注意深くピンを抜き、その小さな爆弾を発火モードにした。それを片手に収めてしっかり胸に押しつける。彼らは気づかないようだ。もしもおれを殺そうとしたり、縛ろうとしたり、残忍なタリバンの仲間を呼んできたりしたら、これを地面に落として、おれもろともやつらも全滅だ――そればかり考えていた。

彼らはおれを持ち上げた。そして、ゆっくりと村を目指した。おれには、少なくともその時点ではわかっていなかったのだが、それは尾根での戦いが始まって以来おれに訪れた最大のターニングポイントだった。それらのフレンドリーなパシュトゥーン族はおれにロクハイを与える決断を下したのだ。たとえ一人残らず殺されようとも、タリバンからおれを守り抜く決意をしたのだった。

10 アメリカ人逃亡者、タリバンに追いつめられる

サラワとその友人たちはおれからライフルを取り上げようとはしない……まだ今のところは。二〇〇ヤードほど先にある、三〇〇軒ほどの家があるサブライ村までの急な下りの山道をゆっくり運ばれていく間も、おれはずっと片手にライフルを握っていた。もう片方の手に握られている最後の手榴弾は、ピンが抜かれ、おれたち全員をあの世に送るばかりになっている。午後四時ちょっと過ぎで、陽はまだ高い。

途中、二組の地元民の群れに出会ったが、ライフルを手にしたアメリカ人の負傷兵が援助の手を差し伸べられている光景には、どちらもはっきりと驚愕の反応を示した。彼らが足を止めてこちらをじろじろ見るので、二度ともおれは彼らの一人とがっちり視線を絡み合わせた。相手は必ず睨み返してきた。すっかり慣れ親しんだ、あの純粋な憎しみのこもった険しいぎらぎらした目つきだ。いつも同じ、異教徒に対するあからさまな憎悪のまなざし。

彼らは、むろん頭が混乱しているのだ。無理もない。おれだって混乱している。なぜサラワはおれを助けているのだろう？　不安なことに、サラワは多勢に逆らっているように見える。そこはアメリカ人には死のみを望むイスラム教の狂信者たちが大勢いる村なのだ。

少なくとも、そのとき、おれはそう考えていた。だが、そのパシュトゥーン族の年長者たちの本質的な人間としての品格を、おれは過小評価していた。サラワと他の多くの者たちはまっとうな人間で、おれを傷つける気などまったくなく、他の誰かが傷つけることも許さない。また自分たちと同族の山岳民の一部が血に飢えているからといって、彼らはその者たちに卑屈に追従することもない。彼らはただおれを助けようとしていた。それがしだいにわかってきた。

山道で出会った山羊飼いたちの敵意ある警戒した目つきは典型的なものだが、大多数の人々の考えを反映してはいない。サブライ村の一番上の家を目指して、おれたちは下降を続けた。〝一番上の家〟と言ったのは、懸崖に近い山の急斜面に家々が上下に積み重なるように配置されているからだ。つまり、山道から逸れると、そのまま家の平らな屋根の上に歩いていける。

その家の玄関に到達するにはさらに斜面を下りなくてはならない。家の中に入ると、そこはどちらかというと地下で、明らかに腕のいい職人の手になる、泥と岩でできた人工の洞窟になっていた。岩でできた階段を下りると、別の階になり、もう一部屋ある。しかし、ここはできる限り避けたほうがいい。村人たちがよく山羊を入れるからだ。山羊のいるところ、山羊の糞あり。しかもあらゆる所に。その吐き気をもよおす臭いは家全体に充満している。

家の外に着いたとき、まだ死にそうに喉が渇いていることを彼らに懸命に伝えた。するとサラワが庭用のホースを恭《うやうや》しく、まるでクリスタルのゴブレットでもあるかのように手渡してくれ、どこかにある蛇口をひねったことを覚えている。これは米軍からは激しく眉をひそめられる行為だが、手榴弾にピンを戻して、身につけていた戦闘用装帯に安全にしまい込んだ。

さて、ふたたび両手が自由になった。水はとても冷たく、抜群に美味しかった。次に彼らは家の中から簡易ベッドを持ち出して組み立て、サラワの監督のもと、四人がかりでおれを抱えて、そっとその上に横たえてくれた。

米軍の軍用機が金属音を立てながら、高い山の空を横切って飛んでいくのが見えた。おれ以外の全員がそれを指差している。いったい彼らはいつになったら迎えに来てくれるのだろうと思いながら、おれは切ない気持ちでただそれを見つめていた。

今ではサブライ村の住民が一人残らずおれのベッドを取り囲み、サラワが仕事にかかるのをじっと見ている。彼は脚の傷口をていねいに洗い、思っていたとおり左腿に弾は残っていないことを確認した。実際、彼は弾が貫通して出ていった穴を見つけた。つまり両方の穴から出血していたんだ。道理で、もうあまり血が残っていないはずだ。

次に彼は小さな手術用器具を取り出して、脚に刺さったロケット弾の破片を引き抜き始めた。あのロケット弾の破片を見つけられるだけすべて取り除くのには長い時間を要した。ところで、それはおれにとっては地獄の責め苦だった。だが、彼は作業を続けた。そしてもう一度傷口を徹底的に洗い、滅菌クリームを塗り、包帯をした。

おれは疲れ果てて、ただ横たわっていた。間もなく、六時ごろだったと思うが、彼らが戻ってきて、四人で簡易ベッドを抱えておれを家の中に運び込んだ。そして清潔な服を与えてくれたが、それは最初に飲んだ水以来のありがたい品だった。ゆったりしたシャツとおなじみのバギーパンツからなる柔らかいアフガンの衣類で、信じられないほど着心地がいい。人間に戻った気がした。実際、彼らはまったく同じ服を二組渡してくれた。昼用に白、夜用に黒。

ぼろぼろになった米軍戦闘服——といっても迷彩の上衣しか残っていなかったのだが——から部族民の衣服に着替えたとき、思いがけない問題が起きた。肩の痛みがまだ強烈だったので、彼らの手を借りなくてはならなかった。ところが、おれの背中の少し仰々しいタトゥ——シールの三叉鉾の半分〈あとの半分はモーガンがしている〉——を見るなり、彼らは卒倒しそうになった。

それを、どこかの好戦的部族の紋章——実際、そうなのだが——だと思ったらしい。次には、悪魔の化身かもしれないと思ったようだ。それでおれは医者だと主張し続けなければならなかった。おれがいつかは彼らを絶滅させる邪悪で強力な黒魔術のシンボルを背中に誇らしげにつけた米軍の特殊戦士だと思わせないためなら、何だっていい。幸いにも、なんとか説得に成功したが、彼らはおれが彼らのシャツを着ると心から喜んで、袖を引っ張り下ろしてタトゥの図柄が一部見える上腕を隠した。

帰り始めるころには彼らは微笑んでいた。そして、おれはその村に滞在していた間じゅう、そしてその後もずっとだと思うが、〈ドクター・マーカス〉になった。

最後に小便をしに共同便所に連れていってくれと頼むと、そうしてはくれたものの、伝統的なアフガンの姿勢で用を足すよう仕向けられた。それでおれが後ろ向きにひっくり返ると、彼らが笑いをこらえきれずにいたことを思い出す。

その後もいつまでも忍び笑いをしていたが、安全にまたベッドまで連れ帰ってくれた。すると突然、恐ろしいことにライフルが持ち去られていることに気づいた。どこにあるのかと詰問すると、彼らは必死になって「ロクハイであろうがなかろうが」ライフルは取り上げなくてはならないと説明する。なぜなら、もしタリバンがこの部屋に踏み込んできたら、あのような狙撃用ライフルがある限り、負傷した医師だとは信じてもらえないからだそうだ――「ロクハイであろうがなかろうが」

この段階では彼らの言っていることが理解できなかったが、いずれにせよ、おれにはどうしようもない。したがって、そのことは単に心から追い出した。そしてついに完全に一人きりにされると、薄れゆく光の中でただじっと横たわっていた。

水を飲み、例の東洋の人たちが焼くペタンコのパンを食べた。彼らはパンを浸けて食べるための温かい山羊の乳も皿いっぱい供してくれた。だが、その組み合わせは味覚的には間違いなく、それまでに経験のない衝撃だった。あやうくもどしそうになり、おれの宗教では禁じられている！と言って、ミルクを下げてくれるよう頼んだ。したがって、あの硬くてパサパサしたまずいパンと格闘することになった。だが、ありがたかったし、その気持ちはしっかり伝えようとした。なんと言っても、あの山の上で死んでいたかもしれないのだ。

そして今ふたたび一人きりになった。目を凝らして、初めて周りを見回した。アフガンの分厚くて織りの粗いカーペットが床に敷かれていて、カラフルなクッションが壁を背に並べられている。彫り物の飾りが掛けられているが絵はない。窓にはガラスが入っていて、この家の下のほうには藁葺き屋根の家々が見える。この辺りに優秀な大工がいるのは確実だが、石やガラスや藁などの材料はどこから持ってきたのだろう。

おれの部屋には鍵の掛かった特大サイズの木箱がある。その中には家族全員の最も貴重な品々が入っているのだそうだ。それほど多くの物は入っていない。保証する。だが、彼らにはそのわずかな品々をおれと分かち合う気持ちがあった。

毛布を二枚渡してくれたが、日が暮れるにつれ、その理由がわかった。昼間の焼けつくような暑さから一転、気温は華氏三〇度まで一気に下がった。

また部屋の隅に古い鉄製の薪ストーブがあるのを発見した。あとでわかったのだが、彼らはそれで毎日パンを焼く。この辺りの慣習では、この家のような中心となる二軒の家で村民全員のためのパンが焼かれ、配られる。おれは横たわったまま、部屋には煙突がないので、煙はどこに逃げるのだろうと考えていた。しかし、その答えはやがてわかった。答え――どこにも行かない。薪の煙はおれの寝室の中に留まっていた。

うとうとしかけた。傷はまだ疼いているが、ありがたいことに感染は免れそうだ。フーヤー、サラワ！

おれの新居のドアはかなり分厚い上に建てつけが悪い。雨風をしのぐにはいいが、開けるには男が力の限り押さなくてはならない。そんなドアでは誰かが入ってくれば必ず目が覚めることもわかっていたので、厳戒態勢で眠る必要はなかった。

しかし、次に起きたことには仰天した。静寂を破る一蹴りでドアが開いた。目を開けると八人の武装したタリバン戦士がドカドカと部屋に入ってくるところだった。先頭の男はまっすぐベッドのところに来て、力いっぱいおれの顔を引っぱたいた。それにはこの上なくむかついたので、おれが動けない状態で、事実上、囚われの身なのはその男にとっては幸運だった。元気なときなら、そいつがおれに手をかけるなんてことをちらっと考えただけでも、その頭をぶっ飛ばしていただろう。

彼らがタリバンだということは、そのすっきりした身だしなみ、手入れされた顎鬚、清潔な歯や手や服ですぐにわかった。彼らは栄養が行き届き、ブロークン・イングリッシュが話せる。大男は皆無で、平均身長は五フィート八インチくらいか。全員がバックルの真ん中に赤い星のついた、例の古いソビエト製革ベルトをしている。アフガンの服装をしているが、それぞれ異なる色のベストを着ている。全員がナイフとロシア製ピストルをベルトに突っ込んでいる。すべてモスクワ製。すべて盗品。

自分の身を守るためにつかめる物は何もなかった。ライフルも手榴弾もなく、あるのはただ勇気というおれの個人記章、すなわち腕と胸に刻まれたテキサスのローン・スターのみだ。おれにはその勇気の一部が必要だった。なぜなら、その悪党どもが襲いかかり、左脚を蹴り、顔や上半身を殴り、ぶちのめしたからだ。

それはたいして堪えなかった。そういった仕打ちには耐えられるよう訓練されている。ともかく、やつらのパンチなどどれもたかが知れている。普通の状況ならば、一人残らず一直線に窓から放り出していただろうから、基本的にやつらはみんな非常に幸運なのだ。おれの心配は、やつらが撃つか、もしくは縛り上げてどこか、たぶんパキスタン国境あたりにでも連行して、ビデオカメラを回しながら頭を切り落とす決断を下すのではないかということにあった。

おれがもし一瞬でも本気でそれがやつらの意図することであると考えたなら、そこは修羅場となったことだろう。おれは確かに傷ついていた。が、実際以上に傷ついているように見せていたので、いざというときのためのプランはちゃんと立てていた。ちょうどおれの上にある垂木に、四フィートほどの長さの鉄の棒が横たわっているのが見えていた。立ち上がったら、あれをつかめるだろうか？ なんとか、つかめそうだ。

絶体絶命のピンチになったら、あの鉄の棒をつかみ、まずやつらの中で一番手ごわそうなやつを選んでぐさりと突いてやろう。そいつは二度と起き上がれないだろう。次は奇襲攻撃で前の二人に殴りかかる。同時に、シールの標準的戦闘方法に則り、鉄の棒を使ってグループ全体を部屋の隅に十把ひとからげに追い込み、誰一人、銃を構えたり、ナイフを抜いたり、逃げ出したりできないようにしてやる。

最終的にやつらのロシア製ピストルで生き残っている者全員を始末する前に、たぶんもう二、三人の頭蓋骨を粉砕しなくてはならないだろう。もし実際にその作戦に出ていたら、やりおおせただろうか？ ああ、やれていたと思うね。失敗でもしようものなら、シール第一〇チームの仲間たちは大いに落胆しただろう。

究極的には、やつらを皆殺しにして武器や弾薬を奪い、味方が救出に来るまでこの家に立てこもることになっただろう。

問題は、その作戦をとった場合に、直後にどうなるかということだ。そんな道を選ぶ男もいるだろうが、そんなふうにかっこいいシールになることに、どんな得があるだろう？ この家はさらに多くのタリバンに囲まれているのだ。しかも全員がＡＫを手にしている。見張りに立っている者たちが家に入ってはまた出て行くところを目撃した。薄気味悪いチビの何人かは窓のすぐ外にいる。ともかく、四方八方に広がるサブライ村全体がタリバンに取り囲まれているのだ。

彼らはおれの尋問にかかり、なぜここにいるのか、あのアメリカの軍用機は何をしているのか、アメリカに彼らを攻撃する計画はあるのか、誰がおれを助けに来るのか(いい質問だろう?)、といった質問を突きつける。目下のところ、勇気の大半を思慮深さに当てるべきだと思った。なぜなら、今のおれの目的は、ナイフを振りかざす部族民と乱闘になり、最悪、撃たれることではなく、単に生き延びることだからだ。

したがって、おれはただの医者で負傷した味方の兵を助けに来ていただけだと言い続けた。同時に、糖尿病であると大嘘をついた。特殊部隊の兵士ではなく、もっともこれは無視されたが、水を飲む必要があるのだと。最大の障害は顎鬚だった。米軍が兵士たちに顎鬚を禁じていることを彼らは知っていたのだ。特殊部隊だけがそれを許されている。

どうしても外に出る必要があるとかなんとか彼らを説得すると、逃げ出すための最後の一か八かの賭けである、そのたった一つの小さな願いだけは聞き入れてくれた。しかし、素早く動くことができないおれはまたあっさり家の中に引き戻され、地面に叩きつけられて、前よりもっと本気で殴られた。手首の骨が折れた。猛烈に痛く、のちのち、その治療には二回の手術が必要だった。

そして今は彼らがカンテラを三つほど点したので、部屋の中がかなり明るい。尋問は延々六時間も続いた。怒鳴っては殴り、がなっては蹴る。彼らはおれの仲間はみんな死んで、すでに全員が頭を切り落とされ、次はおれの番だと言った。アメリカのヘリコプターを撃墜し、乗員を皆殺しにしたとも言った。彼らは虚勢を張り、叫び、自分たちの国にいるアメリカ人全員はもとより、他にももっと殺してやるとうそぶいた。「お前たちを皆殺しにしてやる！　悪魔に死を！　異教徒に死を！」

大はしゃぎの彼らは、大物異教徒のおれの命もあとわずかだと言った。おそらく最後の希望の星である例の鉄の棒を横目で見た。だが何も言わず、あくまで最初の主張を貫いて、ただの医者だと言い張った。

途中、一七歳くらいの村の少年が入ってきた。彼がここに来る途中に出会ったグループにいたことはほぼ間違いない。そしてその子はおれが今では〝例の目つき〟と呼ぶ独特の目つきをしていた。おれやおれの国に対する冷笑を含んだ憎悪のまなざしだ。

タリバンはその子を招き入れて、おれをぼこぼこにするところを見物させた。少年は面白がり、おれにには連中が彼のことを〈仲間〉だと見なしているのがわかった。連中がおれの左脚の包帯の部分を蹴っている間、少年はベッドに座っていることを許されていた。やつは心から楽しんでいた。手のひらで喉を掻き切る動作をしては笑っていた。「タリバンかって、へん？……タリバンだよ！」。その子の顔、にやにや笑い、勝ち誇ったまなざしはけっして忘れない。おれはただ例の鉄棒にちらちらと視線を走らせていた。あの少年もまた、とても幸運だったのだ。

次に尋問官たちはおれのライフルのレイザーサイト（レーザー照準器）とカメラを見つけ、互いの写真を撮りたがった。彼らにレーザーを使用して写真を撮る方法を教えることになったとき、逆さまに使って、裸眼でビームを覗き込むよう教えてやった。おれから彼らへの最後のプレゼントは連中の多くを失明させてやることだった！　ビームはやつらの網膜を焼き切っただろう。悪いな、にいさん。

これが騙し合いの世の中というものさ。

その直後、午前零時ごろだったと思うが、新顔が二人のお供を引き連れて部屋に入ってきた。村の長老で、人々から大いなる尊敬を勝ち得ている、顎鬚を生やした小柄な老人だ。タリバンは間髪入れず立ち上がり、その老人がおれの横たわっているところに歩いてくると、脇に退いた。老人はひざまずいて小さな銀のカップでおれに水を飲ませ、パンを与え、それから立ち上がってタリバンに向き合った。

彼が何を言っているのかはわからなかったが、のちに発見したところによると、彼らにおれを連れ去ることを禁じたのだそうだ。おそらくそのことをタリバンは初めからわかっていたのだろう。でなければ、とっくに連れ去っていたはずだ。長老の声には紛うかたなき権威があった。それは低くて、静かで、落ち着いた、確固とした声で、彼が話している間は誰も口をはさまなかった。

その小さな有力者が掟――たぶん部族の掟だろう――について言及している間、男たちはほとんど一言も発しなかった。そして彼は帰っていったのだが、そのときも背筋をしゃんと伸ばして夜の中に歩み出ていった。侮べつされることに慣れていない者独特の姿勢だ。彼の姿は一マイル先からでも見分けることができるだろう。言ってみれば、アフガンのレノ教官だ。くそっ! レノが今のおれを見たらなんて言うだろう?

村の長老が帰った直後、タリバンは突然去る決意をした。やつらのリーダー、つまり主に話をしていた男は、他の者たちより頭一つ高い細身の男だ。彼が男たちを外に連れ出すと、やがて連中が歩き去り、サブライ村を出て山中に入る小道のほうに静かに登っていく音が聞こえた。ふたたびおれは一人きりになった。ひどく出血し、傷だらけだが、村の長老に永遠の感謝をささげ、あの悪党どもがまた戻ってくることを死ぬほど恐れながら、半醒半睡の状態に陥った。

突然、大きな音を立ててまたドアが開いた。驚きのあまり、アフガンの寝巻き用シャツから、あわや飛び出しそうになった。やつらが戻ってきたのだろうか？　処刑用の道具でも手にして？　起き上がって、もう一度、生き残りをかけて戦えるだろうか？

しかし、今回はサラワだった。そこでおれは自問しなくてはならなかった。本当のところ、彼は何者なのだ？　彼が密告したのだろうか？　彼はタリバンの掌中にあるのだろうか？　それとも、さっきの連中はただおれを捜しにやってきて、誰も見張っていないときに押し入っただけなのだろうか？ロクハイの概念についてもまだ教えてもらっていない。きっとどうやって教えればいいのかがわからないのだろう。どちらにしろ、信用するしかない。生き延びるにはそれに賭けるしかない。

サラワは小さなカンテラを手にし、数人の村人を従えていた。そのうちの三人がおれを床から抱え上げて、ドアのほうに運んでいった。そのとき、壁に映った彼らのシルエットが、ターバンをした不吉な影法師に見えたことを覚えている。まったくもって、『アラビアンナイト』から飛び出してきたようだった。アリババと四〇人の盗賊に拉致され、くそったれジニー（＊イスラム神話の精霊）の元に連れていかれるビッグ・マーカス。彼らが村の長老から直接命令を受けてそんな行動に出ていたなどということは、もちろん、おれは知りようがない。長老はタリバンがひょっとして古くからの掟を無視して力ずくでおれを連れ去る決意をした場合に備え、おれを他の場所へ移しておくよう命じたのだった。

外に出ると彼らは灯火を消し、隊列を組んだ。二人がAKを手にして先頭を行き、やはりAKを持った一人が後ろにつく。前と同じ三人が、おれを抱えて村を出て山道を下り始めた。道のりは長く、男たちは一時間以上、いや二時間近くも歩いた。疲れも見せずに歩き続けた。ブッシュマンかベドウィンのように。

ついに彼らは別の道に逸れ、そこを滝の上の川まで——彼らに出会った川と同じ川だと思う——ひたすら下りていった。おれは死人のように重かったはずで、またもや彼らの強さには感嘆した。川に到着すると、彼らはいったん足を止めて、おれを抱え直した。それから月のない夜の闇のなかを一直線に川に入り、ほとんど無言で渡った。彼らがそっと水の中を進んでいく間も、水がさざなみを立てて流れる音は聞こえるが、他には何も聞こえなかった。向こう岸に出た後も歩みは止めず、今度は木々の間を縫うように急勾配を上がっていった。

そこは昼間の光の中で見た、あの植物の茂った美しい場所だ。見覚えがあった。そしてその冷たい夜にさえ、シダや茂みでぎっしり覆われた、その柔らかい深緑色の孤立が感じられた。そしてとうとう、山肌にある深い洞窟のような場所に到着した。彼らがおれを降ろしたので、話しかけようとしたが、彼らにはおれの言葉もわからない上に手まねも見えないので諦めた。しかし、なんとかサラワには、自分は糖尿なので常に水を摂取する必要があると伝えることに成功した。喉の渇きすぎで死ぬことに対する恐怖がまだおれにとっては優先順位の第一位だったのだが、そのときは助けを借りずに川にひざまずくことは無理だとわかっていた。

彼らはおれを洞窟の奥まで運び、横たえた。そこに着いたのは午前四時ごろだっただろう。六月三〇日の木曜日だった。彼らは何も食べ物を置かずに去っていったが、水を入れる容器を探してきた。古いペプシのボトルで、それはこの惑星で最も気色の悪い臭いのするガラス製品だった。前世では山羊の糞入れにでも使われていたに違いない。しかし、今のおれには、その下水の中から取ってきたボトルに水を入れてもらうしかない。

腸チフスにでもなりかねないと、瓶に口をつけるのを恐れた。それで、たぶんスペイン人の闘牛士が雄牛に水をやるときにそうしていたような気がするが、顔の上にボトルを掲げて中身を口に向かって注いだ。

おれには食料も武器もないのに、サラワたちは帰っていこうとする。おれを置き去りにする決断をしていて、二度と戻ってこないつもりなのではないかと恐れた。サラワは五分後に戻ってくると言うが、信じていいものやら。暗闇の中、一人きりで寒さに震えながら、次にはどんな運命が自分を待ち受けているかもわからぬまま、岩床にただ横たわっていた。

心の折れてしまったおれはついに自制心を失い、何に対してももはや抵抗する意欲もなく、その夜の残りを純粋な恐怖からひたすら泣きじゃくって過ごした。もうそれ以上、耐えられなかった。そこにレノがいたら、確実に尻を蹴飛ばされていただろう。その場合は左でなく、右側ならいいが。

モーガンのことを考え続けた。気もふれんばかりに彼との交信を試み、おれの心の波動を彼の波長に合わせようとし、この声をモーガンに届けてくれと神に祈った。すると間もなく空が明るみ始めた。サラワが行ってから二時間にもなる。こんちくしょう！　あいつら、おれをここに置き去りにして死なすつもりだ。モーガンはおれがどこにいるのかも、おれが生きているのか死んでいるのかさえ知らない。シールの連中もおれが死んだものと諦めてしまっているだろう。

もしそのとき、黒くてでかいアフガンの蟻に突然襲撃されなければ、おれの頭はそんなふうに空転し続けていただろう。その小さな畜生どもに生きたまま食べられるのだけはまっぴら御免だった。起き上がり、ペプシのボトルでやつらを殴った。

大半はたぶんそのボトルの悪臭のせいで息絶えたのだろうが、完全にいなくなるまでしばらく叩き続けた。時は刻一刻と過ぎていった。何も起きない。パシュトゥーンの部族民も来ない。タリバンも来ない。おれはしだいに絶望していった。蟻がまた、ぽつぽつと現れ始めた。もはやおれにはやつらを完全に撃退する力は残っていなかった。よって、選抜式モードにギアをチェンジし、リーダーだけをペプシボトルで攻撃した。

すると洞窟の地面に火打ち石のような固い石が見つかったので、痛みをこらえながら左側を下にして横たわり、二時間かけてモンテ・クリスト伯の言葉をおれの牢獄の壁に刻んだ。——「神はわたしに正義を与えてくださる」

まだ神を信じているのかどうかは、自分でもわからない。神から接触を絶たれて、すでにかなりの時間が経った。でも、おれはまだ生きている。かろうじてではあるが。それに助けがこちらに向かっている途中かもしれないのだ。神はすこぶる謎めいた方法で助けてくれる。とはいえ、もはや希望の大半と同じく、ライフルさえも失われていた。

ふたたびうつらうつらし始めたとき、おそらく八時ちょっと前だったと思うが、辺りが突如として活気づいたように思えた。山羊の首に付けられた、あの小さなベルの音が聞こえるが、どうもこの洞窟の上にいるらしい。おれの上に砂や岩が雨のように降り注ぎ始め、その洞窟には天井がなかったことに気づいた。頭の上は空まで抜けている。上のほうのどこかで山羊の蹄のトントンという音が聞こえ、砂が絶え間なく落ちてくる。

おかげで蟻が生き埋めになったのはよかったが、おれは砂が目に入らないよう、うつ伏せになって目を両手で覆っていなければならなかった。タリバンにやられた右手が飛び上がるほど痛い。そのとき突然、恐ろしいことに、ＡＫ47の銃身がおれの左側を守っている岩の角をゆっくりと回ってくるのが見えた。隠れることはできない。掩蔽物の陰に入ることすらできない。それに間違いなく反撃ができない。

銃身が近づいてきて、そのうち銃全体が見え、手が見え、そして顔が――サブライ村の仲間の一人がにこにこと笑っていた。あまりの驚きに、彼のことを「クレージーなサイテーヤロー」と呼ぶことさえ忘れてしまっていた。まさしく彼はその名にふさわしいのに。しかし、彼はパンとあの反吐《へど》の出そうな山羊の乳を持ってきてくれ、おれの水筒に水をくんでくれた。下水から拾ってきた水筒のことだ。

半時間後にサラワが約束より五時間遅れでやって来た。銃創を調べ、もっと水を飲ませてくれた。それから、彼はその天井のない洞窟の入り口に見張りを立たせた。三〇前後の男で、他の者たち同様、鞭のように痩せて、顎鬚をたくわえている。彼はＡＫ47を肩から吊るし、入り口から少し上がったところにある岩に腰を下ろした。

おれは地面に横たわってうとうとし続けていたが、目が覚めるたびに身を乗り出して、まだ見張りはいるかどうかを確かめた。彼は名をノーザムンドといい、そのたびに人懐っこく微笑んで手を振ってくれた。だが、共通の言葉がないために話すことができない。一度、おれのボトルに水を入れるために洞窟に下りてきたので、彼の水筒を共有させてもらおうと試みたが、だめだった。

しかたなく、臭くて汚いペプシボトルを持ち上げて、前のように注いだ。それからボトルを洞窟の奥に放り投げておいた。だが、次回もノーザムンドはわざわざあのいまいましいものを見つけて、それに水を汲んできた。

夕方におれは一人きりになったが、数回、山羊飼いたちが通り過ぎていくのを目にした。彼らは手を振ったり話しかけたりはしなかったが、この隠れ場所を通報することもなかった。

ノーザムンドはありがたいことに焼き立てのパンを置いていってくれた。彼は暗くなってすぐに帰っていったので、それから何時間かは誰の姿も見なかった。サラワと彼の仲間たちがなんとかおれを助けようとしてくれているので、心の平静と分別を保とうとした。村の長老までが、明らかにおれの味方だ。言っておくが、これはおれの魅力とはなんの関係もない。厳密に、ただロクハイのおかげなのだ。

その長い夕方から夜を通して、おれは一人きりでそこに座っていた。明けて七月一日になった。午前零時ごろに腕時計を見たので、日付が変わった瞬間を知っている。故郷のことも両親のことも考えまいとし、自己憐憫に屈しまいとしたが、テキサスでは午後の三時ごろだと思うと、彼らのうち一人でもおれがこんな苦境にあることを察しているのだろうかとか、どんなに救助を必要としているかがわかっているのだろうか、などと考えてしまうのだった。

＊＊＊

そのころには二〇〇人をゆうに超える人々がテキサスの我が家に集まっていたという。帰っていく者は一人もいなかった。あたかも自分たちの意志の力で絶望的な状況を希望のある状況に変えようとしてでもいるかのように。また、自分たちの祈りが聞き届けられると信じているかのように。自分たちがそこにいることが、なぜかおれを死から守り、自分たちがその場にい続ける限りは、誰もおれが戦死したとは発表しないだろうとでも思っているかのように。

おふくろは奇跡を目撃していたと言っている。おふくろと親父はその場で全員に一日三食を提供していたのだが、その出どころはまったくわからなかったそうだ。だが、とにかく食料はやって来た。二、三の食品流通会社の大型トラック数台が、全員に足るだけの、おそらく一回につき二〇〇食分のステーキとチキンを積んで到着した。完全に無料だ。地元のレストランもトラックでシーフードやパスタやバーガーを運んできた。五〇食分のチャイニーズが届き、次回は六〇食分が届いた。卵が、ソーセージが、ハムが届いた。親父によると、バーベーキューの火は一度も落とされなかったそうだ。

地元の大牧畜農家で敬虔なクリスチャンかつ愛国者で、困っている友人のためには進んで手を貸すヘルツォーク一家の姿もあった。ミセス・ヘルツォークは娘たちを伴ってやって来て、何も言わずにさっさと片付けと掃除に取りかかった。しかも毎日だった。

海軍の従軍牧師は、ちょうどおれもやっていたように、みんなに詩篇第二三篇を朗読させた。野外の礼拝では、全員が立って、厳そかに海軍の賛美歌を歌った。

永遠の父よ、救済に長け、
その腕は荒波をもしばり
深き大海に命を下す
その定めし境界をば守れと……

そしてもちろん、最後はシール部隊だけのための特別な歌詞で締めくくった。海軍特殊戦コマンドの不朽の賛美歌だ。

永遠の父よ、忠実な友よ、
我らの送りし者をすばやく救いたまえ
兄弟愛と危急の信頼に結ばれて
危険な秘密の任務にある
助けを乞う我らの声を聞き届けたまえ
空に、陸に、海にいるシールのために

人々はどこでも眠れる場所で眠れる時間に眠った。おれたちの農場の入り口には大きな木造りのゲストハウスがあり、人々はただそこに入っていった。シールの関係者もそこに入り、ベッドであろうと、ソファであろうと、椅子であろうと、眠れる場所で眠った。三時間おきにアフガニスタンの戦地から直接電話が入っていた。毎回決まって「ニュースはない」という報告だ。誰もがけっしておふくろを一人きりにはしなかったが、おふくろは心配で気もふれんばかりだった。

六月が七月になるにつれ、多くの人たちが信念を失い、おれの死を受け入れ始めた。モーガンだけが例外で断じてそんなことは信じようとせず、心と心でおれと交信し続けていると言い張っていた。負傷しているが死んではいない。彼はそれだけは確信していた。

シール部隊も同様に、おれが死んでいるなんてことは、可能性すら考えていなかった。あくまでMIA（Missing in Action 戦闘中に行方不明）である。信じるのはそれだけだ。そうではないとはっきりするまでは、それしか受け入れない。どこかの愚かなテレビ局とは大違いだろう？　メディアの連中は真実であろうがなかろうが言いたい放題、なんでも言えると思っている。とてつもなく大きな心痛をおれの家族に引き起こそうがお構いなしだ。その心痛は、おそらくおれたちほど密接なコミュニティだけが真に理解できるものだ。

＊＊＊

洞窟ではノーザムンドが他の二人とともに戻ってきて、またもやおれを心臓も止まらんばかりに震え上がらせた。それは七月一日金曜の午前四時ごろで、彼らはカンテラを持っていなかった。さらには静寂を保つために、ささやき声と歯の隙間からしぼり出すような音で言葉を交わしていた。彼らはふたたびおれを抱え上げ、川のところまで斜面を下りていった。途中、吐き気をもよおす例のボトルを投げ捨てたのに、彼らはそれを見つけて、また持って来た。ヒンドゥ・クシでは水を入れるボトルがよほど不足しているとみえる。ともかく、彼らはそのボトルを希少なダイヤモンドででもあるかのように大事にしていた。

川を渡り、崖を登り、村へ戻った。非常に長くかかったので、ある時点で腕時計のライトをつけると、彼らは怒りでいきり立った。「ノー！　ノー！　ノー！　ドクター・マーカス。タリバン！　タリバン！」

むろん、すぐには彼らが何を言っているのかがわからなかった。ライトの光はほんの小さなものなのに、彼らはそれを指差し続ける。やがてピンときた。サブライ村は今、タリバンに包囲されているので、その光は実際、おれたち全員を差し迫った危険に陥れかねないのだ。おれの武装した運搬人たちはタリバンと同じくパシュトゥーン族の育ちなので、この山岳地帯ではたとえどんなにかすかなものであろうと、ちらつく光の存在はめずらしく、抜け目ない見張りの注意を簡単に引いてしまうことを知っていた。

おれは即座にライトを消した。AKを持って前を行っている男は少し英語が話せる。彼が戻ってきて、ささやいた。「タリバン、光見る、あなたを撃つ、ドクター・マーカス」

ついに高地に着くと、彼らの会話の中にヘリコプターという語が聞き取れた。そこで、まさにここに、誰かが救出に来てくれるのかもしれないと思った。だが、それはただの誤認情報だった。何も来なかった。コンクリートの上に横たわっていると、夜明けの少し前にサラワが診察かばんを手にやって来て、脚の傷の手当てをしてくれた。血まみれのガーゼや包帯を取り除き、傷口を洗い、滅菌クリームを塗布して新しい包帯を巻く。驚いたことに、彼が次に取り出したのは、糖尿病のためのインシュリン注射だった。

自分で思っていたより、おれは嘘が上手いらしい。言うまでもなく、注射はしてもらうしかなかった。祖国のためとはいえ、信じられないだろう？

彼らはおれを村の一番上に近い家に運び込んだが、その直後に、初めて真の友達ができた。彼は名をムハンマド・グーラーブといい、村の長老の息子で三三歳、常駐の警察官のチーフだ。みんなにグーラーブと呼ばれ、コミュニティでは絶大な力を誇っている。彼は自分が関わっている限り、タリバンにはおれを渡さないと断言した。

彼は最高にいいやつで、おれたちはいい友達になった。とはいえ、言葉の壁は大きな障害だったので、あくまでその範囲内で可能な限り、という意味だが。おれたちは主に家族について話そうとした。彼には妻と六人の子供と、数え切れないくらい多くのいとこや叔父がいることがわかった。一卵性双生児の兄であるモーガンのことを伝えるのは困難を極め、しかたなく、ただの兄ということにしておいた。最大の理由は、グーラーブが毎回モーガンとおれを混同してしまうからだ。長年にわたって、多くの人々がそうだったように。

グーラーブには友達がいて、彼もまたがっしりした男で、見張りの救援に任命されていた。彼とグーラーブのどちらかが必ず、おれについていてくれた。そのころには、その理由がわかってきた。タリバンが完全武装して村に忍び込み、人々の願いを無視しておれに尋問を行ったことは、村にとっては最大の恥辱だったのだ。彼らはロクハイの法のもとでは究極の報復を受けるにふさわしい、ぎりぎりの行為を行った。それはおれに代わってこの村が最後の一人になるまで徹底的に戦う戦争を始めることを意味する。

おれにはまだロクハイの意味するところが完全に理解できていたわけではないが、それがきわめて重要であり、したがって、おれは引き渡されないだろうということはわかってきた。そして今、おれにはフルタイムの部屋付き警戒要員がいる。だからと言って、他の人間が入って来られないわけではなく、その朝、おれの新居に最初にやって来たのは、八、九歳の小さな少年だった。

彼は簡易ベッドの端に腰掛け、イスラム教の祈りを教えてくれようとした。ラーラー・エ・ラーラー、ムハンマド・デル・ラ・ス・ラーラー。おれはすぐにコツを覚え、少年といっしょに繰り返した。少年は興奮し、手を叩き、笑い、他の子供たちを呼びにドアから飛び出していった。グーラーブが「その祈りを唱えた今、おまえはイスラム教徒だ」と教えてくれた。するとすぐさま例の小さな少年がありったけの友達を引き連れて部屋に駆け込んできた。二〇人ほどの子供たちの誰もが、このテキサス人のほやほやの改宗者とともに祈りたくてうずうずしていた。

おれが自分は医者だと言うと、彼らはこれを割合すぐに理解し、子供らしく笑い転げながら「ヘロー、ドクター・マーカス」という言葉を何度も何度も繰り返し始めた。彼らが心からおれのことを好きなのがわかったので、子供の一人が手にしていたマーカーペンを借りて、各人の名前を英語でそれぞれの腕に書いてやった。そして代わりに彼らの名前をおれの腕に書いてもらった。

おれたちは耳、鼻、口にあたる言葉を交換した。それから、水（ウバ）、歩く（デュカリ）を習ったが、これはどちらも役立った。最後には子供たちは帰っていったが、入れ替わりにその地の部族民数人がグーラーブと話をするために入ってきた。そしてグーラーブの勧めで、おれも山羊飼いの男たちと話し始めた。ゆっくりと、その日が過ぎていくうちに、そこから二マイル先に小さな米軍基地があることがはっきりした。

男たちは窓からロッキー山脈のスペアパーツのように見える山をまっすぐに指差した。おれたちの上にそそり立つ花崗岩の巨大な壁は野生の羊すら尻ごみしそうだ。「あそこに、ドクター・マーカス、あの向こうに」。彼らの一人がなんとか言った。だが、今のおれはその山どころか、たぶん窓までも行けないので、差し当たり、そのプランは棚上げにした。

彼らはマンロガイ郡のモナジーという村のことを話していたが、そこに米軍が一種の前哨基地を置いていることはおれも知っていた。しかし、それは現時点では問題外だ。脚の具合いがましになるまで、そこはもとより、どこにも行けない。とはいえ、その山羊飼いたちは他の村々や米軍基地までの地形や距離について、いくつかの有用な情報を持っていた。彼らは山を歩き回ることを生業《なりわい》として、地元の知識が豊富だ。それは服役中のシールにとっては重要な鍵となる。特におれのように、言わばおだやかな監獄破りを図っている者には。

彼らとの会話から、仲間が死んだ六月二八日のあの恐ろしい夜に、あの戦場からここまで、おれが約七マイルも――四マイルは歩き、三マイルは這って――移動したことがわかった。七マイルとは！　信じられなかった。その牧夫たちは尾根での戦いのすべてを知っていた……「おまえも撃った？　ドクター・マーカス？　撃った？」

おれが？　撃ったかって？　まさか。私はただ患者の手当てをしようと歩き回っていた医者ですよ。しかし、あの戦闘の後で、七マイルも移動した自分が心から誇らしかった。

おれはボールペンを取り出し、右腿の上に地図を描き、距離を記入して、付近の山岳図を作った。途中、少し図が込み合ってきたので、左腿も使わなくてはならなくなった。

正午にまたお祈りをするために子供たちが戻ってきたが、今度は何人かの大人たちを連れてきた。彼らは明らかに、もはや異教徒ではなくなったアメリカ人の新しい改宗者と会いたがっていた。みんなで床にひざまずいて――これは痛かったが――アラーに祈りを捧げた。そのあとで全員と握手をした。きっと彼らはおれが祈りに参加することを歓迎してくれていたと思う。アラーへの祈りの合い間にこっそり自分の神への祈りを突っ込んだけれど。

午後五時と、その後の日没時にも全員が祈りのために戻ってきた。おれと最初に友達になった小さな子供たちは、帰る前に全員でおれをハグし、まだ「グッドバイ」も「グッドナイト」も習っていなかったので、彼らが初めて習った英語のフレーズ「ヘロー、ドクター・マーカス」を何度も何度もくり返しながら部屋を出て行った。

一〇代初めの子供たちは部屋に留まって、少しの間、おれと話すことが許された。グーラーブに助けてもらって会話をし、帰っていくときには彼らも友達になっていた。問題はおれの体の具合いで、ひどい不調を感じ始めていた。傷の痛みだけでなく、まるで流感にでも罹ったかのようで、しかもそれより症状は少し重かった。

子供たちがついに帰っていくと、村の長老の訪問を受けた。パンを持ってきてくれ、新鮮な水を飲ませてくれ、それから座って三時間ほど、どうすればおれが米軍基地に戻れるかについて真剣に話し合った。おれが村にとって大変な問題になりつつあるのは明白だ。村人たちはすでにタリバンから、即刻おれを引き渡すことが自分たちの大義にとっていかに急を要する問題であるかという脅迫を受け取っていた。

老人はそのことをおれに伝えはしたが、今のおれはとても移動に耐えられる状態ではないので、パシュトゥーン族の誰かをアサダバードにある大きな米軍基地まで歩いて行かせておれの居場所を知らせるほうが簡単だという見解だった。驚いたことに、三、四〇マイルも山の中を一人で行くのが彼自身だとは思いもしなかった。

彼はアサダバードに持っていく手紙を書いてくれと言った。おれは書いた――「この人は私に寝食を与えてくれました。どうかできる限り力になってあげてください」

その時点では、おれも彼といっしょに旅立つものだとばかり思い込んでいた。護衛とおれを抱えるための数人の男とともに。出発時刻は夜の祈りが終わった直後の一九時半に設定された。

おれは勘違いをしていた。老人にはおれを連れて行く気はさらさらなかったのだ。険しい山越えの道では、おれは大きなお荷物になる――そう正しく判断した結果だった。さらに、もしおれたちが出発したことをタリバンが発見したら、待ち伏せして襲われる可能性が著しく高くなる（結局、その後、老人には二度と会えずじまいで、彼の親切に対し感謝する機会は与えられなかった）。

おれは夕方から夜中までずっと彼が迎えに来てくれるのを待った。しかし、彼は来ず、ものすごく落胆したことを覚えている。

部族のリーダーたちがやって来て、おれの部屋でミーティングを始めた。彼らはただ床に座って話していたが、最初の家で使った小さな銀の杯を持ってきてくれた。そしてそれに、たぶんこのあたりで小規模ながら栽培をしている、彼らがよく飲むチャイを何杯か注いでくれた。そのティータイムで甘いキャンディも供された。それは、パサパサに乾いたペタンコのパンの食事が続いた後では、最高に美味しく感じられた。

グーラーブはおれのそばにいて、いつになく陽気だったが、彼の父親と彼がこの先どうしようとしているのかという質問に対しては、答えられないのか、答えるつもりがないのか。推測するに、部族のリーダーたちは、知らないほうがおれのためだと忖度したのだろう――極秘、パシュトゥーン式、そんな感じだ。長老の仕事に関しては、知っておくべき情報のみ提供される。

グーラーブはその夜の大半を使って、パシュトゥーン族とアルカイーダを結び付けている複雑な糸について説明しようとした。アルカイーダは今なおタリバン軍と協力して活動している。アメリカ合衆国は過去四年間、彼ら全員をアフガニスタンから一掃しようと奮闘してきたが、たいした成果は上がっていない。

彼ら聖戦の士たちはときには贈り物、ときには金銭、ときには保護の約束、ときにはあからさまな脅しなど、あらゆる種類のマフィア式戦術でもって部族の忠節に一種のハンマーロックをかけているようだ。しかし、アルカイーダもタリバンも、パシュトゥーン族の村の協力なくしては機能できないのが現実だ。

そしてしばしば村のコミュニティの深部には、彼らと古くからの家族的絆がある者や、タリバンやアルカイーダの領袖たちの好戦的なメンタリティに共感する若者たちが潜在している。小学校を出るか出ないかの子供が――冗談、ここには小学校はない――「たとえ最後の一人になっても米軍と徹底的に戦う」と宣言する情熱的な殺人者たちに惹きつけられるのだ。

どうも一部の子供たちにとってタリバンは、抗いがたい魅力があるらしい。どの村でも未来のタリバンの新兵を見かける。おれ自身、そんな子供たちを何十人目撃しただろう。

しかし、別の面もある。ここサブライ村は明らかにグーラーブの父親の思慮深い統治のもとにある。この一帯は本質的には無法地帯でありながら、ここには法と秩序と規律の精神がある。このほぼ三カ月間、おれの基地となっているクナール州の土地の大きな部分が実質的にはアルカイーダの支配のもとにある。そして、それはひとえにその地理的条件のためだ。

つまり、こんなところにどうやって中央政府が支配を及ぼせるだろう？　ここには道もない。電気もない。郵便も届かない。通信手段はほとんどない。主な産業は山羊の乳とアヘンで、水道局は山の渓流で、アヘンの運搬を含む貨物輸送はラバの引くカートのみ。中央政府なんて戯言《ざれごと》もいいところだ。そんなものは永久に実現しやしない。

アルカイーダは白昼堂々と走り回り、たいがいはやりたい放題やっているが、そこにおれたち米軍が現れて国境まで追いつめてパキスタンに追っ払う。彼らはいったんはそこに留まる。が、一〇分もするとまた彼らの先祖が何世紀にもわたって治めてきた、部族の支配するこの山岳地帯に次の侵略を仕掛けてくる。

最近は贈り物が減り、恐怖が増しているようだ。タリバンは過去二千年間変わらず、敵の殺戮に才能を示す冷酷無慈悲な殺人集団だ。もうそろそろおれの友達グーラーブとその父親を恐怖に震え上がらせていてもいいころなのだが、おれの見る限り、今のところまだそれには成功していない。彼ら全員に、どうしても破ることのできない何か、すなわちパシュトゥーン族の昔からの掟に従おうとする断固たる決意があるのだ。その掟は結局、タリバンやアルカイーダすら破れない強固なものであったと証明されるかもしれない。

しかし今、サブライ村の高みにある家の煤けたメインルームに座って村の警官と話をしている限りでは、どうも事態はそのような方向には進んでいない。そして、アメリカ合衆国がカブールで国民に選出された政府を支持して、大鉈を振るう決断でもしない限り、近い将来になんらかの大きな変化が起きるとも思えない。敵は勝利を達成するためならどんなことでもする覚悟でいる。必要とあれば、たとえ同族民を恐怖に陥れてでも、また、敵に対しては首の切断や八つ裂きなど、野蛮な慣習に訴えてでも。

おれたちには彼らに対しそんな戦い方をすることは許されていない。またそうしたいとも思わない。だが、こんなことをしたらみんなに嫌われないかなどということを心配するのをやめて、もっと容赦ない戦い方をすることはできる。そうなれば、きっと一週間以内にアフガニスタンとイラクの両方で勝利を収めるだろう。

しかし、それは許されない。だから、おれたちはアメリカの進歩主義者たちががなり立てておれたちを究極の敗北に追い込むに任せたほうがいいのだろう。自国の〝文化的〟な規則のせいで戦争に勝てず、さっさと荷物をまとめて国に帰れば、それこそが究極の敗北である。

おれたちは彼らより強靭で、より高度に訓練され、より組織化され、より堅固に武装し、打ち破ることのできない兵器を備えている。ところが、この史上最強の軍隊が、非合法のならず者集団にやられっぱなしなのだ。

今のおれのこの姿を見てくれ。拷問され、撃たれ、爆破され、最高の仲間を全員失った、無力なこのおれを。すべては自国のリベラル派を恐れたからだ。民間の弁護士を恐れたからだ。もしもきみが、ときに死ぬべきでない人が死んだり、罪なき人々が死ななくてはならなくなったりするような戦争に巻き込まれたくなかったら、最初からそんなものには近づかないほうがいい。なぜなら、それは起きるべくして起きるからだ。死に値しない人々を殺すという、ひどい不正義。それこそが戦争なのだ。

その間も、老人が三〇マイルほども先にあるアサダバードを目指し、山間を縫うように歩いて行っていたというのに、まだおれは家の中でじっと彼が現れるのを待っていた。一度だけ、誰も見ていないときに外に出て、老人を見つけようとしたが、彼はまるで行方不明にでもなったかのようだった。その期に及んでもまだおれは、あの小さな老人がたった一人でアサダバードまで歩いていったとは夢にも思っていなかったのだ。

確信はないが、男たちが何かにびくびくしているのを感じていた。そして、その夜の一〇時か一一時ごろ、男たちがただ新鮮な水とパンを持ってきたので、ありがたく頂戴したのだが、そのあとで荷物をまとめてそこを出るよう指示された。そのころには脚の具合いも少しよくなっていたので、痛いことは痛いが、助けてもらって歩くことができた。

暗闇の中を下って別の家まで行き、小道を逸れて直接そこの屋根の上に出た。持参したシートのようなものを敷き、暖を取るために三人でくっついて横たわる。信じられないほど寒いのに、彼らはあのまま元の場所にいると、おれに何らかの危険が迫ると感じたようだ。村の誰かを怪しんでいて、その人物がタリバンにおれの正確な居場所を密告することを心配したのかもしれない。しかし理由はどうであれ、彼らはけっして油断をしない。

その屋根の上で凍え死にそうになりながら、グーラーブやその相棒とともに身を寄せ合った。そして今ふたたび、山の静寂に感動した。サブライ村全体にただ一つの音もないが、それは西欧の人間にとっては想像し難いことだ。

グーラーブとその相棒も何一つ音を立てない。息をする音すらほとんど聞こえない。いっしょに行動したときには、おれ自身も墓のように静かにしていたつもりだが、いつも〈しーっ〉と言われ続けた。ここは別世界なのだ。あまりに静かで西欧人の聴覚は通用しない。おそらく、だからこそこの高地を今まで誰も支配できなかったのだろう。

屋根の上で、おれは夜通し眠ったり起きたりしていた。一度、寝返りを打とうとしたことがあったが、そのときの友人たちの反応を見たら、おれが火災報知器でも鳴らそうとしたのかと思うだろう。「しぃーっ、ドクター・マーカス……静かに」。それは彼らがいかにビクついているか、いかにタリバン軍の鳴りをひそめた殺人者たちに対し神経質になっているかという証拠だった。

夜明けにまた荷物をまとめて、元の家に戻った。もう少し眠りたかったが、山の景色が見える窓のすぐ外に大きな木があり、そこに世界一声の大きな雄鶏が住んでいた。そいつなら墓場の住人たちだって目覚めさせただろう。しかも、そいつは夜明けとともに鳴くという習慣など完全に無視していた。深夜過ぎに鳴き始め、それから一度も鳴き止まないこともある。やつとシャーマックのどちらを殺すかをコインで決めることになったら、迷わずシャーマックを救ってやるだろうと思ったことさえあった。

部族のリーダーたちがまた午前七時ごろにやって来て、おれの部屋で早朝の祈りを捧げた。むろん、おれも習い知っている部分では彼らの朗誦に加わった。そして大人たちが去ると、勢いよくドアが開き、大勢の子供たちが「ヘロー・ドクター・マーカス」と叫びながら飛び込んできた。

彼らはノックもせずにただ転がり込んできて、おれをつかんでハグする。それは途切れ途切れに一日中続いた。サラワが部屋に診察バッグを置いていったので、子供たちには切り傷や擦り傷の手当てをしてやり、彼らからは少し言葉を習った。あの子供たちは可愛かった。彼らのことはけっして忘れない。

その七月二日土曜日の朝には、まだ体中に痛みがあった。肩と背中と脚の痛みは激しくて、ときに耐えがたかった。そのことを知っているグーラーブが村から一人の老人を呼んできた。彼は緑色のパン生地のように見えるアヘンタバコの入ったビニールの小袋を持ってきた。彼がその袋をよこしたので、中身を少しつまみ、唇と歯茎の間に入れて待った。

断言できる。それは奇跡だった。痛みはゆっくりと去っていき、完全に消えた。麻薬をやったのは生まれて初めてだったが、気に入った！　そのアヘンはおれを回復させ、自由にしてくれた。そんなにいい気分になったのは、みんなで山を転がり落ちたとき以来だった。イスラムの祈りに続き、地元の麻薬の愛好者になるとは、どうもアフガン農夫の生活にはまりつつあるようだ。フーヤー、グーラーブ、そうだろう？

老人が袋を置いていってくれたので、次の数時間をどんなに楽に過ごせたかはとても言葉では言い表せない。何日間もひどい痛みに耐えた後に訪れる解放は夢のようだ。おれは初めて麻薬がもつパワーを理解した。それは言うまでもなく、自爆テロリストが自分自身とともに周りにいる人間を消し去る前に、タリバンやアルカイーダから与えられる、あの麻薬だ。

自爆テロリストに英雄的な要素など何もない。彼らの多くはただ無知な洗脳された子供たちで、麻薬でハイになっているだけなのだ。

家の外には、米軍ヘリのUH60ブラックホークとMH47が明らかに何かを捜しながら飛んでいるのが見える。おれを捜しているのならいいが。タリバンの話から米軍のヘリコプターが一機撃墜されたことは知っていたが、もちろんそれに誰が乗っていたかも、シェーン・パットン、ジェームズ・スール、ヒーリー上級兵曹長を含むアルファ小隊の仲間がさらに八人死んだことも知らなかった。

おれはまたマイキー、ダニー、アクスの三人の遺体がまだ一体も見つかっていないことも知らなかったので、その二機のヘリが運命のレッドウイング作戦に繰り出した四隊員について何らかの形跡を発見しようと、付近一帯の上空を旋回していることも知らなかった。ヘリの乗務員はおれたちの中に生存者がいるのかどうかさえ知らなかった。本土では、メディアが、死亡と行方不明の間を揺れ動いていた。それはイースト・テキサスにいる人々をよりいっそう苦しめていたに違いない。

とにかく、ヘリコプターを見たおれは外に飛び出した。シャツを脱ぎ、頭の上で振り回しながら叫んだ。「ここだ、おーい！　ここにいる。おれだよ、マーカスだ！　ここだ、おーい！」

しかし、彼らは飛び去っていった。残ったのは、家の外に立ち、またもや絶望しながらシャツを着ようとする、どこか侘しいおれの姿だ。

米軍の苦境も理解できる。四人のシールが命懸けで戦った末に、最後に一度だけ、ここで死にかけていると交信してきたのだ。以来、四人の影も形も見ていないし、声も聞いていない。

軍事的にはいくつかの可能性が考えられるが、第一に全員死亡、第二は全員生存、第三は一人かそれ以上の生存者がいるケースで、おそらく負傷していて、どんな航空機の安全な着陸も不可能に近い険しい場所を逃亡中なのだろう。

最後はおれたちが捕虜になっている可能性だが、その場合は、そのうち巨額の身代金を要求する脅迫状が届くか、もしくはテレビでまず拘束されている場面、続いて処刑される場面が映し出されるだろう。

最後の選択肢は行方不明になっているのがシールなので可能性が低い。おれたちは通常、捕虜にはならない。敵を殺すか、敵に殺されるかだ。シールは両手を上げたり、白旗を振ったりしない――絶対に。アサダバードやバグラムの司令部はそれを知っている。

だから彼らはタリバンからシールを拘束しているとの公式声明が出ることは期待していなかっただろう。シールの古いモットーにこんなのがある――「死体が上がるまではけっして潜水工作隊員の死を決めつけてはならない」。これは誰もが知っている。

全員死亡以外のシナリオでは、一人もしくは数人が負傷して交信がままならず、連絡が取れないでいるというのが最もありそうなもの。問題はロケーションだ。おれたちはどこにいるのか？　どうすれば発見できるのか？

そのころには、すでにグーラーブから、彼の父親が一人でアサダバードに向けて出発したことを聞かされていた。おれの希望のすべてが、そのパワフルだが小柄な老人の静かな歩みに託された。

11　死亡記事はひどく誇張されていた

グーラーブは今やおれの人生の最重要人物だ。おれの警護を指揮し、食べ物と水があることを確かめ、そしておれの心の中では、アサダバードに向かって山間の険しい道を進んでいる老人とおれとを結ぶ存在だ。

アフガンの警官（＊グーラーブのこと）はストレスを顔に出さないが、タリバン軍のある指揮官から、少し前に手紙を受け取ったことは打ち明けてくれた。それはサブライ村の住民たちに即刻アメリカ人を引き渡せと命ずる、書面による要求だった。

差出人は北東部のタリバン軍で急速に勢力を伸ばしつつある扇動的な将校〈コモドー・アブダル〉だ。シャーマックの懐刀で、臆面もなく東のチェ・ゲバラを気取る人物だ。明らかに陰のリーダーとして、また山岳地帯で広範囲にわたって新兵を取り込むエキスパートとして、評判を伸ばしつつあった。

本当のところはわからないが、彼こそがあの尾根でおれたちのチームが相手にした部隊の陣頭指揮を執っていた人物だったと聞いても、驚きはしなかっただろう。もっとも、戦術は上官のシャーマックが決定していたに違いないが。

しかし、彼らのせいでグーラーブが浮き足立つことはない。彼と彼の父親は〈どんなにタリバンがくだんのアメリカ人を欲していようが、知ったことではない。彼は渡さない〉と返事をしていた。その話をしたとき、グーラーブはきっぱりとした、勇敢で、タリバンなど相手にしていないというジェスチャーをしていた。そして、自分の立場をおれに理解させるのにかなりの時間を割いた。すなわち――タリバンは彼を怖がらせることはできない。彼の村はしっかり武装されていて、独自の法と権利を有している。彼らがタリバンを必要とするよりもっと、タリバンのほうが彼らの支援を必要としている。

グーラーブは少なくとも表面的には勇ましく自信に満ちた男だ。しかし、ほんの少しでもタリバンが来るという気配なり情報なりがあると万全の策を講じていることに、おれは気づいていた。だからこそ、屋根の上で眠る羽目になったのだ。

また、彼は報酬にはまったく関心がなかった。彼の終わることのない親切への礼に、おれは腕時計を差し出した。それしか渡せるものがないので、お願いだから受け取ってくれと懇願した。だが、彼は毎回それを拒絶した。金銭については、そんなものがなんの役に立つだろう？　ここには金の使い道がない。店もないし、一番近い町すらはるか遠く、しかも歩いていくしかないのだ。

一六、七歳くらいの、人を小ばかにしたような笑いを浮かべるティーンエイジャーが数人、金を求めた。彼らはサブライ村を去ってタリバンに加わり、〝自由〟のために戦うつもりなのだ。グーラーブはこの村を離れる気はまったくないと言った。おれには理解できた。彼は村の骨格の一部だ。いつの日か、彼は村の長老になるのだろう。彼の子供たちはここで大きくなる。それが彼がこれまでに知ったすべてであり、欲したすべてである。ヒンドゥ・クシのこの息をのむほど美しい片隅が彼の属する場所なのだ。サブライ村のムハンマド・グーラーブにとって、金がなんの役に立つだろう？

最後まで残っていた子供たちが去り、横たわってこの世界について考えに耽っていると、ドアがあわや蝶番《ちょうつがい》からはずれるほど強く蹴り開けられた。タリバンの奇襲部隊以外にそんな蹴り方をする者はいない。おれにはそれしか考えられなかった。だが、ドアの建てつけが悪いこの辺りでは、肩を血がにじむほどぶつける以外には、サンダルで思い切り蹴るのがドアを開ける唯一の方法だ。

しかし、頭から五フィートのところで突然ドアを蹴られれば、ショックで神経がズタズタになる。これについては今なお神経過敏なままだ。なぜなら、ドアに何かがぶつかる音は、拷問される前に聞いた音だったからだ。時々、それはおれの夢を支配する。頭の中を凄まじい衝突音が反響し、汗びっしょりで目覚める。どこにいようが、ドアがしっかり施錠されていることを確かめない限り、眠りに就くことができない。それは場合により、はなはだしく不便だ。

ともかく、今回はタリバンではなかった。ただ見張りの男たちが、子供たちがしっかり閉めてしまったのだろうが、ドアを開けただけだった。いったん止まった心臓がふたたび動き出し、その後、部屋は午前中の半ばまでまあまあ静かだった。が、突然、その部屋どころか山をも揺さぶる音とともに、ドアが勢いよく開け放たれた。またもやおれはアフガンのジャンプスーツから飛び出しそうになった。今回、彼らはおれに向かって何やら叫んでいる。何かはわからないが、何かが勃発し、大騒ぎになっている。この人々をなだめなくては。しかし、大人も子供もいっしょくたに同じ言葉を叫んでいる。――「パラシュート！　パラシュート！　パラシュート！　ドクター・マーカス、早く来て！」

猛烈な痛みをこらえながら外に出た。戻ったらすぐにあのアヘンのお世話になろうと心に決めたが、ひとまずそれどころではなく、目を凝らして真っ青な雲一つない空をまっすぐ見上げた。何が見える？　何も見えない。何が降りてきたにしろ、すでに着地してしまったようで、おれはただそこに突っ立って、パラシュートの先には人がいたのか、またもしそうならパラシュートはいくつあったのかを知る必要があると人々に理解させるのに必死だった。ここは仲間がおれを救出するための降下地帯なのだろうか？

結論は出なかった。彼らにはおれの言っていることがさっぱり通じなかったのだ。パラシュートを見つけた子供たちもまた、同じくらいおれの質問に当惑していた。あんなに何時間もいっしょに勉強したのに徒労だったのだ。

突如として話し合いがもたれ、大人の大半は突然去っていった。おれは部屋に戻った。すると一五分くらい後に、彼らはタリバンの目に触れないよう隠していたおれの所持品のすべてを持って戻ってきた。ライフルと弾薬、それに、ポケットにPRC148分隊間ラジオの入ったHギア（おれの装帯のこと）だ。付属の小さなマイク付きイヤホンはなくしてしまったが、少し弱くなったバッテリーと、まだ機能する救難ビーコンは残っている。

もし危険を顧みず、たった今外に出てこの通信器具を作動させたら、巡回中のヘリが気づいてくれるかもしれない。だが、いっぽうで、ぐるりと村を取り囲んで丘に隠れているタリバンもほぼ間違いなく気づくだろう。これはちょっとしたジレンマだ。

サブライ村の人たちはさらにレーザーと使い捨てカメラも返してくれた。おれはライフルをつかみ、戻ってきた恋人を愛撫するように抱えた。これは神から付与された武器なのだ。しかも、見たところ、神はまだおれに持っていてもらいたがっている。おれたちは長い道のりをともに旅してきた今、シェルパ・マーカスは〈ヒンドゥ・クシ・グランプリ〉の登山大賞か何かを受けるに値する。嘘だよ、そんなはずないよな。むしろ〈ヒンドゥ・クラッシュ（墜落）・グランプリ〉でシェルパ・グラグラ・マーカスが満場一致で転落大賞を授与されるのがオチだ。

外に出て装帯を着け、ライフルに安全装置をかけて弾を充填し、何が待ち受けているにしろ準備は整った。だが、装帯を取り戻すと、まだ子供たちとの用事がすんでいないことに気がついた。装帯にはノートが入っていて、筆記用具は村のボールペンを借りることができる。

子供たちをぞろぞろと家の中に連れ戻し、ノートの一ページに入念に二つのパラシュートの絵を描いた。一つには人をぶら下げた。二つ目には箱を描いた。両方を子供たちに見せ、質問した。どっちだった？　すると二〇本ほどの小さな指がすべて、箱の付いたパラシュートのほうへ勢いよく突き出された。

見事。調査は成功。なんらかの補給品投下があったのだ。この地方の部族民は航空機もパラシュートも使わないので、補給品はアメリカからのものだ。それもおれたちのチームの生存者に宛たものだ。おれがその生存者だ。

正確にはどこにパラシュートが落ちたのかを子供たちに尋ねると、彼らはただ山のほうを指差した。そしておれに何かを見せたいらしく、急にギアでも入ったかのように走って飛び出していった。おれは外に立ったまま、キツネにつままれたような気分で彼らを見送った。どうにかして味方はおれを見つけたのだろうか？　老人がアサダバードに着いたのだろうか？　どちらにしろ、米軍がおれの隠れている場所から数百ヤードのところに補給品投下を行ったのが偶然だとは信じ難い。山脈は果てしなく、おれはそのどこにいても不思議はないのだから。

脚を休めるために家の中に戻り、少しグーラーブと話をする。彼はパラシュートを見なかったし、父親が行程のどの辺まで行っているかについても、見当すらつけられない。だが、おれは、現役の戦闘兵なら誰でも知っていることだが、モスクワを目指したナポレオン軍が大きな装備とマスケット銃を携えて一マイルを一五分の速度で行軍したことを知っていた。つまり時速四マイルだろ？　ならば、村の長老は一一時間ほどで目的地に着くはずだ。

ただし、それは次の二つの斟酌すべき要素がなければの話だ。すなわち、（1）彼は二〇〇歳くらいの老人である。（2）ここから見える限り、彼が越えていく山の勾配はワシントン記念塔よりもまだ少し急だ。結論を言えば、もし長老が二〇〇八年の断食月までに到着できれば、ラッキーと言わねばならないだろう。

一時間後、またもや腹立たしいドアは爆弾のような音を立てた。このときはグーラーブさえ飛び上がった……おれほど高くはなかったが。子供たちが大人のグループに付き添われて入ってきた。彼らは白い文書を手にしているが、それは「紙くず」という言葉すら存在しないこの辺りでは、雪の玉のように見えただろう。

彼らから取り上げると、それは携帯電話の使用説明が載ったパンフレットだった。「これをいったいどこで？」彼らに尋ねる。

「あそこだよ、ドクター・マーカス、あそこ」一人残らず山腹を指差しているので、翻訳は簡単だ。

「パラシュート？」と、おれ。

「イエス、ドクター・マーカス。イエス、パラシュート」

パラシュートが落とした可能性のある物なら何でもいいから、もっとこんな感じの物が落ちていないか山腹を探す必要があるということをわからせようと四苦八苦しながら、彼らをふたたび問題の場所に送り出した。

仲間はけっして携帯電話のパンフレットだけを落としたりしないが、おれに携帯電話を渡そうとして、それにパンフレットが付いていた可能性ならある。どちらにしろ、自分では探せないのだから、村の人々に頼むしかない。グーラーブは残ったが、他の大人たちはタイガー・ウッズの球を探しに深いラフの中に散開するゴルフギャラリーよろしく、子供たちといっしょに出ていった。

グーラーブとおれは腰を落ち着けた。カップ一杯のティーと例の美味しい小さなキャンディをいくつか用意し、大きなクッションにゆったりともたれる。突然、またドアが爆発したように開かれる。ドアが蝶番から外れそうになった。ティーが毛布の上に飛び散ると同時に、全員が戻ってきた。

今回、彼らは55-19無線機用バッテリーとＭＲＥ（携行食）を見つけた。きっと仲間はおれが飢えていると思ったのだろう。正解。しかし、バッテリーはおれのＰＲＣ１４８無線機には入らなかった。

これには超むかついた。もしバッテリーが入れば、村の上空に永久遭難信号を打ち上げることができたのに。あいにく今の弱い無線ビーコンでは、屋根の上まで届くかどうかさえもあやしい。

それ以上子供たちを問い詰める必要はなかった。もし山に何か他の物が落ちていれば、必ず彼らは見つけたはずだ。明らかに何もなかったのだ。投下物に何が入っていたにしろ、子供たちより先にタリバンが見つけてしまったのだろう。ただ一つの小さいながらも皮肉な朗報は、明らかにやつらは携帯電話か電話を手に入れているので、ほぼ間違いなく使ってみるだろう。そうなれば、クナール州にある米軍電子監視システムのすべてがキャッチし、発信者の位置を突き止めようとするだろう。

しかし、そのとき、あることに気づいたおれは、体中の血が沸騰するほどの怒りを覚えた。子供たちのほぼ全員がひどく痛めつけられていたのだ。顔には殴られた痕があり、唇は切れ、鼻からは血が流れている。あそこにいる卑怯者たちは、投下物の中身を渡すまいと、おれの子供たちをぼこぼこに殴り、顔をパンチしたのだ。やつらはこの戦いに勝つためなら、本当にどんなことでもする気でいる。

やつらがサブライ村の子供たちにしたことを、おれは絶対に忘れない。おれはその日一日、泣くのを必死でこらえる勇敢な子供たちの傷の手当に費やした。サラワの診療バッグの中身はほとんど使い切ってしまった。今でもタリバンという言葉を聞くたびに、あの日のことが真っ先に頭に浮かぶ。

より戦略的な見地から言えば、米軍は少なくともシールが一人は生存していると信じているようだ。問題は、だったらどうすればいいのか？　タリバンが撃墜に非常に熟達してきているとわかった今、新たにMH47ヘリを出動させるという危険を冒したい者はいない。なにしろ、例の旧式のスティンガー・ミサイルでもってロシア軍を空から撃ち落としていたときから、彼らは練習を積んできたのだ。

しかも、最大の危険が降下に備えてタラップを降ろす着陸時にあることは誰もが知っている。まさにそのときに、山の部族たちはRPGが燃料タンク付近で爆発するよう、機体の後部に直接撃ち込もうとする。しかも、米軍の乗組員は、アフガニスタンのどの村についても、誰がいて、どんな兵器があり、その使用にどのくらい熟練しているか、まったく確信が持てないでいる。

彼らが突入しておれを救出するには、その前に優秀な航空部隊により敵の勢力をかなりそいでおく必要がある。それに当たって、おれは彼らに一種の手引きをしたくてたまらない。無線の救難ビーコンを作動させ、開いた窓からの発信を試みた。バッテリーの残量がどのくらいあるのかさえさっぱりわからないので、ただオンにして空に向け、上空を飛ぶ空軍かナイト・ストーカーズの一機にでもこの位置を正確に伝えてくれることを祈って、窓の縁に置いておいた。

驚いたことに、米軍のリアクションは期待したよりずっと早くにあった。その日の午後だ。米空軍が轟音とともに進攻してきて、一、二〇〇〇ポンドの爆弾を村の向こうの山腹の、まさにタリバンがパラシュート投下の品々を拾った場所に落としたのだ。

爆撃の衝撃は壮絶だった。おれの家では、いやはや、家全体が倒壊するのではないかと思われた。岩や土埃が部屋の中に滝のように降り注いだ。爆発に次ぐ爆発が山を裾野から頂上まで揺さぶると、壁の一つが大きな構造的被害を受けた。外では、爆弾が落ちて爆発するたびに人々が悲鳴を上げ、藁葺き屋根が吹っ飛び、砂塵の嵐が巻き起こった。母親と子供たちは物陰へと走り、男たちは茫然自失になった。米空軍の威力については誰もが耳にしていたが、こんなふうに、じかに目にしたことはなかったのだ。

意図的だろうが、サブライ村には爆弾は一つも落ちてこない。しかし、非常に近い。近すぎる。爆弾は村をぐるりと取り囲むように落とされた。ここの村では大きな、だが、きわめてシンプルな教訓を学んだことだろう。タリバンやアルカイーダを村の中や周辺に野営させれば、ろくなことにはならないと。

しかし、おれの村の人々に、そんなことはたいした慰めにはならない。瓦礫の後片付けをしたり、壁や屋根を修理したり、怯える子供たちをなだめたりと、ほとんどの人にとって大変な一日だったのだ。それも、おれ一人のせいで。外の大混乱を眺めながら、おれはこの上ない悲しみを感じた。そして、グーラーブはおれの気持ちを理解していた。そばにやって来て、腕を肩に回し、言った。「ああ、ドクター・マーカス、タリバンが悪いんだ。みんなわかってる。おれたちは戦う」

おいおい。勘弁してくれよ。また新しい戦争かい。二人で家の中に戻り、しばらく座って、この先おれをどうすれば、サブライ村の農夫たちが受ける被害を最小限に抑えられるかを話し合った。

おれがここにいるせいで、タリバンの脅迫的態度がますます増長しているのは明らかだが、おれが一番避けたいのは、おれをかくまってくれたここの人々に苦痛と不幸を引き起こすことだ。しかし、米軍がすぐ近くまで来ているらしいとは言え、おれの選択の余地は限られている。大きな問題の一つは、グーラーブの父親から何も連絡がないことだ。こちら側にも、彼が基地に無事着いたのかどうかを知る手立てはない。

タリバンは米軍の空爆を大喜びしてはいないだろうし、あの山の中ではきっと多くの負傷者が出ただろう。あの憎悪に満ちたイスラム狂信者のひん曲がった唇から〝報復〟の言葉が出るのは時間の問題で、おれがその最も便利なターゲットになるであろうことは、グーラーブとおれの両方の頭に浮かんだ。

サブライ村の人々にとって、それは大きな被害と、ことによると人的喪失を意味する。グーラーブ自身、タリバンから例の脅迫状を受け取って以来、大きなプレッシャーのもとにあった。彼には守るべき妻や子供や多くの親戚がいる。最後には答えはおのずから出た。村が戦場になるのを避けるために、おれがここを去らなくてはならないのは明白だ。ロクハイはこれまでのところ威力を発揮してきたが、傷つき、顔をつぶされたタリバンやアルカイーダの戦士たちに直面したときに、ここの神秘主義的な部族民たちが永久に持ちこたえられるかどうかは、二人ともわからなかった。

問題は、おれの行き先だ。ここでもまた、おれの選択肢はすこぶる限られている。アサダバードの基地までの長距離を歩いて行くのは絶対に無理だし、村の長老がすでにそこに到着しているか、すぐ近くまで行っている今、無意味に思える。近くにある避難場所は、唯一、険しい山越えで二マイル行った先にあるモナジーの米軍前哨基地だ。

おれはそのプランに乗り気でないし、途中、おれを支えなくてはならない男たちにとってもそれは同じだ。けれどもグーラーブとおれが考える限り、それ以外にはただしゃがんでタリバンの攻撃を待つしかないが、おれは誰にも絶対にそんなことはさせたくない。特に子供たちには。

したがって、グーラーブにもう二人を加えた三人の男たちと山を越えてモナジー村まで歩く決心をした。モナジーという名はアイルランド語の響きがあるが、厳密にパシュトゥーン族の村で、米軍に協力的だ。暗くなった後もじっと待って、一一時ごろ、居眠りしているに違いないタリバンの夜警の鼻先をまんまとかすめて、こっそり高みにある牧草地に出るというのが、おれたちの計画だ。

おれとしては左脚がその旅に耐えてくれることを祈るしかない。身長が五フィート八インチほどで、びしょ濡れになってもせいぜい一一〇ポンドほどしかなさそうな、か細いアフガンの男二人が半分担いでいくには、かなり体重が落ちたとはいえ、おれはまだ大男すぎる。だが、グーラーブにはさほど心配している様子もなく、脱出を開始する一一時までの長くて暗い時間をただ待つということで落ち着いた。

高い峰に囲まれたここでは太陽がついに山の端に沈むといつもそうなのだが、夜が唐突に訪れる。タリバンには何も悟らせたくないので、カンテラは灯さない。ただ暗闇の中に座ってティーをすすりながら、出発のタイミングを待った。

突然、なんの前触れもなしに華々しい雷雨になった。急に降り出した雨は鞭打つように激しく、山肌に横殴りに叩きつける。それは〈ウエザー・チャンネル〉で繰り返し放映される、通常はハリケーンに伴うような、めったに見られない種類の豪雨だ。

それはサブライの村の上を疾走していった。これは南西から国を突っ切っていくモンスーンの降雨で、すべての窓とドアがぴしゃりと閉じられた。誰一人、外に足を踏み出そうとする者はいない。雨風に吹き飛ばされて、山からまっさかさまに落ちかねないからだ。

外では、村の中の傾斜のきつい道に、大量の雨水が滝のようにごうごうと流れている。雨水が玄関ドアの前を勢いよく流れていくので、まるで川の中にでもいるような気がする。勾配がきつすぎて水が溜まらないので、こういった地形では、またこのような高所では、むろん洪水にはならない。でも、当たり前だがびしょ濡れにはなる。

石と土でできたこの家の屋根はしっかりしているが、下のほうのいくつかの家は大丈夫だろうかと心配だった。村では調理も含むすべてが共同で行われるので、きっと全員が無傷のいくつかの家に集まって雨を逃れているのだろう。

見上げれば、山々の頂が、巨大ボルトの二股に分かれた稲光に照らし出されている。淡青色でギザギザの、空のネオンだ。雷がヒンドゥ・クシ山系の上に轟く。この家は耐水とは言い難いので、グーラーブとおれは部屋の奥の分厚い岩壁の近くに移動した。しかし、岩と土の隙間から雨水が入ってくることはなかった。ここは乾いているが、それでも外で荒れ狂う自然の蛮行に、耳をつんざかれ、目を眩まされる。

これほどのスケールの嵐には狼狽させられるが、これだけ長時間続くとその激しさにも慣れてくる。窓から外を見るたびに稲光が差し、一番高い峰々の上ではじける。時おり周りの山々のはるか彼方の空まで照らし出されると、まるで今にもヒンドゥ・クシの邪悪な魔女が箒に乗って猛スピードで飛んできそうな、生まれてこのかた目にしたことがないほど禍々《まがまが》しい光景が広がった。

真正面のむき出しで凶暴な稲光は凄絶だ。しかし、目には見えないが同じくらい大きい電圧が、天空を不気味な金属的ブルーに変え、このあたりの地形を、宇宙を背景にくっきりと浮かぶ、この世のものとは思えない巨大な黒々とした山頂群に見せる。それはテキサスの広大な平原を見慣れた傷ついた戦士の目には脅威となる光景だ。

だが、しだいにそれにも慣れてきて、ついには床の上に寝転がって深い眠りに落ちていった。やがて出発予定時刻の二三時が来て、過ぎていったが、まだ土砂降りは止まない。午前零時になり、七月三日の日曜日になった。今年はこの日が合衆国独立記念ウイークの中間日に当たるので、国中のほぼ全域が祝賀ムードに包まれる。特殊部隊員の死を深く悼んでいる人々以外は。

おれが嵐の止むのを待っていたころ、故郷の農場には、おふくろによると、沈痛なムードが漂っていた。おれが戦闘中に行方不明になってすでに五日。農場の前庭に集まった群衆は今や三〇〇人にもならんとしていた。彼らは帰りはしなかったが、非常に重々しい空気に包まれつつあった。

敷地の周りには相変わらず警察が非常線を張っていた。地元の保安官たちに判事も加わった。州警察はシールの人々が敷地の前と後ろで一日二度のトレーニング走行をするのに巡回パトカーで伴走するという形で個人的護衛を提供するのに忙しい。

毎日の祈りには地元の消防士や建築現場の労働者、農場労働者、書店のオーナー、エンジニア、電気工、教師、それにチャーター用釣り船の船長も二人、出席していた。セールスマン、住宅ローンの仲介業者、ヒューストンの法律家、地元の弁護士もいた。全員が自分たちにできる最良の方法で、おれの死を撃退していた。

おふくろによると、敷地全体が夜通し車のライトで照らされていたそうだ。誰かがプレハブ式のキャビンを組み立てたので、人々はほとんど帰る必要がなくなった——おれの生存が確認されるまでは。

おふくろの話だと、人々はいくつかのグループに分かれていて、一時間ごとに祈りを捧げるグループもあれば、賛美歌を歌うグループもあり、またビールを飲んでいるグループもあった。モーガンとおれのことを生まれたときから知っている地元の夫人たちは涙をこらえることができなかった。すべての人々が、最悪の知らせがきたときに両親を慰めたいという、ただ一つの理由で集まっていた。

おれのカリフォルニアでの経験はあくまで海軍特殊戦コマンドの内部に限定されていたので、他の州のことはほとんど知らない。でも、テキサスの人々が取るものもとりあえず駆けつけて一週間近くも夜を徹して祈りを捧げたことは、彼らの思いやり、彼らの寛容さ、悲しみに打ちひしがれた隣人に対する彼らの愛について多くを語っていると思う。

彼ら全員のことを、おふくろと親父は知りようもないが、彼らの訪問のただ一つの目的をけっして忘れることはないだろう。人々ははるか遠くの戦場で行方不明になった同郷人のために、ただその場にいて、自分たちのできる方法で力になりたがっていた。

そして独立記念日の週末がじりじりと過ぎていく間も、どこにも星条旗は掲げられなかった。半旗にすべきかどうかがわからなかったのだろう。親父によると、そのころ、コロナドからの電話の「ニュースはない」という毎回判を押したような内容に、人々は明らかに士気を失いつつあった。しかも、「行方不明の海軍シール隊員の生存の見込みは薄れている……四人全員の死亡を伝えた初期の報道は結局正しかった……テキサスの家族は悲しみにくれている……海軍は今なおシール隊員の死亡を認めようとしない……」といったメディアの報告の残酷さも追い討ちをかけていた。

それには完全に打ちのめされてしまう。軍隊では、もし何かがわからなければ、わからないと言い、わかるまで何も言わない。しかし、どこかのメディア界の高給取りのホラ吹きたちは、当てずっぽうの推測をしておいて、ひょっとしたら当たっているかもしれないので、何百万人もの人々にそれが動かせない事実であるかのように報道しても構わないと思っているのだ。

まったくもって、彼らは自分を誇りに思うがいい。なぜなら、彼らはおふくろに胸の張り裂ける思いをさせたのだから。クリス・ゴスロ上級兵曹長の峻厳な権威ある説得がなかったら、おふくろの神経は完全にやられていたかもしれない。

ある朝、ゴスロ上級兵曹長は家の中でおふくろがこっそり泣いているのを見つけた。彼はおふくろを立たせ、振り向かせて、彼の目をしっかり見るよう命令した。「いいかい、ホリー」。彼は言った。「マーカスは戦闘中に行方不明になった。おれたちの言葉ではＭＩＡ（missing in action）。それだけだ。行方不明は読んで字のごとくだ。現時点では彼の居場所を特定できない、そういう意味に過ぎない。彼が死亡したという意味ではない。そして、彼が死んだとおれが言うまで、彼は死んでいない。わかるかい？」

「遺体は上がっていない。だが、我々は確かに地上になんらかの動きを発見した。今はまだそれが誰で、何人なのかはわかっていない。でも、海軍特殊戦コマンドの誰一人、繰り返すが誰一人、マーカスが死んだとは信じていない。それだけはしっかり理解してほしい」

職業軍人のその厳粛な言葉に深く胸を突かれたに違いない。おふくろは相変わらずおれと交信し続けていて、どんなことがあろうと死んではいないと断言するモーガンに支えられ、慰められて、気持ちを立て直した。

今では、農場にいるシール関係者の数は三五人にまで膨れ上がっているが、マグワイヤ大将の広報官でその場の全員に大きな力を与えるジェフ・ベンダー中佐もその一人だ。また、コロナドから来たシール部隊所属のトレー・ヴォーン従軍牧師は人々の精神的支柱となっている。誰もが彼と話をしたがったが、彼はそのすべてに楽観主義と希望でもって対応した。雰囲気が陰鬱になり、あまりに多くの人々が涙を流しているときには、彼らにポジティブになるよう促した。「今すぐ泣くのをやめて……私たちにはあなたが必要です……あなたたちの祈りが必要です……マーカスがあなたたちの祈りを必要としているのですよ。でも、何にも増してあなたたちのエネルギーが必要です。諦めてはいけない、わかりますか？」。トレー・ヴォーンのことを忘れる人はいないだろう。

加えて、知らない間に現れた地元の司令部所属の二人の海軍従軍牧師もいた。おれを昔から知っている、ヒューストンの海軍新兵採用官のブルース・マイゼックス上級兵曹長もやって来て、帰ろうとはしなかった。日が経つにつれ、新鮮なエビやナマズやその他の白身魚の入ったシーフードの積み荷が港から南部に到着し始めた。ある夫人は毎日、大量の寿司を差し入れた。そして、南部で何世代にもわたって暮らしてきた家族は、チキンとダンプリング（＊小麦粉ベースの団子）の煮込み料理を蓋付き容器に入れて葬式に差し入れるという古い南部の伝統を忠実に守った。

親父は、これは少し時期尚早に過ぎると感じたようだが、多くの人々に食事を提供する必要があり、そのうち彼は緩やかに調理の指揮を執ることになった。誰もが何にでも感謝した。親父が言うには、不思議なことに、帰るということは誰にとっても問題外だったそうだ。人々はただ、どんな運命が待ち受けていようと、その場にいようとした。

激しい雷雨の中、この任務に出動したときより三〇ポンドも痩せたおれは、子供のように眠りこけていた。午前三時にグーラーブが、すでに雨は六時間近くもまったく勢いが衰えることなく降り続いているると言った。この一週間で初めてぐっすり眠れ、嵐にも気づかず、タリバンも忘れて、完全に意識不明の状態だった。

夜通しこんこんと眠り続け、雨が止んだ後の明るい日中の日差しの中で目覚めた。腕時計を見るなりグーラーブに食ってかかった。もう今頃はモナジーに着いているはずだったのに。どうして、そうさせてくれなかったんだ？　おれに寝坊させるなんて、それでも案内人なのか？

グーラーブは楽天的だった。おれたちの間ではかなりコミュニケーションが潤滑になっていたので、彼は、昨夜はおれが初めて長時間眠れたことがわかっていたので、そのままにしておくほうがいいと判断したのだと説明した。いずれにせよ、危険すぎてあの嵐の中に出て行くことは無理だったとも言った。モナジーまで夜通し歩き続けるなど論外だったと。

どちらにしろ、このことをおれはかなり悪く受け取った。実際、またもや訪れた落胆に打ちのめされ、思わず家を飛び出した。ヘリコプターは来ず、洞窟ではサラワが突然消え、村の長老はおれを置いて一人で出発した。そして今はまた、モナジーへ行く計画が台無しになった。ちくしょう、もうこの人間の言うことなど、金輪際、信じてやるものか。

長時間眠ったので、溜まった尿を放出するという贅沢に浸ることにした。装帯をし、この村の人々のおかげで命があることを一時的にすっかり忘れて、思い切り苦々しい表情で外に出た。ライフルは家の中に残したまま、雨のせいでものすごく滑りやすくなった急坂をゆっくりと下っていく。

用を足すと、なんとか少し丘を登って、乾いた草の上に腰を下ろした。一番の理由はもうこれ以上グーラーブに無礼な態度を取りたくなかったからだが、同時にしばらく一人きりで座って頭を整理したかった。

今でもやはり最良の策は、一番近くの米軍基地に行く方法を見つけることだろう。そしてそれはやはりモナジーだ。今から越えなくてはならない聳える山を見上げると、それは今、早朝の太陽の中で雨と露にきらきらと煌いていて、おれは見た目にもわかるくらいたじろいだ。

壮絶な山登りになりそうだが、脚にはすでに痛みがある。山登りのことを考えたからではなく、ほんの一〇〇ヤードほど歩いたからだ。銃創は癒えるのに時間がかかる傾向がある。しかも、サラワの大胆な努力にもかかわらず、おれにはわかるが、脚にはまだ多くのロケット弾の破片が残っていて、それの引き起こす痛みは山登りへの大きな障害になるだろう。

ともかく、そうやって山腹に座って雑念を払い、グーラーブと男たちの助けでモナジーに出発できる夜をただ待つ以外に、何かできることはないものかと考えていた。そして、その間もずっと、タリバンが昨日の空爆に対する報復目的の攻撃を仕掛けてくる可能性を計っていた。

結局のところ、おれは遭難信号であると同時に、息をしている生身の標的だ。無敵のシャーマックが、副指揮官のコモドー・アブダルとともに、おれを殺す以外にはさしてやることもない訓練された大規模な軍を従えて待機しているのだ。もし、彼らが村に入ってきて、おれの滞在している家を見つけたら、よほど幸運でない限り、彼らをかわして広報と処刑のためのパキスタン旅行を避けることはできないだろう。

くそっ、おれを拉致して、アラブのテレビ局に米海軍シール部隊の最優秀チームの一つに勝利したと宣言させるほど、あいつらを狂喜させることはあるまい。ただの勝利ではない。戦闘では相手を完膚なきまでにやっつけ、ヘリコプターを爆破して救援隊を粉砕し、生存者をすべて処刑し、そしてここに最後の一人を手に入れたのだ。

考えれば考えるほど、この状況は絶望的だ。サブライ村の山羊飼いたちは、おれを救うために一致団結して戦ってくれるだろうか？　それとも、最後にはアルカイーダとタリバンの残忍な殺人者たちの思いどおりになるのだろうか？　奇妙に思うかもしれないが、そのときでもまだおれはロクハイのもつパワーのすべてを知らないでいた。

周りの丘をじっくり見回したが、村から一歩出ると人の姿はない。グーラーブとその仲間たちは、常に山腹こそが隠れた危険の宝庫だといわんばかりに振る舞い、おれの見たところ、ほとんど夜も熟睡することはないようだが、それはきっとサブライ村を取り巻く無法者について熟知しているからだ。

したがって、グーラーブがおれのほうに向かって丘を全速力で駆け下りて来たときは、不安が募った。彼は文字どおりおれを引きずるようにして立たせ、そして村の一番下に向かう山道を引っ張っていった。走って、おれについて来させようとしながら、何度も何度も叫び、手で合図し続けた。「タリバン！　タリバンがいる！　この村に！　走って、ドクター・マーカス、頼むから走ってくれ！」

彼は右肩をおれの左脇に突っ込んで、このところ急速に減りつつあるおれの体重の一部を担った。おれは半分は足を引きずり、半分は走り、半分は丘を転げ落ちた。もちろん、おれ自身の昨今の基準からすれば、これは砂浜の散歩のようなものだが。

そのとき突然、戦わなくてはならないかもしれないのに、ライフルを家の中に置いてきたことを思い出した。装帯の中に弾はあるが、それを撃つ道具がない。今度はおれが叫ぶ番だ。「グーラーブ！　グーラーブ！　ストップ！　ストップ！　銃を持ってないんだ」

彼は何かを言い返したが、アフガン語でこう言ったのだと思う。「お前はなんという完全な間抜けになったんだ」

しかし、彼を死ぬほど震え上がらせたものが何であったにしろ、それはまだ存在しているらしく、彼は避難場所を見つけるまで、走るのをやめるつもりはなかった。村のふもとの山道を、身を低くかがめて突き進んでいくと、やがて彼が目指していた家が見つかった。グーラーブは足で蹴ってドアを開け、叩きつけるように閉め、おれが床の上に腰を下ろすのを手伝った。武器のないおれはまったく役立たずの状態で、これから何が起きるのだろうと不安におののきながら、ただそこに座っていた。

グーラーブは一言も言わずに表のドアを開け、脱兎のごとく駆け出していった。窓の外をロケットのように通り過ぎ、おそらくヒンドゥ・クシ自由参加一〇〇メートルレースの新記録でも目指しながら、猛スピードで急斜面を駆け上っていった。どこに行くつもりかは知らないが、とにかく行ってしまった。

三分後、彼がドアを蹴り開けて、家の中に突入してきた。その手には彼自身のＡＫ47とおれのライフルがあった。七五発の弾丸が残っている。彼の弾薬帯にはもっとあるだろう。重々しい表情でマーク12狙撃銃をおれに手渡しながら、彼は簡潔に言った。「タリバンだ、ドクター・マーカス。戦おう」

これまでに見たことがないほど真剣な表情だ。恐怖ではなく、ただ決意がみなぎっている。あの山の上で初めておれを見つけたとき、サラワは彼の仲間とともに、負傷した米兵のおれにはロクハイが与えられるべきだと決断した。あの渓流のそばでの最初の瞬間から、彼は究極的にはこのような状況になるかもしれないことを百も承知だったのだ。たとえおれは知らなくても。

それは、最初から村人全員に影響を与える決断だった。きっと大半の人々に受け入れられ、明らかに村の長老により承認されたのだ。憎しみに満ちた怒った顔もいくつか見かけたが、それらは少数派だった。そして今、村の治安を司るムハンマド・グーラーブは、彼の村の人々がおれに与えてくれた無言の誓いを守り抜く決意をしている。

これは何世代も脈々と続いてきた〈パシュトゥーンワライ〉の二千年の伝統ある道義心から行っているのだ。自分の客人は命懸けで守る。グーラーブがＡＫに新しい弾倉を押し込むのを、おれは注意深く見守った。そして彼の黒い瞳の中に、勇敢な無償の行いをしようとしている人にいつも見られる善の光を見た。

グーラーブに礼を言って自分のライフルに新しい弾倉を叩き込む。窓から外を見て、戦場を見積もった。ここは低いほぼ平らな土地だが、タリバンはいつも相手より高い場所からの攻撃を好むので、今回も高みから仕掛けてくるだろう。岩と土でできたサブライ村の家々の何軒に、戦う準備の整った男たちが隠れているのだろうか。

この状況は厳しいが、絶体絶命ではない。おれたちには堅牢な掩蔽物があり、敵はおれがどこにいるのかを正確には知らない。おれの考えでは、尾根での戦いは諸刃の剣だった。第一に、敵はあの戦闘でマイキー、アクス、ダニー、おれによって殺された味方の数のあまりの多さに怒りではらわたが煮えくり返っていることだろう。その結果、彼らは単におれを捕らえるためだけに、自爆テロ、もしくは何人が犠牲になろうとかまわないといった見境のない攻撃を仕掛けてくるかもしれない。どちらも、あまりうれしいオプションではない。

一方で、タリバンの急襲部隊の、ことによると五〇パーセントを壊滅させた小さな米軍チームの生き残りに、たとえ一人であっても直面することを彼らは少々恐れているかもしれない。

おれが負傷していることは知っているだろうが、同時に、もしおれがライフルをなくしていたとしても村人たちによって武装させられているであろうことを彼らは知っている。結局、敵はいかなる犠牲を払おうとも一気に攻撃を仕掛けてくるか、もしくは、村の中をじっくり一軒一軒調べていって、グーラーブとおれを追い詰めるかのどちらかだと推測した。

しかし、差し迫った攻撃には迅速なエキスパートの戦略が必要だ。素早く立案して、グーラーブに理解させる必要がある。彼が即座におれの経験を尊重して主導権を譲ったので、おれが医者だという話を彼ははなから信じていなかったのではないかという気がした。おれがあの尾根で戦ったことを知っていたし、今はおれの命令に進んで従おうとしている。

ここにはカバーするべき場所が二カ所ある。ドアと窓だ。道にいるタリバンを窓から撃っている間に、あの卑劣な悪党どもが二人ほど表のドアから忍び込んできて、背後から撃たれるのはよろしくない。

グーラーブの役目は、入り口をカバーして、敵が発砲するより先におれがさっと振り返って撃つのに必要な一瞬の間を与えてくれることだと説明した。理想を言えば、敵が近づいてきているという警告を発してほしい。それなら、ただリーダーを撃ち殺す代わりに、部屋の隅の陰に隠れておいて、六人ほどをいっぺんに片付けられる。

理想を言えばだが、ほんの少し時間を稼ぐために、ドアに押し付けられる重い家具があればなおさらいい。だが、家具はなく、あるのはただ例の大きなクッションだけで、それでは明らかに重さが足りない。

とにかく、グーラーブは戦略を理解し、何かをはっきりわかったときにいつもするように、荒々しくうなずいた。「オーケー、マーカス」と彼は言った。彼が〈ドクター〉の部分を割愛したことを、おれは聞き逃さなかった。

いよいよ戦闘が始まると、グーラーブはドアの部分を二カ所から見張れるよう、窓の端に男を一人配置した。おれはどんなものであれ正面からの攻撃に集中する。ちょうど山でマイキーが指揮を執っていたときにアクスとダニーがしていたように、無駄弾を撃つことなく、着実に敵に命中させる必要がある。

グーラーブに落ち着いて狙い澄まして撃つよう、興奮して撃ちまくったりしないよう忠告した。そうすれば、おれたちが勝つか、最悪でも無秩序なタリバンを退却させられると。

彼は少しぽかんとしている。おれの言っていることが理解できないのだ。そこでおれたちが戦いの前に決まって言うお馴染みのフレーズを投げかけた。「オーケー、みんな、ロックンロールしようぜ」

実を言えば、これは逆効果だった。グーラーブはおれがダンスでも教えようとしていると思ったのだ。状況がそれほどまでにシリアスでなかったら面白かったかもしれない。そのとき、おれたちは村の上のほうで戦闘開始の銃声がしたのを聞いた。

銃声は多い。多すぎる。それほどまで膨大な量の射撃をするのは、タリバンがサブライ村の住民を皆殺しにしようとでも企んでいない限り、ばかげている。しかし、そんなことをすれば、この辺りの山岳地帯の部族村からは二度と支援を受けられなくなるだろうから、彼らはそんなことは考えない。

いや、絶対にそんなことはしない。やつらはおれを欲しがってはいるが、おれを手に入れるために、女子供を含む一〇〇人のアフガン人を殺したりはしない。タリバンとアルカイーダの連合軍は容赦なく残酷だが、このベン・シャーマックという男はバカではない。

そうこうしているうちに、銃声の中に戦場独特のリズムがないことに気づいた。訓練を受けた戦士がターゲットを狙って撃つときの、短くて鋭い破裂音がないのだ。むしろ緩慢な一斉射撃に聞こえる。耳を澄ます。はっきりした応射はなく、そのとき、おれには何が起きているのかがわかった。

やつらは、よくやるように、上下に飛び跳ねて「異教徒に死を!」と叫びながら、特に何を狙うでもなく、宙に向かってでたらめに威嚇発砲しながら、林の中から村に向かって下りて来たのだ。愚かな連中だ。

彼らがなんとなく狙っているのは常に人々を死ぬほど怯えさすことだが、今のところ、それには成功しているようだ。女たちの悲鳴や子供たちの泣き声は聞こえるが、サブライ村の男たちが応射する銃声は聞こえない。それがどんな音かは正確に知っているが、今それは聞こえない。

グーラーブを見た。彼は片目でドアを見ながら、おれとともに窓にもたれて攻撃開始に備えている。おれたちは二人とも安全装置をカチッとはずした。

上のほうでは、まだ悲鳴は聞こえるが、銃声はしだいに静まってきた。卑怯者たちがきっと子供でも殴っているのだろう。すぐさま駆けつけて、聖戦軍の全員を一人で相手にしてやりたいところだが、自制し、射ちたいところをこらえ、待った。

およそ四五分も待つと村は静かになった。まるでやつらなど初めから来なかったかのようだ。今までにない静けさが村に戻り、パニックの雰囲気も、怪我人の出た気配もない。号令を発するのはグーラーブに任せた。「タリバンは去った」。彼はシンプルに言った。

「これからどうするんだろう?」。おれは訊いた。「バグラムでも襲うのかな?」

グーラーブは首を振った。「バグラム」と言い、それから、すでに何度目になるかわからないが、またもや手振りで繰り返した。「ヘリコプターが来る」

おれは天を仰いで白目をむいた。このヘリコプターがどうのというガセネタは前にも聞いたことがある。おれにはグーラーブに伝えたいニュースがあった——「ヘリコプターは来ない」。それでも「ヘリコプター、来る」と彼は答えた。

いつものことだが、グーラーブが何を知っているのかも、何が起きているかをどうやって発見したのかも、おれには知りようがない。しかし今のところ彼は、タリバンがおれの滞在していた家に入って、おれがいなくなったことを発見したと確信していた。おれの居所を漏らした者はいないし、タリバンも今以上に村民——特に村の長老——との関係がまずくなるリスクをあえて冒してまで、家から家へと捜して回ることはしなかった。

何がなんでもアメリカ人と政府を追い払おうとする彼ら部族民の武装ギャングは、自分たちを守ってくれるこの山岳地帯で、完全に孤立した状態では機能できないのだ。地元の支援なくしては、彼らの原始的な供給ラインはすぐに枯渇し、新兵は急速に減少してしまう。軍隊には食糧と掩蔽物と協力が必要で、タリバンが弱いものいじめを楽しんでいられるのもせいぜい、ここのような強力な村のリーダーたちが米軍との共存のほうがましだと決断するまでのことなのだ。

だからこそ、彼らはたった今、サブライ村から撤退した。この先も村を取り囲み、おれを捕まえるチャンスを待ち続けるだろうが、村民の日常生活に大きな混乱を引き起こすリスクは冒さないだろう。おれは洞窟での一夜を含め、ここで五晩を過ごしたが、その間にタリバンがサブライ村の境界を越えて侵入してきたのは二回きりだ。夜遅くに暴力を振るわれたときの数時間と、たった今の一時間程度。

グーラーブは彼らが去ったことは確信しているものの、元いた家に戻るのは危険だということも、同じくらい確信していた。今は午前一〇時近く、グーラーブはここを出て、もう一度おれを山の中に連れていく準備をした。


グーラーブとおれはそれぞれのライフルをつかみ、低い通りにある石と土でできたおれたちの小さな砦を抜け出て、山のさらに低い部分を目指した。痛みをこらえながら二〇〇ヤードほども進むと、耕作され、最近刈り取られたばかりの平たい土地に出た。今では泥しかないが、また何かを植えるのか、泥が耕されている。

この畑は、そこから三五〇ヤードほど山を上がったところに見える、二番目に過ごした家の窓から見えていた。広さはアメリカンフットボールのフィールド二つ分ほどだ。ヘリコプターが着地するのに理想的だと思った。実際、この辺りで初めて目にした、ヘリの着地に適した場所だ。ここならパイロットは、木とぶつかったり、断崖から転がり落ちたり、タリバンの罠のど真ん中に降りるリスクを冒すことなく、安全にMH47を降下させられる。

一瞬だが、土の上に大きくSOSの文字でも書こうかと考えた。が、グーラーブは不安がり、おれを半分は抱え、半分は力ずくで、畑から木の茂った山の斜面に引き戻し、山道のそばの、茂みでうまく隠れた部分に休憩場所を見つけた。これにはおまけがついていた。茂みにはブラックベリーがたわわに実っていたからだ。そこでおれは日陰にゆったりと寝そべって、完全には熟していないが、おれにとっては最高にうまいベリーを食べた。

今ふたたび、辺りはしんと静かで、おそらくかつてないほど研ぎ澄まされたおれの訓練された狙撃手の耳も、下生えの中にあやしい音は何もキャッチしない。小枝が折れる音も、草が擦れ合う普通でない音も聞こえない。木の後ろに怪しい影もない。何もない。

そこで少し待機すると、グーラーブが立ち上がって少し先まで行き、振り返ってささやいた。「さあ、行こう」。おれはライフルを握って、起き上がるために右側へ体をひねった。大変な集中力と努力を要する動作だ。

なぜ、そんなことをしたのかはわからない。だが、なんとはなしに見上げて、おれたちの背後にある斜面に視線を走らせた。するとそこに、なんの気配も立てずに、非常に静かに座って、おれにしっかりと視線を据えている一人の男がいた。それはまさしく、タリバンのリーダー、シャーマックだった。

粒子の粗い、あまり鮮明でない写真を見ただけだったが、おれにはそれで十分だった。やつだと確信した。それは彼にも伝わっていたと思う。他の男たち同様、細身で、年齢は四〇歳前後、まだらに赤毛が混じった長くて黒い顎鬚をたくわえている。黒いアフガンの服、赤いベスト、黒いターバン。目はグリーンに見えたと記憶しているが、その瞳には米軍の戦車をも溶かしたであろう強烈な憎しみが溢れていた。おれをまっすぐに見つめ、一言も発しないでいる。彼が武装していないことに気づいたおれは、マーク12を握る手に力をこめ、銃身が彼の目と目の間を一直線に指すまで、ゆっくりと動かしていった。

彼は恐れなかった。まったくひるむことなく、微動だにしない。おれにはここで、この山で、この悪党を撃ちたいという強い思いがあった。究極のところ、それがここに来た目的なのだ——彼を殺すか捕らえるか。二番目の部分はもう不可能だが。

シャーマックは味方の軍に取り囲まれていた。もしそこで彼を撃っていれば、おれの命は二〇秒ともたなかっただろう。手下どもはおれとグーラーブを射殺し、次に、彼らの愛する総司令官はもういないが、村で子供たちをも含む大殺戮を行っただろう。おれはあのときそう考えて、やつを撃つのをやめた。

同時に、シャーマックのほうにも明らかにおれを撃つ気配がないことに思い当たった。グーラーブがいるために完全な膠着状態になっているが、さすがのシャーマックもサブライ村の長老の長男を撃て命じようとはしていない。同様に、おれも特に自殺したいわけではない。誰もが発砲を控えていた。

シャーマックはただそこに座っていた。やがてグーラーブがタリバンのボスにうなずくと、シャーマックがほんのかすかに頭を傾けたことに気づいた。ちょうどピッチャーがキャッチャーのサインに同意するときのように。続いて、グーラーブがゆっくりと歩いて彼のもとに話しにいくと、シャーマックは立ち上がった。二人はこちらに背を向けて、さらに山の上のほうへ登っていき、視界から消えた。

二人が話し合うとしたら、用件は一つしかない。サブライ村の人々はついにおれを引き渡すことに同意するのだろうか？　おれにはグーラーブと彼の父親に、まだおれを守る気があるのかどうかは知りようがない。

おれは自分自身の運命も、また、あの二人の山岳部族民がどういう決定を下すのかもわからぬまま、ただブラックベリーの灌木の下に沈み込んだ。なぜならこれまでのところ、二人ともそれぞれ自分なりのやり方で、自らの主義を曲げないことを証明してきたからだ。アフガニスタンの救世戦士を気どる血も涙もない殺人者が、今、ただおれを守るためだけにすべてをかける覚悟をしていると見える村の男と協議中だ。

12 「2-2-8!　2-2-8だ!」

彼らは五分ほど姿を消したあと、いっしょに戻ってきた。ベン・シャーマックはしばらく立ち止まっておれを睨みつけ、それから兵士たちのいるところへ登って戻っていった。グーラーブはおれのところまで下りてきて、シャーマックから受け取ったメモの内容を説明した。それにはこうあった——

「アメリカ人を引き渡せ。さもなくば、お前の家族は皆殺しだ」

グーラーブは例の、こんなものは相手にしないといったジェスチャーをした。二人で振り返ってタリバンのリーダーが木立の間を去っていくのを見守った。それから彼はおれに手を貸して立たせ、破壊された左脚に気を配りながら、急斜面を下るときはおれを半分抱えるようにして、ふたたび林を抜けて干上がった川床まで引っ張っていった。

そしてそこで休憩した。タリバンの狙撃兵が来ないかと目を光らせていたが、誰も来なかった。林の中でおれたちをぐるりと取り囲んでＡＫを構えているのは、みな、おれたちを守ろうとするサブライ村の見慣れた面子だ。

そこで少なくとも四五分は待った。すると、山のとてつもない静寂の中に、村の男がもう二人到着した。彼らがただちにそこを去るよう合図しているのは明らかだ。

彼らは各々おれの腕の下を支え、崖の脇の林の中を登っていった。正直言って、もはやおれには何が起きているのかも、どこに行こうとしているのかも、何をしなければならないのかも、何もわかっていなかった。村に帰れないのは理解していたし、グーラーブがポケットに突っ込んだメモにあった言葉の調子もはなはだしく気に入らなかった。

今、おれは筋の通ったプランもないまま、ただ一人、部族民の男たちとここにいる。脚は死ぬほど痛くて地面につけることさえままならず、おれを支えている二人の男にはおれの全体重がのしかかっている。やがて荒々しい岩の斜面に彫り込まれた短い階段に突き当たった。男たちは背後に回って、自分たちの肩でおれを押し上げた。

真っ先に最上段に上がったのはおれだったが、すると、一度も見たことのないアフガンの武装戦士に真っ向から直面した。彼はＡＫ47で射撃姿勢を取っていたが、おれを見るなりそれを構えた。彼の帽子を見た。そこに付けられたバッジの文字におれの心臓は止まりそうになった――「ブッシュを大統領に！」

アフガニスタンの特殊部隊員だとわかり、おれはパニックに陥った。なぜなら、おれは今、タリバンとまったく同じ、部族民の服装をしているからだ。だが、彼のすぐ後ろから、下生えを突っ切って、二人の米陸軍レンジャー連隊隊員が戦闘服に身を固め、ライフルを構え、黒人の大男をリーダーにやって来た。グーラーブが後ろから、信じられないほどの冷静さでもって、おれの黒魔術的な三叉鉾のタトゥの上にあったBUD／Sのクラスナンバーを大声で叫んだ。「2-2-8！　2-2-8だ！」

　レンジャーの顔が突然、とてつもなく大きな笑みに輝いた。リーダーはおれの六フィート五インチの体躯をチラッと見て、鋭い口調で訊いた。「アメリカ人か？」おれがうなずくと同時に、彼が山腹を引き裂かんばかりの叫び声を上げた。――「マーカスだ、みんな！　見つけたぞ――やつを見つけたぞ！」

　レンジャーが飛んできておれを両腕にかき抱くと、汗と戦闘服とライフルの臭いが、故郷の臭いが、いつも嗅いでいる臭いがした。アメリカの臭いだ。おれは気を確かにもって、泣かないでいるのに必死だった。なぜなら、シールはレンジャーの前ではけっして弱みを見せないからだ。

「やあ、兄弟」。おれは言った。「会えてうれしいぜ」

　そのころには山は大混乱に陥っていた。陸軍の連中があらゆる所から林をかいくぐって出てきたのだ。彼らはみなひどく痛めつけられていて、戦闘服はぼろぼろで、一人残らず数日分の髭が伸びていた。泥だらけで、髪はぼさぼさだが、顔は笑みに崩れている。そのときのおれの推測は正しかったのだが、彼らは先週の水曜の早朝からずっと、おれのチームの捜索のためにこの山にいたのだ。彼らはあの雷雨の中、一晩中外にいたのだ。道理で少々薄汚いはずだ。

　今日は日曜日。そして、ああ、ふたたび英語を、毎日使っている普通の言葉を、いろんな種類のアメリカンアクセントを、耳慣れた音を聞くのは、なんて気持ちがいいんだろう。聞いてくれ。敵意に満ちた外地で、誰にも何も説明できない状況にしばらく置かれた後に、自分と同類の人間――強靭で、自信に満ち、組織化され、プロフェッショナルで、高度に訓練され、完全武装し、何が来ようと平気で、友情ではち切れそうな男たち――に救出されると、それ以上はないほどの歓喜で心がはじけそうになる。だからといって、そんな瞬間を求めて準備をするのは勧めないが。

彼らはただちに行動を開始した。陸軍大尉は一つのチームにおれを林から出して高地に連れていくよう命令した。彼らはおれを担いで丘を登り、山羊の囲いの横に座らせた。トラヴィス米軍衛生兵が即座に傷の手当に着手した。サラワのしてくれた古い包帯をほどき、殺菌クリームを塗り直し、新しい包帯をする。新鮮な水と抗生物質もくれた。すべて終わったときには、ほぼ生き返った気がした。

その場の雰囲気は、男たちの全員が自分たちの使命が達成されたと感じているのだから無理もないが、陽気そのものだ。戦闘中のアメリカ人なら誰でも彼らの祝賀ムードは理解できる。そんなときには誰もが、危うく大変なことになるところだっただの、自分たちの戦闘ノウハウのおかげで多くの危険を回避できただの、どちらに転ぶかわからない局面だっただのと振り返るのだ。

レンジャーもグリーンベレーも分け隔てはない。彼らは一致協力して、この数百平方マイルにもおよぶ山中からおれを生きた状態で発見してくれた。だが、彼らはおれたち全員が今、極限の危険の中にいることをじゅうぶんには理解していない。彼らにこの辺りにいるタリバン戦士の数や、尾根でおれたちが相手にした人数や、シャーマックの存在や、彼の総軍がすぐ近くにいて、おれたちをおそらく見張っていることなどを説明した。……いや、やつらは確実に見張っている。こちらは全員が揃っているので、もし攻撃されれば恐るべき強力な戦闘力を発揮できるだろうが、数の上では圧倒的に向こうが上で、しかも今は完全にタリバンの包囲網の中にある。ただおれだけではなく、全員が。

次に、情報聴取に応じた。まず仲間たちが全員、マイキーもアクスもダニーも死亡したという説明から始めたが、これはまだ誰にも話していなかったので非常につらかった。報告しようにも誰もいなかったのだ。彼らがおれにとってどういう存在だったかを、また、彼らがこれからのおれの人生にどんなに大きな穴を残したかを理解してくれそうな人間は一人もいなかった。

腿の落書きを調べると、まだこの付近の道や距離や地形についての明確なメモが残っていた。彼らにタリバンが野営しているエリアを指し示し、地図に印を付けるのを手伝った。「ここ、ここ、そしてここも。そこがやつらのいる場所だ」。実際のところ、ならず者どもはおれたちを取り巻くあらゆるところに存在し、攻撃のチャンスを狙っている。おれはシャーマックがアメリカの重砲火を真正面から受けることに危惧を抱き始めているのではないかという気がしていた。彼の軍の半分が、あの尾根でおれたちたった四人によって掃討されたのだ。今はもっと多くの兵士が、トラヴィスが自分の仕事をしている間、山羊囲いの周りに集結している。

レンジャーの大尉に、ここには何人いるのかと訊いた。彼は答えた。「たっぷりいる。二〇人」

おれの考えでは、それではおそらく少し足りない。シャーマックがアルカイーダからの増援により、簡単に一五〇人から二〇〇人ほどの軍勢に戻している可能性があるからだ。

「対地攻撃用ヘリ〈アパッチ64〉を待機させた」と大尉は言った。「必要なものはなんでも用意する。大丈夫だ」

おれたちは間違いなく包囲されているともう一度強調すると、彼は答えた。「了解、マーカス。しかるべく対応しよう」

そこを去る前に、彼らにいったいどうやっておれを見つけたのか尋ねた。すると意外なことに、山の中のあの小さな岩の家の窓から発信した救難ビーコンのおかげだったとわかった。上空を飛んでいた航空機のクルーが信号をキャッチし、あの村を逆探知したのだ。彼らはPRC148無線機を持っているのは行方不明になっているシールチームの一人に違いないとは思っていたが、それがタリバンに盗まれた可能性も一応考慮に入れなくてはならなかった。

しかしながら、この場合、彼らはアフガン部族民がその無線機を作動させているとは思わなかった。その機械が何なのかもさっぱりわからない者たちが、スイッチを入れて空に向けて発信したとは考えられなかったからだ。

したがって、シールの一人がまさにその村にいるか、そうでなくてもかなり近くにいるはずだと結論した。そこで彼らは徐々におれに接近していったのだが、その捜査網はタリバンの張っている網をうまく通り越していた。すると突然、おれが現れたのだそうだ。オサマ・ビンラディンの副指揮官のような服装で、山を落ちながら登る三人の酔っ払いのように部族民に両腕を抱えられ、すぐ後ろに「2-2-8!」と叫ぶグーラーブを従えて。

グーラーブの引率でおれたちは村に向かって出発し、嵐が過ぎ去るのを待った二番目の家に戻った。陸軍はサブライ村の周辺に警備網を張りめぐらせ、例の巨木のそばを通ってメインルームまでおれを運んでいった。あの雄鶏がまだその木の中の、前と同じ場所にいるのに気づいた。どういう風の吹き回しか今は静かにしているが、それでもあの日のやつを思い出しただけで、そのクソ頭をぶっ飛ばしたくなった。

兵士たちの用意した間に合わせのティーで、おれたちは腰を落ち着けて詳細な打ち合わせに入った。参加メンバーは大半がレンジャーかグリーンベレー所属の、大尉以下、陸軍のすこぶる重要な面々だ。ミーティングを始める前に、できればシールに救助してほしかったと言わずにはいられなかった。なぜなら、これから先、陸軍の連中からの「それ見ろよ、シールは面倒なことになったら、おれたち陸軍を呼びつけて助け出してもらおうとするんだ、例のごとく」といった戯言にさんざん耐えねばならないからだ。

これには大歓声が上がったが、それでも彼らと、彼らがおれを救出するために冒してくれた大きなリスクに対するおれの永遠に尽きることのない感謝の気持ちは隠せない。彼らは本当に気持ちのいい男たちで、プロフェッショナルに徹した方法で指揮を執った。まず基地に無線連絡し、おれが見つかったことと、しっかりしていて死にそうではないこと、残念だが同チームの他の三人は戦闘中に死亡したことを伝えた。彼らが確かにおれは安全に確保したが、今もって潜在的に危険なアフガンの村にいて、タリバンとアルカイーダの部隊に包囲されていると念を押すのが聞こえた。日が暮れると同時の脱出を要請していた。

戦場の内外でおれのとったアクションについて詳細に説明しようとしたので、情報聴取は長時間に及んだ。その間、子供たちが絶え間なくおれに会いに駆け込んできた。部屋中子供だらけになり、彼らはおれの腕にしがみつき、首の周りに腕を回し、しゃべり、叫び、笑った。村の大人たちもやって来たが、彼らには――特にふたたび姿を現したサラワと、ずっとおれについていてくれたグーラーブの二人には――どうか帰らないでくれと言い張らなければならなかった。彼らの一人一人がおれの命の恩人だ。

これまでのところ、マイキーやダニーやアクスの遺体は発見されていなかった。したがって、彼らの亡くなった場所をおれが正確に指摘できるよう、長時間かけて衛星写真を入念に検討した。陸軍の連中はおれたちの行った戦闘について、いくらかはデータを持っていたが、おれは多くを付け加えた。特に、マイキーの指揮のもと、おれたちがどのように退却し、退却し続け、結局、どうして山を常に下へ下へと下りて抗戦する以外に選択肢がなかったかを。

また、アクスがどんなに圧倒されるほどの勇敢さでもって左脇を守り、ダニーがたとえ何度撃たれようとも、息絶えるまでおれたちの右脇を守ろうと発砲し続けたかを。そしてとうとう最後には、あまりに敵の人数が多く、あまりに火力の量が多く、あまりに例の大きなロシア製ロケット弾の数が多く、アクスとおれがいかにそのいくつかに戦闘そのものから完全に吹き飛ばされてしまったかを。

タリバン側の損害ももちろん甚大だ。それは誰もが知っているようだった。その小さな部屋にいるグーラーブを含む全員が、タリバンは米軍を相手にもう一度正面攻撃を行うというリスクは冒さないだろうと考えていたと思う。したがって、おれたちは日が山の端《は》に沈みかけるのを待った。そして、子供たち全員にさようならを言うと、彼らの何人かは泣いていた。サラワはただ静かに立ち去った。以後、二度と彼の姿を見ることはなかった。

おれたちはグーラーブの案内で村のふもとにある平らな畑に行き、通信機器が忙しく作動している間、じっと待ち続けた。タリバンが最後にもう一度攻撃を仕掛けてくる万が一の場合に備えて、レンジャーの警備隊が隊形を組んで周辺を固めていた。おれはやつらが近くにいることを知っていた。だから、陸軍の将兵約二〇人と初めからずっとおれの味方でいてくれた約一〇人の村人たちのみんなただ座って待っていた間も、おれはあの山の斜面から片時も目を離さなかった。

全員が暗闇の中、岩壁にもたれ、畑を見つめながらただひたすら待った。二二時少し前に、高い地平線のさらにはるか上空に、カタカタという音とともに山脈を越えて近づいてくる紛れもない大型米軍ヘリの遠いビートを聞いた。

タリバンとアルカイーダの主力部隊が野営していると推測される山腹から十分な距離を置いて、それが旋回しているのが見える。そのとき突然、グーラーブが腕をつかんでささやいた。「マーカス！　マーカス！　タリバン！」

崖を見上げると、闇の中に白い光が山肌を横切って素早く動いていくのが見える。「タリバンだ、マーカス！　タリバン！」。グーラーブがひどく不安になっているのがわかる。おれは陸軍大尉に声をかけ、危険を指し示した。

全員が瞬時に反応した。武装していないグーラーブはおれのライフルをつかみ、二人の仲間とともにおれを岩壁に押し上げて反対側のより深いくぼみに飛び下りるのを助けた。村人の何人かは猛スピードで山を駆け上って自分たちの岩の家へと逃れた。グーラーブは違う。彼は岩壁の後ろに陣取り、山腹の敵におれの狙撃銃の照準を合わせた。

陸軍の通信兵が行動を起こす。近くにいることがわかっている大空爆部隊を呼びつける。進入してくる救援ヘリをタリバンが撃とうとする気配でも見せれば、彼らのいる山を攻撃しようと待機している戦闘爆撃機と戦闘ヘリだ。

タリバンがおれを殺すために最後の最後に土壇場の攻撃を仕掛けてくるであろうことは、簡単に予想がついていた。おれは暗視ゴーグルをつかみ、岩の後ろに観測兵として陣取り、敵のいる居場所を突き止め、これを限りにやつらの息の根を止めてやろうと決意した。

あのくそったれベン・シャーマックのせいで大忙しだった米軍がついに怒りをぶちまけたとき、おれたちには救援ヘリがはるか遠くにいるのが見えていた。彼らは漆黒の峡谷にうなり声を上げて飛んできて、やつらのいる山腹に地獄の猛攻撃をお見舞いした――爆弾、ロケット弾、持っているものすべてで。凶暴な爆発物の嵐だった。あそこでは一人として生き残った者はいないだろう。

その夜、タリバンの火は消えた。あの小さな白い光線も、焚き火もカンテラも、すべてが消えた。おれはその場にしゃがんだまま、タリバンの位置を特定し、訓練どおり、隣にいる通信兵に大声で伝えた。おれは顔に笑みを張りつかせて立ち上がり、おれの子供たちを殴り、チームメイトを殺した悪党どもを味方が粉砕するのを見守った。ざまみろってんだ。

それは、自分でも認めるが残忍な微笑だった。でも、やつらはおれを追いかけ回し、拷問し、追いつめ、四〇〇回ほど殺そうとし、爆破し、誘拐しかけ、処刑すると脅したんだ。それが今、仲間に完膚なきまでに打ちのめされている。おれはのちに、あの夜、三二人のタリバンとアルカイーダがあの山で死んだという報告を見た。おれはそれでも満足しない。

ヒンドゥ・クシの高山に轟いた耳をつんざく爆音が次第に消えていった。米軍の空爆は完了した。着陸ゾーンがクリアーになり、安全が確保されると、救援ヘリが南から進入してきた。

グリーンベレーは相変わらず交信中で、パイロットに村の刈り取ったばかりのアヘン畑に降下するよう大声で指示している。ヘリコプターの回転翼が夜気の中に生物発光のグリーンの静電気を発生させていたのを思い出す。

するとヘリがこちらに向かって降りてくる音が聞こえたが、まるで夜の中に猛り狂う米空軍が幻となって出現したかのようだった。それは無限に広がる、耳を聾する破壊的な轟音で、ヒンドゥ・クシの高峰の間に反響するよりむしろ雷鳴した。過去にもこれほどまでに荒々しい音を立てたヘリはなかっただろう。山の不気味な静寂も、その夜二度目となる大音響の攻撃の前には完全に敗退してしまった。地面が揺れる。土埃が巻き上がり砂嵐になる。回転翼が清涼な山の空気の中に絶叫する。それはおれがそれまでに耳にした、最も美しい音だった。

ヘリはゆっくり進入してきて、おれたちから数ヤードのところに着地した。機上輸送係《ロードマスター》が地面に飛び降り、メインドアを開ける。おれは兵士たちに助けられてキャビンに登り、続いてグーラーブも乗り込んだ。即座に機体は離陸したが、おれたちのどちらも窓の外の光のないサブライ村の闇を見ようとはしなかった。おれはいっさい何も見えないことを知っていたからだが、グーラーブは次にいつここに戻って来られるかがわからなかったからだ。彼自身と彼の家族に対するタリバンの脅迫は、彼が認めているよりはるかに深刻だ。

彼はヘリコプターが怖いらしく、アサダバードまでの短いフライトの間もずっとおれの腕にしがみついていた。そして、アサダバードでおれたち二人はヘリから降りた。おれは引き続きバグラムに向かうが、グーラーブは差し当たり彼の国にあるこの基地に留まり、彼にできる方法で米軍の力になる。自らの命を危険にさらしてまでおれを守ってくれた、このやや神秘的な部族民に、おれは別れのハグをした。彼は明らかに何も見返りは欲していなかったが、最後にもう一度腕時計を渡そうと試みた。だが、彼は断った。もうすでに四度、断ったように。

彼との別れはとても切なかった。というのは、感謝の気持ちを伝える言葉を知らないからだ。本当のところは知るよしもないが、きっと彼も言葉さえ通じれば、おれに何か言っただろうと思う。それはこんな、温かくて愛情のこもった言葉ですらあったかもしれない……「やかましい野郎だぜ、まったく、象のような足音を立てる恩知らずめ」とか「おれたちの自慢の山羊の乳に何か問題でも？　いけすかないやつ」とか。

だが、言えることは何もなかった。おれは故郷に帰る。でも彼はもう二度と家に帰ることはできないかもしれない。あまりにも唐突に、そしておれたちのどちらにとっても人生を左右するほど強烈に交わった二人の道は、今また分かれようとしている。

おれは自分の基地であるバグラムに向かう大きなC130戦術輸送機に搭乗した。二三時にその主要滑走路に着陸した。マイキーやアクスやダニーとまさにこの同じ場所で、この地面の上に寝転がって、はるか遠くの雪を頂いた峰を眺めながら、そこに過酷な試練がおれたちを待ち受けているとも知らず、相変わらず楽観的で、笑い、冗談を言い合っていたときから、ちょうど六日と四時間が経っていた。一週間も経っていない。でも、千年にも感じられた。

そこには四人の医師とおれに必要なありとあらゆるヘルプが待ち受けていた。また、看護師の小さなグループも出迎えてくれたが、少なくともその中の一人は病院でボランティアをしていた関係でおれのことを知っていた。他の看護師たちはおれを見てただ言葉を失っていたが、おれを知っていたこの一人はタラップの上段に立ったおれを一目見るなり、泣き出してしまった。

それほどひどい姿だったのだ。体重は三七ポンドも減り、顔は最初の山を滑落したときの傷で削られ、折れた鼻はゆがみ、脚の痛みはまるで拷問にでもかけられているようで、粉砕された手首にも、脊椎が三カ所も折れていれば当然だが背中にも、激痛があった。何パイントの血を失っていたかは神のみぞ知るところだ。幽霊のように蒼白で、歩くこともままならなかった。

その看護師はただ「ああ、マーカス!」と叫び、泣きながら背を向けた。おれは担架を断り、痛みを無視して医師にもたれた。だが、彼はよく知っていた。「おいおい、バディ、無理するなよ。担架を使おうじゃないか」

しかし、おれはもう一度首を振った。モルヒネの注射をしてもらっていたので、助けなしに立とうとした。医師のほうを向き、まっすぐに目を見て言った。「自力で降りて歩いていきます。怪我はしていますが、それでもシールだし、殺されはしなかった。だから歩きます」

医師はただかぶりを振った。彼はおれのような男に今まで何人も会ってきたから、逆らっても仕方がないことを知っている。おれの心には〈飛行機から降りるにも助けがいる男がシールだと言えるだろうか? ノー、サー。担架はいらない〉という考えしかないことがわかっていたのだろう。

したがって、おれはのろのろとした動きでタラップを独力で降りて地面に足を下ろし、おれの本拠地の基地にふたたび入っていった。そのころには、さらにもう二人の看護師が泣き出していた。おふくろが今のおれを見られなくてよかった、と考えていたのを思い出す。

そのときだったと思う。おれはくずおれてしまった。医師や看護師たちが飛んできて手を貸し、担架に載せて、バンで病院のベッドに直行することになった。個人的英雄伝説はそれでおしまい。おれはこのくそいまいましい国がおれに投げつけるありとあらゆるものを体に受け、ヘル・ウィークの最終レベルまで行って耐え、今、救出された。

実際、体の状態は最悪だった。モルヒネにはそれまでに与えられていたアヘンほどの効き目はない。体のあらゆる部分に痛みがあった。主治医のカール・ディキンス大佐に付き添われ、シールチーム長のケント・ペロ中佐が正式に出迎えてくれた。

初めて会った日からいつもおれのファーストネームを覚えていてくれた、きわめて高い階級にあるシール将校のペロ中佐は、おれといっしょにバンに乗り込んできた。おれの横に座り、腕を握って、どんな具合いかと尋ねる。「イエッサー、大丈夫です」と答えたのを覚えている。

だがそのとき、「マーカス」と言う声が聞こえた。そして彼はかぶりを振った。すると、途方もなく手ごわい人物であり、おれのボスのボスである彼の顔に涙が流れているのに気づいた。おれが生きていたことに対する安堵の涙だと思う。おかしなことに、おれのことを心から心配してくれる誰かといるのは久しぶりだった。マイキーやアクスやダニーが死んで以来。

その感動は抗い難く、そこで、そのバンの中で、おれは泣き崩れた。そして立ち直ったとき、ペロ中佐は何かおれに必要なものはないかと尋ねた。どんなものでも必ず手に入れてやるからと。

「イエッサー」。座席で涙を拭いながら、おれは答えた。「チーズバーガーがいただけないでしょうか?」

バグラムに無事保護された瞬間に、おれが救出されたというニュースが公表可能になった。すでに数時間前からおれは米軍の手中にあったのだが、海軍はおれの無事と真の安全が確保されるまでは、誰にも祝い始めてほしくなかったのだろう。

電話連絡は誘導ミサイルのように世界を駆け巡った。バグラム――バーレーン――通信衛星追跡センター《SATCOM》――コロナドの海軍特殊戦コマンドから特設直通ラインで農場へ。

その日の午後、通常の一時ごろに定期連絡が入った後、人々は四時にまたいつもの〈ニュースはない〉という最新情報が来るものと思い込んでいた。ところが、三時の今、電話が鳴っている。定刻より早い。親父によると、ゴスロ上級兵曹長が外に出て群集の間を通り抜けておふくろのもとに行き、コロナドから電話が入っていると告げたとき、おふくろは卒倒しかかった。おふくろの頭の中には、電話がかかってくるとしたらその理由は一つしかなかった。それは彼女の小さな天使（おれのこと）の死だ。

おふくろはゴスロ上級兵曹長に半分抱えられるようにして家の中に入ったが、特設ラインの設置された寝室に着くと、真っ先に目に入ったのはモーガンと弟のスコッティが抱き合って身も世もなく泣きじゃくっている姿だった。誰もが軍のやることはわかっているつもりだった。予定より早い連絡があったとしたら、理由は他にはありえない。山の中でおれの死体が発見されたのだ。

ゴスロ一等曹長がおふくろを電話のところに連れていき、どんな知らせであれ直面しなくてはならないと言った。電話から声が流れてきて、答えを要求した。「上級兵曹長、ご家族は集まりましたか？」

「イエッサー」

「ラトレル夫妻も？」

「イエス」。おふくろが消え入るような声で言った。

「彼を見つけましたよ、マダム。マーカスを発見しました。無事です」

おふくろはそのまま寝室の床に倒れかかった。スコッティが素早く動いて、その体を支えた。ＪＪジョーンズ大尉がドアに突進し、ポーチに立って人々に静粛を要求した。それから彼は叫んだ。「見つかったぞ、みんな！　マーカスが救出された」

そのときイースト・テキサスの奥深い僻地の人里離れた牧草地に湧き起こった歓声は、五五マイル離れたヒューストンでも聞こえただろうとのことだ。モーガンの話では、それはただの歓声ではなかった。それは自然に湧き上がった。耳を聾さんばかりだった。全員同時の、声を限りの、おれの両親と家族のための純粋な安堵と歓喜の噴出だった。

それは敬虔な人々が無数の祈りを捧げた五日間の寝ずの番の終焉を告げる合図でもあった。その通達があった瞬間に、彼らは自分たちの祈りが求められ、聞き届けられたことを知った。彼らにとっては、それはトレー・ヴォーンＳＥＡＬ従軍牧師を初めとする全員のけっして壊すことのできない希望と信念の、そして信仰の、再確認だった。

ただちに人々は旗を揚げ、星条旗が暑い微風の中にはためいた。シールの人々がおれの家族や友人や隣人たちと腕を組んだ。この先もう二度と会うことはないかもしれないが、人生の続く限り断ち切られることのない絆で結ばれた人々だ。なぜなら、おふくろによると、誰一人として彼らが分かち合ったあの瞬間を、不安と恐怖が取り除かれた、あの待ちに待った解放の瞬間を、忘れることなどできないだろうから。

おれは生きていた。それだけが必要だったのだ。そして、テキサスの大平原と同じくらい大きなハートをしたこの素晴らしい人々は、突然、大声で歌い出した。「アメリカに主の祝福あれ、我が愛する国よ……」（『God Bless America』）

ヘルツォーク母娘、ビリー・シェルトン、ゴスロ上級兵曹長、おふくろと親父、モーガンとスコッティ、アンディ・ハッフェル大尉と夫人のクリスティーナ、エリック・ルーニー、ジェフ・ベンダー中佐、曹長のダニエル、JJジョーンズ大尉、そしておれがすでに名を挙げた他のすべての人々。五昼夜、彼らはこの瞬間を待っていた。そして今、彼らがおれのことを考えてくれているとき、おれは八千マイル離れたこの安全な病院のベッドで、彼らのことを考えている。

本当のところ、たった今、家族と電話で話させてやると言われたばかりなので、おれはただモーガンに言う生意気で気のきいたセリフのことだけを考えている。きっとモーガンもそこにいるだろうから、何か調子のいい無頓着なことを言えば、彼はおれが大丈夫だと安心するだろう。むろん、彼と話すことは、おふくろと話すことほどは重要でない。モーガンとおれは一卵性双生児がよくやるように、ずっと交信し続けていたのだから。

ちょうどそのころだったと思うが、おれに用心棒があてがわれた。ジェフ・デラペンタ一等兵曹（シール第一〇チーム所属）で、彼は片時もおれのそばから離れようとしなかった。言っておくが、基地のほぼすべての人間が見舞いに来ておれと話をしたがっていたのだ。少なくとも、そういう印象だった。しかし、ジェフはそれを許さなかった。おれの容態が非常に重いので十分な安静と休養が必要だと信じ、ジャーマン・シェパードよろしく病室の見張りに立っていた。そして、この一等兵曹ジェフは、おれが間違いなく安静と休養を得られるようにした。

医師と看護師はいい。階級の高いシール指揮官らも……まあ、なんとか許そう。他は全員だめだ。ジェフ・デラペンタはあろうことか、将軍たちまで追い返した！　就寝中なので、どんな事情があろうとも起こすべきではないと言って。「医師たちからの厳命です……、私のキャリアを賭けて、この部屋にお通しするわけにはいきません」

非公式に家族と電話で話したが、ちょうどメキシコに行くとモンテスマのたたりで腹をやられるように、アフガンの山のバクテリアに感染して、胃をやられていることは、おふくろには伏せておいた。天地神明に誓って、あのいまいましいペプシボトルが原因だ。あのくそボトルはヒンドゥ・クシの全住民を感染させることだってできただろう。

だからと言って、あの最初のチーズバーガーの喜びが台無しになったわけではない。そして、体が休まるやいなや、本格的な徹底した聴取が始まった。そして、そこで初めて、おれはサブライ村の人々に最後の一人になるまでおれのために戦うと腹をくくらせたロクハイなるものの副次的影響の全容を知るに至ったのだ。推測してはいたが明白には把握していなかった詳細を、情報部のある男が教えてくれた。

この聴取により、仲間たちの遺体が正確にどこにあるかを指し示すかなりの量のデータが明らかになった。それはこの上なくつらい作業だった。一番仲のよかった仲間たちが倒れた場所の写真をただ見つめ、誰にもけっしてわかってはもらえないだろうが、あの瞬間を追体験し、ふたたび彼らを救えたのではないかとあれこれ考え、自分を責めた。もっと何かできることがあったんじゃないか？　その夜、おれは初めてマイキーの悲鳴を聞いた。

病院に入って三日目、マイキーとダニーの遺体が山から下ろされた。アクスの遺体は見つからなかった。知らせを受けたおれは、ただシャツとジーンズに着替え、亡くなった兄弟に正式に別れを告げるシール部隊の最も神聖な伝統である〈ランプ（＊タラップ）・セレモニー〉が行われる場所まで、ドクター・ディキンスに車で連れていってもらった。

そのとき初めて、おれは側近以外の人々の目にさらされたのだが、彼らはきっと大きな衝撃を受けたことだろう。おれはゴシゴシ洗われて清潔になってはいたが、彼らの知っているマーカスではない。しかも、あの呪われたペプシボトルとの凄まじい遭遇により病気にもなっていた。

C130輸送機は滑走路にタラップを下ろして駐機していた。軍から二〇〇人ほどが参列する中、ハンヴィがアメリカ合衆国国旗を掛けた二つの棺を載せて到着した。そしてシール隊員たちが兄弟を引き取りに進み出ると、号令もないのに、全員が即座に気を付けの姿勢を取った。

ゆっくりと最上級の厳粛さでもって棺が高く持ち上げられ、マイキーとダニーの遺体は機のタラップまでの五〇ヤードを運ばれていった。

おれは人々の一番後ろに立ち、隊員たちが慎重におれの仲間を担いで、合衆国への帰還の最初の一歩を踏み出すのを見守った。

ダニー――山を転げ落ち、右手の親指を吹き飛ばされ、それでも銃撃し、何度も何度も何度も撃ち、おれが引きずって移動する間も立とうとし、起き上がってふたたび敵にライフルを向け、なおも撃ち、なおも挑戦的で、息絶えるまで戦士だった。そして今、彼はあの光沢のある木の棺に納まっている。先頭を行くのはマイキー・マーフィの棺だ。自らの命を危険にさらすことになろうとも、おれたちを救う唯一の方法だと信じて、携帯電話であの最後の連絡をするために銃弾の嵐の中に踏み出していったおれたちの将校。

タリバンに背中を撃ち抜かれ、胸から血を噴き出させ、携帯を土埃の中に落とし、それでもまたそれを拾い上げた。「了解、サー。感謝します」。あれほど勇敢だった者などいるだろうか？ 彼がなんとか立ち上がり、長身の背筋を伸ばしておれのほうへ歩いてきて、ついにタリバンの銃弾に倒れるまで撃ち続けたとき、おれは畏怖の念に打たれたことを覚えている。「おい、これ、むなくそが悪いよな」

ああ言った彼は正しかった。そして、今もまだ彼は正しい。本当にむなくそが悪い。マイキーが飛行機まで運ばれていく間、偉大な相棒のために墓碑銘を考えようとしたが、思いついたのはただ、オーストラリアのバンジョー・パターソンが彼自身のヒーローのために書いた詩だけだった……マイキーがおれにとってのヒーローであるように。

彼は屈強で剛健でしなやかだ――けっしてあきらめないタイプだ――
その速くて性急な足取りには勇気があり、
その晴れやかで燃え立つような瞳には、不撓不屈の記章がある、
その堂々と高く掲げた頭にも

これはマイケル・パトリック・マーフィ大尉そのものだ。それは保証する。おれは彼とともに生活し、訓練をともにし、ともに戦い、ともに笑い、ともに死の寸前までいった。この詩の一言一句が彼のためにある。

そして今、彼の棺が人々の前を過ぎ、おれの前を通り過ぎていくと、やにわに上級司令官がやって来て、おれはタラップのすぐ脇に立つのが適切だと言う。それで前に進み出て、背中の痛みが許す限り、硬直した気を付けの姿勢を取り続けた。

従軍牧師がタラップを上り、二つの棺が進んでくると説教を始めた。これが葬儀でないことはわかっている。アメリカの故郷で行われる、家族の参列する葬儀ではない。これはおれたちが、すなわち彼らのもう一つの家族である海外でともに任務についていた者たちが、全員揃って二人の偉大な男に最後の別れを告げる、おれたちの葬儀なのだ。機内の端から流れてくる牧師の声はしめやかだ。彼はそこに立ち、二人の人生を賞賛し、神に最後に一つだけ頼みごとをする――「彼らの上に永遠の光を注ぎたまえ……」と。

シールとレンジャーとグリーンベレーから七〇人ほどが列を作って進み、ゆっくりと機内に入り、立ち止まり、厳粛に敬礼し、そして機から降りてくるのを見守った。最後の一人が終わるまで地面の上で待っていた。そしておれもゆっくりとタラップを上がり、棺の安置された場所まで進んでいった。

機内では、棺の護衛役のシールの向こう側で、屈強の戦闘経験者でダニーの親友の一人だったベン・サンダース兵曹が泣きじゃくっていた。ベンはウエスト・ヴァージニア出身のタフな山男で、追跡と登山のエキスパートでもあり、荒野を神聖視しているところがある。その彼が今は隔壁に体を押しつけたまま、動揺のあまりその場を去ることも、傷心ゆえにタラップを降りることさえできないでいる（彼はダニーと同じSDV第二チームの所属だった）。

おれは二つの棺のそばにひざまずき、ダニーにさようならを告げた。そして、マイキーの棺のほうを向き、棺を腕で抱きしめて「ごめんな、本当にごめんな」と言ったと思う。はっきりとは覚えていない。でも、どんな気持ちだったかは覚えている。どうしていいかわからなかったことを覚えている。そして、マイキーの遺骸はすぐにも運び去られるだろうが、そうすればどんなに人々が彼のことを忘れてしまうか、またはかすかに覚えている程度になるか、そして彼のことをおそらく愛情をもってよく覚えている人々がどんなに一握りになってしまうか、などと考えていたことを覚えている。

けれども、マイキーの死におれのような影響を受ける人は他にいないだろう。おれのような形で彼がいないことを寂しがる人間は他にいない。そして、彼の痛みを感じ、彼の叫び声を聞く人間もいないだろう。おれのように真夜中に、最悪の悪夢の中でマイキーに出会う者もいない。そしてそれでも彼のことを愛し続け、果たして軍は彼のために十分のことをしたのだろうかと思い悩む者もいない……おれのように。

機外に出て、助けを借りずにタラップを一番下まで降りた。ドクター・ディキンスが迎えに来て、病院に連れ帰ってくれる。おれはその場にたたずんで、C130が離陸する音を聞いた。それは轟音を上げて滑走路を走り、マイキーとダニーを沈みゆく夕日に向かって西へ、数マイルだけ天国の近くへと運んでいった。

すると、数千の告別式で語られる言葉が心をよぎった。「彼らには年齢が衰えさせることも、歳月が不治の宣告をすることもない。／朝な夕なに／私たちは彼らを思い出す」。ここアフガニスタン、バグラムのベッドで、おれは戦場に倒れた二人の仲間のために自分自身の軍隊式礼拝を行った。

次の心配はアクスだ。彼はどこにいるのだろう？　彼が生き延びているわけはないだろう？　だが死体は見つからない。それでは困るのだ。おれはあの窪地の位置を正確に指摘した。アクスとともにじっと死を待っている間、背後の岩場の陰から見えざるタリバンがおれたちの上に銃弾を降り注ぎ、ついにはおれたちをひらけた土地を横切って吹き飛ばし、意識不明に陥らせたあの場所だ。

おれは生き延びたが、それはおれがアクスのように五発も撃たれていなかったからだ。最後に彼を見た場所をおれは一インチのずれもなく正確に知っている。もう一度、捜索隊の連中と話をした。シール司令部もアクスを山の中に放置する気はない。再度、捜索隊を出すことになったが、今回は隊員も増員し、可能ならばより多くの情報をもとにし、地元民の案内も増やす。

おれはサブライ村のあの長老を探すよう提案した――もしまだ彼があの村にいればだが。なぜなら、シールの死体のもとに確実に案内できる人物がいるとしたら、それはあの長老をおいて他にいないからだ。そのとき、情報部員からまさしくおれの言っている人物はおれたちがかつて観察していた三つの村すべての領袖であることを知らされた。彼はヒンドゥ・クシ一帯で人々に大いに崇敬されているが、それはここの文化が若者やテレビに出てくる浅薄なセレブを崇拝する文化ではないからだ。彼ら部族民は何よりも知識や経験、英知を尊ぶ。

すぐさま彼に接触が図られると、数日後にはくだんの老人――グーラーブの父親でおれの庇護者――は、ふたたび山の中を四、五マイル歩いた。ただし今回、彼はアメリカのシールチーム、アルファ小隊の先頭に立った。その小隊にはマリオ・コーリー、ギャレット、スティーブ、ショーン、ジェームズ（姓は省略。みんな、現役の特殊部隊員たちだ）など、おれの仲間の多くが所属している。

さらにエコー小隊からも何人か加わった。予定より長引く場合に備えて食料や水も余分に用意し、終日、彼らは険しい山の斜面をさすらった。今回は手ぶらでは帰れない。ノー、サー。おれたちはけっして仲間を一人ぼっちで放置したりしない。

長老は彼らにほとんど一言も話さなかった。しかし、彼はまっすぐにマシュー・ジーン・アクセルソンの死体が横たわる場所へ導いていった。アクスの顔は、タリバンが致命傷を負った米兵に行う奇妙な昔ながらの慣わしだが、至近距離から銃で撃たれて破壊されていた。

ところで、もしこの本を書いている間に、誰かがあえて〈ジュネーブ条約〉という言葉を発したりしたら、おれは多かれ少なかれ自制心を失ってしまうだろう。

とにかく、アクスは発見されたが、その顔にはマイキーと同じように、瀕死で横たわる彼にタリバンがライフルが空になるくらい撃ち込んだ無数の弾があった。アクスはおれの想像とは違う場所にいた。おれたちが二人ともロケット弾であの窪地から放り出されたのは知っている。おれ自身、断崖を落ちたからだ。だが、アクスはそこよりさらに数百ヤードも遠くで発見された。彼がどうしてそこまで飛ばされたのかは、誰にもわからない。

ロケット弾に襲われたとき、アクスはピストルのための弾倉をまだ三つ残していた。だが、遺体が発見されたとき、ピストルには最後の一つが入っていたきりだった。推測される理由はただ一つ。爆発の後で意識を回復し、なおも戦い続けたのだ。今一度あの悪党どもを相手におそらく三〇発ほど発射し、彼らを激怒させたに違いない。思うに、だからこそ、最終的に彼があの衝撃的な負傷に屈したとき、やつらは野蛮な部族的フィナーレで彼を処したのだ。

かつておれはオーディ・マーフィこそが究極の米軍戦士だと思っていた。でも今では確信がもてないでいる。今は違う。もはや違う。最後の最後にやつらがマイキーとアクスに行ったことを考えると、とても言葉では表せないほどの憤りを感じる。モーガンは動揺がひどく、今でも誰かがアクスの名を出しただけで、部屋を出ていってしまうほどだ。アクスを知らない人には、これは理解できないだろう。マシュー・アクセルソンのような男はそんなにはいない。

彼らがアクスの遺体を降ろしてきたときには、おれはすでにバグラムを去っていた。七月八日の夜、大型の軍事用ボーイングC141で基地を脱出し、ドイツに向かう長旅を始めていた。ジェフ・デラペンタが付き添い、おれのそばを片時も離れなかった。フランクフルトの南西五五マイル、フランスとの西の国境に近いラントシュトゥールの米軍基地に到着し、そこの地域医療センターにチェックインした。

そこでは傷の治療と、背中と肩と手首の癒えつつある骨の回復を促すセラピーと、療養のために九日間を過ごした。だが、ペプシボトルの菌は胃の中に居座ったままだった。そいつは何カ月もしぶとい抵抗を示し、体重が戻るのを妨げた。

とはいえ、それもなんとか耐え抜いて、ついにドイツを飛び立ち、アメリカに戻る四千マイルのフライトを始めた。今回はBUD／Sでスイム・バディだったクリント・バーク大尉がドクター・ディキンスとともに同乗した。クリントとは最高に親しい仲なので、機内の時間はあっという間に過ぎた。C17貨物輸送機の二階のファーストクラス……いや、まあ、そんなもの。とにかく座席はあった。それはありがたかった。九時間後、メリーランドに着陸。そこから先は海軍がおれたちのために、ある上院議員が所有している自家用ジェットの〈ガルフストリーム〉を手配していた。

そして、ヒューストンの西約二〇〇マイルに位置する、ルート一〇のそばでコロラド川沿いにあるテキサス州サン・アントニオ空港に（たぶん）颯爽と降り立った。おれをひとまずサン・ディエゴに連れていくという話も出ていたそうだが、そこでモーガンがきっぱりと言ったらしい。「とんでもない。弟は家に帰らせてもらいます。おれたちが迎えに行きます」

かくしてモーガンと弟のスコッティは、シールの両大尉JJとJTとともに家族用の〈サバーバン〉に乗り込んだ。そして一度は死亡したものと報道された兄弟を迎えに、テキサス州を横断するドライブを始めた。自家用機が着陸すると、みんなが待っていたので、おれは我が目を疑った。

おれたちはみんな涙ぐんでいた。喜びの涙だったのだろう。誰もがもう二度と互いに会えないのではないかという暗黒の恐怖を味わったのだ。おれ自身、何度かその考えが心をよぎったことを認めよう。

だが、圧倒的に覚えているのは笑いだ。「ひやー、ひでえツラだな」。モーガンが言った。「おふくろが見たら、気を失っちまうぜ」。それで思い出したのは、山で致命傷を負ったアクスにかけた言葉だった——「なあ、おい、ひどくやられちまったな」

それが典型的なおれたちの会話なんだ。言ったと思うが、モーガンもシールだ。だからたとえ双子の弟にかける言葉にも、隊員同志が話すときのようなユーモアの味つけがされている。いつの日か、今度はモーガンが山に閉じ込められ、おれのほうが心配と不安で気もふれんばかりになって、彼の生還を待つことになるかもしれない。あのとき、モーガンが愛していると言ってくれたことを思い出す。スコッティも同じことを言った。そして、それはおれにとって大きな意味をもつ。

ペロ中佐がいないので、スコッティが帰りの五時間のドライブに備え、袋に一杯のチーズバーガーを作って用意してくれていた。おれたちはバカ笑いしながらテキサスを横断した。おれはくぐり抜けてきた試練を実際以下に話し、本当のところたいしたことはなかったように言ったが、誰にも信じてもらえなかった。たいしたことがなくて、そのときのおれのようにひどい姿になるはずがないからだろう。

ともかく愉快な時間を過ごしたが、最後に少しだけ凄絶な体験のシリアスな部分を話した。アクスのことを話すと、モーガンは子供のように泣いた。彼を慰める言葉はなく、何を言ってもその悲しみを和らげることは不可能なので、その間、誰もが黙っていた。おれの考えでは、何ものもけっしてその悲しみを癒すことはできない。マイキーについて、おれも同じなのだ。

ついにおれたちの農場のあるイースト・テキサスの一角に着いた。二度とふたたび目にすることがないかもしれないと思った我が家に向かい、広い赤土の道を走りながら、みんなは気持ちを立て直した。数本の樫の巨木が変わらず敷地を見下ろすように聳え、親父の犬たちが吠えまくりながら出迎えてくれた。エマがあたかも他の犬たちにはわからない何かを知っているかのように、どういう風の吹き回しか先頭に立ち、尻尾を振っている。

おふくろは予想どおり、おれを見るなり泣き崩れた。前回おれを見たときよりまだ三〇ポンドも痩せていたのだから無理もない。それに、まだかなり病人っぽく見えていたはずだ。おふくろにはあの腸チフス菌のまぶれついた、いまわしいペプシボトルのことは伏せておいた。近隣一帯から集まった多くの人々が出迎えてくれた。

あのときは、おれが行方不明になっていた間、その人たちがうちの農場で磐石の五日間、昼夜を徹して祈りを捧げてくれたことは知らないでいた。誰に招待されたわけでもなく、他に誰かがいるのかどうかも知らず、純粋な友情と心配から生まれた徹夜の祈りは、悲運とかすかな希望の陰鬱な予言に始まり、聞き届けられた祈りの光り輝く高地で終焉を迎えたのだ。その顛末を聞いたとき、おれはほとんど信じることができなかった。

とはいえ、おれの目の前にあるのは、テキサスの人々がおれに対して、そしておれが自国に代わって行おうとしたことに対して抱いてくれたに違いない愛の動かせない証拠だ。それは母屋から二〇フィートほどのところにある、新しく舗装された中庭の向こうに建つ新築の石造りの家という形で出現した。二階建て分の高さがあり、おれのために特注した天井の高い石壁のシャワーの付いた寝室の周りには、ぐるりと広い木製のベランダがある。室内は完璧に内装が施されていて、カーペットも敷かれ、家具も置かれ、大きなプラズマテレビまであった。

「どうしてこんなものがここに?」。おふくろに尋ねた。返ってきた答えにおれは仰天した。すべては徹夜の祈りが終わった後の、スコット・ホワイトヘッドというテキサスの大物地主の訪問により始まったのだそうだ。彼はただおふくろと親父のもとにやって来て、おれが発見されたことへの喜びを伝えた大勢の人々の一人に過ぎなかった。言っておくが、彼はおれの家族の誰とも一度の面識もなかった。

彼は帰っていく前に、ヒューストンに建築会社を所有している親しい友人がいるが、何かマーカスが帰ってきたときに喜びそうなものはないかと訊いた。

そこでおふくろはおれがどんなにいつも自分のためだけの小さなスペースを欲しがっていたかを説明した。なんていうか……亡くなったシェーン・パットンなら間違いなく、〝まったり〟とでも表現しただろうが、つまりは、くつろげる場所だ。そして下の階にあるおれの寝室を少し建て増しすればちょうどいいのではないかと言った。おふくろの頭にあったのは超割引価格だ。それなら親父と協力してなんとかひねり出せるだろうからと。

次に起きたことといったら、おふくろによると、彼女がそれまでに見たことがないほど大きなトラックが二台、クレーンや掘削機や二人の建築士や現場技師やその他もろもろとともにここの私道に入ってきたんだそうだ。そして、三〇人ほどの男たちが交替勤務の二四時間体制で、三日間がかりでおれのために家を建てた！

スコット・ホワイトヘッド氏は、偉大なテキサス人（ちょっと待てよ！　これっておれのことらしい）のために少しお役に立てて光栄だと言ったそうだ。彼は今でもただおれたちみんなが大丈夫かどうかだけを確認するために、毎日おふくろに電話をしてくる。

とにかく、モーガンとおれはその家に移り住み、今なおおれたちに会いに次々とやって来るシールたちに場所を提供した。そしておれは二週間の休養を家族とともに過ごしたが、その間、おふくろはおれの体重を増やそうと、ペプシボトル菌を相手に延々と激戦を繰り広げた。

スコット・ホワイトヘッド氏の雇った男たちはあらゆるものを思いついていた。彼らは新しい家に電話まで引いてくれていたが、おれにかかってきた初めての電話には心底驚かされた。受話器を取り上げると、相手の声がこう言ったのだ。「マーカス、こちらジョージ・ブッシュ。フォーティ・ワンだ」（＊息子のジョージ・W・ブッシュ第四三代大統領と区別するため、しばしば父のほうはフォーティ・ワン、息子はフォーティ・スリーと呼ばれる）

合衆国の第四一代大統領だ。おれにはすぐにわかった。ブッシュ元大統領はヒューストンに住んでいる。

「イエッサー」と答えた。「あなたがどなたか、はっきり存じ上げています」

「いやあ、ただ、私たちみんなが、どんなにきみのことを誇らしく思っているかを伝えたくてね。息子もきみのことをとても誇りに思っている。そして、合衆国がきみを、きみの勇敢さを、砲火のもとでのきみの勇気を誇りとしているということをぜひ知っておいてもらいたいそうだ」

いやはや、彼が軍人であることは誰にでも即わかるだろう。おれは彼の経歴を知っている。太平洋上の雷撃機パイロットで、第二次世界大戦中に日本軍に撃墜された経験もあり、空軍殊勲十字章を受けている。コリン・パウエル将軍を統合参謀本部議長に任命した男。湾岸戦争の覇者だ。

これには気を失いそうになった。彼はもし何か必要なものがあれば、どんなものでもいいから「電話してくれ」と言った。そして電話番号を教えてくれた。驚きだ！　おれに、このマーカスに？　まったく、彼はそんなことをする必要はないんだ。それともテキサス人は世界で一番素晴らしい人たちなんだろうか？　でなけりゃ、なんだ？　きっときみはそうは思わないだろうが、おれの言いたいことはわかってくれると思う。

ブッシュ元大統領が電話してきてくれたことに、おれはいたく感激した。彼には心からの感謝を述べた。そして最後にただこう言った。「もし何かにガタがきたら、大統領、必ず電話させていただきます。イエッサー」

八月半ばには、まだ海軍に所属しているおれはハワイのSDV第一チームに戻らなくてはならなくなった。そこでの二週間におれは海事作戦部長マイク・マレン海軍大将の、直接ペンタゴンからの訪問を受けた。

彼は作戦部長室に呼びつけ、その場でおれを冗談でなく一等兵曹に昇格させた。

彼は米海軍の最高位にある人物だ。それはおれがそれまでに受けた中で最高の栄誉だった。マレン大将の前に立っていたあの瞬間はけっして忘れることはないだろう。彼はおれを大変誇りに思っていると言ってくれた。それよりすごいことなど、ありえない。おれは頭がおかしくなりそうだった。

このような栄誉がなぜおれたちにとって、それほどまでにかけがえのないものなのかは、きっと一般の人々には理解し難いだろう。それは自らが国のために役立ち、己の使命を果たして、なんとか最上級の期待に沿えたという、神聖なる承認だからなのだ。

それはロクハイとさして変わらない異質な一部族の奇妙なしきたりに見えるかもしれないが、おれの主意はわかってくれると思う。

ともかく大将が何かできることはないかと訊いてくれたので、一つだけありますと答えた。おれはそのとき、アフガニスタンでタリバンやアルカイーダと戦っていた間、ずっと胸に着けていたテキサスのワッペンを持っていた。テキサスのローン・スターの記章だ。最後に受けたロケット弾で焼け焦げ、きれいにしようとはしたものの、まだ血しぶきが残っている。ビニールに包んだが、テキサスの一つ星がはっきり見えている。おれはマレン大将にそれを合衆国大統領に渡してもらえないかと尋ねた。

大将は必ず手渡すと答え、さらにジョージ・W・ブッシュ大統領はそれを手にすることを光栄に思うに違いないと言った。

「この戦闘服記章に大統領宛の短い手紙でも添えたいかね？」。マレン大将が尋ねてくれた。しかし、おれはノーと言った。「それをお渡しくださるだけで感謝いたします、サー。ブッシュ大統領はテキサスのご出身です。きっとわかってくださるでしょう」

本当はもう一つ願い事があったのだが、それは直接の上官に伝えるに留めた。バーレーンに戻ってSDV第一チームの仲間にふたたび加わり、最終的には外地勤務の終了時に彼らを故国に連れ帰りたいと思っていたのだ。

「彼らとともに配置されたので、ともに帰国したいのです」と言うと、アルファ小隊を仕切っている将校で良き友人でもあるマリオはこれを適切であると判断した。かくして二〇〇五年九月一二日、おれはまたもや中東に向けて飛び立ち、まさに五カ月前にマイキー、アクス、シェーン、ジェームズ、ダン・ヒーリーとともにアフガニスタンに向けて出発したムハラク島米軍基地に着陸した。今、残っているのはおれだけだ。

そこからは車でコーズウェイを渡り、首都マナマの西のはずれで国の北東角にあたる米軍基地に運ばれていった。市の繁華街を抜け、さらに人々がおれたちへの憎しみを隠そうともしないエリアを抜けていったときに、今回、おれの心の中に一抹の不安があったことを認めよう。今のおれは殉教者たちの憎しみがどんなものであるかを、身をもって知っている。

仲間たちと再会し、一〇月末までバーレーンにいた。それからみんなでハワイに戻り、そこでもう一つのつらい旅を始める準備をした。それは自分自身に約束し、祈りの中で今は亡き仲間たちに約束し、機会あるごとに彼らの遺族にも約束した旅だ。残された人々全員に会いに行き、彼らの息子や夫や兄弟が世界的テロ集団との戦争の前線でいかに賞賛すべき行いをしたかを伝えたいと思っていた。

ある意味、そうすることで、おれ自身の中の空白を埋めようとしていた。彼らの葬儀の多くがおれの帰国前に行われたので、参列できなかったのだ。また、海軍により完璧に執り行われた、戦死した仲間たちのための追悼式にも出席できなかった。

たとえば、ニューヨーク州ロングアイランドで行われたマイキー・マーフィ大尉の葬儀は盛大だった。交通量の多い道路にもかかわらず、すべての通りが封鎖された。〈ロングアイランド・イクスプレスウェイ〉の道路上には、アルカイーダの戦士たちに対する攻撃で究極の犠牲を払ったシール隊員を追悼して、横断幕が吊り下げられた。

数千人もの一般の人々が、自分たちの国のためにすべてを捧げた地元の息子に最後の敬意を表そうと集まってきたので、葬列には警察の護衛がついた。だが、人々はマイキーが捧げたものの四分の一も知らない。誰も知らない。おれ以外は。

墓苑の彼の墓のそばで、その日の写真を見せてもらった。葬儀はざあざあ降りの雨の中で行われ、誰もがずぶ濡れになったが、マイキーが墓の永遠の静寂の中に下ろされるときは、礼装の固い表情のシール隊員たちが、雨嵐の中でもひるまず厳粛に整列していた。

遺体はすべてシール隊員に付き添われて送還され、制服で完璧に身を固めたシールの護衛が一人ずつ星条旗の掛けられた棺のそばに立った。前にも述べたように、死んだ後でさえも、おれたちは仲間を一人にはしない。

ジェームズ・スールを乗せた飛行機が到着するときは、ロサンゼルス空港が封鎖された。当該機が接近し、着陸する間、他機は離陸も着陸もいっさい許可されなかった。護衛が棺を下ろして霊柩車に乗せるまで、一機の離着陸もなかった。

ダニー・ディーツの遺体の到着に当たっては、コロラド州全体が閉鎖寸前までいった。山での彼の英雄的行為がどういうわけかマスコミに漏れたからだ。だが、ロングアイランドの善良な市民同様、コロラドの人々もあの勇猛果敢な戦士が敵を前にしておれたちの国のために行ったことの四分の一も知らない。

アクスが帰ってきたとき、北カリフォルニアのチーコは実際に閉鎖された。それはサクラメントの北約七五マイルに位置する、市営空港のある小さな町だ。付き添いは儀仗隊に出迎えられ、その後、彼らにより棺は大群集の前に運ばれた。そして翌日の葬儀当日には、町全体が立ち往生の状態に陥った。それほどの交通渋滞だったのだ。

すべては人々が彼らに最後の敬意を表したいと思ったからだ。どこも同じだった。結局、いかにリベラル派のマスコミが人々におれたちに対する敵意をじわじわ植えつけようとも、国民はそんなものは信じていないのだと感じざるをえなかった。彼らはアメリカ合衆国軍を正しく誇りにしている。おれたちのしていることを本質的に理解している。おれたちがジュネーブ条約を無視して残忍な行為に及んでいるだの、テロリストの人権を侵害しているだのという報道がいくらなされようとも、大多数の人々の考えは変わらない。

今回、これらの戦闘部隊の功績はヒンドゥ・クシのような人の耳目の届きようのない世界で成し遂げられたのだが、それでもシールが人々から受けたような熱い反応を、いかなるメディアのいかなる編集長も受け取れるとは思えない。おそらくメディアは国民に毒を盛った聖杯を差し出しておいて、自分たちで飲み干したのだ。

メディアの中には、自分たちはいつでも好きなときに一般大衆を洗脳できると考えている人もいるかもしれないが、それは間違いだ。ここでは無理だ。アメリカ合衆国では。

言うまでもなく、遺族の人たちを訪問する旅では、どこでも、米海軍の代表として温かさや友情や感謝の気持ちによってのみ迎えられた。全国に散らばる遺族の家々におれたちが実際に姿を現したことは、遺族の愛した男たちの思い出がただ家族の間だけでなく、彼らの仕えた海軍によっても永遠に大切にされるという事実の確約だった。なぜなら、米海軍はこういったことをこの上なく重要視しているからだ。信じてくれ、これは本当だ。

おれがアルファ小隊の残りのメンバーでこの訪問の旅をしたいと上官らに提案するなり海軍は支持を表明し、即座に全員が行くことに同意し、費用は最後の一ドルまで全面的にもつと申し出てくれた。

おれたちはサン・ディエゴに戻り、三台のＳＵＶを借りた。そして、まずヘリコプターが山に撃墜されたときに死んだ、おれの助手だったシェーン・パットンの家族に会いにラスベガスまで車を飛ばした。到着した日は〈服役軍人の日〉だった。おれたちは墓地で行われた慰霊祭の主賓として迎えられた。訪問は非常につらいものだった。シェーンの父親もまたシールだったから、おれがどのくらいシェーンのことをよく知っているかをわかってくれていた。おれはできるだけのことをした。

次にマイキーの母親とフィアンセに会いにニューヨークに飛び、続いて、おれたちの指揮官代行だったエリック・クリステンセン少佐の両親に会いにワシントンD.C.に行った。あの午後、すべてを放り出してヘリコプターに駆けつけ、兵士たちとぎゅうぎゅう詰めに乗り込み、ライフルに弾倉を叩き込み、〈マイキーはありったけの銃を必要としている〉と言った経験豊かなシールの指揮官だ。マイキーが最後の運命の電話連絡をしたときに話した相手はエリックだったのではないか。

彼の父のクリステンセン大将に、エリックはあの山で彼とともに死んだ全員にとってそうであったように、おれにとっても永遠にヒーローだと言った。おれたちの指揮官はアナポリスにある海軍士官学校に埋葬された。

続いて、オレゴン州コーベット出身のマイク・マックグリーヴィJr大尉とジェフ・ルーカス一等兵曹の墓を訪問するため、アーリントン国立墓地に行った。二人ともヘリの中で死亡した。彼らはヒンドゥ・クシで亡くなったときのように、アーリントンでも肩を並べて葬られていた。

ふたたび国を横断飛行し、ジェームズ・スール兵曹の大家族を訪問した。全員が墓地にやって来て、小隊の人気者に祈りを捧げた。

ダン・ヒーリー上級兵曹長はコロナドからさほど遠くないサン・ディエゴのポイント・ロマにある

軍人墓地に葬られていた。おれたちは全員で彼の家族に会いに北カリフォルニアまで行った。それから車で南下してチーコに行き、アクスの妻シンディに、彼がどんなに勇敢に戦ったか、どんなに英雄であるか、そして彼がどんな状況で「シンディに愛してるって伝えてくれ」という最後の言葉をおれに託したかを話した。

ダニー・ディーツはコロラド州の出身で、彼はそこに埋葬されていた。だが、家族はヴァージニア州のヴァージニア・ビーチ基地の近くに住んでいる。彼の妻で、黒っぽい髪をしたすごい美人のパッツィに会いにいき、彼がどんなにおれたちのチームで決定的に重要な役割を果たし、そしてついには米軍史上類を見ぬほど勇敢に戦いながら死んでいったかを精一杯説明した。

しかし、パッツィが苦しんでいる種類の悲しみは和らげられるものではない。彼女がなんとか立ち直ろうとしているにもかかわらず、今回の喪失により彼女の人生が取り返しがつかないほど破壊されてしまったと感じていることがわかった。彼女はダニーの大きな二匹の犬と座り、おれが去る前にただこう言った。「ダニーのような人はもう二度と現れないわ、わかってるの」

それにはおれも反論の余地はない。

その年も終わりに近づくにつれ、おれの傷は癒えてはきたが完全には治らず、コロナドでの勤務を任命された。SDV第一チームからはずされ、シール第五チームに加わり、そこでアルファ小隊の先任兵曹（LPO）に任命された。

すべてのシールの小隊同様、アルファ小隊も時計仕掛けのように正確な機関を備えている。将校が責任を負い、兵曹長が統括し、LPOが指示をする。おれはなんとデスクまで与えられ、司令官のリコ・レンウェイ中佐はすぐにおれにとって父親のような存在になった。すごく気持ちのいい男で、あまたの任地を経験してきたピート・ナシェック特務曹長も同じくだ。

しかし、七年前にBUD／Sを卒業して以来、一度も暮らしたことのなかったコロナドに戻ったせいか、それは様々なことを考えさせられる日々になった。ふたたび砂浜に下りてみた。そこはシールとしての生活の現実や、シールに要求されるもの、シールが耐えなくてはならないもの――寒さ、それも凍るような寒さと痛み、疑問をもつことも恨むこともなく鍛錬の基盤となる即座に命令に従う能力――を初めて学んだ場所だ。

まさにそこで、走り、ジャンプし、あえぎ、腕立て伏せをし、泳ぎ、もがき、死ぬ一歩手前まで頑張った。他の者たちが路傍で脱落していく中、おれはなんとかやり続けた。この潮に洗われた砂浜で、幾千の希望と夢が打ち砕かれた。だが、おれは違った。そしておれにとってこの砂浜は、ひたすら脱落しまいと奮闘する若きマーカス・ラトレルの亡霊に未来永劫とりつかれた場所だという妙な気がしてならなかった。

最初に入った兵舎に行ってみると、例の減圧装置が悲鳴のような大音響を立てて作動し始めたので、心臓が止まるほど驚いた。次に、シールの指揮官たちが最終的に三叉鉾を贈呈し、温かい言葉をかけてくれた練兵場に行き、そのそばに立った。初めてジョー・マグワイヤ大将と握手した場所だ。

BUD／Sの教官室の外にある今は静かなベルと、脱落者たちがヘルメットを置く場所を見た。BUD／Sの新しいクラスが始まると、すぐにそこにはもっと多くのヘルメットが並ぶのだろう。

前回ここに来たとき、おれは礼装を着ていて、やはりパリッときめた生まれたてのシール隊員のグループといっしょだった。彼らの多くとは、その後、ともに任務に就いた。

　ふと思ったのだが、彼らの誰であっても、いつであろうと、もしヒンドゥ・クシでのあの最後の戦闘に巻き込まれれば、おれがやったこととまったく同じことをしただろう。おれは彼らとなんら変わりはない。

　おれはただ、他では出会えない最高の男たちとともにこの地球上で最高の訓練システムをくぐり抜けた、昔も今も変わらぬテキサスの田舎青年で、また、そうであることを願っている。シール隊員、それは合衆国軍事力の第一線にある戦士たちだ。今でも自分たちが何ものであるかを考えると、おれは感激で胸がいっぱいになる。

　そうやって練兵場に立って考えにふけっていると、背中が少し痛んだのを思い出す。ふたたび手術を受けなくてはならない手首も、いつものことだが疼いていた。おれは心の奥底で、もう二度と完全には元の体に戻れないことを、かつてのような戦闘向きの強靭な体には戻れないことを知っていた。走ることと登ることがままならないからだ。とは言え、それまでだって、一度としてオリンピックのスタンダードだったことはない！

　でも、おれは確かに夢をかなえ、それ以上のことをした。そして、最後にはそれだけの価値があったのかと何度も問われるだろう。それに対するおれの答えはいつも第一日目に繰り返していたあの返事と変わらない。

「イエッサー」

　なぜなら、おれはそれを生き抜き、それには思い出があり、そしてそのどれもが、何ものにも、この世界のすべてとも換えがたいほど大切だからだ。おれは米海軍シール隊員だ。

エピローグ　ローン・スター

二〇〇五年九月一三日、ダニー・ディーツとマシュー・アレクソンに、英雄的戦闘行為を称える、米海軍と米海兵隊の最高の栄誉である海軍十字章が授与された。翌年七月一八日には、おれも同じ章を受け取るためにホワイトハウスに招待された。

当日はモーガンとスコッティ、親父とおふくろ、親友のアビーが同行した。シール第五チームのレンウェイ指揮官とピート・ナシェック特務曹長がマグワイヤ大将の副官ドレクスラー大尉とともに同席していた。

真新しいパープル・ハート勲章（＊負傷した米兵に授与される）を三叉鉾のそばに留め付けた紺の礼装に身を固め、大統領執務室《オーバル・オフィス》に入っていった。ジョージ・W・ブッシュ合衆国大統領が立ち上がって迎えてくれた。

「お目にかかれて光栄です、大統領」

大統領は彼特有のかすかな笑み――〈おれたち両方ともテキサス人だろ？〉という意味だとおれは受け取った――で答えた。そしてちょっぴり心得顔でこう言った。「こちらこそ、きみに会えて光栄だよ」

大統領がおれの左手首のギブスに目をやったので、「戦闘に戻る準備をしているところです、大統領」と言った。

握手をすると、その手は力強かった。そして彼はおれの目をまともにじっと揺らぐことなく見つめた。最後にこんなふうにおれを見た人物がいたとしたら、それはアフガニスタンのベン・シャーマックだ。だが、あれは憎しみを込めたものだ。今回のそれは同志が交わすまなざしだ。

おれたちの握手は長く、それは印象深いものだった。この人はおれの最高司令官で、たった今、彼の注意はおれだけに向けられている。彼はおれに話しているときも、常にそう感じさせた。ブッシュ大統領はそれをそれを自然にやる。つまり今相手にしている人間以外、その部屋には誰もいないかのように話すのだ。実にパワフルな男だ。

おれの仲間はみんな大統領のことが大好きで、彼を信頼し、彼に必要とされればいつでも粉骨砕身する覚悟でいると、彼に言いたかった。でも、彼にはそれはわかっている。豹皮のコートをまとったシェーンすら、おれたちの最高司令官を〝根っからの野郎〟だと認めていた。

ブッシュ大統領はおれの考えを読んだようだ。肩をばんと叩いて言った。「ありがとう、マーカス。きみを誇りに思うよ、息子」

それがおれにとってどんな意味をもち、どんなに重要かは、とても言葉では言い表せない。直立不動のおれに、ドレクスラー大尉が表彰状を読み上げた。すると大統領がふたたび近寄ってきた。その手にはダークブルーのリボンの中央に無私無欲を表す白いストライプがまっすぐに下りた伝説的な海軍十字章があった。

十字自体には荒波に囲まれた軍艦の図柄がある。大統領はそれを三叉鉾の真下に留め付けた。そしてもう一度言った。「マーカス、きみを非常に誇りに思う。それに私はシールが本当に好きなんだ」

おれはふたたび感謝の気持ちを伝えた。大統領はおれがデスクのほうに視線を走らせたのに気づいた。そこにはマレン大将に大統領へ謹呈してくれるよう依頼した戦闘服用記章があった。大統領はにやりと笑った。「これ、覚えてるかい?」

「イエッサー」。覚えているどころか。それはタリバンのならず者どもの手に渡ることがないよう、ズボンの中にずっと隠しておいたものだ。そして今、それは、こともあろうに合衆国大統領のデスクの上にある。テキサスのローン・スターが、戦いにくたびれてはいるが、じっとそこにある。

それから二人で数分間話してはっきりわかったのだが、ブッシュ大統領はあの尾根での銃撃戦についてすべてを知っていた。加えて、おれがあそこからどうやって抜け出したのかも。

雑談の最後に、おれはただ懐かしさのあまり手を伸ばしてワッペンをつまみあげた。すると大統領が突然、例のこってりとしたテキサス訛りで言った。「おい、そいつから手を離せ! もうお前のものじゃないんだぜ」

おれたちは二人とも笑った。かつておれのものだったそのワッペンは、彼の未来の博物館に展示されるんだそうだ。大統領執務室を出て行こうとすると、彼が言った。「何かいるものがあったら、マーカス、なんなりとあの電話に連絡してくれよ、いいかい?」

「イエッサー」。おれには、それが二人のテキサス人の出会いだったという気がしてならなかった。一人は父親のようで、物分りがよかった。そしてもう一人は、偉大な合衆国大統領かつ最高司令官を前に、完全に畏怖の念に打たれていた。

その後

二〇〇六年秋、マーカス・ラトレルはシール第五チームとともにイラクに再派遣された。一〇月六日金曜日午前九時、総勢三六名が軍用ボーイングC17にてコロラドの北航空基地を飛び立ち、バグダッドの西六マイルに位置するラマーディの基地に向かった。言うまでもなく、悪名高い紛争地域だ。だからこそ、シールが送り込まれるのだが。

多くの人々にとって海軍が、アフガン山岳地帯での戦闘で負傷し勲章を授与された英雄をふたたび海外派遣したという事実は、かなりの驚きだった。大半の人々が、彼が海軍特殊戦コマンドを辞して、より安全な一般市民の生活を選ぶものと思っていたのだ。なぜなら、一年以上経てもなお、彼の背中には痛みがあり、粉砕された手首は完全ではなく、ペプシボトルから感染したアフガンの悪質きわまりない菌に苦しめられていたからだ。

しかし、再派遣は彼個人の決断だった。海軍ではなく、彼が一人で決定したのだ。彼のシールとの契約はまだ何カ月も残っていたし、彼のほうにもまったく辞める気はなかった。彼の辞書に「辞める」という文字はない。マーカスはシールに留まり、指揮曹長（アルファ小隊）の重責をまっとうしたがっていた。

彼は私にこう言った。「仲間たちにはおれ抜きで行ってほしくないんだ。もし彼らに何かあったとき、そばにいなかったら、絶対に自分を許せないからな」

かくして、マーカス・ラトレルは戦争に戻っていった。ボーイングには機関銃から手榴弾まで、シール第五チームのありとあらゆる兵器が積まれていた。同乗していたのは、ブラボー小隊所属のモーガン・ラトレル兵曹だ。この新しい任命が、彼らの母親を喜ばせる保証はまったくない。

マーカスは大統領執務室のデスクの上にあったものとまったく同じ新しい記章を胸に付けていた。「彼らのために戦ってるんだ」と彼は言っていた。「おれの国、そしてローン・スター・ステートのために」

この究極の海軍シール隊員が私に言った別れの言葉はこうだった。――「数カ月、仲間とここを留守にするぜ。神よ、敵をお助けください。神よ、テキサスに祝福を」

パトリック・ロビンソン

著者紹介

マーカス・ラトレル

マーカス・ラトレル先任兵曹はテキサス州の両親が経営する牧牛農場で育った。一九九九年三月に海軍に入隊し、二〇〇二年一月に戦闘訓練を受けたシール（SEAL）隊員として三叉鉾を授与され、二〇〇三年四月にバグダッドにてシール第五チームに加わった。その後、二〇〇五年春にアフガニスタンに派遣される。二〇〇六年、ブッシュ大統領から英雄的戦闘行為に対し海軍十字章が授与された。

パトリック・ロビンソン

米軍を題材にした数々のベストセラー小説の著者として知られている。代表作に『ニミッツ・クラス』『キロ・クラス』『最新鋭原潜シーウルフ奪還』。サー・サンディ・ウッドワード大将自叙伝『ワン・ハンドレッド・デイズ』は世界的ベストセラーになった。イギリス在住だが、毎年夏はマサチューセッツ州ケープ・コッドで過ごす。本書はそこでマーカス・ラトレルとともに執筆された。

訳者紹介

高月園子

東京女子大学文理学部史学科卒。『風のジャクリーヌ』（ショパン）『携帯電話』（集英社）『アサシーニ』（清流出版）など訳書多数。著書に二〇年以上にわたるロンドン生活を題材にした『おしゃべりなイギリス』（清流出版）がある。クラシック音楽や比較文化に関する記事の執筆や字幕監修もしている。

カバー写真提供
©Thomas Dworsak/Magnum Photos/amanaimages

アフガン、たった一人の生還

2009年9月10日　第1版第1刷発行
2014年2月28日　第1版第4刷発行

著者	マーカス・ラトレル パトリック・ロビンソン
訳者	高月園子
発行所	株式会社亜紀書房 〒101-0051 東京都千代田区神田神保町1-32 電話……(03)5280-0261 http://www.akishobo.com 振替　00100-9-144037
印刷	株式会社トライ http://www.try-sky.com
装丁	日下充典

Printed in Japan
ISBN978-4-7505-0914-3 C0023

El general en su laberinto
Gabriel García Márquez

迷宮の将軍

G・ガルシア゠マルケス
木村榮一 訳

Obra de García Márquez | 1989
Shinchosha